DANIEL MASON

De pianostemmer

Vertaling Lilian Schreuder

2008
DE BEZIGE BIJ
AMSTERDAM

Copyright © 2002 Daniel Mason
Copyright Nederlandse vertaling © 2003 Lilian Schreuder
Eerste druk 2003
Tiende druk 2008
Oorspronkelijke titel *The Piano Tuner*
Oorspronkelijke uitgever Alfred A. Knopf, New York
Omslagontwerp Studio Jan de Boer
Omslagillustratie © J. Beck / J. Alexander, Getty Images
Foto auteur Guus Dubbelman
Vormgeving binnenwerk Perfect Service, Schoonhoven
Druk Hooiberg, Epe
ISBN 978 90 234 2945 6
NUR 302

www.debezigebij.nl

Voor mijn grootmoeder, Halina

'Broeders,' zei ik, 'aan honderdduizend gevaren
zijn wij ontsnapt op onze tocht naar het westen.
Beroof uzelf in de korte tijd van leven die ons nog rest
niet van de mogelijkheid om op onze reis voorbij de zon
de onbewoonde wereld te leren kennen.'

Dante, *De hel*, canto 26

Muziek moet, om harmonie te scheppen,
eerst dissonanten onderzoeken.

Plutarchus

In de vluchtige seconden van de laatste herinnering is het beeld van Birma dat van de zon en de parasol van een vrouw. Hij heeft zich afgevraagd welke beelden niet zouden vervagen – de kronkelende koffiekleurige stroom van de Salween na een hevige regenbui, de palen met vissersnetten vóór het aanbreken van de dag, de gloed van gemalen geelwortel, het gedruppel van jungleplanten. Maandenlang trilden de beelden nog na in zijn hoofd, af en toe opvlammend en daarna dovend als kaarsen, af en toe vechtend om te worden gezien, naar voren geduwd als de producten van opdringerige bazaarkooplieden. Of af en toe simpelweg langskomend, onduidelijke wagens van een rondreizend circus, ieder met een verhaal dat de geloofwaardigheid tartte, niet doordat er iets niet klopte in de plot, maar doordat de natuur zich niet zo'n verdichting van kleuren kon veroorloven zonder diefstal en leegte in andere delen van de wereld.

Maar toch komt boven deze beelden de zon brandend op, en het licht stroomt eroverheen als glanzende witte verf. De bedin-saya *die dromen uitlegt in beschaduwde, geurige hoeken van de markt, vertelde hem een verhaal dat de zon die opkwam in Birma anders was dan de zon die opkwam in de rest van de wereld. Hij hoefde alleen maar naar de hemel te kijken om dat te weten. Te zien hoe die zon de wegen schoonwaste, de scheuren en schaduwen opvulde, perspectief en structuur vernietigde. Te zien hoe die de rand van de horizon verbrandde, liet flikkeren en vlammen, als een daguerreotype die in brand stond, overbelicht en afbladderend aan de randen. Hoe hij de hemel vloeibaar maakte, de baniaanbomen, de dikke lucht, zijn adem, keel en zijn bloed. Hoe de luchtspiegelingen van verre wegen binnendrongen om zich om zijn handen te winden. Hoe zijn huid losliet en barstte.*

Boven een droge weg hangt nu deze zon, waaronder een eenzame vrouw loopt met een parasol boven haar hoofd, haar dunne katoenen jurk trillend in de bries, haar blote voeten die haar wegvoeren naar de rand van het beeld. Hij kijkt naar haar, hoe ze de zon nadert, alleen. Hij denkt erover om haar te roepen, maar hij kan niet praten.

De vrouw loopt een luchtspiegeling in, de geest van licht en water die de Birmezen than hlat *noemen. Om haar heen trilt de lucht en splijt haar lichaam, laat het uiteenvallen, ronddraaien. En dan verdwijnt ook zij. Nu zijn er alleen nog de zon en de parasol.*

Ministerie van Oorlog
Londen
24 oktober 1886

Geachte heer Drake,

Onze staf heeft mij ervan op de hoogte gesteld dat u het verzoek van ons ministerie heeft ontvangen voor een missie in naam van Hare Majesteit, maar dat u nog niet bent geïnformeerd over de aard hiervan. Deze brief dient ertoe om de bijzonderheden en urgentie van een bijzonder serieuze aangelegenheid toe te lichten, en u wordt verzocht u te melden op het ministerie van Oorlog, waar u een nadere toelichting zal worden gegeven door kolonel Killian, hoofd Operaties voor de Birma Divisie, alsmede door mijzelf.

Een kort stuk geschiedenis met betrekking tot deze aangelegenheid. Zoals u zeer waarschijnlijk zult weten, worden onze bezetting en pacificatie van de kuststaten van Birma, zestig jaar geleden, tot aan de recente annexatie van Mandalay en Opper-Birma, door Hare Majesteit beschouwd als essentieel voor de veilige positie van het Britse Rijk in heel Azië. Ondanks onze militaire overwinningen zijn er diverse ontwikkelingen die een ernstig gevaar vormen voor onze Birmese bezittingen. Recente rapporten van de geheime dienst hebben de samenvoeging van Franse strijdkrachten langs de Mekong in Indo-China bevestigd, terwijl binnen Birma plaatselijke opstanden een bedreiging vormen voor onze greep op de meer afgelegen streken van het land.

In 1869, tijdens de regering van de Birmese koning Mindon Min, hebben wij in Birma majoor-arts Anthony Carroll gestationeerd, die zijn bul behaalde aan het University College Hospital in Londen en in 1874 werd benoemd op een verafgelegen post in de Shan-staten, in het oostelijke deel van de kolonie. Sinds zijn komst is majoor-arts Carroll onvervangbaar voor het leger, wat veel verder strekt dan zijn directe medische taken. Hij heeft opmerkelijke vorderingen gemaakt in het sluiten van verdragen met de inheemse vorsten. Hoewel zijn kamp ver verwijderd is van ons militaire gezag, biedt het cruciale toegang tot het zuidelijke Shan-plateau, en maakt het een snelle inzetting van troepen naar de Siamese grens mogelijk. De bijzonderheden van Carrolls succes zijn tamelijk ongewoon, en u zult hierover nadere informatie krijgen als u zich meldt bij het ministerie van Oorlog. Reden tot bezorgdheid voor de regering was nu echter een zeer vreemd verzoek van de majoor-arts dat wij vorige maand ontvingen, het laatste in een serie tamelijk ergerlijke berichten betreffende zijn interesse voor een vleugel.

De reden voor deze bezorgdheid was de volgende: hoewel we eraan gewend zijn om ongewone verzoeken van de majoor-arts te ontvangen met betrekking tot zijn medische onderzoeken, stonden we perplex door een brief die afgelopen december arriveerde, waarin hij vroeg om de onmiddellijke aankoop en bezorging van een Erard-vleugel. In eerste instantie stonden onze officieren in Mandalay sceptisch tegenover zijn verzoek, totdat een paar dagen later een tweede boodschap per koerier werd bezorgd, waarin de ernst van het verzoek werd benadrukt, alsof Carroll het ongeloof van onze militaire staf al had verwacht. Op ons antwoord dat de bezorging van een vleugel logistiek gezien onmogelijk was, werd een week later gereageerd met de komst van een volgende ademloze boodschapper. Hij bracht een simpel briefje, waarvan de inhoud de moeite waard is om volledig weer te geven:

Mijne heren,

Met alle respect voor uw ministerie herhaal ik hierbij mijn verzoek voor een piano. Ik ken het belang van mijn post voor het behoud van deze streek. Mocht de urgentie van mijn verzoek opnieuw niet worden ingezien, wees er dan van verzekerd dat ik mijn ontslag zal indienen als de piano niet binnen drie maanden bij mij wordt bezorgd. Ik ben me er terdege van bewust dat mijn rang en dienstjaren me recht geven op eervol ontslag met een volledige uitkering, *mocht ik terugkeren naar Engeland.*
Majoor-arts Anthony J. Carroll, Mae Lwin, Shan-staten

Zoals u zich kunt voorstellen zorgde deze brief voor ernstige consternatie bij onze staf. De majoor-arts is altijd een onberispelijk dienaar van de Kroon geweest; en zijn staat van dienst is voorbeeldig. Hij begrijpt echter terdege onze afhankelijkheid van hem en van zijn banden met de vorsten aldaar, evenals het belang van dergelijke bondgenootschappen voor iedere Europese macht. Na enige discussie willigden we zijn verzoek in, waarop een Erard-vleugel uit 1840 in januari vanuit Engeland werd verscheept. De piano kwam begin februari in Mandalay aan en werd toen per olifant en door dragers onder leiding van Carroll zelf naar het kamp getransporteerd. Hoewel dit hele wilde avontuur een bron van aanzienlijke frustratie was voor enkele leden van onze staf in Birma, was het niettemin een succesvolle operatie. In de daaropvolgende maanden zette Carroll zijn uitstekende werk voort, en maakte hij geweldige vorderingen bij het onderzoeken van toevoerroutes via het Shan-plateau. Maar afgelopen maand ontvingen we een nieuw verzoek. De luchtvochtigheid, zo schijnt het, heeft de kast van de Erard dusdanig doen uitzetten dat de piano nu ontstemd is, en alle pogingen ter plaatse om het instrument te repareren zijn mislukt.

En hiermee komen we bij de reden van deze correspondentie.

In zijn brief vroeg Carroll specifiek om een pianostemmer die is gespecialiseerd in Erard-vleugels. Hoewel wij antwoordden dat er misschien gemakkelijkere manieren waren waarop de piano zou kunnen worden gerepareerd, bleef de majoor-arts vastbesloten. Uiteindelijk stemden we toe, en een onderzoek naar Londense pianostemmers heeft een lijst opgeleverd met diverse uitstekende vakmensen. Zoals u wel zult weten, zijn de meeste van uw vakgenoten van gevorderde leeftijd en niet fit genoeg meer voor een zware reis. Een nauwkeuriger onderzoek leidde ons naar de namen van u en meneer Claude Hastings van Poultry, in het centrum van Londen. Aangezien u te boek staat als een expert op het gebied van Erard-vleugels vonden wij het gepast om u te vragen om uw diensten. Mocht u ons verzoek weigeren, dan zullen wij contact opnemen met de heer Hastings. De Kroon is bereid u een salaris te betalen dat gelijkstaat aan het honorarium voor één jaar werk, voor een dienstverband van drie maanden.

Meneer Drake, uw vakmanschap en ervaring bevelen u aan voor deze missie van uitzonderlijk belang. We verzoeken u vriendelijk om zo spoedig mogelijk contact op te nemen met ons ministerie om deze aangelegenheid te bespreken.

Hoogachtend,

Kolonel George Fitzgerald
Adjunct-directeur Militaire Operaties,
Divisie Birma en Oost-Indië

Het was laat in de middag. Een baan zonlicht viel door een klein raam en verlichtte een kamer vol met pianokasten. Edgar Drake, pianostemmer, Erards-als-specialiteit, legde de brief neer op zijn bureau. Een vleugel uit 1840 is schitterend, dacht hij, en hij vouwde de brief rustig op en stopte die in zijn jaszak. En Birma is ver weg.

Boek 1

fuga (van het Franse *fugue*, een adaptatie van het Italiaanse *fuga*, letterlijk 'vlucht'; van het Latijnse *fuga*, gerelateerd aan *fugere*, vluchten). Een meerstemmige compositie geconstrueerd op één of meer korte onderwerpen of thema's die zijn geharmoniseerd volgens de regels van het contrapunt, en af en toe terugkomen met verschillende contrapuntische technieken.

Oxford English Dictionary, tweede druk (1989)

I

Het was middag in het kantoor van kolonel Killian, directeur Operaties voor de Birma Divisie van het Britse leger. Edgar Drake zat bij een paar donkere, ratelende verwarmingsbuizen en staarde door het raam naar buiten, waar hij de regen zag neerstromen. Tegenover hem in de kamer zat de kolonel, een breedgebouwde, gebruinde man met een bos rood haar en een dikke snor die uitwaaierde in gekamde symmetrie, en die een paar felle groene ogen accentueerde. Achter zijn bureau hingen een lange Bantoe-lans en een versierd schild dat nog de sporen van een veldslag droeg. Hij had een scharlakenrood uniform aan, afgezet met tressen van zwart mohair. Edgar zou zich dat later nog herinneren, want de tressen deden hem denken aan de strepen van een tijger, en het scharlakenrood maakte de groene ogen nog groener.

Er waren al een paar minuten verstreken sinds de kolonel de kamer was binnengekomen, een stoel achter een diepglanzend mahoniehouten bureau had bijgeschoven en door een stapel papieren was gaan bladeren. Eindelijk keek hij op. Vanachter de snor klonk een luide bariton. 'Dank u voor het wachten, meneer Drake. Ik moest even een dringende kwestie afhandelen.'

De pianostemmer wendde zich af van het raam. 'Natuurlijk, kolonel.' Hij friemelde met zijn vingers aan zijn hoed, die op zijn schoot lag.

'Als u het niet erg vindt, dan komen we meteen ter zake.' De kolonel leunde naar voren. 'Mag ik u nogmaals welkom heten op het ministerie van Oorlog? Ik neem aan dat dit uw eerste bezoek hier is.' Hij gaf de pianostemmer geen tijd om te antwoorden. 'Namens mijn staf en superieuren wil ik mijn waardering uitspreken voor uw aandacht voor wat wij beschouwen als een zeer ernstige aangelegenheid. We hebben informatie verzameld over de achtergrond van deze geschiedenis. Als u het ermee eens bent, dan denk ik dat het heel nuttig is als ik die eerst voor u samenvat. We kunnen daarna ingaan op eventuele vragen die u hebt.' Hij liet zijn hand rusten op een stapel papieren.

'Dank u, kolonel,' antwoordde de pianostemmer rustig. 'Ik moet toegeven dat ik werd geïntrigeerd door uw verzoek, dat heel ongewoon is.'

Aan de andere kant van de tafel trilde de snor. 'Inderdaad heel ongewoon, meneer Drake. We hebben absoluut veel te bespreken over deze zaak. Mocht u het nog niet begrepen hebben: deze opdracht heeft net zoveel te maken met een man als met een piano. Daarom zal ik beginnen met majoor-arts Carroll zelf.'

De pianostemmer knikte.

De snor trilde opnieuw. 'Meneer Drake, ik zal u niet vermoeien met de bijzonderheden over Carrolls jeugd. Eigenlijk is zijn achtergrond tamelijk mysterieus, en we weten er weinig van. Hij werd geboren in 1833, uit Ierse ouders, als zoon van Thomas Carroll, docent Griekse poëzie en proza op een kostschool in Oxfordshire. Hoewel zijn familie niet rijk was, moet de belangstelling van de vader voor ontwikkeling zijn overgedragen op de zoon, die uitblonk op school en medicijnen ging studeren op het University College Hospital in Londen. Nadat hij was afgestudeerd begon hij geen privé-praktijk, wat de meeste van zijn studiegenoten deden, maar solliciteerde hij naar een baan bij een provinciaal ziekenhuis voor de armen. Ook uit deze periode weten we weinig bijzonderheden over Carroll; alleen dat hij vijf jaar op het platteland is gebleven. In die tijd trouwde hij met een meisje uit die streek. Het huwelijk was kortstondig. Zijn vrouw stierf in het kraambed, samen met hun kind, en Carroll is nooit hertrouwd.'

De kolonel schraapte zijn keel, pakte een volgend document op en vervolgde zijn verhaal. 'Na de dood van zijn vrouw keerde Carroll terug naar Londen, waar hij solliciteerde naar een baan als arts in een armengesticht in East End tijdens de uitbraak van cholera. Hij bleef daar maar twee jaar. In 1863 slaagde hij erin om een aanstelling te verwerven als legerarts.

En nu zijn we op het punt gekomen, meneer Drake, waarop ons verhaal completer wordt. Carroll werd benoemd als dokter bij het 28ste Regiment Infanterie in Bristol, maar vroeg vier maanden na zijn benoeming al om overplaatsing, omdat hij wilde dienen in de koloniën. De aanvraag werd meteen ingewilligd, en hij werd benoemd tot adjunct-directeur van het militaire hospitaal in Saharanpur, in India. Daar verwierf hij zich al snel de reputatie dat hij niet alleen een prima dokter was, maar ook een beetje een avonturier. Hij vergezelde regelmatig expedities naar de Punjab en Kasjmir, missies die hem in gevaar brachten zowel van de kant van plaatselijke stammen als van Russische agenten, een probleem dat nog steeds bestaat, aangezien de tsaar probeert onze territoriale groei te evenaren. Daar verwierf hij zich ook een reputatie dat hij een erudiet man was, hoewel niets toen nog wees op de, eh, laten we zeggen, vastberadenheid waarmee hij later om een piano zou verzoeken. Diverse superieuren meldden dat hij zich onttrok aan het maken van zijn rondes en ze zagen hoe hij poëzie zat te lezen in de tuin van het ziekenhuis. Dit gedrag werd getolereerd, zij het schoorvoetend, nadat Carroll een gedicht schijnt te hebben voorgedragen van Shelley – "Ozymandias", geloof ik – voor een plaatselijke hoofdman die in het ziekenhuis werd behandeld. De man, die al een verdrag tot samenwerking had ondertekend, maar had geweigerd om troepen beschikbaar te stellen, keerde een week na zijn behandeling terug in het ziekenhuis en vroeg naar Carroll, niet naar de militaire officier. Hij had een strijdmacht van driehonderd man bij zich "om de 'dichter-soldaat' te dienen" – zijn woorden, niet de onze, meneer Drake.'

De kolonel keek op. Hij dacht dat hij een zwakke glimlach zag op het gezicht van de pianostemmer. 'Opmerkelijk verhaal, ik weet het.'

'Het is ook een indrukwekkend gedicht.'

'Inderdaad, al moet ik toegeven dat het voorval zelf misschien wat ongelukkig was.'

'Ongelukkig?'

'We lopen op de zaak vooruit, meneer Drake, maar ik ben van mening dat deze Erard-geschiedenis iets te maken heeft met een "soldaat" die probeert om wat meer een "dichter" te worden. De piano – en toegegeven, dit is alleen mijn persoonlijke mening – vertegenwoordigt – hoe kan ik dat het beste uitdrukken? – een ongerijmd verlengstuk van een dergelijke strategie. Als dokter Carroll echt gelooft dat het brengen van muziek naar een dergelijk gebied de vrede zal bespoedigen, dan hoop ik alleen maar dat hij genoeg schutters heeft om die te verdedigen.' De pianostemmer zei niets, en de kolonel schoof een beetje heen en weer op zijn stoel. 'U zult het met me eens zijn, meneer Drake, dat indruk weten te maken op een plaatselijke edele door voordracht en verzen één ding is. Een verzoek indienen om een vleugel naar een van de meest afgelegen Britse forten te laten brengen, is iets totaal anders.'

'Ik weet weinig van militaire zaken,' zei Edgar Drake.

De kolonel keek kort naar hem voordat hij terugkeerde naar zijn papieren. Dit was niet het soort man dat klaar was voor het klimaat en de uitdagingen van Birma, dacht hij. De stemmer was een lange, magere man met dik grijzend haar dat los boven een bril met ijzeren montuur hing, waardoor hij er meer uitzag als een onderwijzer dan als iemand die in staat was om enige militaire verantwoordelijkheid te dragen. Hij leek oud voor zijn eenenveertig jaar; zijn wenkbrauwen waren donker, zijn wangen omzoomd door zachte bakkebaarden. Zijn lichtgekleurde ogen hadden rimpeltjes bij de hoeken, hoewel niet, zo merkte de kolonel op, zoals bij iemand die zijn hele leven heeft gelachen. Hij droeg een ribfluwelen jasje, een vlinderdas en een versleten wollen broek. Het zou allemaal een gevoel van droefheid hebben overgebracht, dacht hij, als hij niet die lippen had gehad, ongewoon vol voor een Engelsman, die een uitdrukking weergaven tussen verstrooidheid en zwakke verbazing in, wat hem een zachtheid verleende die de kolonel van zijn stuk bracht. Hij merkte ook de handen van de pianostemmer op, die hij onophoudelijk masseerde, de polsen verloren in de holtes van zijn mouwen. Het waren niet het soort handen waaraan hij gewend was, te fijn voor een man, maar toen ze elkaar hadden begroet, had de kolonel toch een ruwheid en kracht gevoeld, alsof ze werden bewogen door metaaldraad onder de vereelte huid.

Hij keek weer op de papieren en ging verder. 'Dus Carroll bleef vijf jaar in Saharanpur. In die tijd ging hij mee op niet minder dan zeventien missies, waarbij hij meer tijd doorbracht in het veld dan op zijn post.' Hij begon door de rapporten over de missies te bladeren die de arts had vergezeld, waarbij hij de namen hardop las. September 1866 – Onderzoek naar mogelijkheid van spoorlijn langs de Sutlej-rivier. December – Kaartexpeditie van het Korps Wateringenieurs in de Punjab. Februari 1867 – Rapport betreffende verloskundige problemen in Oost-Afghanistan. Mei – Infecties bij kuddedieren in de bergen van Kasjmir en het risico ervan voor mensen. September – Een flora-onderzoek van de Royal Society in het hoogland van Sikkim. Hij leek zich genoodzaakt te voelen om ze allemaal op te noemen, en deed dat zonder adem te halen, zodat de aderen in zijn hals dusdanig opzwollen dat ze zelfs begonnen te lijken op die bergen van Kasjmir
– tenminste, dat dacht Edgar Drake, die daar nooit was geweest,

of de geografie ervan had bestudeerd, maar die, op dit punt gekomen, ongeduldig begon te worden door de opvallende afwezigheid van een piano in het verhaal.

'Eind 1868,' vervolgde de kolonel, 'stierf de adjunct-directeur van ons militaire ziekenhuis in Rangoon, toen het enige grote ziekenhuis in Birma, plotseling aan dysenterie. Om hem te vervangen deed de medisch directeur in Calcutta een aanbeveling voor Carroll, die in februari 1869 in Rangoon aankwam. Hij werkte daar drie jaar, en aangezien zijn werk hoofdzakelijk van medische aard was, hebben we weinig rapporten over zijn activiteiten. Alles wijst erop dat hij het druk had met zijn taken in het ziekenhuis.'

De kolonel schoof een map naar voren over het bureau. 'Dit is een foto van Carroll, in Bengalen.' Edgar wachtte kort en realiseerde zich toen dat hij moest opstaan om die aan te nemen. Hij boog zich naar voren en liet daarbij zijn hoed op de grond vallen. 'Sorry,' mompelde hij; hij greep de hoed, toen de map en keerde terug naar zijn stoel. Hij opende de map op zijn schoot. Er zat een foto in, ondersteboven. Hij keerde die voorzichtig om. Op de foto stond een lange, zelfbewuste man met een donkere snor en strak gekamd haar, gekleed in kaki, staande bij het bed van een patiënt, een donkere man, misschien een Indiër. Op de achtergrond stonden andere bedden, andere patiënten. Een ziekenhuis, dacht de stemmer, en hij liet zijn blik teruggaan naar het gezicht van de arts. Hij kon weinig aflezen aan de gezichtsuitdrukking van de man. Dat gezicht was vaag, hoewel alle patiënten er scherp op stonden, alsof de dokter zich constant had bewogen. Hij staarde en probeerde de man te koppelen aan het verhaal dat hij hoorde, maar de foto onthulde weinig. Hij stond op en legde de map terug op het bureau van de kolonel.

'In 1871 diende Carroll een verzoek in om te worden overgeplaatst naar een meer afgelegen basis in Midden-Birma. Het verzoek werd ingewilligd, aangezien dit een periode was van toenemende Birmese activiteit in de vallei van de Irrawaddy, ten zuiden van Mandalay. Op zijn nieuwe post hield Carroll zich, net als in India, bezig met veelvuldige onderzoeksexpedities, vaak naar de zuidelijke Shan-heuvels. Hoewel niet precies bekend is hoe – gezien zijn vele verantwoordelijkheden – vond Carroll kennelijk de tijd om de taal van de Shan bijna vloeiend te leren spreken. Sommigen opperen dat hij misschien heeft gestudeerd bij een monnik uit de streek, anderen dat hij die heeft geleerd van een minnares.

Of het nu een monnik of minnares was is niet zo belangrijk; wél het rampzalige nieuws dat we in 1873 ontvingen dat de Birmezen, na tientallen jaren van flirten, een handelsverdrag met Frankrijk hadden gesloten. U kent deze geschiedenis misschien wel; het stond tamelijk uitgebreid in de kranten. Hoewel de Franse troepen nog in Indo-China waren en nog niet verder waren opgerukt dan tot aan de Mekong, vormde dit duidelijk een bijzonder gevaarlijk precedent voor een verdere Frans-Birmese samenwerking en een openlijke bedreiging voor India. We begonnen onmiddellijk met snelle voorbereidingen om de staten van Opper-Birma te bezetten. Veel van de Shan-vorsten hadden blijk gegeven van langdurig antagonisme ten opzichte van de Birmese troon, en...' De kolonel stopte even, buiten adem van zijn monoloog, en zag dat de pianostemmer uit het raam staarde. 'Meneer Drake, luistert u?'

Edgar keerde zich gegeneerd om. 'Ja... ja, natuurlijk.'

'Goed, dan ga ik verder.' De kolonel keek weer op zijn papieren.

Aan de andere kant van het bureau sprak de stemmer aarzelend: 'Eigenlijk, met alle respect, kolonel... Dit is een zeer complex en zeker interessant verhaal, maar ik moet bekennen dat ik niet begrijp waarom u mijn deskundigheid nodig hebt... Ik begrijp dat u eraan gewend bent om op deze manier informatie te verschaffen, maar mag ik u lastigvallen met een vraag?'

'Ja, meneer Drake?'

'Nou... om eerlijk te zijn zit ik erop te wachten om te horen wat er aan de hand is met de piano.'

'Pardon?'

'De piano. Er is contact met mij opgenomen omdat ik ingehuurd word om een piano te stemmen. Deze bespreking is zeer begrijpelijk met betrekking tot de man, maar ik geloof niet dat hij tot mijn opdracht behoort.'

Het gezicht van de kolonel werd rood. 'Zoals ik in het begin al zei, meneer Drake, ben ik absoluut van mening dat zijn achtergrond belangrijk is.'

'Dat ben ik met u eens, kolonel, maar ik weet niet wat er mis is met de piano, zelfs niet of ik hem kan repareren of niet. Ik hoop dat u dat begrijpt.'

'Ja, ja. Natuurlijk doe ik dat.' De spieren in zijn kaak spanden zich. Hij wilde net gaan vertellen over de terugtrekking van de resident uit Mandalay in 1879, en de Slag van Myringyan, en het beleg van het garnizoen van Maymyo, een van zijn favoriete verhalen. Hij wachtte.

Edgar staarde naar zijn handen. 'Neemt u mij niet kwalijk, alstublieft, gaat u verder,' zei hij. 'Alleen moet ik zo meteen weg, aangezien het een hele wandeling is naar mijn huis, maar ik ben beslist bijzonder geïnteresseerd in de Erard-vleugel.' Ook al voelde hij zich geïntimideerd, toch genoot hij stiekem van deze korte onderbreking. Hij had altijd al een hekel gehad aan militairen, terwijl hij die dokter Carroll steeds sympathieker begon te vinden. In werkelijkheid wilde hij wel alle bijzonderheden van het verhaal horen, maar het was al donker en de kolonel gaf er geen blijk van dat hij wilde stoppen.

De kolonel keerde terug naar zijn papieren. 'Goed dan, meneer Drake, ik zal het kort houden. In 1874 begonnen we aan de vestiging van een stuk of wat geheime posten in de Shan-gebieden, een in de buurt van Hsipaw, een andere in de buurt van

Taunggyi en een andere – de meest afgelegen – in een klein dorpje dat Mae Lwin heet, aan de oever van de Salween. U zult Mae Lwin op geen enkele kaart vinden, en pas als u de opdracht aanvaardt, kan ik u vertellen waar het ligt. Daar hebben we Carroll heen gestuurd.'

De kamer begon donker te worden, en de kolonel stak een kleine lamp aan op het bureau. Het licht flikkerde en wierp de schaduw van zijn snor over zijn jukbeenderen. Hij bestudeerde de pianostemmer opnieuw. Hij ziet er ongeduldig uit, dacht hij, en hij haalde diep adem. 'Meneer Drake, om u niet veel langer op te houden, zal ik u de bijzonderheden van Carrolls twaalf jaar in Mae Lwin besparen. Mocht u de opdracht aanvaarden, dan kunnen we daar verder over praten, en kan ik u van militaire informatie voorzien. Behalve natuurlijk als u die nu zou willen horen.'

'Ik zou graag meer over de piano willen horen, als u het niet erg vindt.'

'Ja, ja, natuurlijk, de piano.' Hij zuchtte. 'Wat wilt u graag weten? Ik geloof dat u het merendeel van de bijzonderheden over deze aangelegenheid al hebt vernomen uit de brief van kolonel Fitzgerald.'

'Ja, dat Carroll om een piano vroeg. Het leger kocht een Erard-vleugel uit 1840 en verscheepte die naar hem. Zou u mij meer over dat verhaal willen vertellen?'

'Dat kan ik eigenlijk niet. Behalve de hoop dat hiermee het succes zou worden herhaald van het reciteren van Shelley, kunnen we niet begrijpen waarom hij een piano wilde.'

'Waarom?' De pianostemmer lachte, een diep geluid dat onverwacht uit zijn magere lichaam kwam. 'Hoe vaak heb ik mezelf al niet diezelfde vraag gesteld over andere klanten van mij? Waarom wil een matrone uit de hogere kringen die niet eens Händel van Haydn weet te onderscheiden, een Broadwood uit 1820 kopen, die vervolgens wekelijks moet worden gestemd, ook al wordt er nooit op gespeeld? Of hoe die kantonrechter te verklaren die zijn instrumenten iedere twee maanden opnieuw laat stemmen – wat, zo mag ik er wel aan toevoegen, volkomen onnodig is, maar uitstekend voor mijn zaken –, terwijl diezelfde man een amusementsvergunning voor de jaarlijkse openbare pianowedstrijd weigert af te geven? U moet het mij niet kwalijk nemen, maar zo bizar klinkt dokter Carroll nog niet. Hebt u ooit gehoord van Bachs *Inventies*?

De kolonel stotterde: 'Ik geloof het wel... Ik weet bijna zeker van wel, maar – zonder dat ik u wil beledigen, meneer Drake – ik begrijp niet wat dit te maken heeft met...'

'De gedachte om acht jaar in de jungle te moeten leven zonder Bachs muziek is vreselijk voor mij.' Edgar pauzeerde en voegde er toen aan toe: 'Die muziek klinkt prachtig op een Erard uit 1840.'

'Dat kan wel zo zijn, maar onze soldaten vechten nog steeds.'

Edgar Drake haalde diep adem. Hij kon plotseling zijn hart sneller voelen slaan. 'Neemt u mij niet kwalijk. Het is niet de bedoeling om mijn opmerkingen arrogant te laten klinken. In feite maakt iedere minuut van uw verhaal mijn interesse alleen maar groter. Maar ik begrijp het niet goed. Als u het zo oneens bent met uw pianist, kolonel, waarom ben ik dan hier? U bent een heel belangrijk persoon; het is zeer ongewoon voor iemand van uw rang om enkele uren te besteden aan een gesprek met een burger, zelfs ik weet dat. Ik weet ook dat het een dure aangelegenheid moet zijn geweest voor het ministerie van Oorlog om de piano naar Birma te verschepen, om nog maar niet te spreken over de aankoop ervan. En u hebt aangeboden om mij royaal te betalen – nou ja, *redelijk*, in mijn ogen, maar objectief gezien royaal. Toch lijkt u mijn opdracht af te keuren.'

De kolonel leunde achterover in zijn stoel en kruiste zijn armen over zijn borst. 'Goed dan. Het is belangrijk dat we dit bespreken. Ik ben openlijk in mijn afkeuring, maar verwar dit alstublieft niet met gebrek aan respect. De majoor-arts is een buitengewoon effectief militair, een ongewoon persoon misschien, maar hij is onvervangbaar. Er zijn hier op het ministerie bepaalde mensen op hoge posities die grote belangstelling hebben voor zijn werk.'

'Maar uzelf niet.'

'Laten we zeggen dat er mensen zijn die zich laten meeslepen door de retoriek van de Britse koloniale bedoelingen: dat we niet overwinnen om land en rijkdommen te verwerven, maar om cultuur en beschaving te verspreiden. Ik zal ze dat niet ontzeggen, maar dat is niet de taak van het ministerie van Oorlog.'

'En toch steunt u hem?'

De kolonel pauzeerde. 'Als ik het botweg mag zeggen, meneer Drake, dan is dat omdat het belangrijk is dat u de positie van het ministerie van Oorlog begrijpt. De Shan-staten zijn wetteloos. Behalve Mae Lwin. Carroll heeft méér bereikt dan diverse bataljons. Hij is onvervangbaar, en hij heeft het bevel over een van de gevaarlijkste en belangrijkste posten in onze koloniën. De Shan-staten zijn essentieel voor het beveiligen van onze oostgrens; zonder dat riskeren we een Franse of zelfs Siamese invasie. Als een piano de concessie is die we moeten doen om hem op zijn post te houden, dan is dat een geringe prijs. Maar zijn post is een militaire post, geen muzieksalon. Het is onze hoop dat als de piano is gestemd, hij zijn werk zal hervatten. Het is belangrijk dat u dat begrijpt, dat u begrijpt dat wíj, en niet de majoor-arts, u inhuren. Zijn ideeën kunnen... onweerstaanbaar zijn.'

Je vertrouwt hem niet, dacht Edgar. 'Gewoon iets waaraan je toegeeft, net als aan sigaretten,' zei hij.

'Nee, dit is anders, ik denk dat u dat wel begrijpt.'

'Misschien zou ik niet moeten proberen te beargumenteren dat het juist vanwege die piano is dat hij onvervangbaar is?'

'We zullen het weten als die is gestemd. Nietwaar, meneer Drake?'

En bij die woorden van hem glimlachte de pianostemmer.
'Misschien wel.'
De kolonel boog zich naar voren. 'Hebt u nog andere vragen?'
'Niet meer dan één.'
'Ja, en hoe luidt die?'
Edgar keek neer op zijn handen. 'Het spijt me, kolonel, maar wat is er nu precies *mis* met de piano?'
De kolonel staarde hem aan. 'Ik dacht dat we dat wel hadden besproken.'
De stemmer haalde diep adem. 'Met alle respect, kolonel, we hebben besproken wat er volgens u mis kan zijn met een piano. Maar ik moet weten wat er mis is met déze piano, met deze Erard uit 1840 die ergens ver weg in de jungle staat, waar u wilt dat ik heen zal gaan. Uw ministerie heeft me weinig verteld over de piano, behalve het feit dat hij ontstemd is, wat, zo kan ik eraan toevoegen, te wijten is aan het uitzetten van de zangbodem, niet van de kast, zoals u vermeldde in uw brief. Natuurlijk ben ik verbaasd dat u dit niet voorzien had: dat de piano ontstemd zou raken. Luchtvochtigheid kan vreselijke dingen teweegbrengen.'
'Nogmaals, meneer Drake, we hebben dit gedaan voor Carroll. U zult dergelijke filosofische informatie van de man zelf moeten krijgen.'
'Goed, zou ik dan mogen vragen wat ik moet repareren?'
De kolonel kuchte. 'Dat soort details hebben wij niet ontvangen.'
'Hij zal toch wel ergens iets hebben geschreven over de piano?'
'We hebben niet meer dan één briefje, vreemd en onkarakteristiek kort voor de dokter, meestal een welsprekend man, waardoor we wat ongelovig waren over het verzoek, totdat het werd gevolgd door zijn dreiging om ontslag te nemen.'
'Mag ik het lezen?'
De kolonel aarzelde, en schoof toen een stukje bruin papier naar de pianostemmer toe. 'Het is Shan-papier,' zei de kolonel.

'De stam schijnt er beroemd om te zijn. Het is vreemd, aangezien de majoor-arts dit nooit heeft gebruikt voor andere correspondentie.' Het geschepte matte papier was zacht, met zichtbare vezels, nu bevlekt met een donkere inktsoort.

Mijne heren,

De Erard-vleugel kan niet langer worden bespeeld. Hij moet worden gestemd en gerepareerd, een taak die ik op me heb proberen te nemen, maar waarin ik niet ben geslaagd. Een pianostemmer die is gespecialiseerd in Erards, is dringend nodig in Mae Lwin. Ik vertrouw erop dat dit niet al te moeilijk zal zijn. Het is veel gemakkelijker om een man te bezorgen dan een piano.

Majoor-arts Anthony J. Carroll, Mae Lwin, Shan-staten

'Dat zijn weinig woorden om te rechtvaardigen dat er een man naar de andere kant van de wereld zou moeten worden gestuurd,' zei Edgar.

'Meneer Drake,' zei de kolonel, 'uw reputatie als stemmer van Erard-vleugels is algemeen bekend bij diegenen in Londen die zich bezighouden met muziek. We verwachten dat de totale duur van de reis niet langer dan drie maanden zal zijn, vanaf het moment van uw vertrek tot aan uw terugkeer in Engeland. Zoals u weet zult u royaal worden beloond.'

'En ik moet alleen gaan.'

'Voor uw vrouw zal hier goed worden gezorgd.'

De pianostemmer leunde achterover in zijn stoel.

'Heeft u nog meer vragen?'

'Nee, ik geloof dat ik het wel begrijp,' zei hij zacht, alsof hij alleen tegen zichzelf sprak.

De kolonel legde de papieren neer en boog voorover in zijn stoel. 'Gaat u naar Mae Lwin?'

Edgar Drake draaide zich weer naar het raam. Het was schemerdonker en de wind speelde met het vallende water, een ingewikkeld crescendo-diminuendo van regen. Ik had al een besluit genomen lang voordat ik hierheen kwam, dacht hij.

Hij wendde zich tot de kolonel en knikte.

Ze gaven elkaar een hand. Killian stond erop om hem naar het kantoor van kolonel Fitzgerald te brengen, waar hij het nieuws vertelde. Toen nog meer woorden, maar de pianostemmer luisterde niet meer. Hij had het gevoel alsof hij droomde, waarbij de realiteit van de beslissing nog boven hem zweefde. Hij voelde hoe hij de knik herhaalde, alsof hij door dat te doen zijn beslissing tot realiteit maakte, de nietigheid van die beweging zou verzoenen met de betekenis van wat die inhield.

Er waren papieren die moesten worden ondertekend, data die moesten worden bepaald en kopieën van documenten die moesten worden geregeld zodat hij ze 'aandachtig kon lezen'. Dokter Carroll, zo verklaarde Killian, had het ministerie van Oorlog gevraagd om de stemmer een lange lijst met achtergrondmateriaal te geven: geschiedenis, antropologische, geologische en natuurhistorische studies. 'Ik zou me er maar niet al te erg het hoofd over breken als ik u was, maar de dokter heeft nu eenmaal gevraagd om die aan u geven,' zei hij. 'Ik denk dat ik u alles heb verteld wat u echt moet weten.'

Toen hij vertrok, volgde een regel uit Carrolls brief hem, als een zwak spoor van sigarettenrook uit een salonoptreden. *Het is veel gemakkelijker een man te bezorgen dan een piano.* Hij dacht dat hij deze dokter wel zou mogen; het gebeurde niet vaak dat je dergelijke poëtische woorden aantrof in de brieven van militairen. En Edgar Drake had veel respect voor mensen die zelfs in verantwoordelijkheid muziek ontdekken.

2

Er dreef een dichte mist langs Pall Mall toen Edgar het ministerie van Oorlog verliet. Hij volgde een paar jongens met fakkels door de mist die zo dik was dat de kinderen, gehuld in zware lompen, los leken te zijn van de handen die de dansende lichten vasthielden. 'Wilt u een rijtuig, meneer?' vroeg een van de jongens. 'Ja, naar Fitzroy Square alsjeblieft,' zei hij, maar toen veranderde hij van gedachten. 'Nee, breng me naar de Embankment.'

Ze liepen door de menigte, door de strenge marmeren gangen van Whitehall en toen weer naar buiten, tussen een kriskras door elkaar staande verzameling rijtuigen vol zwarte jassen en hoge hoeden, gelardeerd met deftige accenten en de rook van sigaren. 'Er is vanavond een diner in een van de clubs, meneer,' vertrouwde een van de jongens hem toe, en Edgar knikte. In de gebouwen om hem heen boden hoge ramen zicht op muren vol olieverfschilderijen, verlicht door kroonluchters aan hoge plafonds. Hij kende een paar van de clubs; hij had drie jaar geleden een Pleyel gestemd bij Boodle, en een Erard bij Brooks, een prachtig ingelegd exemplaar uit het Parijse atelier.

Ze passeerden een groep goedgeklede mannen en vrouwen, hun gezichten rood van de kou en de cognac, de mannen lachend onder donkere snorren, de vrouwen samengeperst in baleinen korsetten, de zomen van hun jurken optillend boven een weg die glinsterde van regen en paardenvijgen. Aan de overkant van de straat stond een lege koets op hen te wachten, een oude Indiër met een tulband op klaar bij het portier. Edgar draaide zich om. Misschien heeft hij gezien wat ik wil doen, dacht hij, en hij moest het verlangen onderdrukken om tegen hem te praten. Om hem heen ging de groep mannen en vrouwen uiteen, en doordat hij het licht van de fakkels van de jongens kwijtraakte, struikelde Edgar. 'Kijk uit waar je loopt, beste kerel!' brulde een van de mannen, en een van de vrouwen zei: 'Die dronkaards ook.' De groep lachte, en Edgar kon zien hoe de ogen van de oude Indiër oplichtten, en alleen bescheidenheid weerhield hem ervan om deze grap te delen met zijn vrachtje.

De jongens stonden te wachten bij de lage muur die langs de Embankment liep. 'Waarheen, meneer?' 'Tot hier is prima, dank je', en hij tikte een muntstuk in hun richting. Allebei de jongens sprongen ernaar, maar lieten het vallen, waarop het wegstuiterde door de onregelmatigheid van de weg, een rooster in. De jongens vielen op hun knieën. Hier, hou jij de fakkels even vast. Nee, dan pak jij het geld, jij deelt nooit. Jij deelt nooit, dit is van mij, ík heb hem aangesproken. Gegeneerd viste Edgar twee nieuwe munten uit zijn zak. 'Hier, het spijt me, neem deze.' Hij liep weg, terwijl de jongens bleven staan redetwisten bij het rooster. Al snel was er alleen nog het licht van hun fakkels. Hij stopte en keek uit over de Theems.

Onder hem kwamen geluiden van beweging vanaf de rivier. Schippers misschien, dacht hij, en hij vroeg zich af waar ze heen gingen, of waar ze vandaan kwamen. Hij dacht aan een andere rivier, ver weg; zelfs de naam ervan was nieuw, uitgesproken alsof er een derde lettergreep tussen de *l* en de *w* lag, zacht en verborgen. Salween. Hij fluisterde het, en draaide zich toen gegeneerd snel om, om te zien of hij alleen was. Hij luisterde naar het geluid van de mannen en het geklots van golven tegen de Embankment. De mist werd dunner boven de rivier. Er was geen maan, en alleen door licht van lantaarns die zwaaiden op sleepboten kon hij de vage lijn van de oever zien, met de enorme, zware architectuur die zich samenpakte langs de rivier. Als dieren bij een waterpoel, dacht hij, en die vergelijking vond hij wel mooi. Die moet ik Katherine vertellen, dacht hij. Toen dacht hij: ik ben laat.

Hij liep langs de Embankment, langs een paar zwervers, drie mannen in lompen, bijeengekropen rond een klein vuur. Ze sloegen hem gade terwijl hij voorbijkwam, en hij knikte niet op zijn gemak naar hen. Een van de mannen keek op en glimlachte, een brede mond vol gebroken tanden. ''Navond, kap'tein,' klonk een cockneystem, zwaar van whisky. De andere mannen zwegen en draaiden zich weer naar het vuur.

Hij stak de straat over en liet de rivier achter zich. Hij moest zich door massa's mensen wringen die zich hadden verzameld voor het Metropole, en volgde Northumberland Avenue tot aan Trafalgar Square, waar groepen mensen rond koetsen en omnibussen schuifelden, waar politiemensen probeerden om de menigte vooruit te werken, waar conducteurs hun rit afriepen, waar zwepen knalden en paarden scheten, en waar reclameborden schreeuwerig verkondigden:

SWANBILL KORSETTEN VOOR DE
DERDE LICHAAMSVORM.
CIGARS DE JOY: ÉÉN VAN DEZE SIGARETTEN GEEFT
ONMIDDELLIJKE VERLICHTING BIJ DE ERGSTE AANVAL
VAN ASTMA, HOEST, BRONCHITIS EN KORTADEMIGHEID.
HOP BITTERS HOP BITTERS.
ALS MET KERSTMIS DE KLOKKEN LUIDEN,
GEEFT UZELF DAN HET GESCHENK VAN TIJD –
ROBINSONS KWALITEITSHORLOGES.

Onder de glinstering van de fonteinen rond Nelsons Column stopte hij om naar een orgeldraaier te kijken, een Italiaan met een krijsend aapje met een Napoleon-steek, dat rond het orgel huppelde, zijn armen zwaaiend terwijl zijn baas aan het wiel draaide. Eromheen stond een groep kinderen te klappen, fakkeldragers en schoorsteenvegers, voddenrapers en de kinderen van straatventers. Een politieagent naderde met zwaaiende wapenstok. 'Naar huis nu, jullie allemaal, haal dat smerige dier hier weg. Speel je muziek in Lambeth, dit is een plaats voor heren.' De groep ging protesterend langzaam weg. Edgar draaide zich om. Een andere aap, groot en grijnzend, boende zichzelf schoon voor een met edelstenen omlijste spiegel; BROOKE'S SOAP MONKEY BRAND: DE ONTBREKENDE SCHAKEL IN EEN SCHOON HUISHOUDEN. Het reclamebord rolde voorbij op de zijkant van een omnibus. De busjongen schreeuwde om passagiers, Fitzroy Square, haast u voor Fitzroy Square. Dat is thuis, dacht Edgar Drake, en hij keek hoe de omnibus langsreed.

Hij verliet het plein en baande zich een weg door de donker wordende werveling van kooplieden en koetsen, volgde Cockspur Street terwijl die zich versmalde in het lawaai van Haymarket, handen inmiddels diep in zijn zakken. Hij had er nu spijt van dat hij niet de omnibus had genomen. Aan het begin van de straat stonden de gebouwen dichter en donkerder bij elkaar terwijl hij de Narrows in ging.

Hij liep verder zonder precies te weten waar hij was, alleen globaal de richting; langs donkere bakstenen huizen en rijtjeshuizen waarvan de verf verschoten was, langs hier en daar wat mensen die zich naar huis haastten, langs schaduwen en schimmen en een verborgen glinstering van licht in de smalle stroompjes die tussen de kinderkopjes liepen, langs druppelende mansardedaken en een zeldzame straatlantaarn, hoog en flikkerend, die schaduwen van spinnenwebben in vervormde vergroting weergaf. Hij vervolgde zijn weg, en toen was het opnieuw donker en werden de straten smaller. Hij bracht zijn schouders dichter naar elkaar, omdat het koud was, maar ook omdat de huizen hetzelfde deden.

De Narrows kwam uit op Oxford Street en de wandeling werd weer verlicht en bekend. Hij passeerde de Oxford Music Hall en sloeg Newman, Cleveland, Howland Street in, één, twee blokken, dan naar rechts, een smallere straat in, zo smal dat hij niet stond vermeld, tot ergernis van de bewoners, op de meest recente kaart van Londen.

Franklin Mews nummer 14 was het vierde huis in de rij, een bakstenen huis dat bijna identiek was aan dat van meneer Lillypenny, de bloemenverkoper, die op nummer 12 woonde, en meneer Bennett-Edwards, de stoffeerder, van nummer 16. De huizen deelden een muur en een bakstenen voorgevel. De toegang tot het huis was op straatniveau. Achter een ijzeren hek overbrugde een kort pad een open ruimte tussen de straat en de voordeur, waar een ijzeren trap naar het souterrain leidde, dat was ingericht als Edgars atelier. Aan het hek en voor de ramen hingen bloempotten. In sommige ervan stonden nog chrysanten te bloeien in de kou van de herfst. Andere waren leeg, half gevuld met aarde, nu bedauwd met mist die de flikkering van de lantaarn voor de deur reflecteerde. Katherine had die zeker laten branden, dacht hij.

Bij de voordeur rommelde hij met zijn sleutels, nu in een doelbewuste poging om zijn binnenkomst uit te stellen. Hij keek om naar de straat. Het was inmiddels donker. Het gesprek op het ministerie van Oorlog leek ver weg, als een droom, en even dacht hij dat het misschien zou vervagen als een droom, dat hij het Katherine niet kon vertellen, nog niet, zolang hij nog twijfelde aan de werkelijkheid ervan. Hij voelde hoe zijn hoofd onwillekeurig naar voren schoot; opnieuw die knik. De knik is het enige wat ik heb meegenomen van het gesprek.

Hij opende de deur en trof Katherine wachtend in de zitkamer aan, waar ze een krant zat te lezen bij de zachte gloed van een enkele lamp. Het was koud in de kamer en ze droeg een dunne sjaal van geborduurde witte wol over haar schouders. Hij sloot zachtjes de deur, bleef staan en hing zonder iets te zeggen zijn hoed en jas aan de kapstok. Het was niet nodig om zijn late thuiskomst nadrukkelijk aan te kondigen, dacht hij. Hij kon maar beter stilletjes naar binnen gaan. Misschien kan ik haar er dan van overtuigen dat ik al een tijdje thuis ben, hoewel hij wist dat hij dat niet kon; net zo goed als hij wist dat ze niet meer aan het lezen was.

Aan de andere kant van de kamer bleef Katherine staren naar de krant in haar handen. Het was de *Illustrated London News*, en later zou ze hem vertellen dat ze 'Receptie in het Metropole' had zitten lezen, waar de muziek van een nieuwe piano werd beschreven, hoewel niet het merk, en zeker niet de stemmer ervan. Ze bleef nog even door de krant bladeren. Ze zei niets, ze was een vrouw met een volmaakte zelfbeheersing, en dit was de beste manier om een echtgenoot die te laat was aan te pakken. Veel van haar vriendinnen waren anders. Je bent te gemakkelijk voor hem, zeiden ze vaak tegen haar, maar dan haalde ze haar schouders op. Pas op de dag dat hij thuiskomt en ruikt naar gin of goedkope parfum zal ik kwaad worden. Edgar komt te laat thuis omdat hij helemaal opgaat in zijn werk, of omdat hij verdwaalt op zijn wandeling naar huis vanaf een nieuwe opdracht.

'Goedenavond, Katherine,' zei hij.

'Goedenavond, Edgar. Je bent bijna twee uur te laat.'

Hij was gewend aan dit ritueel, de onschuldige excuses, het goedpraten: ik weet het, lief, het spijt me, ik moest alle snaren afmaken, zodat ik ze morgen opnieuw kan stemmen, of: dit is een spoedopdracht, ik krijg extra betaald, ik ben verdwaald op weg naar huis, het huis is in de buurt van Westminster, en ik heb de verkeerde tram genomen, ik wilde er gewoon even op spelen, het was een zeldzaam model uit 1835, een Erard, prachtig natuurlijk, van de familie van meneer Vincento, de Italiaanse tenor, of: hij is van lady Neville, uniek, 1827, ik zou willen dat je er ook op had kunnen spelen. Als hij al ooit loog, dan was het om het ene excuus te vervangen door het andere. Dat het een spoedopdracht was, terwijl hij in werkelijkheid was gestopt om te kijken naar straatmuzikanten. Dat hij de verkeerde tram had genomen, terwijl hij in werkelijkheid lang was gebleven om op de piano van de Italiaanse tenor te spelen. 'Ik weet het, het spijt me, ik ben nog steeds aan het werk bij Farrell', en dat was altijd voldoende. Hij zag haar de *News* sluiten, en hij glipte door de kamer om naast haar te gaan zitten, zijn hart op hol. Ze weet dat er iets anders is. Hij probeerde haar te kussen, maar ze duwde hem weg, terwijl ze probeerde een glimlach te verbergen. 'Edgar, je bent te laat, het eten is overgaar, hou daarmee op, denk maar niet dat je me kunt laten wachten en het dan goed kunt maken met liefkozingen.' Ze draaide zich van hem weg en hij liet zijn armen om haar middel glijden.

'Ik dacht dat die opdracht inmiddels wel klaar was,' zei ze.

'Nee, de piano is in erbarmelijk slechte staat, en mevrouw Farrell wil per se dat ik hem stem tot "concertkwaliteit".' Hij liet zijn stem een octaaf hoger klinken om de matrone te imiteren. Katherine lachte en hij kuste haar hals.

'Ze zegt dat haar kleine Roland de nieuwe Mozart zal worden.'

'Ik weet het, ze heeft het me vandaag opnieuw verteld, heeft me zelfs laten luisteren naar het spel van de kleine boef.'

Katherine wendde zich tot haar man. 'Arme schat. Ik kan nooit lang boos op je blijven.' Edgar glimlachte en ontspande een beetje. Hij keek naar haar terwijl ze een uitdrukking van gespeelde strengheid probeerde op te roepen. Ze is nog steeds zo mooi, dacht hij. De blonde krullen die hem zo in vervoering hadden gebracht toen hij haar leerde kennen, waren wat donkerder geworden, maar ze droeg haar haar nog steeds los, en het kreeg weer dezelfde lichte kleur in de zomerzon. Ze hadden elkaar leren kennen toen hij als leerling-stemmer de Broadwood-piano van de familie had gerepareerd. Van de piano was hij niet erg onder de indruk geweest – hij was gerestaureerd met tamelijk goedkope onderdelen –, maar wél van de mooie handen die erop speelden, evenals van de zachtheid van de gestalte die naast hem had gezeten aan het klavier, de aanwezigheid die zelfs nu nog iets in hem losmaakte. Hij leunde naar haar toe om haar opnieuw te kussen. 'Hou daarmee op,' giechelde ze, 'niet nu, en wees voorzichtig met de bank; dit is nieuw damast.'

Edgar leunde achterover. Ze is in een goede stemming, dacht hij. Misschien moet ik het haar nu vertellen. 'Ik heb een nieuwe opdracht,' zei hij.

'Je moet dit verhaal eens lezen, Edgar,' zei Katherine, terwijl ze haar jurk gladstreek en reikte naar de *News*.

'Een Erard uit 1840. Het klinkt alsof hij er slecht aan toe is. Ik krijg er uitstekend voor betaald.'

'O ja?' zei ze, terwijl ze opstond en naar de eettafel liep. Ze vroeg niet van wie de piano was, en evenmin waar die stond; dat waren geen vragen die vaak werden gesteld, aangezien de enige antwoorden in de afgelopen achttien jaar waren geweest: van de oude mevrouw zo-en-zo en in die-en-die straat in Londen. Edgar was blij dat ze het niet vroeg; de rest zou zo wel komen, hij was een man met geduld, niet iemand die te veel risico's nam, een praktijk waarvan hij wist dat die alleen maar leidde tot te strak gespannen pianosnaren en boze vrouwen. Zo had hij net een blik geworpen op het exemplaar van de *Illustrated London News*, waar, onder het verhaal over de receptie in het Metropole, een artikel over 'De wreedheden van de roversbenden' stond, geschreven door een officier van het 3de Gurkha Regiment. Het was een kort stuk met bijzonderheden over een schermutseling met bandieten die een vriendelijk dorp hadden geplunderd; het gebruikelijke verhaal over pacificatie in de koloniën, en hij zou het niet hebben opgemerkt als hij de titel niet had gelezen: 'Berichten uit Birma'. Hij kende de column wel – die stond er bijna wekelijks in –, maar hij had er altijd weinig aandacht aan besteed. Tot op dit moment. Hij scheurde het artikel uit en stopte de krant onder een stapel tijdschriften op het kleine tafeltje. Ze mocht dit niet lezen. Vanuit de eetkamer klonk het gerinkel van bestek en hij rook de lucht van gekookte aardappelen.

De volgende morgen ging Edgar aan een tafeltje zitten dat was gedekt voor twee, terwijl Katherine thee en toast maakte en potten boter en jam neerzette. Hij was stil, en zij bewoog zich door de keuken, terwijl ze de stilte vulde met gepraat over de eindeloze herfstregens, over de politiek, over nieuws. 'Heb je gehoord, Edgar, over het ongeluk met die omnibus gisteren? Over de receptie voor die Duitse baron? Over die jonge moeder in East End die is gearresteerd voor de moord op haar kinderen?'

'Nee,' antwoordde hij. Zijn geest dwaalde af, afgeleid. 'Nee, vertel eens.'

'Vreselijk, absoluut vreselijk. Haar man, een kolensjouwer, geloof ik, vond de kinderen, twee jongetjes en een meisje, opgerold in hun bed, en hij waarschuwde een agent, en toen arresteerden ze de vrouw. Arm mens. Die arme man, hij dacht niet dat zij het had gedaan – denk je eens in, als je zowel je vrouw als je kinderen verliest. En zij zegt dat ze hun alleen een patentgeneesmiddel had gegeven omdat ze niet konden slapen. Ik denk dat ze de fabrikant van dat medicijn moeten arresteren. Ik geloof haar wel, jij niet?'

'Natuurlijk, lief.' Hij bracht zijn kop naar zijn mond en ademde de damp in.

'Je luistert niet,' zei Katherine.

'Natuurlijk wel; het is vreselijk.' Hij had wel degelijk geluisterd, en dacht aan het beeld van de drie kinderen: bleek, als babymuisjes met gesloten ogen.

'Helaas, ik weet dat ik dat soort verhalen niet moet lezen,' zei ze. 'Ik trek het me zo aan. Laten we ergens anders over praten. Is het werk voor Farrell vandaag klaar?'

'Nee, ik denk dat ik er later deze week nog heen ga. Om tien uur heb ik een afspraak in Mayfair, in het huis van een parlementslid. Een Broadwood-vleugel, ik weet niet wat ermee aan de hand is. En ik moet nog wat werk afmaken in het atelier voordat ik wegga.'

'Probeer in ieder geval om vanavond op tijd thuis te zijn. Je weet dat ik een hekel heb aan wachten.'

'Dat weet ik.' Hij strekte zich uit en nam haar hand in de zijne. Een overdreven gebaar, dacht ze, maar ze verwierp die gedachte.

Hun dienstmeisje, een jong meisje uit Whitechapel, was naar huis om voor haar moeder te zorgen, die tuberculose had, dus stond Katherine op van tafel en ging naar boven om de slaapkamer in orde te maken. Meestal bleef ze overdag thuis, om te helpen met het huishoudelijk werk, om Edgars klanten te ontvangen, om afspraken te maken voor opdrachten, en om sociale contacten te regelen, een taak die haar man, die zich altijd meer op zijn gemak had gevoeld te midden van muziekinstrumenten, maar al te graag aan haar overliet. Ze hadden geen kinderen, hoewel ze het wel hadden geprobeerd. Hun huwelijk was zelfs tamelijk amoureus gebleven, een feit waar zelfs Katherine zich over verbaasde als ze zag hoe haar man afwezig door het huis liep. Hoewel deze opvallende afwezigheid-van-een-kind, zoals Katherines moeder het omschreef, hun tweeën in het begin verdriet had gedaan, waren ze eraan gewend geraakt, en Katherine vroeg zich vaak af of de band tussen hen daardoor misschien nog hechter was geworden. Bovendien, zo moest Katherine af en toe met een zekere opluchting tegenover haar vriendinnen bekennen, had ze haar handen al vol aan Edgar.

Toen ze van tafel opstond, dronk hij zijn thee op en daalde hij de steile trap naar zijn atelier af. Hij werkte maar zelden thuis. Een piano door de Londense straten vervoeren kon rampzalig zijn, en het was veel gemakkelijker om al zijn gereedschap mee te nemen naar zijn werk. Hij had de ruimte voornamelijk voor zijn eigen projecten. De paar keer dat hij daadwerkelijk een piano naar zijn huis had laten komen, hadden ze die aan touwen laten zakken door de open ruimte tussen de straat en zijn huis. De werkplaats zelf was klein en had een laag plafond. Het was een doolhof van stoffige pianoskeletten, gereedschap dat aan de muren en het plafond hing als stukken vlees in een slagerswinkel, verschoten bouwtekeningen van piano's en portretten van pianisten aan de muren geprikt. De ruimte werd vaag verlicht door een klein raam dat onder het plafond zat weggestopt. Afgedankte toetsen vulden de planken als rijen gebitten. Katherine had het ooit 'het olifantenkerkhof' genoemd, en hij had toen moeten vragen of dat was vanwege de logge ribbenkasten van gesloopte vleugels of vanwege de rollen vilt als dierenhuid, en zij had toen geantwoord: je bent veel te poëtisch, ik bedoelde alleen vanwege het ivoor.

Toen hij de trap af liep, struikelde hij bijna over een afgedankt toetsmechaniek dat tegen de muur stond geleund. Buiten het probleem om een piano te vervoeren, was dit nog een reden waarom hij geen klanten meenam naar zijn atelier. Voor degenen die gewend waren aan de glans van gepolijste kasten in met bloemen gedecoreerde ontvangstruimtes, was het altijd wat onthutsend om een open piano te zien, om zich te realiseren dat iets wat zo mechanisch was zo'n hemels geluid kon voortbrengen.

Edgar baande zich een weg naar een klein bureau en stak een lamp aan. De vorige avond had hij het pakket dat hij had gekregen van het ministerie van Oorlog verstopt onder een oude stapel gedrukte stemspecificaties. Hij opende de envelop. Er was een kopie van de originele brief die Fitzgerald had gestuurd, en verder een landkaart en een contract waarin zijn opdracht werd omschreven. Er was ook gedrukte informatie, die op verzoek van dokter Carroll aan hem was gegeven, en waar met grote letters op stond: DE ALGEMENE GESCHIEDENIS VAN BIRMA, MET SPECIALE AANDACHT VOOR DE ANGLO-BIRMESE OORLOGEN

EN DE BRITSE ANNEXATIES. Hij ging zitten en begon te lezen. De geschiedenis was hem bekend. Hij wist van de Anglo-Birmese oorlogen, waarbij de conflicten opvielen door de korte duur ervan en door de aanzienlijke territoriale gebieden die na iedere overwinning werden ontnomen aan de Birmese koningen: de kuststaten Arakan en Tenasserim na de eerste oorlog, Rangoon en Beneden-Birma na de tweede, Opper-Birma en de Shanstaten na de derde oorlog. Over de eerste twee oorlogen, die eindigden in 1826 en 1853, had hij geleerd op school, terwijl hij over de derde oorlog vorig jaar in de kranten had gelezen, waarbij de laatste annexatie afgelopen januari had plaatsgevonden. Maar buiten het stuk algemene geschiedenis waren de meeste details nieuw voor hem; dat de aanleiding van de tweede oorlog blijkbaar de ontvoering van twee Britse zeekapiteins was geweest, en dat de derde gedeeltelijk was begonnen door de spanningen die waren gevolgd op de weigering van de Britse afgezanten om hun schoenen uit te trekken voor een audiëntie bij de Birmese koning. Er waren nog andere papieren, waaronder geschiedenissen van de koningen, een duizelingwekkende stamboom gecompliceerd door meerdere vrouwen en, wat een tamelijk gebruikelijke praktijk scheen te zijn, het vermoorden van familieleden die mogelijk troonpretendenten waren. Hij werd verward door nieuwe woorden, namen met vreemde lettergrepen die hij niet kon uitspreken, en hij richtte zijn aandacht voornamelijk op de geschiedenis van de meest recente koning, Thibaw, die was afgezet en verbannen naar India, nadat Britse troepen Mandalay hadden ingenomen. Hij was, volgens het verslag van het leger, een zwakke en onbekwame leider, gemanipuleerd door zijn vrouw en schoonmoeder, en een schandvlek voor zijn regering was de toenemende wetteloosheid in de afgelegen districten, getuige een plaag van overvallen door gewapende bendes van *dacoits*, een woord voor schurken dat Edgar herkende uit het artikel dat hij uit de *Illustrated London News* had gescheurd.

Boven zich hoorde hij Katherines voetstappen, en hij stopte even, klaar om de papieren terug in hun envelop te stoppen. De stappen hielden boven aan de trap halt.

'Edgar, het is bijna tien uur,' riep ze.

'O jee! Dan moet ik gaan!' Hij blies de lamp uit en borg de papieren terug in de envelop, verbaasd over zijn eigen voorzorgsmaatregel. Boven aan de trap stond Katherine op hem te wachten met zijn jas en zijn gereedschapstas.

'Ik beloof je dat ik vanavond op tijd zal zijn,' zei hij, terwijl hij zijn armen in de mouwen stak. Hij kuste haar op haar wang en stapte de kou in.

Hij bracht de rest van de morgen door met het stemmen van de Broadwood-vleugel van het parlementslid, die in de aangrenzende kamer tekeerging over de bouw van een nieuw psychiatrisch ziekenhuis. Hij was vroeg klaar, hij had wat langer kunnen fijnstemmen, maar hij had het gevoel dat de vleugel zelden bespeeld werd. Bovendien was de akoestiek in de zitkamer slecht, en de politiek van het parlementslid stond hem tegen.

Aan het begin van de middag vertrok hij. De straten waren vol mensen. Zware wolken hingen laag aan de hemel en dreigden met regen. Hij baande zich een weg door de menigte en stak de straat over, waarbij hij een groep arbeiders omzeilde die met pikhouwelen kinderkopjes in de straat aan het lostrekken waren en het verkeer ophielden. Rondom de wachtende koetsen hingen krantenverkopers en straatventers rond, en een paar jongens schopten een bal heen en weer tussen de menigte, die uiteenging als de bal tegen de zijkant van een koets schoot. Het begon te motregenen.

Edgar liep nog een paar minuten, in de hoop dat er een omnibus zou komen, want de motregen veranderde in zwaardere regen. Hij ging schuilen bij de ingang van een pub, de naam in het matglas geëtst, waar de ruggen van heren in kostuum en roze gepoederde vrouwen tegen de ramen drukten, en silhouetten in de condens veegden. Hij trok zijn kraag hoger rond zijn hals en staarde voor zich uit naar de regen. Een paar voermannen lieten hun kar op straat achter en kwamen aangerend, hun jas boven hun hoofd geheven. Edgar stapte opzij om hen te laten passeren, en toen ze de pub binnengingen, zwaaide de deur open en kwam er een golf van parfum, zweet en gemorste gin naar buiten. Hij kon dronken mannen horen zingen. De deur zwaaide dicht en hij wachtte en keek de straat af. En dacht opnieuw aan de bespreking.

Op school had hij nooit veel belangstelling gehad voor geschiedenis of politiek; hij hield meer van de niet-wetenschappelijke vakken, waaronder natuurlijk muziek. Als hij al enige politieke voorkeur had, dan ging die uit naar Gladstone en de steun van de liberalen voor zelfbestuur, hoewel die overtuiging niet echt was geboren uit serieuze overweging. Zijn wantrouwen tegenover militairen was dieper; hij had een afkeer van de arrogantie waarmee ze naar de koloniën vertrokken en die ze ook weer mee terugnamen. Bovendien kreeg hij een onbehaaglijk gevoel bij de populaire afschildering van het Oosten als lui en incapabel. Je hoefde maar de geschiedenis van de piano's te kennen om te weten dat dit niet klopte, zei hij wel tegen Katherine. De wiskunde van de gelijkzwevende stemming had denkers van Galileo tot de monnik Marin Mersenne beziggehouden, de auteur van de klassieker *Harmonie universelle*. En toch had Edgar geleerd dat de juiste getallen eigenlijk voor het eerst waren gepubliceerd door een Chinese prins die Tsaiyu heette; een raadselachtig gegeven; van wat hij wist over de oosterse muziek had de muziek van China, met zijn ontbreken van harmonische nadruk, technisch gezien geen behoefte aan stemming. Natuurlijk zei hij dat zelden in het openbaar. Hij hield niet van discussies, en hij had voldoende ervaring om te weten dat maar weinig mensen de technische schoonheid van een dergelijke vernieuwing wisten te waarderen.

De regen werd iets minder hevig en hij verliet de beschutting van het portiek. Al snel was hij bij een grotere straat, waar bussen en koetsen passeerden. Het is nog vroeg, dacht hij, Katherine zal wel blij zijn.

Hij stapt in een omnibus, en perst zich tussen een stevige heer in een dikke jas en een jonge vrouw met een asgrauw gezicht die onophoudelijk hoest. De bus schiet naar voren. Hij kijkt of hij bij het raam kan zitten, maar de bus is vol, zodat hij de straten niet kan zien waar hij doorheen rijdt.

Dit moment zal hem bijblijven.

Hij komt thuis. Hij opent de deur en zij zit op de bank, in de hoek, aan de rand van een halve cirkel van damast die over de kussens valt. Net als gisteren, maar de lamp brandt niet, de pit is zwart, die zou gesnoten moeten worden, maar het dienstmeisje is in Whitechapel. Het enige licht valt schuin door de gordijnen van Nottingham-kant en blijft hangen op neergedaalde stofdeeltjes. Ze zit uit het raam te staren, ze moet zijn silhouet langs hebben zien komen op straat. Ze houdt een zakdoek vast, haar wangen zijn haastig afgeveegd. Edgar kan tranen zien, hun sporen afgebroken door de zakdoek.

Een stapel papieren ligt verspreid over de mahoniehouten tafel, en geopend bruin pakpapier, nog in de vorm van de papieren die erin zaten, nog dichtgebonden met twijn, voorzichtig opengemaakt aan één kant, alsof de inhoud heimelijk is bekeken. Of althans, dat was misschien de bedoeling, maar de rondgestrooide papieren zijn overduidelijk, evenals de tranen, de gezwollen ogen.

Geen van beiden beweegt zich of zegt iets. Hij heeft zijn jasje nog in zijn hand, zij zit op de rand van de bank, haar vingers nerveus ineengevlochten in haar zakdoek. Hij weet meteen waarom ze huilt, hij weet dat zij het wéét, dat zelfs als ze het niet weet dit toch is zoals het straks zal zijn; zijn nieuws moet verteld worden.

Misschien had hij het haar gisteravond moeten vertellen, hij had moeten weten dat ze naar zijn huis zouden komen, nu herinnert hij zich weer dat, toen hij het ministerie van Oorlog verliet, de kolonel dat zelfs had gezegd. Als hij niet zo verloren zou zijn geweest in de enormiteit van zijn beslissing, zou hij dat niet zijn vergeten. Hij had dit moeten bedenken, het nieuws had zorgvuldiger gebracht moeten worden. Edgar heeft maar zelden geheimen, zodat de weinige die hij heeft leugens worden.

Zijn handen beven als hij zijn jasje ophangt. Hij draait zich om. Katherine, zegt hij. Wat is er aan de hand, wil hij vragen, een vraag uit gewoonte, maar hij weet het antwoord al. Hij kijkt naar haar, er zijn vragen waarop hij het antwoord nog niet weet: wie heeft de papieren gebracht? Wanneer zijn ze gekomen? Wat staat erin? Ben je boos?

Je hebt gehuild, zegt hij.

Ze is rustig, maar begint nu zachtjes te snikken. Haar haar hangt los over haar schouders.

Hij beweegt zich niet, weet niet of hij naar haar toe moet gaan; dit is anders dan anders, dit is niet het moment voor omhelzingen, Katherine, ik was van plan het je te vertellen, ik heb het gisteravond ook geprobeerd, alleen dacht ik dat het toen niet het juiste moment was.

Hij loopt nu door de kamer, glipt tussen de bank en de tafel door, gaat naast haar zitten.

Lieverd... Hij raakt haar arm aan, zacht, en probeert haar naar zich toe te draaien. Katherine, lieverd, ik wilde het je vertellen, kijk me alsjeblieft aan; en ze draait zich langzaam om, kijkt hem aan, haar ogen rood, ze heeft lang zitten huilen. Hij wacht totdat ze iets zal zeggen, hij weet niet hoeveel ze weet. Wat is er gebeurd? Ze geeft geen antwoord. Alsjeblieft, Katherine. Edgar, je weet wat er is gebeurd. Ik weet het en ik weet het niet. Wie heeft die papieren gebracht? Is het belangrijk? Katherine, lieverd, wees niet boos op me, ik wilde er met je over praten, alsjeblieft, Katherine...

Ik ben niet boos, Edgar, zegt ze.

Hij steekt zijn hand in zijn zak en haalt er een zakdoek uit. Kijk me aan. Hij raakt haar wang aan met zijn zakdoek.

Ik was boos vanmorgen, toen hij hier kwam. Wie? Een militair, van het ministerie van Oorlog. Hij vroeg naar jou, met dat daar. Ze gebaarde naar de papieren. En wat zei hij? Heel weinig, alleen dat deze papieren bestemd waren voor jouw voorbereiding, dat ik trots mocht zijn, dat je iets gaat doen wat heel belangrijk is, en toen hij dat zei, wist ik nog steeds niet waar hij het over had. Wat bedoelt u? Hij zei alleen: mevrouw Drake, weet u dat uw man een moedig mens is, en ik moest hem toen vragen: waarom? Ik voelde me zo'n idioot, Edgar. Hij leek verbaasd toen ik vroeg wat hij bedoelde, ik vertelde hem bijna dat hij het verkeerde huis had, de verkeerde man, maar uiteindelijk bedankte ik hem alleen en hij vertrok. Maar ik heb alles gelezen. Sommige, niet meer dan sommige, maar dat was voldoende. Ze zweeg. Wanneer was hij gekomen? Vanmorgen, ik weet dat ik je post niet hoor te lezen, ik heb het pakket op tafel laten liggen, het was niet van mij. Ik ging naar boven om het borduurwerk voor onze beddensprei af te maken, maar ik kon mijn aandacht er niet bijhouden. Ik bleef mezelf maar prikken met de naald, omdat ik zat na te denken over wat hij had gezegd, en ik ging naar beneden en bleef daar bijna een uur zitten, terwijl ik me afvroeg of ik het moest openmaken of niet, en mezelf wijsmaakte dat het niets was, maar ik wist dat dat niet zo was, en ik dacht aan gisteravond. Gisteravond. Gisteravond was je anders. Dat weet je zelf ook. Niet op dat moment, maar vanmorgen wist ik het, ik denk dat ik je te goed ken.

Hij pakt haar handen.

Ze zitten lange tijd zo, hun knieën tegen elkaar, haar handen in de zijne. Ze zegt opnieuw dat ze niet boos is. Je mág boos zijn. Ik was ook boos, de boosheid kwam en ging, ik had alleen gewild dat je het me had verteld, Birma kan me niet schelen. Nee, dat is niet waar, Birma kan me wél schelen, ik had alleen gewild... Ik vroeg me af waarom je het me niet had verteld, of je misschien dacht dat ik je ervan zou weerhouden om het te doen, dat doet het meest pijn, ik ben trots op je, Edgar.

De woorden blijven om hen heen hangen. Hij laat haar handen los, en ze begint opnieuw te huilen. Ze veegt haar ogen af. Kijk mij nou, ik gedraag me als een kind. Ik kan nog steeds van gedachten veranderen, zegt hij.

Daar gaat het niet om, ik wíl niet dat je van gedachten verandert. Dus jij wilt dat ik ga. Ik wil niet dat je gaat, maar tegelijkertijd weet ik dat je het wél moet doen, ik verwachtte dit al. Jij verwachtte een ontstemde Erard in Birma? Niet Birma, dít, iets anders. Het is een mooie gedachte, om muziek te gebruiken om vrede te bewerkstelligen, ik vraag me af welke muziek je daar zult spelen. Ik ga alleen stemmen, ik ben geen pianist, ik ga omdat het een opdracht is. Nee, maar deze opdracht is anders, en niet alleen omdat je weggaat. Ik begrijp het niet. Anders, anders dan je andere projecten, een echt doel, iets waardevols.

Je vindt niet dat mijn werk nu al waardevol is. Dat zei ik niet. Dat zei je wel zo ongeveer. Ik kijk naar je, Edgar, soms is het alsof je mijn kind bent, ik ben trots op je, jij hebt gaven die anderen niet hebben, jij hebt manieren om iets te horen wat andere mensen niet kunnen horen, je bent deskundig op het gebied van de techniek van dingen, jij maakt muziek prachtig, dat is voldoende. Behalve dan dat het nu klinkt alsof dat niet zo is.

Edgar, alsjeblieft, nu ben jíj boos. Nee, ik vraag alleen naar je redenen, je hebt me dit nooit eerder verteld. Dit is gewoon een nieuwe opdracht, ik ben nog steeds een technicus, laten we oppassen dat we de waardering voor een schilderij van Turner niet geven aan de man die zijn penselen maakt.

Nu klink jij alsof je niet weet of je moet gaan. Natuurlijk weet ik dat niet, alleen vertelt mijn vrouw me nu dat ik het zou moeten doen om iets te bewijzen. Je weet dat ik dat niet zeg. Ik heb wel meer vreemde opdrachten gehad, Katherine. Maar dit is anders, dit is de enige die je ooit verborgen hebt gehouden.

Buiten zakt de zon uiteindelijk achter de daken, en de kamer wordt plotseling donkerder.

Katherine, ik verwachtte dit niet van jou. Wat verwachtte je dan? Ik weet het niet, ik heb dit nooit eerder gedaan. Jij verwachtte dat ik zou huilen zoals ik nu doe, je zou smeken om niet te gaan, omdat vrouwen zich zo gedragen als ze hun man kwijtraken. Jij verwachtte dat ik bang zou zijn als jij weg bent, omdat jij er dan niet zult zijn om voor me te zorgen, dat ik bang zal zijn dat ik je kwijt zal raken. Katherine, dat is niet waar, dat is niet de reden waarom ik het je niet heb verteld. Jij dacht dat ik bang zou zijn, je scheurde een pagina uit de *Illustrated London News* omdat er een artikel over Birma in stond.

Er viel een lange stilte. Het spijt me, je weet dat dit nieuw voor me is. Ik weet het, dit is voor mij ook nieuw.

Ik denk dat je moet gaan, Edgar, ik zou willen dat ík kon gaan, het moet schitterend zijn om de wereld te zien. Je moet bij me terugkomen met verhalen.

Het is gewoon een nieuwe opdracht.

Dat zeg je telkens, maar je weet dat dat niet zo is.

Het schip vertrekt pas over een maand, dat duurt nog lang.

Er is veel om voor te bereiden.

Het is erg ver, Katherine.

Dat weet ik.

De volgende dagen gingen snel voorbij. Edgar maakte de Farrell-opdracht af en weigerde een nieuwe opdracht om een mooie Streicher-vleugel uit 1870 met een oud Weens mechaniek te stemmen.

Officieren van het ministerie van Oorlog kwamen regelmatig langs, en brachten telkens nieuwe documenten: instructies, schema's, lijsten met dingen die hij mee moest nemen naar Birma.

Na de tranen van de eerste dag leek Katherine de opdracht enthousiast te verwelkomen. Edgar was hier dankbaar voor; hij had gedacht dat ze misschien van streek zou blijven. Bovendien was hij nooit erg netjes geweest. Katherine had hem er altijd mee geplaagd dat de precieze ordening van pianosnaren een chaotische wanorde in ieder ander aspect van zijn leven noodzakelijk leek te maken. Het gebeurde vaak dat een militair naar hun huis kwam om papieren af te geven terwijl Edgar weg was. Katherine nam die in ontvangst, las ze en maakte er drie stapels van op zijn bureau: formulieren die moesten worden ingevuld en geretourneerd aan het leger, algemene geschiedverhalen en papieren die rechtstreeks betrekking hadden op zijn opdracht. Als hij later thuiskwam, lagen de stapels binnen een paar minuten door elkaar, alsof hij er alleen in had zitten rommelen op zoek naar iets. Dat iets, zo wist Katherine, was informatie over de piano, maar er kwam niets, en na een dag of drie, vier begroette ze hem meestal met: 'Er zijn vandaag weer nieuwe papieren gekomen, veel militaire informatie, niets over een piano', waarop hij dan teleurgesteld keek, maar het hielp wel aanzienlijk om de tafel netjes te houden. Hij pakte vervolgens iets wat boven op de stapel lag en trok zich terug in zijn stoel. Later trof ze hem vaak slapend aan met het papier open op zijn schoot.

Ze was verbaasd over de hoeveelheid documentatie die ze brachten, kennelijk allemaal op Carrolls verzoek, en ze las de papieren gretig, schreef zelfs delen van een geschiedenis van de Shan over, geschreven door de dokter zelf, een verhaal waarvan ze had verwacht dat het saai zou zijn, maar dat haar in verrukking bracht door de gebeurtenissen en haar een goed gevoel gaf over de man aan wie ze naar haar idee haar man toevertrouwde. Ze had Edgar aangeraden om het ook te lezen, maar hij zei haar dat hij daarmee nog even wachtte; ik zal dingen nodig hebben om me af te leiden als ik alleen ben. Verder had ze het nauwelijks met hem over wat ze las. De verhalen en beschrijvingen van de bevolking fascineerden haar; al sinds haar jeugd was ze dol op verhalen over verre oorden. Maar toen ze zichzelf erop betrapte dat ze aan het dagdromen was, was ze toch blij dat zij niet ging. Het leek net, zo vertrouwde ze een vriendin toe, één groot dwaas spel voor jongens die nooit volwassen zijn geworden, als verhalen uit *Boys' Own* of de cowboyboekjes van een penny die werden geïmporteerd uit Amerika. 'Maar toch laat je Edgar gaan,' had haar vriendin geantwoord. 'Edgar heeft nooit die spelletjes gespeeld,' zei ze. 'Misschien is het nog niet te laat. Bovendien heb ik hem nog nooit zo opgewonden gezien, zo vervuld van een doel. Hij lijkt weer een jonge man.'

Na een paar dagen kwamen er andere pakketten, deze keer afkomstig van kolonel Fitzgerald, om te worden afgeleverd bij majoor-arts Carroll. Ze zagen eruit alsof ze bladmuziek bevatten, en Edgar wilde ze openen, maar Katherine berispte hem. De partituren waren keurig verpakt in bruin papier, en hij zou ze zeker door elkaar gooien. Gelukkig waren de namen van de componisten op de buitenkant van het papier geschreven, en Edgar stelde zich tevreden met de wetenschap dat hij, mocht hij ergens stranden, in ieder geval Liszt zou hebben om hem gezelschap te houden. Een dergelijke goede smaak, zei hij, gaf hem vertrouwen in zijn missie.

De vertrekdatum was gesteld op 26 november, precies een maand na de dag waarop Edgar zijn opdracht had aanvaard. Hij naderde als een cycloon, als het niet was door de waanzinnige voorbereidingen die eraan voorafgingen, dan wel door de stilte waarvan Katherine wist dat die er altijd op volgde. Terwijl hij zijn dagen doorbracht met zijn werk afmaken en zijn atelier opruimen, pakte zij zijn koffers in, waarbij ze de aanbevelingen van het leger bijstelde met een kennis die alleen de vrouw van een stemmer van Erards heeft. Dus aan de lijst van het leger met zaken als waterafstotende, rotbestendige kleding, een smoking en een assortiment aan pillen en poeders om 'meer van het tropische klimaat te kunnen genieten', voegde zij een zalf toe voor vingers die kloven hadden gekregen van het stemmen, evenals een reservebril, aangezien Edgar onveranderlijk ongeveer eens in de drie maanden boven op zijn bril ging zitten. Ze pakte ook een rokkostuum in, 'voor het geval je wordt gevraagd om te spelen,' zei ze, maar Edgar kuste haar op haar voorhoofd en haalde die eruit. 'Je vleit me, lief, maar ik ben geen pianist, moedig dat soort ideeen alsjeblieft niet aan.'

Toch stopte ze hem terug. Ze was gewend aan dat soort protesten. Sinds hij een jongen was, had Edgar bij zichzelf een aanleg voor klank opgemerkt, hoewel niet, zoals hij tot zijn droefheid had ervaren, aanleg voor componeren. Zijn vader, een timmerman, was een enthousiast amateurmusicus geweest, die instrumenten met alle mogelijke vormen en klanken verzamelde, en bazaars afstruinde op zoek naar vreemde volksinstrumenten, meegenomen van het vasteland. Toen hij zich realiseerde dat zijn zoon te verlegen was om voor vrienden die op bezoek kwamen te spelen, had hij zijn energie gestoken in Edgars zus, een teer meisje dat later trouwde met een zanger bij de D'Oyly Carte Company, inmiddels tamelijk bekend door zijn hoofdrollen in operettes van Gilbert & Sullivan. Dus terwijl zijn zus braaf haar lessen volgde, bracht Edgar de dagen door met zijn vader, een man die hij zich voornamelijk herinnerde vanwege zijn grote handen, te groot, zou hij zeggen, voor fijn werk. En zo was het Edgars taak geworden om de groeiende collectie instrumenten van zijn vader te verzorgen, waarvan de meeste, tot vreugde van de jongen, in slechte staat waren. Later, als jongeman, toen hij Katherine had ontmoet en verliefd op haar was geworden, was hij net zo verrukt geweest om haar te horen spelen, en hij had haar dat ook verteld toen hij haar een huwelijksaanzoek deed. Heb niet de moed om me te vragen met je te trouwen simpelweg om iemand te hebben die de instrumenten die jij stemt voor je kan bespelen, had ze gezegd, haar hand licht rustend op zijn arm. Hij had toen geantwoord, als jonge man die een kleur kreeg door het gevoel van haar vingers: maak je geen zorgen, als je niet wilt, dan hoef je nooit te spelen, je stem is muziek genoeg.

Edgar pakte zelf zijn gereedschap in. Omdat het leger hem nog steeds geen details had gegeven over de piano, bracht hij een bezoek aan de winkel waar hij was gekocht, en sprak uitvoerig met de eigenaar over de bijzonderheden van het instrument, in welke mate het was gerestaureerd, welke van de oorspronkelijke delen er nog in zaten. Door de beperkte ruimte kon hij alleen gereedschap en vervangende onderdelen meenemen die specifiek waren voor de piano. Desondanks vulde dat al de helft van een van zijn grote koffers.

Een week voordat hij zou vertrekken nodigde Katherine de vrienden van haar man uit op de thee om afscheid van hem te kunnen nemen. Hij had weinig vrienden, en de meesten van hen waren ook stemmers: meneer Wiggers, die was gespecialiseerd in Broadwoods, meneer D'Argences, de Fransman wiens passie Weense piano's was, en meneer Poffy, die eigenlijk geen pianostemmer was, aangezien hij voornamelijk orgels repareerde. Het is leuk, zo verklaarde Edgar ooit tegenover Katherine, om variatie te hebben in je vrienden. Natuurlijk behelsde die nauwelijks de volledige verzameling van Diegenen Verbonden met Piano's. Alleen al het Londense adresboek vermeldde onder 'piano's': pianobouwers, pianomechaniekbouwers, pianosierwerkmakers, hamerbekleders, hamer- en dempervíltmakers, hamerlijstmakers, ivoorblekers, ivoorsnijders, klaviermakers, stempennenmakers, plakkers, pianosnarenmakers, pianostemmers. Opvallende afwezige op de thee was meneer Hastings, die eveneens gespecialiseerd was in Erards, en die Edgar met de nek had aangekeken sinds hij een bord op zijn hek had geplaatst waarop stond Vertrokken naar Birma om te stemmen in dienst van Hare Majesteit; neemt u alstublieft contact op met de heer Claude Hastings voor klein stemwerk dat niet kan wachten tot ik terug ben.

Iedereen bij het theebezoek was opgewonden over de Erardopdracht, en er werd tot laat in de avond gespeculeerd over wat er toch aan de hand kon zijn met de piano. Uiteindelijk, omdat ze genoeg had van de discussie, verliet Katherine de mannen en ging naar bed, waar ze las uit *The Burman*, een prachtige etnografie van een journalist die recentelijk was benoemd in de Birma Commissie. De auteur, een zekere meneer Scott, had de Birmese naam Shway Yoe, die 'Gouden Eer' betekende, als pseudoniem genomen, een feit dat Katherine afdeed als een nieuw bewijs dat de oorlog niet meer dan een 'jongensspel' was. Niettemin gaf het haar een onrustig gevoel, en voordat ze in slaap viel herinnerde ze zichzelf eraan dat ze Edgar moest vertellen dat hij niet terug moest komen met een belachelijke nieuwe naam.

En de dagen verstreken. Katherine verwachtte nerveuze laatste voorbereidingen, maar drie dagen voor de geplande vertrekdatum werden zij en Edgar op een morgen wakker en kwamen tot de conclusie dat ze niets meer hoefden voor te bereiden. Zijn koffers waren gepakt, zijn gereedschap schoongemaakt en geordend, zijn atelier gesloten.

Ze liepen langs de Theems, waar ze op de Embankment gingen zitten en naar het bootverkeer keken. Er was een duidelijke zuiverheid in de lucht, dacht Edgar, in het gevoel van haar hand in de zijne. Het enige wat nog ontbreekt aan dit moment is muziek. Sinds hij een jongen was had hij de gewoonte om niet alleen gevoelens te verbinden aan muziek, maar ook muziek aan gevoelens. Katherine had dit ontdekt door de brief die hij haar had geschreven kort nadat hij haar voor het eerst thuis had bezocht, en waarin hij zijn emoties beschreef als 'het allegro con brio van Haydns Sonate nr. 50 in D grote terts'. Op dat moment had ze erom gelachen en zich afgevraagd of hij serieus was of dat dit het soort grappen was waar alleen leerling-pianostemmers om konden lachen. Haar vriendinnen waren echter van mening dat het natuurlijk een grapje was, zij het wat vreemd, en ze merkte dat ze het daarmee eens was, totdat ze later de bladmuziek van die sonate kocht en hem speelde. Uit de pasgestemde piano klonk toen een lied van duizelingwekkende verwachting dat haar deed denken aan vlinders, niet het soort dat volgt op de lente, maar meer de bleke flitsende schaduwen die leven in de buik van diegenen die jong en verliefd zijn.

Terwijl ze zo samen zaten, klonken er fragmenten van melodieën in Edgars hoofd, als een orkest dat aan het inspelen is, totdat één melodie langzaam begon te domineren en de andere daarmee instemden. Hij neuriede. 'Clementi, Sonate in Fis kleine terts,' zei Katherine, en hij knikte. Hij had haar ooit verteld dat die hem deed denken aan een zeeman die verdwaald is op zee, terwijl zijn geliefde op hem wacht aan de kust. In de noten zit het geluid van de golven, van meeuwen verborgen.

Ze zaten te luisteren.

'Komt hij terug?'

'In deze versie wel.'

Onder hen laadden mannen kisten vanuit de kleinere boten die werden gebruikt voor rivierverkeer. Zeemeeuwen krijsten, wachtend op weggeworpen voedsel, naar elkaar schreeuwend terwijl ze rondcirkelden. Edgar en Katherine liepen langs de oever. Terwijl ze zich afwendden van de rivier en aan de terugweg begonnen, wikkelden Edgars vingers zich om die van zijn vrouw. Een stemmer is vaak een goede echtgenoot, had ze haar vriendinnen verteld nadat ze waren teruggekeerd van hun huwelijksreis. Hij weet hoe hij moet luisteren, en zijn aanraking is verfijnder dan die van de pianist; alleen de stemmer kent het inwendige van de piano. De jonge vrouwen hadden gegiecheld bij de schandelijke implicaties van die woorden. Nu, achttien jaar later, wist ze waar het littekenweefsel op zijn handen zich bevond en wat de oorzaken ervan waren. Ooit had hij die aan haar verteld, als een man met tatoeages die het verhaal erachter uitlegt. Deze die langs de binnenkant van mijn duim loopt, komt van een schroevendraaier, de schrammen op mijn pols zijn van de kast zelf; ik laat mijn arm vaak zo rusten als ik stem. Het eelt op de binnenkant van mijn wijsvinger en mijn ringvinger aan mijn rechterhand komt door het spannen van de stempennen voordat ik een buigtang ga gebruiken. Ik spaar daarbij mijn middelvinger, al weet ik niet waarom; misschien een gewoonte uit mijn jeugd. Gebroken nagels van snaren, dat is een teken van ongeduld.

Ze lopen naar huis, nu praten ze over onbeduidende dingen zoals hoeveel paar kousen hij heeft ingepakt, hoe vaak hij zal schrijven, cadeautjes die hij mee naar huis zal nemen, hoe hij ervoor kan zorgen dat hij niet ziek wordt. Het gesprek hapert; je verwacht niet dat een afscheid zo kan worden bedolven onder dergelijke trivialiteiten. Zo gaat het niet in boeken, denkt hij, of in het theater, en hij voelt de behoefte om te praten over een missie, over plicht, over liefde. Ze komen thuis en sluiten de deur, maar hij laat haar hand niet los. Waar praten tekortschiet, compenseert de aanraking.

Er resten nog drie dagen, en dan twee, en hij kan niet slapen. Hij gaat vroeg van huis om te wandelen, terwijl het nog donker is, en glipt weg onder het warme omhulsel van dekens, vervuld met de lucht van slaap. Ze draait zich om, slapend, misschien dromend: Edgar? En hij: blijf slapen, lief, en dat doet ze, zich weer nestelend onder de dekens, behaaglijke geluiden mompelend. Hij laat zijn voeten op de grond zakken, naar de koude kus van hout op voetzolen, en loopt de kamer door. Kleedt zich snel aan. Hij draagt zijn laarzen om haar niet wakker te maken, en glipt zachtjes de deur uit, de met een loper gestoffeerde trap af.

Het is koud buiten, en de straat is donker op een verzameling bladeren na die ronddraaien, gevangen in een windvlaag, die een verkeerde afslag heeft genomen door Franklin Mews, en nu omkeert, tuimelend, zich terugtrekt vanuit de smalle straat met aan weerszijden huizen. Er zijn geen sterren. Hij trekt zijn jas dicht om zich heen en duwt zijn hoed stevig op zijn hoofd. Hij volgt de terugtrekkende beweging van de wind, en hij gaat wandelen. Door verlaten, geplaveide straten, langs rijtjeshuizen, gordijnen dichtgetrokken als gesloten en slapende ogen. Hij loopt langs beweging, straatkatten misschien, mannen misschien. Het is donker, en er is nog geen elektrische verlichting in deze straten, dus hij merkt de lampen en kaarsen op, verborgen in het hart van de huizen. Hij duikt dieper weg in zijn jas en loopt, en de nacht gaat onmerkbaar over in de dageraad.

Er resten nog twee dagen, en dan nog één. Ze doet wat hij doet, is nog eerder dan hij vroeg in de morgen wakker, en samen wandelen ze door de uitgestrektheid van Regent's Park. Ze zijn meestal alleen. Ze houden elkaars hand vast terwijl de wind over de brede wandelpaden jaagt, over het oppervlak van plassen scheert en aan de natte bladeren rukt die het gras bedekken. Ze stoppen en gaan in de beschutting van een koepel zitten, waar ze kijken naar de weinige mensen die zich in de regen hebben gewaagd: oude mannen die alleen lopen, paartjes, moeders die kinderen door de tuinen leiden, misschien naar de dierentuin, huppelend, mama, wat zullen we daar zien? 'Sstt! Gedraag je, er zijn Bengaalse tijgers en Birmese pythons en die eten stoute kinderen op.'

Ze lopen verder. Door de donkere tuinen, bloemen die druipen van de regen. De hemel is laag, de bladeren geel. Ze neemt zijn hand en leidt hem weg van de lange lanen en over de smaragdgroene gazons, twee kleine figuurtjes die zich over het groen bewegen. Hij vraagt niet waar ze heen gaan, maar luistert hoe de modder zich aan zijn laarzen vastzuigt, vieze geluiden. De hemel hangt laag en grijs, en er is geen zon.

Ze brengt hem naar een klein prieel en het is droog daar, en hij veegt haar natte haar uit haar gezicht. Haar neus is koud. Hij zal zich dat herinneren.

De dag verandert in de nacht.

En dan is het 26 november 1886.

Een koets stopt bij het Royal Albert Dock. Twee mannen in geperste legeruniformen komen te voorschijn en openen de portieren voor een man en vrouw van middelbare leeftijd. Ze stappen voorzichtig uit, alsof het de eerste keer is dat ze in een militair voertuig rijden, waarvan de treden hoger zijn en de drempel dikker om de koets te ondersteunen over ruw terrein. Een van de soldaten wijst op het schip en de man kijkt ernaar en wendt zich dan tot de vrouw. Ze staan bij elkaar en hij kust haar licht. Dan draait hij zich om en volgt de twee militairen naar de boot. Allebei dragen ze een grote koffer, hij een kleinere tas.

Er is weinig ophef, geen flessen die kapot worden geslagen tegen de boeg – dat gebruik is gereserveerd voor de doper van een schip dat haar eerste reis maakt, en voor de dronkaards die in het dok slapen en zich af en toe wassen op het stroomafwaarts gelegen kermisterrein. Op het dek staan de passagiers te zwaaien naar de menigte. De mensen zwaaien terug.

De machines beginnen te dreunen.

Terwijl ze beginnen te bewegen, daalde de mist neer boven de rivier. Als een gordijn laat hij de gebouwen en kaden verdwijnen, evenals diegenen die zijn gekomen om afscheid te nemen van het stoomschip. Midden op de rivier wordt de mist dichter en kruipt over het dek, en laat dan zelfs de ene passagier na de andere verdwijnen.

Langzaam, een voor een, keren de passagiers terug naar binnen, en Edgar blijft alleen achter. De mist parelt op zijn brillenglazen en hij maakt die schoon door ze af te vegen aan zijn jas. Hij probeert door de mist te turen, maar die onthult niets van de voorbijglijdende kustlijn. Achter hem wist hij de schoorsteen van het schip uit, en hij heeft het gevoel alsof hij in een leegte drijft. Hij steekt zijn hand voor zich uit en kijkt toe hoe de witte wervelingen zich eromheen wikkelen in stroompjes kleine druppels.

Wit. Als een schoon stuk papier, als onbewerkt ivoor, alles is wit als het verhaal begint.

3

30 november 1886

Lieve Katherine,

Het is nu vijf dagen geleden dat ik Londen heb verlaten. Het spijt me dat ik je niet eerder heb geschreven, maar Alexandrië is onze eerste postmogelijkheid sinds Marseille, dus besloot ik om te wachten met schrijven in plaats van je brieven te sturen die alleen oude gedachten bevatten.

Lieve Katherine, hoe kan ik de laatste paar dagen aan jou beschrijven? En wat zou ik graag willen dat je hier was op deze reis om alles te zien wat ik zie! Zo verscheen er gistermorgen een nieuwe kustlijn aan stuurboord, en ik vroeg aan een van de zeelieden waarvan die was. Hij antwoordde: 'Afrika', en leek tamelijk verbaasd over mijn vraag. Natuurlijk voelde ik me dom, maar ik kon mijn opwinding nauwelijks verbergen. Deze wereld lijkt zowel heel klein als heel groot.

Ik heb veel te schrijven, maar laat ik je allereerst vertellen over de reis totnogtoe, vanaf het moment waarop we afscheid van elkaar namen. De reis van Londen naar Calais was rustig. De mist was dik en verdween zelden lang genoeg om een glimp te kunnen opvangen van iets anders dan de golven. De oversteek duurde maar een paar uur. Toen we in Calais arriveerden was het nacht, en we werden per koets naar het station gebracht, waar we op de trein naar Parijs stapten. Zoals je weet heb ik er altijd van gedroomd om een bezoek te brengen aan het huis waar Sébastien Erard heeft gewoond. Maar we waren nog maar net gearriveerd of ik zat al in een volgende trein naar het zuiden. Frankrijk is echt een prachtig land, en onze reis voerde ons langs gouden velden en wijngaarden, en zelfs lavendelvelden (beroemd vanwege het parfum, waarvan ik je heb beloofd dat ik die zal meenemen als ik terugkom). Voor de Fransen zelf heb ik minder positieve woorden, aangezien geen van de Fransen die ik heb ontmoet ooit had gehoord van Erard of van het *mécanisme à étrier*, Erards grote uitvinding. Ze keken me alleen maar aan of ik gek was toen ik ernaar vroeg.

In Marseille stapten we aan boord van het volgende schip, van dezelfde scheepvaartmaatschappij, en al snel stoomden we over de Middellandse Zee. Wat zou ik graag willen dat je de schoonheid van dat water kon zien! Het heeft een kleur blauw zoals ik nooit eerder heb gezien. De kleur die er het dichtstbij komt is die van een vroege avondlucht, of misschien die van saffieren. De camera is absoluut een prachtige uitvinding, maar wat zou ik graag kleurenfoto's willen nemen, zodat je zelf zou kunnen zien wat ik bedoel. Je moet eens naar de National Gallery gaan om *The Fighting Temeraire* van Turner te bekijken; dat schilderij zit er het dichtstbij, voorzover ik kan bedenken. Het is erg warm en ik ben de koude Engelse winter al vergeten. Ik bracht een groot deel van de eerste dag aan dek door en was uiteindelijk behoorlijk verbrand. Ik moet eraan denken dat ik een hoed draag.

Na de eerste dag gingen we door de Straat van Bonifacio, die loopt tussen de eilanden Sardinië en Corsica. Vanaf het schip konden we de Italiaanse kustlijn zien. Die zag er erg stil en vredig uit, en dat was ook zo. Het is moeilijk om je de onstuimige geschiedenis voor te stellen die daar diep in de heuvels haar oorsprong vond, en dat dit het land is waar Verdi, Vivaldi, Rossini en vooral Cristofori zijn geboren.

Hoe moet ik mijn dagen aan jou beschrijven? Naast gewoon zitten op het dek en staren naar de zee heb ik vele uren doorgebracht met het lezen van de rapporten die werden gestuurd door Anthony Carroll. Het is vreemd te bedenken dat deze man, die mijn gedachten nu al weken in beslag neemt, nog niet eens mijn naam weet. Niettemin heeft hij een bijzondere smaak. Ik opende een van de pakketten met bladmuziek die ik heb gekregen om aan hem te geven, en ontdekte dat dat onder andere het Pianoconcert nr. 1 van Liszt en Schumanns Toccata in C grote terts bevatte. Er zitten wat bladen bij waarvan de muziek mij niet bekend is, en als ik probeer om die te neuriën, kan ik er geen melodie in herkennen. Ik moet hem daarnaar vragen als ik in zijn kamp ben aangekomen.

Morgen leggen we aan in Alexandrië. De kust is nu heel dichtbij, en in de verte kan ik minaretten zien. Vanmorgen passeerden we een kleine vissersboot met daarop een visser die stond toe te kijken hoe wij langsstoomden, een net losjes in zijn handen hangend, zo dichtbij dat ik het gedroogde zout kon zien waarmee zijn huid bespikkeld was. En minder dan een week geleden was ik nog in Londen! Helaas zullen we maar kort in de haven blijven liggen en ik zal geen tijd hebben om de piramiden te bezoeken.

Er is zoveel wat ik je nog wil vertellen... De maan is bijna vol nu, en 's avonds ga ik vaak aan dek om ernaar te kijken. Ik heb gehoord dat de oosterlingen geloven dat er een konijn op de maan zit, maar ik kan dat nog steeds niet zien, alleen een mannetje, knipperend met zijn ogen, mond wijdopen van verrassing en verwondering. En nu denk ik dat ik begrijp waarom hij zo kijkt, want als alles al zo wonderbaarlijk is vanaf het dek van een schip, stel je voor hoe het dan wel niet vanaf de maan moet zijn. Twee nachten geleden kon ik van alle hitte en opwinding niet slapen en ging ik naar het dek. Ik keek uit over de zee toen het water langzaam, op nog geen honderd meter vanaf het schip, begon te glinsteren. Eerst dacht ik dat het een reflectie van de sterren was, maar het leek vorm te krijgen, gloeiend als duizenden kleine vuurtjes, als de straten van Londen bij nacht. Door het glanzen van de vorm verwachtte ik dat er een zonderling zeedier zou verschijnen, maar het bleef amorf, drijvend op het water, en strekte zich zeker anderhalve kilometer uit. Ineens, nadat we het hadden gepasseerd en ik me omdraaide om ernaar te kijken, was het verdwenen. Maar gisteravond verscheen het lichtbeest opnieuw. Van een reizende naturalist die aan dek was gekomen om naar de hemel te kijken, kwam ik toen te weten dat het licht niet het licht van een of ander monster was, maar van miljoenen microscopisch kleine organismen die door de man 'diatomeeën' werden genoemd, en dat soortgelijke organismen de Rode Zee zijn beroemde kleur geven. Katherine, wat een vreemde wereld is dit, waar het onzichtbare het water kan verlichten en de zee zelfs rood kan kleuren.

Lieve schat, ik moet nu gaan. Het is laat, en ik mis je vreselijk, en ik hoop dat je niet eenzaam bent. Maak je alsjeblieft geen zorgen om mij. Eerlijk gezegd was ik een beetje bang toen ik vertrok, en soms als ik in bed lig, vraag ik me af waarom ik eigenlijk ben gegaan. Ik heb nog steeds geen antwoord. Ik herinner me wat je me in Londen vertelde: dat het prachtig werk is, dat het mijn plicht is tegenover mijn land, maar dat kan het niet zijn; ik heb me nooit aangemeld voor het leger toen ik jong was, en ik heb weinig belangstelling voor onze buitenlandse aangelegenheden. Ik weet dat het je boos maakte toen ik opperde dat het mijn plicht was tegenover de piano en niet tegenover de Kroon, maar ik heb nog steeds heel sterk het gevoel dat dokter Carroll het juiste doet en dat, als ik kan helpen voor de zaak van de muziek, dát dan misschien mijn plicht is. Een deel van mijn besluit heeft zeker te maken met mijn vertrouwen in dokter Carroll, en het gevoel dat we iets delen: een missie en het verlangen om mooie muziek te brengen naar plaatsen waar anderen alleen wapens hebben gebracht. Ik weet dat dergelijke gevoelens vaak verbleken als ze in aanraking komen met de werkelijkheid. Ik mis je erg, en ik hoop maar dat ik niet aan een hopeloze missie bezig ben. Maar je weet dat ik niet iemand ben die onnodige risico's neemt. Ik zou wel eens banger kunnen zijn dan jij door de verhalen die ik hoor over de oorlog en de jungle.

Waarom verspil ik woorden aan mijn angsten en onzekerheden terwijl ik zo veel moois heb om je te vertellen? Ik denk dat dat komt omdat ik niemand anders heb om deze gedachten mee te delen. Eerlijk gezegd ben ik nu al gelukkig op een manier zoals ik dat nooit eerder heb meegemaakt. Ik zou alleen willen dat jij hier was om deze reis met me te delen.

Ik zal je snel weer schrijven, lief.

Je toegewijde man,

Edgar

Hij postte de brief in Alexandrië, een korte stop, waar het schip nieuwe passagiers aan boord nam, mannen in golvende gewaden die een taal spraken die diep vanuit hun keel leek te komen. Ze bleven een paar uur in de haven, wat alleen tijd bood om even rond te wandelen te midden van de lucht van drogende inktvis en de geurige zakken van specerijhandelaren. Al spoedig gingen ze weer verder, door het Suezkanaal en een volgende zee op.

4

Die avond, terwijl de boot rustig door de wateren van de Rode Zee stoomde, kon Edgar niet slapen. Eerst probeerde hij een document te lezen dat hij had gekregen van het ministerie van Oorlog, een bombastisch stuk over militaire campagnes tijdens de Derde Anglo-Birmese Oorlog, maar gaf het verveeld op. Het was verstikkend warm in de hut en de kleine patrijspoort deed weinig om de zeelucht binnen te laten. Uiteindelijk kleedde hij zich aan en liep de lange gang af, om via de loopgang op het dek te komen.

Buiten was het koel, de lucht was helder en de maan vol. Weken later, nadat hij de mythes had gehoord, zou hij begrijpen waarom dit belangrijk was. Hoewel de Engelsen de dunne, lusteloze schijf licht 'nieuwe maan' noemen, is dit slechts één manier om die te begrijpen. Vraag het een willekeurig kind van de Shan, of van de Wa, of de Pa-O, en ze zullen je vertellen dat het de volle maan is die nieuw is, want die is helder en schitterend als de zon, en het is de dunne maan die oud en teer is, en spoedig zal sterven. En dus markeren volle manen een begin, een tijdperk waarin verandering begint, waarbij scherp gelet moet worden op voortekenen.

Maar er resteren nog heel wat dagen voordat Edgar Drake in Birma zal arriveren, en hij kent de profetieën van de Shan nog niet. Dat er vier soorten voorspellingen zijn: die welke de voortekenen van de hemel, de voortekenen van vliegende vogels, de voortekenen van pluimvee en de voortekenen van de beweging van viervoetige dieren zijn. Hij kent niet de betekenis van kometen of stralenkransen of meteorietenregens, weet niet dat een profetie kan worden afgeleid uit de richting van de vlucht van een kraanvogel, dat je voor een voorspelling moet kijken naar de eieren van kippen, naar het zwermen van bijen, en niet alleen óf maar ook wáár een hagedis, rat of spin op je lichaam valt. Dat als het water in een vijver of rivier rood kleurt, het land verwoest zal worden door een vernietigende oorlog; een dergelijk voorteken voorspelde de vernietiging van Ayuttaya, de oude hoofdstad van Siam. Dat als een man iets in zijn hand neemt en het breekt zonder duidelijke reden, of als zijn tulband uit eigen beweging van zijn hoofd valt, hij zal sterven.

Dergelijke voortekenen hoeven nog niet te worden opgeroepen voor Edgar Drake, nog niet. Hij draagt geen tulband en breekt zelden snaren als hij stemt en repareert, en terwijl hij op het dek stond, reflecteerde de zee het licht van de maan met een glinstering van zilver op blauw.

De contouren van de kust waren nog steeds te zien, en zelfs de verre knipperbeweging van een vuurtoren. De lucht was helder en bezaaid met duizenden sterren. Hij keek uit over de zee waar golven schitterden door de weerspiegeling ervan.

De volgende avond zat Edgar in de eetzaal, aan het einde van een lange tafel gedekt met een schoon wit kleed. Boven hem verraadde een kroonluchter de beweging van het schip. Een elegante aangelegenheid, had hij Katherine geschreven, ze hebben niet bezuinigd op luxe. Hij zat alleen en luisterde naar een geanimeerd gesprek tussen twee officieren over een veldslag in India. Zijn gedachten dwaalden af, naar Birma, naar Carroll, naar stemmen, naar piano's, naar huis.

Een stem achter hem bracht hem terug naar het stoomschip.
'De pianostemmer?'

Edgar draaide zich om en zag een lange man in uniform. 'Ja,' zei hij, terwijl hij haastig zijn voedsel doorslikte en opstond om zijn hand uit te steken. 'Drake. En u, meneer?'

'Tideworth,' zei de man, met een aantrekkelijke glimlach. 'Ik ben de scheepskapitein van Marseille tot aan Bombay.'

'Natuurlijk, kapitein. Ik herken uw naam. Het is een eer u te ontmoeten.'

'Nee, meneer Drake. De eer is geheel aan mij. Het spijt me dat ik u niet eerder heb kunnen begroeten. Ik verheug me er al weken op om kennis met u te maken.'

'Kennis met míj te maken, o ja?' zei Edgar. 'Waarom dan wel?'

'Ik had het u moeten vertellen toen ik mezelf voorstelde. Ik ben een vriend van Anthony Carroll. Hij heeft me geschreven om me op te hoogte te stellen van uw passage. Hij verheugt zich erop om u te ontmoeten.'

'Dat is wederzijds. Ik ga inderdaad voor hem naar Birma.' Hij lachte.

De kapitein gebaarde naar de stoelen. 'Alstublieft, laten we gaan zitten,' zei hij. 'Het was niet mijn bedoeling uw maaltijd te verstoren.'

'Natuurlijk niet, kapitein. Maar ik heb al genoeg gegeten. U zorgt te goed voor ons.' Ze gingen zitten aan de tafel. 'Dus dokter Carroll heeft over míj geschreven? Ik ben nieuwsgierig wat hij heeft gezegd.'

'Niet veel. Ik geloof dat ze hem nog niet eens uw naam hebben verteld. Hij schreef me wél dat u een uitstekend pianostemmer bent, en dat uw veilige passage uiterst belangrijk is voor hem. Hij zei ook dat u misschien wat uit uw doen zou zijn tijdens deze reis, en dat ik een oogje op u moest houden.'

'Dat is al te vriendelijk. Maar ik denk dat het allemaal wel lukt. Hoewel, zonder een Indiase oorlog te hebben meegemaakt' – hij wees met zijn hoofd in de richting van de mannen naast hem – 'heb ik hier weinig te vertellen.'

'O, die zijn meestal erg saai,' antwoordde de kapitein, terwijl hij zijn stem liet dalen, een onnodige voorzorgsmaatregel, omdat de officieren tamelijk dronken waren en zijn aanwezigheid niet eens hadden opgemerkt.

'Niettemin hoop ik dat ik u niet van uw werk houd.'

'Absoluut niet, meneer Drake. We zitten in rustig vaarwater, zoals ze zeggen. We moeten over zes dagen in Aden zijn, als we geen problemen krijgen. Ze zullen me roepen als ze me nodig hebben. Vertelt u me eens, geniet u van de reis?'

'Ja, ik vind alles prachtig. Dit is eerlijk gezegd mijn eerste reis buiten Engeland. Alles is veel mooier dan ik me had voorgesteld. Ik ken het vasteland van Europa voornamelijk door de muziek, door de piano's.' Toen de kapitein niet reageerde, antwoordde Edgar opgelaten: 'Ik ben specialist in Erard-piano's. Dat is een Frans model.'

De kapitein keek hem nieuwsgierig aan. 'En de reis naar Alexandrië? Geen piano's daar, neem ik aan.'

'Nee, geen piano's,' zei hij lachend. 'Maar wél een adembenemend uitzicht. Ik heb uren aan dek doorgebracht. Het is net alsof ik weer een jonge man ben. Dat zult u wel kunnen begrijpen.'

'Natuurlijk. Ik herinner me nog goed de eerste keer dat ik op deze route voer. Ik schreef er zelfs gedichten over, dwaze odes over varen langs de rand van twee continenten, allebei enorm en kaal, zich uitstrekkend over honderden kilometers zand en legendarische steden, allebei oprijzend naar de hemel, naar de Levant, naar de Congo. Dat kunt u zich vast wel voorstellen. Op zee zijn heeft niets van zijn glans verloren, hoewel ik gelukkig wel lang geleden ben opgehouden met dichten. Vertelt u me eens: hebt u al kennisgemaakt met een van de andere passagiers?'

'Niet echt. Ik ben niet zo'n extravert type. De overtocht is al opwindend genoeg. Het is allemaal heel nieuw voor mij.'

'Toch is het jammer dat u geen andere mensen hebt leren kennen. Het is altijd een bijzondere verzameling. Zonder hen zou ik

zelfs wel eens genoeg kunnen krijgen van dit uitzicht.'
'Bijzonder? In welk opzicht?'
'O, had ik maar de tijd om u alle verhalen van mijn passagiers te vertellen. Waar ze zich inschepen is al exotisch genoeg. Niet alleen vanuit Europa of Azië, maar ook vanuit een van de ontelbare aanloophavens langs de Middellandse Zee, de Noord-Afrikaanse kust, Arabië. Ze noemen deze route "de as van de wereld". En de verhalen! Ik hoef hier maar in deze zaal rond te kijken…' Hij boog zich dichter naar hem toe. 'Ziet u bijvoorbeeld daar aan het uiteinde van de tafel die oude heer die zit te eten met die grijze dame?'
'Ja. Waarschijnlijk is hij de oudste man aan boord.'
'Hij heet William Penfield. Voormalig officier bij de Oost-Indische Compagnie. "Bloody Bill" noemden ze hem. Misschien wel de meest onderscheiden en wilde militair die ooit heeft gediend in de koloniën.'
'Die oude man?'
'Dezelfde. Als u de volgende keer bij hem in de buurt bent, kijk dan eens naar zijn linkerhand. Hij mist twee vingers door een schermutseling tijdens zijn eerste tocht. Zijn mannen grapten wel dat hij duizend levens heeft genomen voor ieder van die vingers.'
'Vreselijk.'
'Dat is nog niet eens het ergste, maar ik zal u die bijzonderheden besparen. Kijk nu eens naar links. Die jonge kerel, met het donkere haar, die noemen ze "Teak Harry". Ik ken zijn echte naam niet. Een Armeniër uit Bakoe. Zijn vader was houthandelaar, die stoomschepen toestemming gaf om Siberisch hout van de noordelijke kust van de Kaspische Zee naar de zuidelijke kust te vervoeren. Een tijdlang schijnt hij de hele Perzische markt in handen te hebben gehad, totdat hij tien jaar geleden werd vermoord. De hele familie vluchtte, sommigen naar Arabië, anderen naar Europa. Teak Harry ging oostwaarts, naar de Indo-Chinese markt. Reputatie als durfal en avonturier. Er gaan geruchten dat

hij zelfs Garniers reis over de Mekong heeft gefinancierd om de bron ervan te vinden, hoewel daar geen bewijs van is, en als het waar is, dan is Harry zo discreet geweest om zijn Britse scheepscontracten te beschermen. Harry zal waarschijnlijk de hele reis naar Rangoon bij u zijn, hoewel hij voor de verdere tocht naar Mandalay een van zijn eigen stoomschepen zal nemen. Hij heeft een enorm landhuis, nee, een landgoed, groot genoeg om de koningen van Ava jaloers te maken. Wat kennelijk ook gebeurd is. Ze zeggen dat Thibaw twee keer heeft geprobeerd om Harry te laten vermoorden, maar de Armeniër wist te ontkomen. U komt misschien wel langs zijn verblijf in Mandalay. Alles in zijn leven draait om teak. Moeilijk om mee in gesprek te komen als je niet in die handel zit.' De kapitein stopte nauwelijks om adem te halen. 'Achter hem, die stevige kerel, een Fransman, Jean-Baptiste Valérie, professor linguïstiek aan de Sorbonne. Ze zeggen dat hij zevenentwintig talen spreekt, waarvan er drie niet worden gesproken door welke andere blanke ook, zelfs niet door missionarissen.'

'En de man naast hem, de man met de ringen? Een opvallende kerel.'

'Ah, de tapijthandelaar Nader Modarress, een Pers die is gespecialiseerd in Bakhtiari-kleden. Hij maakt deze reis met twee minnaressen – ongewoon, omdat hij genoeg vrouwen in Bombay heeft om hem te veel af te leiden om nog tapijten te kunnen verkopen. Hij logeert in de koninklijke hut. Die kan hij zich altijd veroorloven. Zoals u hebt gezien draagt hij gouden ringen aan iedere vinger – u moet eens proberen die goed te bekijken; iedere ring is bezet met bijzondere edelstenen.'

'Hij ging aan boord met een andere heer, een grote blonde kerel.'

'Lijfwacht. Een Noor, denk ik. Hoewel ik betwijfel of hij veel aan hem heeft. Hij brengt de helft van zijn tijd door met opium roken samen met de stokers – slechte gewoonte, maar het zorgt ervoor dat ze niet al te erg klagen. Modarress heeft nog iemand anders in dienst, een man met een bril, een dichter uit Kiev, die hij heeft ingehuurd om odes te schrijven voor zijn vrouwen – de Pers beschouwt zichzelf als een romanticus, maar heeft wat moeite met zijn bijvoeglijke naamwoorden. Ah – vergeef me: ik roddel als een schoolmeisje. Kom, laten we even wat frisse lucht scheppen voordat ik weer aan het werk moet.'

Ze stonden op en liepen naar buiten, naar het dek. Bij de boeg stond een eenzame figuur, gewikkeld in een lang wit gewaad dat flapperde rond zijn lichaam.

Edgar sloeg hem gade. 'Ik geloof niet dat hij van die plek is gekomen sinds we Alexandrië hebben verlaten.'

'Misschien wel onze vreemdste passagier. We noemen hem "de man met één verhaal". Hij maakt deze reis al zo lang ik me kan herinneren. Hij is altijd alleen. Ik weet niet wie zijn overtocht betaalt of in wat voor zaken hij zit. Hij heeft altijd een goedkope hut, komt aan boord in Alexandrië en gaat in Aden aan wal. Ik heb hem nooit de boot terug zien nemen.'

'En waarom noemt u hem "de man met één verhaal"?'

De kapitein grinnikte. 'Een oude naam. Tijdens de zeldzame reizen waarop hij besluit te spreken, vertelt hij maar één verhaal. Ik heb het één keer gehoord en ik ben het nooit vergeten. Hij voert geen gesprek. Hij begint alleen het verhaal en stopt pas als het uit is. Het is spookachtig, alsof je luistert naar een grammofoon. Meestal zwijgt hij, maar diegenen die het verhaal horen... zijn daarna nog maar zelden hetzelfde.'

'Spreekt hij Engels?'

'Een nadrukkelijk soort Engels, alsof hij iets voorleest.'

'En het onderwerp van dit... verhaal?'

'Ah, meneer Drake. Dat laat ik aan uzelf over om te ontdekken, als u dat graag wilt. Echt, dat kan hij alleen zelf vertellen.'

En alsof het zo was afgesproken, werd er naar hem geroepen vanuit de kombuis. Edgar had nog andere vragen, over Anthony

Carroll, over de man met één verhaal, maar de kapitein wenste hem snel goedenavond en verdween de eetzaal in. Hij bleef alleen achter, de lucht van de zee inademend, zwaar van zout en voorgevoelens.

De volgende morgen werd Edgar vroeg wakker door de hitte die de patrijspoort teisterde. Hij kleedde zich aan, liep de lange gang af en ging omhoog naar het dek. Het was helder en hij kon de zon voelen, hoewel die nauwelijks boven de oostelijke heuvels uit was. De zee was wijd, en de beide kusten waren nog maar vaag zichtbaar. Op het achterdek zag hij de man in het witte gewaad bij de reling staan.

Hij had er een gewoonte van gemaakt om iedere morgen rond te wandelen over het scheepsdek, totdat het daar te warm voor werd. Tijdens een van die wandelingen had hij voor het eerst gezien hoe de man zijn gebedskleedje uitrolde om te gaan bidden. Hij had hem sindsdien nog vaak gezien, maar hij zei nooit iets.

Maar op deze warme morgen, terwijl hij dezelfde route volgde voor zijn gebruikelijke wandeling, via het achterdek langs de reling, in de richting van de man in zijn witte gewaad, voelde hij dat zijn benen slap werden. Ik ben bang, dacht hij, en hij probeerde zichzelf te vertellen dat de wandeling van deze morgen niet anders was dan die van de vorige dagen, maar hij wist dat dat niet waar was. De kapitein had gesproken op een toon die niet paste bij de lange, luchthartige zeeman. Even dacht Edgar dat hij zich het gesprek misschien had verbeeld, dat de kapitein hem in de eetzaal had achtergelaten, dat hij alleen aan dek was gegaan. Of, zo dacht hij een paar stappen later, de kapitein wist dat ze elkaar zouden ontmoeten, een nieuwe reiziger en een verhalenverteller; misschien werd dat bedoeld met het belang van verhalen.

Hij merkte dat hij ineens naast de man stond. 'Een schitterende morgen, meneer,' zei hij.

De oude man knikte. Zijn gezicht was donker, zijn baard de kleur van zijn gewaad. Edgar wist niet wat hij moest zeggen, maar hij dwong zich om aan de reling te blijven. De man zei niets. Golven sloegen tegen de boeg van het schip, hun geluid verloren in het lawaai van de stoommachines.

'Dit is uw eerste keer op de Rode Zee,' zei de man, met een zwaar, onbekend accent.

'Ja, inderdaad, dit is zelfs de eerste keer dat ik uit Engeland weg ben...'

De oude man onderbrak hem. 'U moet me uw lippen laten zien als u praat,' zei hij. 'Ik ben doof.'

Edgar draaide zich om. 'Het spijt me, ik wist niet...'

'Uw naam?' vroeg de oude man.

'Drake... hier...' Hij stak zijn hand in zijn zak en haalde er een kaartje uit, dat hij speciaal voor de reis had laten drukken:

EDGAR DRAKE
PIANOSTEMMER – ERARDS-ALS-SPECIALITEIT
FRANKLIN MEWS 14
LONDEN

De aanblik van het kaartje met de krulletters in de gerimpelde handen van de oude man bracht hem plotseling in verlegenheid. Maar de oude man keek peinzend naar het kaartje. 'Een Engelse pianostemmer. Een man die alles weet van klank. Wilt u een verhaal horen, meneer Edgar Drake? Een verhaal van een oude dove man?'

Dertig jaar geleden, toen ik veel jonger was en niet geteisterd werd door de pijn van de ouderdom, werkte ik als dekknecht en voer ik op precies deze route van Suez tot aan de Straat van Bab el Mandeb. In tegenstelling tot de stoomboten van tegenwoordig, die recht door zee varen zonder te stoppen, zeilden wij en gingen we kriskras over zee, waarbij we het anker lieten vallen in tientallen kleine havens aan zowel de Afrikaanse als de Arabische kust, steden met namen als Fareez en Gomaina, Tektozu en Weevineev, waarvan er vele inmiddels ten prooi zijn gevallen aan het zand. We stopten daar om handel te drijven met nomaden die tapijten en potten verkochten, opgegraven in verlaten woestijnsteden. Ik voer op precies deze route toen onze boot in een storm terechtkwam. Ze was oud en had eigenlijk niet meer mogen varen. We reefden de zeilen, maar de romp raakte lek, en de stroom water spleet de boot. Toen de boeg brak viel ik, waardoor ik mijn hoofd stootte, en alles werd zwart om me heen.

Toen ik bijkwam lag ik op een zandstrand, alleen te midden van wat wrakhout van de boeg, waar ik me tot mijn geluk aan had vastgeklampt zonder dat ik dat besefte. Eerst merkte ik dat ik me niet kon bewegen en ik was bang dat ik verlamd was, maar toen ontdekte ik dat ik alleen strak gewikkeld zat in mijn eigen hoofdtooi, die kennelijk was losgegaan en zich aan mijn lijf had vastgeplakt als een wikkeldoek voor een kind, of als bij de mummies die ze uit het Egyptische zand halen. Het duurde lang voordat ik mijn gedachten op orde had. Mijn lijf was zwaar gekneusd, en toen ik probeerde adem te halen, schoot er pijn door mijn ribben. De zon stond al hoog aan de hemel en mijn lichaam was bedekt met een laagje zout van de zee, mijn keel en tong uitgedroogd en gezwollen. Bleekblauw water kabbelde bij mijn voeten en bij het stuk hout van de gebroken romp, dat nog steeds de drie eerste neergekrabbelde Arabische tekens droeg van wat ooit de naam van het schip was.

Eindelijk slaagde ik erin om mijn hoofdtooi los te krijgen en bond die losjes weer om. Ik kwam overeind. Het land om me heen was vlak, maar in de verte kon ik bergen zien, droog en kaal. Net als iedereen die is opgegroeid in de woestijn kon ik maar aan één ding denken: water. Ik wist van onze reizen dat de kustlijn gemarkeerd wordt door veel kleine riviermonden, de meeste brak, maar waarvan er volgens de nomaden sommige samenvloeien met zoetwaterstroompjes, die ontstaan uit waterhoudende grondlagen of uit de sneeuw die is gevallen op de toppen van verre bergen. Dus besloot ik om de kust te volgen, in de hoop zo'n rivier te vinden. Ik zou me in ieder geval op de zee kunnen oriënteren, en misschien zou ik een passerend schip zien.

Terwijl ik liep verscheen de zon boven de heuvels, waardoor ik wist dat ik in Afrika was. Dit besef was simpel, maar ook angstaanjagend. We zijn allemaal wel eens verdwaald, maar het gebeurt maar zelden dat we niet weten op welk zandstrand van welk continent we rondzwerven. Ik sprak de taal niet en kende ook het land niet zoals ik Arabië kende. Toch maakte iets me moedig, misschien mijn jeugdigheid, misschien het delirium van de zon.

Ik had nog geen uur gelopen toen ik een bocht in de kustlijn bereikte waar een uitloper van de zee draaide en de kustlijn doorbrak. Ik proefde het water. Het was nog steeds zout, maar naast me lag een enkel dun takje, dat stroomafwaarts was meegevoerd, en daaraan zat een enkel blad, droog en trillend in de wind. Mijn reizen en handel hadden me wat dingen geleerd over planten, want we gingen voor anker in Fareez en Gomaina, waar we met de nomaden kruiden verhandelden. En dit kleine blaadje herkende ik als de plant die wij *belaidour* noemen, en door Berbers *adilououchchn* wordt genoemd. De thee ervan brengt de drinker dromen over de toekomst, en de bessen maken de ogen van vrouwen groot en donker. Maar op dat moment dacht ik nauwelijks aan de bereiding van thee, maar wel aan plantenkunde. Want belaidour is duur omdat het niet langs de Rode Zee groeit, maar in beboste bergen vele kilometers naar het westen. Dat gaf me de flauwe hoop dat er ooit mensen waren geweest, en als er mensen waren geweest, dan was er misschien ook water.

Dus met niet meer dan deze hoop draaide ik landinwaarts, en volgde de uitloper van de zee naar het zuiden, met het gebed dat ik de bron van de belaidour zou vinden, en daarmee het water dat de dorst leste van diegenen die in de plant handelden.

Ik liep de rest van de dag, gevolgd door de nacht. Ik herinner me nog steeds de boog van de maan terwijl die langs de hemel gleed. Hij was nog niet eens in het eerste kwartier, maar de wolkeloze hemel maakte dat het licht vrijuit scheen over het water en het zand. Wat ik me niet herinner is dat ik in de loop van de nacht ging liggen om te rusten en in slaap viel.

Ik werd wakker doordat ik zacht werd aangestoten door de staf van een geitenhoeder, en ik opende mijn ogen. Ik zag twee jonge jongens, die alleen een lendendoek en een halsketting droegen. Een van hen ging gehurkt voor mij zitten en staarde me met een plagerige uitdrukking op zijn gezicht aan. De andere jongen, die jonger leek, stond achter hem toe te kijken over zijn schouder. We bleven in die houding tijdens de duur van vele ademhalingen, waarbij geen van ons zich bewoog; we keken alleen, hij gehurkt, waarbij hij zijn knieën vasthield, en me nieuwsgierig, uitdagend in mijn ogen blikte. Langzaam kwam ik overeind in zittende houding, waarbij ik mijn ogen geen seconde neersloeg. Ik hief mijn hand en begroette hem in mijn eigen taal.

De jongen bewoog zich niet. Even verliet zijn blik mijn gezicht en schoot naar mijn hand, staarde er even naar, en keek weer naar mijn gezicht. De jongen achter hem zei iets in een taal die ik niet verstond, en de oudere jongen knikte, terwijl hij zijn blik nog steeds niet afwendde. Hij hief zijn vrije hand achter hem en de jongste jongen maakte een leren veldfles los van zijn schouders en legde die in zijn geheven hand. De oudste maakte een dun koord los van de hals van de fles en overhandigde die aan mij. Ik hief de zak naar mijn lippen, sloot mijn ogen en begon te drinken.

Ik had zo'n dorst dat ik wel tien keer de inhoud van de zak had kunnen drinken. Maar de hitte gebood gematigdheid; ik wist niet waar het water vandaan kwam, en evenmin hoeveel er nog over was. Toen ik klaar was, liet ik de houder zakken en overhandigde die weer aan de oudste, die hem vastbond zonder te kijken, terwijl zijn vingers het leren koord eromheen sloegen. Hij stond op en sprak met luide stem tegen me, en hoewel de taal vreemd was, is de gebiedende toon van een kind dat wordt geconfronteerd met verantwoordelijkheid universeel. Ik wachtte. Hij sprak opnieuw, luider deze keer. Ik wees naar mijn mond en schudde mijn hoofd, zoals ik tegenwoordig naar mijn oren wijs. Want toen was ik nog niet doof. Dat verhaal moet nog komen.

Naast me sprak de jongen opnieuw, luid en scherp, alsof hij gefrustreerd was. Hij stampte met zijn staf op de grond. Ik wachtte even en kwam toen langzaam overeind, om te laten zien dat ik dat uit eigen vrije wil deed en niet omdat hij stond te schreeuwen. Ik wilde me niet laten commanderen door een jongen.

Toen ik eenmaal overeind was gekomen, had ik voor het eerst de gelegenheid om het landschap om ons heen te bekijken. Ik was in slaap gevallen naast water, en niet meer dan dertig stappen verderop kon ik zien dat een kleine kreek borrelend in de riviermond stroomde en weerspiegelende stroompjes over de keien liet lopen. Bij de monding klemden fletse planten zich hier en daar vast aan de rotsen. Ik stopte bij het stroompje om te drinken. De jongens wachtten en zeiden niets, en al snel gingen we verder, een heuvel op waar een paar geiten stonden te knagen aan het gras. De jongens spoorden ze aan om door te lopen, en we volgden een droge bedding die de rivier wel zal hebben gevoed in de regentijd.

Het was ochtend, maar al heet, en aan weerszijden van het zanderige pad verhieven zich rotswanden, waardoor de hitte en het geluid van onze voetstappen werden versterkt. De stemmen van de jongens echoden terwijl ze kletsten tegen de geiten, vreemde geluiden die ik me nog levendig kan herinneren. Nu ik oud ben, vraag ik me af of dit kwam door een natuurlijke eigenschap van de kloof, of doordat ik binnen twee dagen niet meer zou kunnen horen.

We volgden het ravijn een kilometer of vijf, totdat de geiten bij een bocht die precies hetzelfde was als die honderden andere die we onderweg al waren gepasseerd, instinctief een steil pad naar boven op klommen. De jongens volgden behendig, waarbij hun sandalen onmogelijke steuntjes vonden in de roodachtige wand. Ik deed mijn best om hen bij te houden, maar gleed uit, waarbij ik mijn knie schaafde voordat ik een houvast had weten te vinden, en ik trok mezelf op langs het pad waar zij zo voorzichtig over hadden gelopen. Ik herinner me nog dat ik bovenaan stopte om mijn been te inspecteren. Het was een kleine, oppervlakkige wond, die onmiddellijk in de hitte zou opdrogen. En toch herinner ik me deze actie levendig, niet door het feit zelf, maar door wat er volgde. Want toen ik opkeek, renden de jongens een brede helling af, terwijl ze achter de geiten aan joegen. Onder hen strekte zich een van de meest ongelooflijke vergezichten uit die ik ooit heb gezien. Zelfs als ik zou zijn getroffen door blindheid in plaats van doofheid, dan nog denk ik dat ik tevreden zou zijn geweest. Want niets, zelfs niet de dreunende branding van Bab el Mandeb, kon op tegen het beeld dat zich voor mij uitstrekte, de helling die langzaam afliep en overging in een enorme woestijnvlakte die zich uitstrekte tot aan een horizon die vaag was door zandstormen. En vanuit de dikke stofwolk, waarvan de stilte de razernij logenstrafte die iedereen kent die ooit in de verschrikking van zo'n storm heeft gezeten, doemden massa's karavanen op, vanuit ieder punt op het kompas, lange, donkere slingers van paarden en kamelen, allemaal te voorschijn komend uit het waas dat zich uitstrekte over de vallei en allemaal samenkomend bij een tentenkamp dat aan de voet van de heuvel lag.

Er moeten daar al honderden tenten zijn geweest, misschien zelfs duizenden, als naderende karavanen kunnen worden geteld. Vanuit mijn hoge positie op de berg keek ik uit over de tenten.

Een aantal van de stijlen herkende ik. De puntige witte tenten van het Borobodo-volk, dat vaak naar de havens kwam waar we aanliepen om te handelen in kamelenhuiden. De brede, vlakke tenten van de Yus, een oorlogszuchtige stam die de zuidelijke uitlopers van de Sinaï teisterde, berucht bij de Egyptenaren vanwege de roofovervallen op handelaren, zo fel dat schepen vaak niet het anker lieten vallen als hun tenten aan de kust werden gesignaleerd. De Rebez, een Arabisch ras, dat gaten groef in het zand, waarna er huiden werden neergelegd als dak en er een lange stok werd geplant bij de toegang tot hun verblijven dat diende als een baken, voor het geval zich verplaatsend zand een huis en zijn bewoners zou begraven. Buiten deze tenten waren de meeste van de bouwsels mij echter onbekend, wat er misschien op wees dat de bewoners ervan dieper uit het Afrikaanse binnenland kwamen.

Ik hoorde een doordringend gefluit vanaf de voet van de heuvel. Halverwege mij en de tentenstad stond de oudste van de jongens te schreeuwen en te zwaaien met zijn staf. Ik rende en al snel stond ik weer bij de jongens, en gezamenlijk liepen we het laatste stuk van de heuvel af. We passeerden een groep jongens die met stenen en stokken aan het spelen waren, en mijn vrienden riepen hun een groet toe. Ik merkte op dat ze trots rondkeken en herhaaldelijk op mij wezen. Ik was, denk ik, een indrukwekkende vondst.

We passeerden de eerste tenten, waar kamelen buiten vastgebonden stonden. Ik kon vuur zien branden toen ik door de openingen naar binnen keek, maar er kwam niemand naar buiten om ons te begroeten. Daarna nog meer tenten, en terwijl ik mijn gidsen volgde naar een mysterieus einde, begonnen de paden tussen de tenten te bruisen van meer activiteit. Ik passeerde nomaden die hun hoofd hadden bedekt zodat ik gezichten niet kon onderscheiden, donkere Afrikanen getooid met mooi bont, gesluierde vrouwen die me aanstaarden en hun ogen snel neersloegen als onze blikken elkaar kruisten. In zo'n bonte verzameling mensen veroorzaakte ik weinig beroering. Twee keer passeerde ik mannen die ik Arabisch hoorde spreken, maar zowel mijn schaamte over mijn slordige voorkomen als de haast van de jongens weerhield me ervan om te stoppen. We passeerden diverse kampvuren, waar de silhouetten van muzikanten liederen ten gehore brachten die ik niet herkende. De jongens hielden kort halt bij een zo'n groep, en ik kon horen hoe de oudste de woorden fluisterde terwijl ze naar de zangers keken. Toen draaiden we ons om en stortten ons weer in gangen van tenten en zand. Uiteindelijk bereikten we een grote ronde tent met een vlak, licht puntig dak en een open gat in het midden van waaruit slierten rook de gloed van het vuur naar de donker wordende lucht volgden. De jongens bonden de geiten vast aan een paal buiten de tent, naast een paar kamelen. Ze tilden de tentflap op en gebaarden dat ik naar binnen moest gaan.

Voordat ik de mensen bij het vuur zag zitten, werd ik getroffen door de indringende geur die van het centrale spit kwam. Het kwam door mijn honger dat ik eerder het stuk vlees dat geroosterd werd opmerkte dan mijn nieuwe gastheren. Het was de achterpoot van een geit, en op het sudderende vlees zwollen druppels bloed op voordat ze in het vuur vielen. Aan mijn zijde spraken de jongens snel, terwijl ze naar mij gebaarden. Ze richtten zich tot een gerimpelde oude vrouw, die rustte op een dun kleed van kamelenhuid op een verheven bed bij de rand van de tent. Haar haar was strak omwikkeld door een dunne, doorzichtige sjaal, waardoor haar hoofd deed denken aan een woestijnschildpad. Ze hield een lange pijp bij haar mond en pufte nadenkend. De jongens hielden op met praten en een tijdlang zei de vrouw niets. Uiteindelijk knikte ze naar hen, en ze bogen en renden naar de andere kant van de tent, waar ze zich op een kleed lieten vallen, hun knieën opgetrokken onder hun kin, en naar mij bleven kijken. Er waren ook andere mensen in de tent, misschien tien stille gezichten.

'U bent van ver gekomen,' zei de oude schildpadvrouw.
Ik was perplex. 'Spreekt u Arabisch?' vroeg ik.
'Voldoende om handel te kunnen drijven. Ga zitten, alstublieft.' Ze knikte naar een jong meisje dat bij de deur zat. Het meisje sprong overeind en bracht een klein kleed dat ze voor me op het zand legde. Ik ging zitten.

'Mijn kleinkinderen zeiden dat ze u bij de kust van de Rode Zee hebben gevonden.'

'Dat klopt. Ze gaven me water, en daarmee hebben ze mijn leven gered.'

'Hoe bent u hier gekomen?' Haar stem klonk streng.

'Door een ongeluk. Ik zat op een schip dat van Suez naar Bab el Mandeb voer toen er een storm opstak. We leden schipbreuk. Ik weet niet wat er is gebeurd met mijn scheepsmaten, maar ik ben bang dat ze dood zijn.'

De schildpadvrouw wendde zich tot de anderen in het vertrek en sprak tegen hen. Er volgde geknik en haastig gepraat.

Toen ze ophield met praten, sprak ik opnieuw: 'Waar ben ik?'

De oude vrouw schudde haar hoofd. Eén oog, zo merkte ik op, week af van het andere, wat haar een vreemde uitdrukking van waakzaamheid gaf, alsof ze, terwijl ze mij in ogenschouw nam, tegelijkertijd het vertrek in de gaten hield. 'Dat is een gevaarlijke vraag,' zei ze. 'Sommigen menen dat de roem van de verschijning al te ver is verspreid, dat als er te veel mensen komen, Zij niet zal terugkeren. U mag uzelf gelukkig prijzen dat u mij heeft gevonden. Sommigen hier zouden u hebben gedood.'

Door die woorden werd de opluchting over het feit dat ik beschaving had gevonden, overspoeld door een misselijkmakend gevoel van angst. 'Ik begrijp het niet,' zei ik.

'Vraag niet te veel. U bent op een gunstig moment gekomen. De Bantoe-astrologen zeggen dat Zij morgen misschien zal verschijnen om te zingen. En dan zullen uw vragen worden beantwoord.' En met die woorden bracht ze haar pijp opnieuw naar haar mond en draaide eerst het ene en toen het andere oog weer naar het vuur. De rest van de avond werd ik door niemand nog aangesproken. Ik deed me tegoed aan het geroosterde vlees en dronk een zoete nectar, totdat ik voor het vuur in slaap viel.

Toen ik de volgende morgen wakker werd, ontdekte ik dat de tent leeg was. Ik bad en tilde toen de flap van de tent op, waarna ik de hitte in stapte. De zon stond hoog aan de hemel; door mijn uitputting had ik bijna tot aan het middaguur geslapen. De kamelen stonden nog vastgebonden, maar de beide geiten waren verdwenen. Ik ging de tent weer in. Ik had geen water om mezelf te wassen, maar ik probeerde zo goed mogelijk mijn hoofdtooi te vouwen en glad te strijken. Ik ging weer naar buiten.

De paden waren betrekkelijk leeg; iedereen vermeed zeker de zon. Ik zag een groep mannen die kamelen zadelden ter voorbereiding op de jacht, en vlakbij een groep jonge meisjes in helderblauwe kleding die graan maalden. Aan het uiterste einde van het kamp zag ik de pasaangekomenen, van wie sommigen zeker bij het aanbreken van de dag waren gearriveerd en die nog bezig waren met tenten afladen van de rug van stoïcijnse kamelen. Ik liep naar de rand van het kamp, waar de tentenstad plotseling ophield en waar door vele stammen een lijn was getrokken, als een rituele grens tussen hun kamp en de woestijn. Het zand strekte zich onafgebroken uit. Ik dacht terug aan de woorden van de oude vrouw. Lang geleden, toen ik nog een kind was, had ik mijn broer vergezeld naar Aden, waar we de avond hadden doorgebracht met een bedoeïenenstam. De bedoeïenen spraken hun eigen dialect, maar ik verstond er iets van, aangezien ik een groot deel van mijn jeugd had doorgebracht in bazaars, waar de jongeren een verbazingwekkende verzameling talen leren spreken. Ik herinnerde me dat we samen met die familie bij hun vuur waren gaan zitten, en dat we hadden geluisterd naar de grootvader die een verhaal vertelde over een bijeenkomst van stammen. In het licht van het vuur had hij tot in prachtige details iedere stam beschreven: de gewaden die ze droegen, hun dieren, zelfs de kleur van hun ogen. Ik was helemaal in de ban geweest, en ergens in de nacht was ik in slaap gevallen voordat het verhaal uit was, en ik werd pas wakker toen mijn broer me aanstootte, en we kropen terug in de tent. Nu, terwijl ik aan de rand van de open woestijn stond, kwam er iets in het verhaal van die oude man bij me naar boven, eigenlijk niet meer dan een gevoel, als een herinnering aan een droom.

In de verte, achter een klein duin, zag ik een stuk rode stof fladderen, aangeraakt door de wind. Het was maar even, als de korte vlucht van een vogel, maar dergelijke beelden zijn zeldzaam in de woestijn en vragen om nader onderzoek. Ik stapte over de grenslijn; in die tijd beschouwde ik dat als bijgeloof van ongelovigen, hoewel ik dat nu niet meer zo zeker weet. Ik beklom de duin en daalde af in een zandvlakte. Er was niemand. Ik voelde een aanwezigheid achter me en draaide me om. Het was een vrouw. Ze stond daar, bijna een hand kleiner dan ik, en ze keek me aan vanachter een rode sluier. Ik dacht door de donkere tint van haar huid dat ze van een van de Ethiopische stammen was, maar toen ik haar aan bleef kijken, begroette ze me met: '*Salaam aleikum.*'

'*Wa aleikum al-salaam*,' antwoordde ik. 'Waar kom je vandaan?'

'Van hetzelfde land als jij,' zei ze, maar haar accent was vreemd.

'Dan ben je ver van huis,' zei ik.

'En jij ook.'

Ik bleef sprakeloos staan, in de ban van de zachtheid van haar woorden, van haar ogen. 'Wat doe je hier alleen in het zand?' vroeg ik.

Een hele tijd zei ze niets. Mijn ogen volgden haar sluier omlaag langs haar lichaam, dat was bedekt met dikke rode gewaden die geen aanwijzing gaven over de vormen die daaronder verscholen waren. De stof viel omlaag en voegde zich samen op de grond, waar de wind er al een laagje zand op had laten stuiven, wat de indruk gaf alsof ze was verrezen uit de duinen. Toen sprak ze opnieuw. 'Ik moet water halen,' zei ze, en ze keek naar een aarden pot die ze op haar heup in evenwicht hield. 'Ik ben bang dat ik zal verdwalen in het zand. Wil je met me meegaan?'

'Maar ik weet niet waar ik water kan vinden,' protesteerde ik, onthutst door de vrijmoedigheid van haar voorstel, door haar nabijheid.

'Ik wel,' zei ze.

Maar geen van ons beiden kwam in beweging. Ik had nooit eerder ogen gezien met een kleur zoals die van haar – niet donkerbruin zoals die van de vrouwen uit mijn land, maar zachter, lichter, de kleur van zand. Er danste een bries om ons heen en haar sluier trilde, en ik ving een glimp op van haar gezicht, vreemd op manieren die ik niet kon begrijpen, waardoor ik even met mijn ogen knipperde, en daarna was het weer verborgen.

'Kom,' zei ze, en we gingen lopen. Er kwam een windje opzetten om ons heen, waardoor er zand tegen onze huid vloog, stekend als duizend naalden.

'Misschien moeten we teruggaan,' zei ik. 'Anders verdwalen we in de storm.'

Ze bleef lopen.

Ik haalde haar in. De storm begon erger te worden. 'Laten we teruggaan. Het is te gevaarlijk om hier alleen in een storm terecht te komen.'

'We kunnen niet teruggaan,' zei ze. 'We zijn niet van hier.'

'Maar de storm...'

'Blijf bij me.'

'Maar...'

Ze draaide zich om. 'Je bent bang.'

'Niet bang. Ik ken de woestijn. We kunnen later nog teruggaan.'

'Ibrahim,' zei ze.

'Zo heet ik.'

'Ibrahim,' zei ze opnieuw, en ze liep op me toe.

Mijn handen hingen slap naast mijn zijden. 'Je kent mijn naam.'

'Rustig,' zei ze. 'Het zand zal gaan liggen.'

En plotseling was de wind verdwenen. Fijne zanddeeltjes bevroren in de lucht, als kleine planeten. Ze bleven hangen in de ruimte, maakten de hemel, de horizon wit, en wisten alles uit, behalve haar.

Ze stapte opnieuw naar me toe en zette de pot op de grond. 'Ibrahim,' herhaalde ze, en ze tilde de sluier van haar gezicht.

Ik heb nooit een beeld gezien dat tegelijkertijd zo mooi en toch zo afschuwelijk was. Met vrouwenogen keek ze me aan, maar haar mond trilde, als een luchtspiegeling, niet de mond en neus van een vrouw, maar van een hert, de huid zacht en bedekt met dons. Ik kon niets zeggen en er klonk een gehuil, en het zand kwam weer in beweging, draaide om ons heen, hulde haar in een waas. Ik bracht mijn handen naar mijn ogen.

En toen stopte het zand opnieuw.

Ik liet mijn handen voorzichtig zakken. Ik was alleen, overgeleverd aan het zand. Mijn ogen wisten niet waar ze zich op moesten richten, en evenmin in welke richting de hemel of het zand lag. '*Salaam*,' fluisterde ik.

En toen klonk vanuit een verborgen plek het geluid van een vrouw die zingt.

Het begon zacht, en eerst herkende ik het niet als een lied. Het klonk laag en lieflijk, een lied als wijn, verboden en bedwelmend; nooit eerder had ik zoiets gehoord. Ik kon de woorden niet begrijpen, en de melodie was uiterst vreemd. En toch had het zoiets intiems dat ik me naakt, beschaamd voelde.

Het gejammer werd luider, en het zand begon opnieuw om me heen te draaien. Door het wervelen heen ving ik glimpen van beelden op. Van rondcirkelende vogels, van het kamp, de stad van tenten, de zon die snel onderging, versplinterde, de woestijn deed oplichten in een enorme vlam die zich uitstrekte over de duinen, alles omvatte en zich toen terugtrok, en alleen hier en daar een kampvuur achterliet. Toen was het plotseling nacht, en om de kampvuren verzamelden zich reizigers, dansers, muzikanten, trommelaars, ontelbare instrumenten die loeiden als rondvliegend zand, hoger, luider en doordringend. Voor me kwam een slangenbezweerder zitten die op een *oud* speelde, en zijn slangen kropen uit hun mand en over zijn benen. Meisjes dansten, hun lichamen geolied en geurend, glinsterend in de kampvuren, en ik merkte dat ik zat te staren naar een reus, met littekens als sterren op zijn huid, zijn lijf getatoeëerd met verhalen, en de littekens werden mannen gehuld in de huid van hagedissen en kinderen gemaakt van klei, en ze dansten, en de kinderen verspreidden zich. En toen was het weer dag en de beelden verdwenen, ik was weer alleen met het zand en de schreeuw, en plotseling hield die op. Ik hief mijn hand voor mijn gezicht en riep uit: 'Wie zijn jullie?' Maar ik kon mijn stem niet langer horen.

Ik voelde een hand op mijn schouder, opende mijn ogen en merkte dat ik bij de zee lag, mijn benen half onder water. Er zat een man naast me gehurkt. Ik zag zijn mond bewegen, maar ik kon hem niet horen. Diverse anderen stonden langs de waterkant naar me te kijken. De man begon opnieuw te spreken, maar ik hoorde niets, niet zijn stem, niet het geluid van de golven terwijl die over mijn benen kabbelden. Ik wees naar mijn oren en schudde mijn hoofd. 'Ik kan je niet horen,' zei ik. 'Ik ben doof.'

Een andere man liep op me af en samen trokken ze me overeind. Er lag een kleine boot die ze het strand op hadden gesleept, de boeg in het zand geduwd, de achtersteven bewegend in de golven. Ze brachten me naar de boot en we gingen aan boord. Als ze spraken kon ik ze niet horen. Ze roeiden de Rode Zee op, naar een wachtend schip. Aan de tekens erop zag ik dat het een koopvaardijschip uit Alexandrië was.

Het hele verhaal lang hadden de ogen van de oude man het gezicht van Edgar niet losgelaten. Nu richtte hij zich weer op de zee. 'Ik heb dit verhaal al aan veel mensen verteld,' zei hij. 'Want ik wil een ander mens vinden die ook het lied heeft gehoord dat mij doof heeft gemaakt.'

Edgar raakte licht zijn arm aan, zodat hij zich zou omdraaien en zijn lippen zou zien. 'Hoe weet u dat het geen droom was? Dat u helemaal niet uw hoofd hebt gestoten tijdens de schipbreuk? Liederen kunnen je niet doof maken.'

'O, ik zou willen dat het een droom was. Maar dat kan niet. De maan was veranderd, en volgens de kalender van het schip, die ik de volgende morgen bij het ontbijt heb gezien, was het twintig dagen nadat mijn boot was gekapseisd. Maar ik wist dat inmiddels al, want toen ik me die avond uitkleedde om te gaan slapen, merkte ik op hoe versleten mijn sandalen waren. En in Rewesh, onze laatste aanloophaven voor het ongeluk, had ik een nieuw paar gekocht.

Bovendien,' zei hij, 'geloof ik niet dat ik doof ben geworden door het lied. Ik denk dat mijn oren nadat ik iets had gehoord wat zo mooi was, simpelweg ophielden met het waarnemen van geluid, omdat ze wisten dat ze nooit meer iets zouden horen wat zo volmaakt was. Ik weet niet of een stemmer van snaren hier iets van begrijpt.'

De zon stond nu hoog aan de hemel; Edgar voelde de warmte ervan op zijn gezicht. De oude man zei: 'Mijn ene verhaal is nu uit, en ik heb niet meer verhalen om u te vertellen, want net zoals er geen klanken meer kunnen zijn na dat lied, zo kunnen er voor mij geen verhalen meer zijn na dit ene. En nu moeten we naar binnen, want de zon heeft manieren om zelfs de gezonden van geest uitzinnig te maken.'

Ze stoomden door de Rode Zee. De wateren werden lichter en ze voeren door de Straat van Bab el Mandeb, waar golven uit de

Indische Oceaan tegen de kust sloegen. Ze lieten het anker vallen in de haven van Aden, die vol stoomboten lag met bestemmingen over de hele wereld. In de schaduwen ervan dobberden kleine Arabische dhows onder Latijns zeil. Edgar Drake stond op het dek en keek naar de haven en de mannen in gewaden die het schip op en af klauterden. Hij zag niet dat de man met één verhaal vertrok, maar toen hij keek naar de plek op het dek waar de man altijd zat, was hij verdwenen.

5

De reis gaat sneller nu. Na twee dagen verschijnt de kust voorzichtig, en kleine beboste eilandjes liggen verspreid ervoor als afgeslagen stukken van het vasteland. Ze zijn donker en groen; Edgar kan niets zien door het dichte gebladerte en hij vraagt zich af of ze bewoond zijn. Hij vraagt het aan een medereiziger, een gepensioneerde ambtenaar, die hem vertelt dat op een van de eilandjes een tempel staat die hij Elephanta noemt, waar de hindoes een 'olifant met vele armen' aanbidden.

'Het is een vreemde plek, vol bijgeloof,' zegt de man, maar Edgar zegt niets. Ooit, in Londen, heeft hij eens de Erard gestemd van een rijke Indiase bankier, de zoon van een maharadja, die hem een altaar had laten zien voor een olifant met vele armen die op een plank boven de piano stond. Hij luistert naar de muziek, zei de man, en Edgar had deze godsdienst wel leuk gevonden, waar goden houden van muziek en een piano kon worden gebruikt om te bidden.

Sneller. Honderden kleine vissersboten, lorcha's, veerboten, vlotten, jonken en dhows zwermen bij de monding van de haven van Bombay, waar ze uiteengaan voor de oprijzende boeg van de stoomboot. De stoomboot vaart langzaam de haven binnen en wringt zich tussen twee kleinere koopvaardijschepen in. De passagiers gaan van boord, waarna er op de kade koetsen van de scheepvaartmaatschappij klaarstaan om hen naar de trein te brengen. Er is geen tijd om door de straten te wandelen, zegt een geüniformeerde vertegenwoordiger van de scheepvaartlijn, de trein staat te wachten, uw stoomschip is een dag te laat, de wind was krachtig. Ze gaan door de poort aan de achterkant van het station. Edgar wacht terwijl zijn koffers worden uitgeladen en weer worden ingeladen. Hij let goed op; als zijn gereedschap zoekraakt, kan het niet worden vervangen. Aan de andere kant van het station, waar de derdeklas rijtuigen wachten, ziet hij hoe een massa lichamen naar voren dringt op het perron. Een hand neemt zijn arm en leidt hem de trein in naar zijn couchette, en al snel rijden ze weer.

Sneller nu bewegen ze langs de perrons, en Edgar Drake kijkt uit over mensenmassa's zoals hij die nooit eerder heeft gezien, zelfs niet in de armste straten van Londen. De trein krijgt snelheid, rijdt langs sloppenwijken, gebouwd aan de rand van het spoor, kinderen die zich verspreiden als de locomotief eraan komt. Edgar drukt zijn gezicht tegen het glas om te kijken naar de rommelige huizen, de afbladderende huurkazernes bevlekt met meeldauw, balkons versierd met hangplanten, met in iedere straat duizenden mensen, die naar voren dringen om te kijken hoe de trein langsrijdt.

De trein denderde het binnenland van India in. Nasik, Bhusaval, Jubbulpore, de namen van de steden worden niet alleen vreemder, dacht Edgar, maar ook melodieuzer. Ze staken een uitgestrekt plateau over, waar de zon opkwam en onderging, en waar ze geen levende ziel zagen.

Af en toe stopten ze, waarbij de locomotief langzamer ging, om uiteindelijk krijsend tot stilstand te komen bij door de wind geteisterde, eenzame stations. Daar, vanuit de schaduwen, kwamen verkopers ineens op de trein af, duwend tegen de ramen, waarbij ze doordringend ruikende curry's naar binnen schoven. Gevolgd door de zure lucht van citroen en betel, en sieraden, waaiers, ansichtkaarten van kastelen, kamelen en hindoegoden, fruit en gesuikerd snoepgoed, bedelaarsnappen, gebarsten potten gevuld met vuile munten. Door de ramen kwamen de koopwaren en de stemmen: kopen, meneer, alstublieft. Kopen, meneer, speciaal voor u, en toen de trein weer in beweging kwam, gingen sommige verkopers, meestal jonge mannen, eraan hangen, lachend, totdat ze er door de wapenstok van een politieagent af werden geslagen. Soms lukte het ze om langer mee te rijden, en dan sprongen ze er pas af als de trein te snel begon te gaan.

Op een nacht werd Edgar wakker toen de trein een klein, donker station binnenreed, ergens ten zuiden van Allahabad. Lichamen zaten weggedoken in de spleten van de gebouwen langs het spoor. Het perron was leeg, op een paar verkopers na die langs de ramen liepen en naar binnen tuurden om te zien of er iemand wakker was. Een voor een stopten ze bij Edgars raam. Mango's, meneer, voor u. Wilt u dat uw schoenen worden gepoetst, meneer, geeft u ze maar aan door het raam. Samosa's, ze zijn heerlijk, meneer. Dit is een eenzame plek om je schoenen te laten poetsen, dacht Edgar. Een jonge man liep tot aan het raam en bleef staan. Hij zei niets, maar keek naar binnen en wachtte. Uiteindelijk begon Edgar een ongemakkelijk gevoel te krijgen onder de starende blik van de jongen. Wat verkoop je, vroeg hij. Ik ben een dichter-*wallah*, meneer. Een dichter-wallah. Ja, meneer, geef me een anna en ik zal een gedicht voor u voordragen. Welk gedicht? Wat u maar wilt, meneer. Ik ken ze allemaal, maar voor u heb ik een speciaal gedicht, het is oud en het komt uit Birma, waar ze het "Het verhaal van de reis van de *Leip-bya*" noemen, maar ik noem het gewoon "De vlindergeest", want ik heb het zelf aangepast; het kost maar één anna. Hoe weet je dat ik naar Birma ga? Dat weet ik, want ik ken de richting van verhalen, mijn gedichten zijn voorspellend. Hier is een anna, snel nu, de trein rijdt al. En dat was ook zo, kreunend terwijl de wielen ronddraaiden. Vertel het me snel, zei Edgar, die plotseling een opwelling van paniek voelde. Er is een reden waarom je mijn rijtuig hebt uitgekozen. De trein ging sneller rijden, de haren van de jonge man begonnen te waaien in de wind. Het is een verhaal van dromen, riep hij, het zijn allemaal verhalen van dromen. Sneller nu, en Edgar hoorde de geluiden van andere stemmen. Hé, jongen, ga van de trein af. Jij, weg daar, ga weg, en Edgar wilde iets terugschreeuwen toen er voor zijn raam heel even de gestalte van een rennende politieman met een tulband op verscheen. De flits van een wapenstok, en de jongen liet los en verdween in de nacht.

Het land glooide en werd bebost, en al snel naderde hun route die van de Ganges, en passeerde de heilige stad Benares, waar, terwijl de passagiers sliepen, mannen opstonden bij het aanbreken van de dag om zich onder te dompelen in het water van de rivier en om te bidden. Na drie dagen kwamen ze aan in Calcutta, en opnieuw stapten ze in koetsen, die zich door de zwermen mensen heen werkten op weg naar de haven. Daar stapte Edgar aan boord van een nieuw schip, kleiner deze keer, want er reisden minder mensen naar Rangoon.

Opnieuw begonnen de stoommachines te dreunen. Ze volgden de modderige uitloop van de Ganges naar de Golf van Bengalen.

Meeuwen cirkelden boven het schip, en de lucht was zwaar en vochtig. Edgar trok zijn overhemd los van zijn lichaam en waaierde zich koelte toe met zijn hoed. Naar het zuiden hingen stormwolken, wachtend. Calcutta verdween al snel van de horizon. De bruine wateren van de Ganges werden lichter van kleur en draaiden weg in de zee in spiralen van sediment.

Hij wist uit zijn reisbeschrijving dat er nog maar drie dagen over waren voordat ze in Rangoon zouden aankomen. Hij begon opnieuw te lezen. Zijn tas zat vol papieren, met gelijke bijdragen van Katherine en het ministerie van Oorlog. Hij las militaire rapporten en krantenknipsels, persoonlijke rapporten en hoofdstukken uit geografische gidsen. Hij boog zich over kaarten en probeerde wat Birmese zinnen te leren. Er was een envelop waarop stond: 'Aan de pianostemmer, pas te openen bij aankomst in Mae Lwin, A. C.' Al sinds hij Engeland had verlaten, was hij in de verleiding geweest om het te lezen, maar hij had die weerstaan uit respect voor de dokter. Natuurlijk had Carroll een goede reden gehad om hem te vragen ermee te wachten. Er waren twee langere stukken, de geschiedenis van Birma en die van de Shan. De eerste had hij gelezen in zijn atelier in Londen, en regelmatig pakte hij die opnieuw. Het was intimiderend, dacht hij, er waren zo veel onbekende namen. Nu herinnerde hij zich de tweede geschiedenis als die welke Katherine had aanbevolen, geschreven door Anthony Carroll zelf. Hij was verbaasd dat hij hier niet eerder aan had gedacht, en nam het rapport mee naar bed om te lezen. Al na de eerste regels zag hij hoe anders dit was dan al die andere.

EEN ALGEMENE GESCHIEDENIS VAN DE SHAN, MET SPECIALE AANDACHT VOOR DE POLITIEKE SITUATIE VAN DE OPSTAND IN DE SHAN-STATEN

voorgelegd door majoor-arts Anthony Carroll, Mae Lwin, de zuidelijke Shan-staten

(Van het ministerie van Oorlog: wij attenderen u erop dat de inhoud van dit rapport onderhevig is aan verandering. Het verdient aanbeveling dat alle betrokken partijen recente informatie toevoegen aan dit rapport, op verzoek verkrijgbaar bij het ministerie van Oorlog.)

I. *Algemene geschiedenis van de Shan*

Als men een Birmaan zou vragen naar de geografie van zijn land, dan zou hij misschien als eerste antwoorden met een beschrijving van de *nga-hlyin*, de vier reuzen die onder de aarde wonen. Helaas bieden officiële memoranda geen ruimte voor dit soort ingewikkelde zaken. Toch is het onmogelijk om de geschiedenis van de Shan te begrijpen zonder kort stil te staan bij de natuurlijke kenmerken van hun land. Het gebied waar recentelijk naar werd verwezen als 'de Shan-staten' bestaat uit een groot plateau dat naar het oosten loopt boven de stoffige centrale vallei van de Irrawaddy. Het is een enorme en groene paradijselijke vlakte, die zich naar het noorden uitstrekt tot aan de grens van Yunnan en naar het oosten tot aan Siam. Dit plateau wordt doorsneden door machtige rivieren, die zuidwaarts kronkelen als de staarten van de Himalaya-draak. De grootste van die rivieren is de Salween. Het belang van deze geografie voor de geschiedenis (en dus voor de huidige politieke situatie) ligt in de verwantschap van de Shan met andere rassen van het plateau, evenals hun geïsoleerdheid ten opzichte van de Birmanen die in het laagland wonen. Hier verdient een soms wat verwarrende terminologie een verklaring: ik gebruik 'Birmaans' om te verwijzen naar een etnische groep, terwijl 'Birmees' het koninkrijk en de regering van Birma aanduidt, evenals de taal. Hoewel deze woorden vaak door elkaar worden gebruikt, heb ik er hier voor gekozen dit onderscheid te benadrukken: niet alle Birmese koningen waren Birmaan; alle Birmese koningen hadden niet-Birmaanse onderdanen, waaronder de Kachin, de Karen en de Shan, die ieder ooit hun eigen koninkrijken hadden binnen de huidige grenzen van Birma. Ook nu nog, hoewel deze stammen worden geteisterd door onderlinge verdeeldheid, blijven ze zich verzetten tegen de heerschappij van anderen. Zoals duidelijk zal worden uit het vervolg van dit rapport vindt de Shan-opstand tegen de Britse heerschappij zijn oorsprong in een dreigende opstand tegen een Birmaanse koning.

De Shan, die zichzelf de Tai of Thai noemen, delen een gemeenschappelijk historisch erfgoed met hun oosterburen, de Siamezen, de Lao en de Yunnannezen. De Shan geloven dat hun voorouderlijke land in het zuiden van China lag. Hoewel sommige geleerden dit betwijfelen, is er ruimschoots bewijs dat aan het einde van de twaalfde eeuw, in de tijd van de Mongoolse invasies, de Tai/Thai-volkeren een aantal koninkrijken hadden gevestigd. Hiertoe behoorden het legendarische Yunnanese koninkrijk Xipsongbanna, dat 'koninkrijk van tienduizend rijstvelden' betekent, de oude Siamese hoofdstad Sukhothai, en – belangrijker voor het onderwerp van dit rapport – twee koninkrijken binnen de huidige grenzen van Birma: het koninkrijk Tai Mao in het noorden en het koninkrijk Ava in de buurt van het huidige Mandalay. De macht van deze koninkrijken was beslist aanzienlijk; de Shan hebben meer dan drie eeuwen een groot deel van Birma geregeerd, vanaf de val van de prachtige Birmaanse hoofdstad Pagan (waarvan de enorme door wind geteisterde tempels nog in eenzame afzondering staan aan de oevers van de Irrawaddy) aan het einde van de dertiende eeuw, tot aan 1555, toen de Birmaanse staat Pegu het Shanrijk in Ava overschaduwde, wat het begin vormde van drie eeuwen heerschappij en uitgroeide tot het huidige koninkrijk Birma.

Na de val van het Shan-koninkrijk Ava in 1555 en de verwoesting van het koninkrijk Tai Mao door Chinese indringers in 1604, viel het rijk van de Shan uiteen in kleine vorstendommen, als scherven van een prachtige porseleinen vaas die ooit mooi is geweest. Deze versplintering is de Shan-staten tot de dag van vandaag blijven kenmerken. Ondanks deze algemene verdeeldheid waren de Shan af en toe in staat zich te mobiliseren tegen hun gezamenlijke Birmaanse vijand, met name tijdens een Shan-volksopstand in Hanthawaddy in 1564, of recentelijker, in een rebellie die volgde op de executie van een volksleider in de noordelijke Shanstad Hsenwi. Hoewel deze gebeurtenissen ver in het verleden lijken te liggen, kan het belang ervan niet worden onderschat, want in tijden van oorlog verspreidden deze legenden zich over het plateau als vlammen over door droogte getroffen land, opstijgend op de rook van verhalen bij het kampvuur, gefluisterd op de lippen van ouderen omringd door lichtgelovige kinderen.

Het resultaat van deze versplintering was de ontwikkeling van unieke politieke structuren die belangrijk genoeg zijn om bij stil te staan, daar ze een grote rol spelen in onze huidige situatie. Shan-vorstendommen (waarvan er rond 1870 eenenveertig waren) vormden de hoogste orde van politieke organisatie in een zeer hiërarchisch systeem van plaatselijk bestuur. Dergelijke vorstendommen, die door de Shan *muang* worden genoemd, werden geregeerd door een *sawbwa* (Birmese transcriptie, die ik in het resterende deel van dit rapport zal overnemen). Onmiddellijk onder de sawbwa staan andere afdelingen, van districten tot groepen dorpen tot afzonderlijke gehuchten, ieder uiteindelijk ondergeschikt aan het gezag van de sawbwa. Deze versplintering van bestuur resulteerde in frequente bloedige strijd op het Shan-plateau en een gemis aan eenheid om gezamenlijk het juk van de Birmaanse regering te kunnen afwerpen. Hier begint de analogie van de versplinterde vaas van pas te komen: net zoals scherven porselein geen water kunnen vasthouden, zo konden de scherven van regeringen weinig doen om een groeiende anarchie in toom te houden. Als gevolg daarvan wordt een groot deel van het platteland geteisterd door bendes dacoits (een Hindoestani-woord voor 'bandieten'), een grote uitdaging voor het bestuur van deze streek, hoewel losstaand van het georganiseerde verzet dat bekendstaat als de Limbin Confederatie, die het onderwerp vormt van de rest van dit rapport.

11. *De Limbin Confederatie, Twet Nga Lu en de huidige situatie*
In 1880 ontstond een georganiseerde Shan-beweging tegen de Birmese regering, die tot op de dag van vandaag bestaat. (In deze tijd had Engeland alleen Neder-Birma onder controle. Opper-Birma en Mandalay werden nog steeds geregeerd door de Birmese koning.) In dat jaar weigerden de sawbwa's van de staten Mongnai, Lawksawk, Mongpawn en Mongnawng om te verschijnen voor de Birmese koning Thibaw in een jaarlijkse uiting van respect tijdens nieuwjaar. Een militaire colonne die door Thibaw werd ge-

stuurd, slaagde er niet in om de aanmatigende sawbwa's gevangen te nemen. Toen, in 1882, werd dit verzet gewelddadig. In dat jaar viel de sawbwa van Kengtung de Birmese resident in Kengtung aan en doodde hem. Geïnspireerd door de onverschrokkenheid van deze sawbwa, kwamen ook de sawbwa van Mongnai en zijn bondgenoten openlijk in verzet. In november 1883 vielen ze het Birmese garnizoen in Mongnai aan, waarbij ze vierhonderd man doodden. Maar hun succes was van korte duur. De Birmezen deden een tegenaanval, en dwongen de rebelse Shan-leiders om te vluchten naar Kengtung, aan de andere kant van de Salween, waar steile bergpassen en dichte oerwouden hun bescherming boden tegen verdere invallen.

Hoewel de rebellie was gericht tegen de Birmese regering, was het doel van het verzet niet onafhankelijkheid voor de Shan, een geschiedenisfeit dat vaak verkeerd wordt uitgelegd. De Shan-sawbwa's erkenden zelfs dat zonder een sterke centrale regering de Shan-staten altijd zouden worden geteisterd door oorlog. Hun hoofddoel was de omverwerping van Thibaw, en de kroning van een vorst die de *thathameda*-belasting zou afschaffen, een grondbelasting die ze onrechtvaardig vonden. Als hun kandidaat kozen ze een Birmaan die de Limbin-vorst werd genoemd, een lid van het huis van Alaungpraya, de heersende dynastie, aan wie de privileges waren ontnomen. Deze rebellie werd bekend als de Limbin Confederatie. In december 1885 arriveerde de Limbin-vorst in Kengtung. Hoewel de beweging zijn naam draagt, duiden bewijsstukken erop dat hij alleen in naam een hoofd was; de ware macht was in handen van de Shan-sawbwa's.

Terwijl de Limbin-vorst de eenzame paden door het hoogland volgde, was er intussen opnieuw oorlog uitgebroken tussen Opper-Birma en Groot-Brittannië: de Derde en laatste Anglo-Birmese Oorlog. De nederlaag die onze troepen toebrachten aan de Birmezen bij Mandalay, vond twee weken voor de aankomst van de Limbin-vorst in Kengtung plaats. Door het uitgestrekte en moeilijke terrein dat Kengtung scheidde van Mandalay, bereikte het nieuws de Confederatie echter pas toen hij al was gearriveerd. Terwijl wij hoopten dat de Limbin Confederatie zijn verzet zou staken en zich zou overgeven aan ons bewind, veranderden ze in plaats daarvan hun oorspronkelijke doel en verklaarden ze de oorlog aan de Britse Kroon uit naam van de Shan-onafhankelijkheid.

Er wordt gezegd dat de natuur een leegte verafschuwt, en dat kan ook worden gezegd van de politiek. Zo had de terugtrekking van de Limbin Confederatie naar Kengtung in 1883 lege tronen achtergelaten in veel van de machtige Shan-muang, tronen die snel werden bezet door plaatselijke krijgsheren. Onder die overweldigers viel een strijder op die Twet Nga Lu heette, en de feitelijke heerser over Mongnai werd. Geboren in Kengtawng (niet te verwarren met Kengtung – soms vraag je je af of de Shan hun steden namen hebben gegeven om er de Engelse tong mee in verwarring te brengen), een staatje dat onder Mongnai viel, was Twet Nga Lu een uit de orde gestoten monnik die bandiet was geworden en wiens geweld berucht was in de streek en hem de bijnaam de Bandietenkoning had opgeleverd. Voordat de sawbwa van Mongnai zich had teruggetrokken in Kengtung, had Twet Nga Lu diverse aanvallen geleid op Mongnai. Die waren voor het merendeel zonder succes, en Twet Nga Lu verplaatste zijn tactiek van het slagveld naar het bed; door te trouwen met de weduwe van de broer van de sawbwa verwierf hij uiteindelijk macht. Toen de sawbwa naar Kengtung vluchtte, nam Twet Nga Lu, met steun van Birmese functionarissen, Mongnai volledig in.

Twet Nga Lu regeerde, samen met de andere overweldigers, tot het begin van dat jaar, 1886, toen strijdkrachten uit Limbin een offensief begonnen en een groot deel van hun land heroverden. Twet Nga Lu vlucht naar zijn geboortestad, waar hij zijn gewelddadige campagne voortzet, en zijn leger een spoor van verbrande dorpen achterlaat. De vete tussen hem en de Mongnai sawbwa vertegenwoordigt een van de grootste uitdagingen voor het stichten van vrede. Terwijl de sawbwa van zijn onderdanen eist dat ze hem eerbied betonen, staat Twet Nga Lu niet alleen bekend om zijn wreedheden, maar ook om zijn reputatie als voorbeeld op het gebied van tatoeages en amuletten. Er wordt gezegd dat er onder zijn huid honderden amuletten zijn aangebracht, waardoor hij onoverwinnelijk is geworden, en waarom hij wordt gevreesd en vereerd. (Een korte opmerking: dergelijke amuletten vormen een belangrijk aspect zowel van de Birmaanse als van de Shan-cultuur. Ze kunnen van alles zijn, van kleine edelstenen tot schelpen tot beeldjes van de Boeddha, en worden onder de huid aangebracht door middel van een oppervlakkige incisie. Een bijzonder schokkende variant wordt voornamelijk onder vissers aangetroffen: de implantatie van stenen en klokjes onder de huid van mannelijke geslachtsdelen, een praktijk waarvan het nut en de functie de schrijver van dit rapport nog steeds ontgaat, ondanks vragen hierover.)

De macht van de Limbin Confederatie neemt nog steeds toe, en ook Twet Nga Lu is alom aanwezig, waarbij bewijzen van zijn schrikbewind zichtbaar zijn in de as van verbrande steden en afgeslachte dorpelingen. Alle pogingen tot onderhandeling bleken nutteloos. Vanaf mijn commandopost in het fort van Mae Lwin ben ik niet in staat geweest om contact te leggen met de Limbin Confederatie, en mijn pogingen om in contact te komen met Twet Nga Lu zijn eveneens mislukt. Tot op heden zijn er weinig bevestigde Britse waarnemingen geweest van deze krijgsheer, en men vraagt zich zelfs af of de man wel echt bestaat, of dat hij niet meer dan een legende is, ontstaan uit een optelling van de verschrikkingen van honderden overvallen, uitgevoerd door los van elkaar opererende dacoits. Niettemin is er een losprijs uitgeloofd voor de Bandietenkoning, dood of levend, een van de vele aanhoudende pogingen om vrede te brengen op het Shan-plateau.

Edgar las het volledige rapport zonder te stoppen. Er waren nog een paar andere korte stukken van Carroll, en die waren allemaal ongeveer hetzelfde, vol uitweidingen over etnografie en biologie. Op de eerste bladzijde van een ervan, een overzicht van handelsroutes, had de dokter boven aan de bladzijde gekrabbeld: 'Vergeet niet de pianostemmer op de hoogte te brengen van de geografie van het land.' Er zaten twee bijlagen bij, een over de toegankelijkheid van bepaalde bergpaden voor de doorgang van artillerie, de tweede een samenvatting van eetbare planten, 'voor het geval een gezelschap verdwaalt zonder voedsel', met tekeningen van ontlede bloemen en de naam van iedere plant in vijf verschillende stamtalen erbij.

Het contrast tussen de rapporten van de dokter en de andere officiële militaire nota's die hij had gelezen was opvallend, en Edgar vroeg zich af of dit misschien de bron was van iets van de militaire vijandelijkheid. Hij wist dat de meeste officieren van landadel waren, opgevoed op de beste scholen. Dus kon hij zich hun wrevel over een man als de dokter voorstellen, die een bescheidener achtergrond had, maar veel meer ontwikkeld leek te zijn. Misschien is dat ook een reden waarom ik hem nu al graag mag, dacht hij. Toen Edgar zijn schoolopleiding had afgerond, had hij zijn ouderlijk huis verlaten om bij een pianostemmer in het centrum van Londen te gaan wonen. Het was een excentrieke oude man, die geloofde dat een goede pianostemmer niet alleen kennis moet hebben van zijn instrument, maar ook van 'fysica, filosofie en poëzie', zodat Edgar, hoewel hij nooit op de universiteit had gezeten, op zijn twintigste jaar een grotere ontwikkeling had dan velen die dat wél hadden gedaan.

Er waren ook nog andere overeenkomsten, dacht hij. In veel opzichten lijken onze beroepen op elkaar; ongewoon in die zin dat ze het klassenonderscheid te boven gaan – iedereen wordt wel eens ziek, en concertvleugels evenals cafépiano's raken ontstemd. Edgar vroeg zich af wat dit betekende voor de dokter, want hij had al vroeg geleerd dat nodig zijn niet hetzelfde was als geaccepteerd worden. Hoewel hij een regelmatige bezoeker was van huizen van aristocraten, waar de eigenaren van dure piano's hem vaak betrokken in gesprekken over muziek, voelde hij zich er nooit welkom. En dit duidelijke gevoel van vervreemding strekte zich ook uit in de andere richting, want hij voelde zich vaak overdreven beschaafd in aanwezigheid van timmerlieden, metaalsmeden of kruiers, met wie hij regelmatig in contact kwam door zijn werk. Hij herinnerde zich dat hij Katherine ooit had verteld over zijn gevoel nergens bij te horen toen ze kort nadat ze waren getrouwd op een morgen langs de Theems wandelden. Ze had alleen gelachen en hem gekust, haar wangen rood van de kou, haar lippen warm en vochtig. Hij herinnerde zich dat bijna net zo goed als wat ze had gezegd: geloof wat je wilt over waar je al dan niet bij hoort, het enige wat mij interesseert is dat je van míj bent. Wat andere contacten betrof voelde hij vriendschap in gemeenschappelijke interesses, zoals hij dat nu, terwijl hij in de richting van Rangoon opstoomde, voelde bij de dokter.

Het is jammer dat de dokter niet heeft geschreven over de piano zelf, dacht hij, want die heeft de heldenrol in deze hele onderneming. De afwezigheid ervan in het verhaal totnogtoe is een duidelijk gemis. De gedachte die toen in hem opkwam, amuseerde hem: Carroll dwong het leger om zijn natuurlijke-historieverhalen te lezen – het zou niet meer dan eerlijk zijn als ze werden gedwongen om ook over de piano te horen. Midden in zijn creatieve vervoering en het groeiende gevoel van een gezamenlijke missie met de dokter, stond hij op, pakte een inktpot, pen en papier, stak een nieuwe kaars aan, want de eerste was bijna opgebrand, en begon te schrijven.

Mijne heren,

Ik schrijf u vanaf ons stoomschip dat op weg is naar Rangoon. Het is nu de veertiende dag van onze reis, en ik heb me geen seconde verveeld dankzij alles wat ik onderweg heb gezien, evenals door de zeer informatieve stukken die uw ministerie mij heeft verstrekt. Het is me echter opgevallen dat er zo weinig is geschreven over het uiteindelijke doel van onze onderneming, namelijk de piano. Dus, met het oog op de geschiedenis en de algemene ontwikkeling van diegenen op het ministerie van Oorlog die ermee te maken hebben, vind ik het noodzakelijk om dit verhaal zelf op papier te zetten. Schroomt u niet om dit te laten lezen aan wie u wilt. Mocht u verdere informatie wensen, heren, dan ben ik graag bereid die te verschaffen.

De geschiedenis van de Erard-piano

De geschiedenis van de Erard-piano zou op twee manieren kunnen beginnen: met de geschiedenis van de piano, en met de geschiedenis van Sébastien Erard. Maar de eerste is lang en ingewikkeld – fascinerend natuurlijk, maar een te grote uitdaging voor mijn pen, want ik ben een stemmer met een liefde voor geschiedenis, geen geschiedkundige met een liefde voor stemmen. Het is voldoende om te zeggen dat, volgend op Cristofori's uitvinding van de piano aan het begin van de achttiende eeuw, de piano grote veranderingen heeft ondergaan, en de Erard – het onderwerp van deze brief – net als alle moderne piano's, veel dank is verschuldigd aan deze geweldige traditie.

Sébastien Erard was een Duitser, uit Straatsburg, maar vertrok in 1768, op zijn zestiende, naar Parijs, waar hij leerling werd bij een klavecimbelmaker. De jongen – om het simpel te stellen – was een wonderkind, en al snel gaf hij zijn leerlingschap op en opende zijn eigen atelier. De andere Parijse handwerkslieden voelden zich zo bedreigd door het talent van de jongen dat ze een campagne begonnen om zijn atelier te laten sluiten, nadat hij een *clavecin mécanique* had ontworpen, een klavecimbel met meerdere registers, met plectra van ravenpennen en leer, allemaal in werking gezet door een ingenieuze pedaalmechaniek waar niemand ooit eerder aan had gedacht. Maar ondanks deze boycot was het ontwerp zo verbazingwekkend dat de gravin van Villeroi besloot om beschermvrouwe te worden van de jongen. Erard ging piano's bouwen, en de adellijke vrienden van de gravin begonnen die te kopen. Deze keer wekte hij de woede op van importeurs van Engelse piano's, die ontstemd waren over de concurrentie die ze ondervonden. Ze probeerden zijn huis binnen te vallen, maar werden daar tegengehouden door niemand minder dan de soldaten van Lodewijk XVI; Erard was zo beroemd dat de koning hem volledige vergunning gaf om te handelen.

Ondanks de steun van de koning kreeg Erard toch belangstelling voor het buitenland, en rond 1785 reisde hij naar Londen, waar hij een nieuw atelier begon aan Great Marlborough Street. Hij was daar op 14 juli 1789, toen de Bastille werd bestormd, en ook drie jaar later, toen Frankrijk werd geschokt door de zuiveringsacties van de Terreur. Deze geschiedenis kent u ongetwijfeld. Duizenden mensen die tot de bourgeoisie behoorden, ontvluchtten het land of werden tot de guillotine veroordeeld. Maar één feit is maar weinig mensen bekend: diegenen die vluchtten of werden geëxecuteerd, lieten duizenden kunstwerken achter, waaronder muziekinstrumenten. Wat er ook kan worden gezegd van de Franse smaak, er moet worden opgemerkt dat zelfs in de roerige tijd van de revolutie, toen geleerden en musici werden onthoofd, er iemand was die besloot dat muziek beschermd diende te worden. Er werd een Tijdelijke Commissie van Kunsten in het leven geroepen en Antonio Bartolomeo Bruni, een middelmatige violist bij de Comédie Italienne, werd benoemd tot directeur Inventarisatie. Veertien maanden lang verzamelde hij de instrumenten van de veroordeelden. Alles bij elkaar verkreeg hij er meer dan driehonderd, en elk ervan heeft zijn eigen tragische verhaal. Antoine Lavoisier, de grote chemicus, verloor zijn leven en zijn in Frankrijk gebouwde Zimmerman-vleugel aan de Terreur. Talloze andere piano's waarop nu nog wordt gespeeld, hebben een soortgelijke geschiedenis. Vierenzestig hiervan waren pianofortes, en van degene die in Frankrijk waren gebouwd, was het merendeel Erard, twaalf in totaal. Of dit getuigde van de goede smaak van Bruni of van die van de slachtoffers, dit trieste onderscheid heeft er misschien wel voor gezorgd dat Erards reputatie als de beste pianobouwer voorgoed werd gevestigd. Het is veelzeggend dat noch Sébastien noch zijn broer Jean-Baptiste, die in Parijs bleef, ooit voor de Terreur werd gebracht, ondanks de steun die zij van de koning hadden gekregen. Van de twaalf pianofortes is er van elf bekend waar die zich bevinden, en ik heb alle Erards gestemd die nu in Engeland zijn.

Sébastien Erard is inmiddels dood, maar zijn atelier bevindt zich nog steeds in Londen. Het overige deel van zijn geschiedenis is er een van technische schoonheid, en als u niet het mechaniek kunt begrijpen dat ik beschrijf, dan zult u dit op z'n minst kunnen waarderen, zoals ik de functie van uw kanonnen waardeer, ook al begrijp ik niet de chemische samenstelling van de gassen die maakt dat ze kunnen worden afgevuurd. Zijn vernieuwingen hebben een revolutie veroorzaakt in de bouw van piano's. De repetitietechniek van het *double échappement*, het *mécanisme à étrier*, het apart bevestigen van de hamers aan de hamerlijst in plaats van in groepen van zes, zoals in de Broadwood-piano's, de agraffe – dat zijn allemaal vernieuwingen van Erard. Napoleon speelde op een Erard; Erard stuurde een vleugel naar Haydn als cadeau; Beethoven speelde zeven jaar op een Erard.

Ik hoop dat deze informatie nuttig zal zijn voor uw staf bij het bevorderen van het begrip en de waardering voor dit mooie instrument dat zich nu bevindt binnen de verre grenzen van ons Britse Rijk. Een dergelijke creatie verdient niet alleen respect en aandacht, maar dient ook gekoesterd te worden, zoals men zou omgaan met een kunstvoorwerp in een museum. De kwaliteit van deze piano zijn de diensten van een stemmer waard, en ik hoop dat die slechts de eerste stap vormen in de blijvende zorg voor het instrument.

Uw nederige dienaar,
Edgar Drake
Pianostemmer
Erards-als-specialiteit

Toen hij klaar was, bleef hij naar de brief zitten staren, terwijl hij zijn pen ronddraaide. Hij dacht even na en streepte toen 'gekoesterd' door, om er vervolgens 'verdedigd' boven te schrijven. Het waren tenslotte militairen. Hij vouwde de brief in een envelop en stopte die in zijn tas om hem later in Rangoon op de post te doen. Eindelijk begon hij slaap te krijgen.

Ik hoop dat ze de brief zullen lezen, dacht hij, glimlachend in zichzelf terwijl hij in slaap viel. Natuurlijk kon hij op dat moment niet weten hoe vaak die zou worden gelezen, bestudeerd, naar handschriftdeskundigen zou worden gestuurd, tegen het licht zou worden gehouden, zelfs zou worden bekeken onder een vergrootglas. Want als een man verdwijnt, dan klampen we ons vast aan alles wat hij heeft achtergelaten.

6

Het was ochtend toen ze voor het eerst, drie dagen vanaf Calcutta, land zagen met daarop een lange roodstenen vuurtoren. 'Het Alguada-rif,' hoorde Edgar een oudere Schot naast hem zeggen tegen diens metgezel. 'Verdraaid moeilijk om te navigeren. Het is een kerkhof voor passerende schepen.' Edgar wist van de kaarten dat ze slechts dertig mijl ten zuiden van Kaap Negrais waren, en dat ze spoedig in Rangoon zouden aankomen.

In minder dan een uur passeerde het schip boeien die de ondiepe zandbanken markeerden welke zich uitstrekten vanaf de monding van de Rangoon, een van de honderden rivieren waar het water van de Irrawaddy-delta in uitkwam. Ze passeerden diverse voor anker liggende schepen, en de oude man legde uit dat dit koopvaardijschepen waren die probeerden zo de havenbelasting te omzeilen. De stoomboot wendde zich naar het noorden, en de zandbanken verhieven zich boven het land om uiteindelijk lage beboste kusten te worden. Hier werd het kanaal dieper, maar nog altijd was het bijna twee mijl breed, en als de lange rode obelisken aan weerskanten van de monding er niet waren geweest, dan zou hij niet hebben geweten dat ze landinwaarts voeren.

Ze stoomden een paar uur lang de rivier op. Het land was laag, vlak, bijna onopvallend, en toch voelde Edgar een plotselinge opwinding toen ze een serie kleine pagodes passeerden, met hun afbladderende witgekalkte muren. Verder landinwaarts stond een groep hutten aan de waterkant, waar kinderen speelden. De rivier werd smaller en beide oevers waren nu beter zichtbaar, zanderig en overdekt met dikker wordende vegetatie. Het schip volgde een kronkelige weg, gehinderd door zandbanken en scherpe bochten. Eindelijk, bij een van de bochten, verschenen er boten in de verte. Aan dek klonk gemompel en diverse passagiers liepen achter elkaar aan naar de trappen om naar hun hut te gaan.

'Zijn we er al?' vroeg Edgar aan de oude man.

'Ja, zo dadelijk. Kijk, daar.' De man hief zijn arm en wees naar een pagode op de top van een verre heuvel. 'Dat is de Shwedagon-pagode. Daar hebt u vast wel eens van gehoord.'

Edgar knikte. Hij had al over de pagode gelezen nog voordat hij de Erard-opdracht had gekregen, in een tijdschriftartikel waarin de vrouw van een rechter uit Rangoon schreef over de pracht ervan. Haar beschrijvingen stonden bol van de adjectieven: verguld, gouden, glinsterend. Hij had het artikel vluchtig doorgelezen, terwijl hij zich afvroeg of er een orgel in zou worden vermeld, of een boeddhistisch equivalent ervan, omdat hij veronderstelde dat er in zo'n belangrijke tempel behoefte was aan muziek. Maar er waren alleen beschrijvingen van 'glinsterende, gouden juwelen' en de 'wonderlijke wegen van Birmanen'. Hij had toen zijn belangstelling voor het artikel verloren en was het verder vergeten, tot op dat moment. In de verte zag de tempel eruit als een klein, glanzend kleinood.

De stoomboot ging langzamer varen. De huizen die overal verspreid langs de oever stonden, kwamen nu regelmatig door het gebladerte te voorschijn. Verder langs de oever schrok hij op toen hij werkolifanten bezig zag, hun drijvers zittend op hun nek, terwijl ze enorme houtblokken uit het water tilden en die op de oever stapelden. Hij staarde er ongelovig naar, verrast over de kracht van de dieren, over hoe ze de blokken uit het water wipten alsof ze niets wogen. Toen de boot de oever naderde, kwamen ze duidelijker in beeld; stroompjes bruin water die langs hun flanken dropen terwijl ze langs de oevers plonsden.

Ze passeerden steeds vaker andere boten op de rivier, dubbeldeksstoomboten, slecht onderhouden vissersboten beschilderd met zwierige Birmese letters, kleine roeiboten en smalle kano's, fragiel en nauwelijks groot genoeg voor één man. Er waren ook andere boten, onbekend van vorm en zeil. Dicht bij de oever werden ze ingehaald door een vreemd schip met een enorm zeil dat boven twee kleinere fladderde.

Ze naderden de haven nu snel, en een serie regeringsgebouwen in Europese stijl kwam in zicht, statige stenen bouwwerken met glanzende zuilen.

De stoomboot naderde een overdekte aanlegplaats, verbonden met de oever door een lang, scharnierend platform, waar een grote groep kruiers stond te wachten. De boot aarzelde, de motoren in z'n achteruit om vaart te minderen. Een van de dekmatrozen wierp een touw naar de kade, waar dat werd opgevangen en vastgebonden rond een paar meerpalen. De kruiers, naakt op een lendendoek na die om hun middel was vastgemaakt en verder weggestopt zat tussen hun benen, schreeuwden terwijl ze een loopplank vanaf de kade lieten zakken. Die sloeg hard tegen het dek, en ze kwamen eroverheen gelopen om de passagiers te helpen met hun bagage. Edgar stond in de schaduw van het dekzeil en keek naar de mannen. Ze waren klein en hadden doeken om hun hoofd gewikkeld, om hen te beschermen tegen de zon. Hun huid was versierd met tatoeages, die zich uitstrekten over hun torso, opdoken bij hun dijen en vandaar kronkelend rond hun benen omlaagliepen tot aan hun knieën.

Edgar keek naar de andere passagiers; de meeste stonden wat met elkaar te praten aan dek, waarbij ze ergens naar wezen en opmerkingen maakten over de gebouwen. Hij draaide zich weer om naar de kruiers om te zien hoe ze zich bewogen, waarbij de vorm van hun tatoeages veranderde als hun gespierde armen zich spanden onder de leren koffers en draagtassen. Op de kade, in de schaduw van de bomen, wachtte een menigte naast de groeiende stapel koffers. Achter hen kon Edgar de kaki uniformen zien van Britse soldaten, die bij een laag hek stonden. En achter de soldaten, in de schaduw van een rij naar alle kanten uitgroeiende baniaanbomen die de oever volgde, zag hij iets wat duidde op beweging, verschuivende donkere patronen.

Uiteindelijk waren de getatoeëerde mannen klaar met het overbrengen van de bagage, en de passagiers liepen over de loopplank naar de wachtende koetsen, de vrouwen onder parasols, de mannen beschermd door bolhoeden of tropenhelmen. Edgar volgde de oude man met wie hij eerder die morgen had gesproken en zocht zijn evenwicht terwijl hij de wankele loopplank overstak. Hij stapte de kade op. Zijn reisbeschrijving vermeldde dat hij zou worden afgehaald door militair personeel, maar dat was alles. Heel even voelde hij een plotselinge aanval van paniek: misschien weten ze niet dat ik ben aangekomen.

Achter de wachten bewogen de schaduwen, als een dier dat wakker wordt. Hij transpireerde hevig en haalde zijn zakdoek te voorschijn om zijn voorhoofd af te vegen.

'Meneer Drake!' riep iemand vanuit de menigte. Edgar keek in de richting van de stem. Er stond een groep soldaten te wachten in de schaduw. Hij zag een opgeheven arm. 'Meneer Drake, hierheen.'

Edgar baande zich een weg door de menigte passagiers en bedienden die om hun bagage liepen te drentelen. Een jonge soldaat stapte naar voren en hief zijn hand. 'Welkom in Rangoon, meneer Drake. Het is goed dat u mij zag, meneer. Ik zou niet weten hoe ik u herkend had moeten hebben. Kapitein Dalton, Herefordshire Regiment.'

'Hoe maakt u het? De familie van mijn moeder komt uit Hereford.'

De soldaat straalde. 'Wat een toeval!' Hij was jong en gebruind, met brede schouders en blond haar dat diagonaal naar achteren was gekamd.

'Inderdaad heel toevallig,' zei de pianostemmer, en hij verwachtte dat de jonge man nog iets zou zeggen. Maar de soldaat lachte alleen, óf vanwege dat kleine toeval, óf omdat hij recentelijk was gepromoveerd tot kapitein en er trots op was dat hij nu zijn rang kon noemen. En Edgar glimlachte terug, want de reis leek hem, na vijfduizend mijl, plotseling weer thuis te hebben gebracht.

'Ik neem aan dat u een prettige reis hebt gehad?'

'Jazeker.'

'Ik hoop dat u het niet erg vindt als u hier even moet wachten. We hebben nog wat andere bagage die we naar het hoofdkwartier moeten brengen.'

Toen alles was verzameld, riep een van de soldaten de kruiers, die de koffers op hun schouders laadden. Ze liepen langs de wachten naar de poort en staken de straat over naar de plek waar de koetsen stonden te wachten.

Later zou Edgar aan Katherine schrijven dat in de vijftien passen die hem van het hek naar de wachtende koetsen brachten, Birma te voorschijn kwam alsof er een doek werd opgehaald bij een toneelvoorstelling. Toen hij de straat op stapte, zwol de menigte om hem heen aan. Hij draaide zich om. Handen worstelden om manden met voedsel naar voren te duwen. Vrouwen staarden hem aan, hun gezichten wit beschilderd, hun vuisten die bloemenslingers grepen. Bij zijn voeten drukte een bedelaar zich tegen zijn been aan, een meelijkwekkende jongen overdekt met korsten en open wonden. Hij draaide zich opnieuw om en struikelde bijna over een paar mannen die kisten met specerijen vervoerden, opgehangen tussen lange stokken. Vóór hem drongen de soldaten zich door de menigte, en als de takken van de enorme baniaanbomen er niet waren geweest, dan zouden diegenen die naar beneden keken vanuit de kantoorgebouwen, een kakikleurige rij hebben gezien die zich door een bonte massa heen werkte, met achteraan een man die langzaam bewoog, alsof hij verdwaald was, zich omkeerde bij het geluid van gehoest, dan weer staarde naar een betelverkoper die vlak bij zijn voeten had gespuwd, waarbij hij probeerde erachter te komen of dit bedoeld was als een dreiging of als aanbeveling, totdat hij een van de soldaten hoorde zeggen: 'Na u, meneer Drake', want ze waren inmiddels aangekomen bij de koets. En net zo snel als hij deze wereld had betreden, ontsnapte hij er ook weer aan toen hij zijn hoofd naar binnen stak. De straat leek zich onmiddellijk terug te trekken.

Drie van de soldaten volgden, en gingen tegenover en naast hem zitten. Er klonk geschuifel op het dak terwijl de bagage werd geladen. De koetsier klom op de bok, en Edgar hoorde geschreeuw en het geluid van een zweep. De koets kwam in beweging.

Hij zat met zijn gezicht naar voren, en de plaatsing van het raam maakte het moeilijk om naar buiten te kijken, zodat de beelden in snelle opeenvolging langsschoten, als vlug omgeslagen bladzijden van goedkope plaatjesboeken, ieder beeld onverwacht, omlijst. De soldaten zaten tegenover hem, de jonge kapitein nog steeds glimlachend.

Ze bewogen zich langzaam door de menigte, waarbij de snelheid hoger werd toen de verkopers langzaam verdwenen. Ze reden langs nog meer rijen regeringsgebouwen. Voor een ervan stond een groep besnorde Engelsen in donkere kostuums te praten, terwijl een paar sikhs achter hen wachtten. De weg was gemacadamiseerd en verbazingwekkend glad, en daarna kwamen ze bij een smalle dwarsstraat. De brede voorgevels van de overheidskantoren maakten plaats voor kleinere huizen, nog steeds in Europese stijl, maar met terrassen waarover zich lusteloze tropische planten slingerden en met muren bevlekt met het donkere, schimmelige patina dat hij had gezien op zo veel huizen in India. Ze passeerden een volle winkel waar tientallen jongere mannen op smalle krukken zaten rond lage tafels beladen met potten en bergen gebakken voedsel. De scherpe lucht van bakolie waaide de koets binnen en prikte in zijn ogen. Hij knipperde en de theesalon verdween, om plaats te maken voor een vrouw die een schaal met betelnoten en kleine bladeren in haar hand hield. Ze drukte zich tegen de koets aan en staarde naar binnen vanonder de schaduw van een brede strooien hoed. Net als bij sommige van de verkopers bij de haven was haar gezicht beschilderd met witte kringen, maanachtig tegen haar donkere huid.

Edgar wendde zich tot de soldaat. 'Wat is dat op haar gezicht?'
'Die verf?'
'Ja. Ik heb het al eerder gezien bij een paar vrouwen bij de haven. Maar in andere patronen. Bijzonder...'
'Ze noemen het *thanaka*. Dat wordt gemaakt van gemalen sandelhout. Bijna alle vrouwen dragen het, en veel van de mannen. Ze brengen het ook bij de baby's aan.'
'Waarom?'
'Beschermt tegen de zon, zeggen ze, het maakt hen mooi. Wij noemen het "Birmese make-up". Waarom dragen Engelse dames make-up?'

Op dat moment kwam de koets hortend tot stilstand. Buiten konden ze stemmen horen.
'Zijn we er al?'
'Nee, het is nog tamelijk ver. Ik weet niet waarom we zijn gestopt. Wacht even terwijl ik buiten kijk.' De soldaat opende het portier en leunde naar buiten. Hij trok zich weer terug in de koets.
'Wat gebeurt er?'
'Ongeluk. Kijk zelf maar. Dat is altijd het probleem als je de smalle straten neemt, maar vandaag zijn ze bezig met de herbestrating van Sule Pagoda Road, dus we moesten deze weg wel

nemen. Dit kon wel eens een paar minuten duren. U kunt naar buiten gaan om te kijken, als u wilt.'

Edgar stak zijn hoofd uit het raam. Op de straat voor hen lag een fiets op de grond tussen verspreide hopen groene linzen, die uit een paar omgevallen manden waren gerold. Een man, kennelijk de berijder van de fiets, keek naar zijn bloedende knie, terwijl de linzen-wallah, een magere, in het wit geklede Indiase man, verwoed probeerde om de weinige linzen te redden die niet vies waren geworden door het vuil van de straat. Geen van beide mannen leek echt kwaad, en een grote menigte had zich verzameld, ogenschijnlijk om te helpen, maar voornamelijk om te kijken. Edgar stapte uit de omhulling van de koets.

De straat was smal, geflankeerd door een doorlopende rij huizen. Voor ieder huis ging een steile trap ongeveer een meter omhoog naar een smalle patio, waar nu allemaal toeschouwers op stonden. De mannen droegen losjes samengebonden tulbanden en een soort rok om hun middel, die samenkwam tussen hun benen en aan de achterkant werd weggestopt. De tulbanden waren duidelijk anders dan die van de sikh-soldaten, en doordat Edgar zich een reisverhaal herinnerde over Birma, vermoedde hij dat dit *gaung-baungs* waren, en de rokken *paso's*. Hij herinnerde zich dat de rokken bij vrouwen een andere naam hadden, *hta main*, vreemde klanken die leken te worden uitgeademd, niet gesproken. De vrouwen droegen allemaal de thanaka-beschildering, waarbij sommigen hun wangen bedekten met dunne parallelle strepen, anderen met dezelfde cirkels als de vrouw die ze net hadden gezien vanuit de koets, met krullen, of met lijnen die hun neusvleugels volgden. Aan de vrouwen met een bruinere huid gaf het een griezelig, spookachtig voorkomen, en Edgar merkte op dat sommige vrouwen ook rode lippenstift droegen, die de thanaka een burleske uitstraling gaf. Het had iets verwarrends, wat hij niet kon benoemen, maar toen zijn verbazing eenmaal over was, zou hij in zijn volgende brief aan Katherine toegeven dat het niet onaantrekkelijk was. Misschien niet passend bij een Engelse huid, schreef hij, maar toch mooi, en hij voegde er met nadruk aan toe: *op dezelfde manier waarop je kunst waardeert*. Het was niet nodig om misverstanden te laten ontstaan.

Zijn ogen volgden de gevels van de gebouwen tot aan de balkons die waren versierd met hangende tuinen van varens en bloemen. Ook die stonden vol toeschouwers, voornamelijk kinderen, hun magere armen door de smeedijzeren hekken gevlochten. Een paar kinderen riepen iets omlaag naar hem en giechelden terwijl ze zwaaiden. Edgar zwaaide terug.

Op straat had de fietser intussen zijn voertuig rechtop gezet en was bezig om de verbogen handvatten recht te buigen, terwijl de koopman het had opgegeven om zijn linzen te redden en midden op de weg was begonnen aan de reparatie van een van de manden. De koetsier schreeuwde naar hem, en de menigte lachte. De koopman schoof naar de zijkant van de straat. Edgar zwaaide nog een keer naar de kinderen en stapte weer in de koets. En opnieuw kwamen ze in beweging, totdat de smalle straat uitliep in een bredere weg rondom een enorm verguld bouwwerk omringd door gouden torens. De kapitein merkte op: 'De Sule-pagode.' Ze passeerden een kerk, daarna de minaretten van een moskee en toen, bij het stadhuis, een volgende markt die was opgezet op de promenade voor een beeld van Mercurius, de Romeinse god van de kooplieden, dat er door de Britten was geplaatst als een symbool van hun handel, maar in plaats daarvan waakte over de straatkooplieden.

De laan werd breder en de koets kreeg weer snelheid. Al snel schoten de beelden langs het raam, te snel om nog te kunnen worden waargenomen.

Ze reden een halfuur en stopten toen in een met keien bestrate weg voor een huis met twee verdiepingen. De soldaten bogen hun hoofd en stapten een voor een uit de koets, terwijl de dragers op het dak klommen om de koffers van bovenaf aan te geven. Edgar ging op de straat staan en haalde diep adem. Ondanks de intensiteit van de zon, die nu begon te zakken, was de lucht koel vergeleken met de benauwde koets.

De kapitein maakte een gebaar dat Edgar naar het huis moest komen. Bij de ingang passeerden ze twee wachten met uitdrukkingsloze gezichten, zwaarden hangend langs hun zijden. De kapitein verdween in een gang en kwam weer te voorschijn met een stapel papieren.

'Meneer Drake,' zei hij, 'het schijnt dat er diverse veranderingen in onze plannen zijn. Het was oorspronkelijk onze bedoeling dat u hier in Rangoon zou worden opgevangen door kapitein Nash-Burnham, uit Mandalay, die bekend is met de projecten van dokter Carroll. Nash-Burnham was hier gisteren nog voor een bespreking over de pogingen om de dacoits in de Shan-staten aan te pakken, maar helaas is de boot die u de rivier op had moeten brengen nu in reparatie. Zelf had hij haast om terug te keren naar Mandalay, zodat hij met een eerder schip is vertrokken.' Dalton pauzeerde om de papieren door te nemen. 'Maakt u zich geen zorgen. U zult volop de tijd hebben om te worden geïnstrueerd in Mandalay. Maar het betekent wél dat u later zult vertrekken dan verwacht, aangezien de eerste stoomboot waarop we voor u een hut konden boeken van de Irrawaddy Flotilla Company was, die aan het einde van de week vertrekt. Ik hoop dat dit niet al te vervelend voor u is?'

'Nee, dat zou geen probleem moeten zijn. Ik vind het niet erg om hier een paar dagen wat rond te kijken.'

'Mooi. Eigenlijk wilde ik u uitnodigen om ons morgen te vergezellen op een tijgerjacht. Ik heb dat idee al voorgelegd aan kapitein Nash-Burnham, die dat een goede manier vond om de tijd te verdrijven en tegelijkertijd vertrouwd te raken met het omringende land.'

Edgar protesteerde: 'Maar ik heb nog nooit gejaagd.'

'Dan is dit een prima manier om ermee te beginnen. Altijd de moeite waard. Maar goed, u zult wel moe zijn. Ik kom later op de avond bij u langs.'

'Staan er nog andere dingen op het programma?' vroeg Edgar.

'Geen plannen voor vanmiddag. Nogmaals, kapitein Nash-Burnham had gehoopt om hier bij u te zijn. Ik zou u aanraden om wat te gaan rusten op uw kamer. De drager kan u laten zien waar die is.' Hij knikte naar een Indiër die stond te wachten.

Edgar bedankte de kapitein en volgde de drager door de deur naar buiten. Ze verzamelden zijn koffers en liepen naar het einde van het paadje, waar ze bij een grotere weg kwamen. Een grote groep jonge monniken liep langs in saffraankleurige gewaden. De drager leek hen niet te zien.

'Waar komen die vandaan?' vroeg Edgar, in de ban van de schoonheid van de bewegende stof.

'Wie, meneer?' vroeg de drager.

'De monniken.'

Ze stonden op de hoek van de weg, en de drager draaide zich om en wees in de richting waar de monniken vandaan waren gekomen. 'Natuurlijk van de Shwedagon, meneer. Iedereen die geen soldaat is in deze buurt, is gekomen om de Shwedagon te zien.'

Edgar merkte dat hij aan de voet van een heuvel stond die was omzoomd door tientallen kleine pagodes, die omhoogliepen naar de gouden piramide die hem had gewenkt vanaf de rivier, nu massief, hoog optorenend. Een rij pelgrims liep rond aan de voet van de trappen. Edgar had gelezen dat het Britse leger zich had gevestigd rond de pagode, maar hij had nooit kunnen denken dat dat zo dichtbij was. Met tegenzin haastte hij zich achter de drager aan, die al was overgestoken en zijn weg vervolgde door de smalle straat. Ze kwamen bij een kamer aan het einde van een lange barak. De drager zette de koffers neer en opende de deur.

Het was een eenvoudige ruimte, gebruikt door bezoekende

officieren, en de drager vertelde hem dat de omringende gebouwen eveneens woonruimtes waren voor het garnizoen. 'Dus mocht u iets nodig hebben, meneer, dan kunt u gewoon op elke deur kloppen.' Hij boog en vertrok. Edgar wachtte net lang genoeg tot het geluid van de voetstappen van de man was verdwenen, voordat hij de deur opende en terugliep door het straatje, tot aan de voet van de lange trap die leidde naar de tempel. Op een bord stond: GEEN SCHOENEN OF PARASOLS, en hij herinnerde zich wat hij had gelezen over het begin van de Derde Anglo-Birmese Oorlog, toen de Britse afgezanten weigerden hun schoenen uit te trekken in aanwezigheid van leden van het Birmese koninklijke huis. Hij knielde en deed zijn laarzen uit, en terwijl hij die in zijn hand meenam, begon hij aan de lange wandeling de trap op.

De tegels waren vochtig en koel aan zijn voeten. De trap was omzoomd door verkopers die een overvloed aan religieuze artikelen verkochten: schilderijtjes en beeldjes van de Boeddha, slingers jasmijn, boeken en waaiers, mandjes gevuld met voedseloffers, stapels wierookstokjes, bladgoud en lotusbloemen gemaakt van dun zilverpapier. De kooplieden hingen rond in de schaduw. Overal beklommen pelgrims de treden – monniken en bedelaars en elegante Birmese vrouwen in hun mooiste kleren. Bovenaan liep hij onder een fraaie zuilengang door en kwam toen op een enorm platform van wit marmer en vergulde koepels van kleinere pagodes. De menigte gelovigen liep met de klok mee rond, en ze staarden naar de lange Engelsman terwijl ze langsliepen. Hij stapte in de stroom van lichamen, en volgde die langs rijen kleinere altaren en knielende gelovigen, die rozenkransen van grote zaden door hun vingers lieten glijden. Terwijl hij liep staarde hij omhoog naar de pagode, zijn klokvormige koepel oplopend naar een smal punt overdekt met een cilindervormige parasol. Hij werd verblind door de glinstering van goud, de reflectie van de zon op de witte plavuizen, de pulserende massa gelovigen. Halverwege zijn wandeling rond de stoepa stopte hij om in de schaduw te rusten, en hij veegde zijn gezicht af met zijn zakdoek, toen het zwakke getinkel van muziek zijn aandacht trok.

Eerst kon hij niet zeggen waar het vandaan kwam, doordat de klanken weerkaatsten tegen de gangen met altaren en zich mengden met de gezangen. Hij volgde een smal pad achter een enorm platform, waar een monnik een groep in gebed voorging, woorden in een hypnotiserende vrome taal waarvan hij later zou leren dat dit geen Birmees maar Pali was. De muziek werd luider. Onder de overhangende takken van een baniaanboom zag hij de muzikanten.

Er waren er vier, en ze keken op bij wijze van begroeting. Hij glimlachte en bestudeerde de instrumenten: een trommel en een xylofoonachtig bord, een lange hoorn met een zwanenhals en een harp. Vooral dat laatste instrument trok zijn aandacht, omdat het nu eenmaal een snaarinstrument was. Het was een prachtige harp, gebeeldhouwd in een vorm die zowel leek op een boot als op een zwaan; de snaren waren dicht bij elkaar bevestigd, waarbij hij opmerkte dat dit mogelijk was door de unieke vorm van de harp. Een knap ontwerp, dacht hij. De vingers van de man gingen er langzaam overheen; de melodie was vreemd dissonant, en Edgar vond het moeilijk om er een patroon in te ontdekken. Hij merkte de willekeurige manier op waarop die langs de toonladder danste. Hij luisterde aandachtiger, maar nog steeds ontging de melodie hem.

Al snel kwam er een andere luisteraar bij staan, een elegant geklede Birmese man die een kind aan de hand hield. Edgar knikte naar de man en de jongen en ze luisterden samen naar de muziek. De aanwezigheid van de andere man herinnerde hem eraan dat kapitein Dalton die avond bij hem langs zou komen en dat hij zich nog moest baden en verkleden. Met tegenzin verliet hij de muzikanten. Hij maakte zijn ronde om de stoepa af, en voegde zich opnieuw in de menigte waar die samenstroomde bij de ingang en zich verspreidde over de trap. Hij volgde de mensen terug naar de straat en ging onder aan de trap zitten om zijn laarzen aan te doen. Om hem heen glipten mannen en vrouwen gemakkelijk in en uit sandalen. Rommelend met zijn veters begon hij te fluiten, terwijl hij probeerde het stuk dat hij net had gehoord naar boven te halen. Hij kwam overeind. Op dat moment zag hij haar.

Ze stond ongeveer anderhalve meter bij hem vandaan, met een baby op haar heup, haar kleding niet meer dan vodden, haar hand uitgestrekt, haar lichaam beschilderd met diepgele verf. Eerst knipperde hij met zijn ogen, omdat hij dacht dat het een geestverschijning was, de kleur van haar huid een spookachtig beeld van het goud van de pagode, als de zwevende illusie die je krijgt als je te lang naar de zon kijkt. Ze ving zijn blik en kwam dichterbij, en hij zag dat ze niet goud was door verf maar door een gelig poeder, dat haar gezicht en armen en blote voeten bedekte. Terwijl hij staarde, strekte ze de baby naar hem uit, haar gele handen stevig geklemd om het kleine slapende wezen. Hij keek naar haar gezicht en de donkere smekende ogen omlijnd met geel; pas later zou hij leren dat het poeder geelwortel was, dat de Birmezen *sa-nwin* noemen, en waarmee vrouwen hun lichaam bestrooien na de geboorte van hun kind als bescherming tegen boze geesten, maar deze vrouw droeg het om te bedelen, want volgens de traditie mag een vrouw die de sa-nwin nog draagt haar huis niet verlaten in de dagen na de geboorte, en als ze dat toch doet, zou dat kunnen betekenen dat het kind ziek is. Maar terwijl hij daar stond aan de voet van de Shwedagon wist hij dit niet. Hij kon alleen staren naar de vergulde vrouw, totdat ze een stap dichterbij kwam en hij vliegen bij het mondje van de baby kon zien en een groter wordende zweer op zijn hoofdje, en hij deed ontzet een stap naar achteren en rommelde in zijn zak naar muntgeld, en zonder naar de waarde van het geld te kijken liet hij het in haar hand vallen.

Hij liep achteruit, zijn hart hevig kloppend. Om hem heen bleven de pelgrims doorgaan met hun processie, onverschillig voor het vergulde meisje dat de munten in haar hand verbaasd telde en voor de lange, slungelige Engelsman die nog een laatste keer naar de tempel keek en naar het meisje onder de hoge toren, zijn handen in zijn zakken stak en haastig de straat af liep.

Later die avond kreeg hij bezoek van kapitein Dalton, die hem uitnodigde om een paar van de officieren te vergezellen naar de Pegu Club voor een partijtje biljart. Hij weigerde, met het excuus dat hij moe was. Het was al een paar dagen geleden dat hij voor het laatst aan zijn vrouw had geschreven, zei hij. Hij vertelde Dalton niet over het beeld dat hij nog steeds voor zich zag, dat het geen goed gevoel was om sherry te drinken terwijl er werd gekletst over de oorlog, en hij intussen met zijn gedachten bij het meisje en haar kind was.

'Ach, er zal nog volop tijd zijn om te biljarten,' zei Dalton. 'Maar ik sta er wel op dat u ons morgen vergezelt op de jacht. Vorige week nog heeft een infanterist gemeld dat hij een tijger heeft gesignaleerd bij Dabein. Ik heb plannen gemaakt om daarheen te reizen met kapitein Witherspoon en kapitein Fogg, die allebei recentelijk zijn aangekomen vanuit Bengalen. Wilt u ons vergezellen?' Hij stond als een silhouet in de deuropening.

'Maar ik heb nooit eerder gejaagd, en ik denk niet dat ik...'

'Alstublieft! Ik wil er niet over horen. Dit is een kwestie van plicht. Deze tijger heeft de dorpelingen hier al genoeg angst aangejaagd. We vertrekken morgenochtend vroeg. We zien u bij de cavaleriestallen. Weet u waar die zijn? Nee, u hoeft niets mee te nemen. Uw hoed misschien, we hebben meer dan genoeg rijlaarzen, en natuurlijk geweren. Een man als u, die zulke vaardige vingers heeft, zal goed kunnen schieten.' En bij deze vleierij en omdat hij al een uitnodiging had afgeslagen, stemde Edgar toe.

7

De volgende morgen trof Edgar de kapitein aan bij de stallen, waar hij een paard aan het zadelen was. Vijf andere mannen stonden om hem heen verzameld, twee Engelsen en drie Birmanen. Toen Dalton de pianostemmer zag naderen, kwam hij onder het paard vandaan, waar hij bezig was geweest met het vastmaken van de singel. Hij veegde zijn hand af aan zijn broek en stak die toen uit. 'Meneer Drake, prachtige morgen, niet? Heerlijk als een windje zo ver landinwaarts komt. Zo verfrissend. Het houdt in dat de regens dit jaar misschien wel eerder komen.' Hij stond op en keek naar de hemel, alsof hij zijn meteorologie wilde bevestigen. Edgar werd getroffen door zijn knappe en atletische voorkomen; zijn gezicht blozend en gebruind, zijn haar naar achteren gekamd, zijn hemdsmouwen opgerold over zijn stoffige onderarmen.

'Meneer Drake, mag ik u voorstellen aan kapitein Witherspoon en kapitein Fogg? Heren, dit is meneer Drake, de beste pianostemmer in Londen.' Hij sloeg Edgar op zijn rug. 'Een goeie kerel; zijn familie komt uit Hereford.'

De twee mannen staken vriendelijk hun hand uit. 'Aangenaam kennis te maken, meneer Drake,' zei Witherspoon. Fogg knikte.

'Ik ben zo klaar met het zadelen van dit paard,' zei Dalton, terwijl hij weer onder de buik van het paard dook. 'Ze kan heel ondeugend zijn, dit paard, en ik wil er niet graag af vallen als er een tijger in zicht komt.' Hij keek op en knipoogde naar de stemmer. De mannen lachten. Op een paar meter afstand zaten de Birmanen gehurkt op de grond in losvallende paso's.

Ze bestegen de paarden. Edgar had moeite om zijn been over het zadel te krijgen en moest worden geholpen door de kapitein. Buiten de stallen reed een van de Birmanen vooruit en verdween al snel. Dalton leidde hun kleine groep, kletsend met de twee andere kapiteins. Edgar volgde hen. Achter hem reden twee Birmanen samen op één paard.

Het was nog vroeg, en de zon had nog niet de nevel van de lagunes weggebrand. Edgar was verbaasd over hoe snel Rangoon boerenland werd. Ze passeerden diverse ossenkarren die naar de stad reden en waarvan de menners naar de kant van de weg gingen om hen te laten passeren, maar verder sloegen ze nauwelijks acht op hun aanwezigheid. In de verte boomden vissers hun boten door de moerassen, waarbij ze in en uit de mist gleden. Zilverreigers visten in het moeras, dicht bij de weg, waarbij ze hun poten zorgvuldig neerzetten. Voor hen vroeg Witherspoon of ze konden stoppen om op ze te schieten.

'Niet hier,' antwoordde Dalton. 'De laatste keer dat we vogels schoten, maakten de dorpelingen er een enorme drukte over. De reigers maken deel uit van de ontstaansmythes van Pegu. Het brengt ongeluk als je ze neerschiet, beste vriend.'

'Bijgelovige flauwekul,' snoof Witherspoon. 'Ik dacht dat we hen opvoedden om dergelijke onzin op te geven.'

'Inderdaad, inderdaad. Maar persoonlijk jaag ik liever op een tijger dan dat ik mijn ochtend discussiërend met een dorpshoofd moet doorbrengen.'

'Pff,' zei Witherspoon, die het geluid uitsprak alsof het een woord was. Maar dit antwoord leek hem tevreden te stellen. Ze reden verder. In de verte gooiden vissers spiralen van visnetten, een wazig beeld van touw dat waterdruppels wegslingerde in oplichtende bogen.

Ze reden een uur door. De moerassen begonnen plaats te maken voor dun kreupelhout. De zon was al tamelijk heet, en Edgar voelde het zweet langs zijn borst omlaagdruppelen. Hij was opgelucht toen het pad draaide en een dicht bos in ging. Het droge branden van de zon werd vervangen door plakkerige vochtigheid. Ze hadden nog maar een paar minuten gereden in het bos toen de Birmaan die voorop had gereden, hun tegemoetkwam. Terwijl de man overlegde met de anderen, keek Edgar om zich heen. Als jongen had hij veel verhalen gelezen over verkenners van de jungle, en had hij er uren mee doorgebracht zich de chaos aan druppelende bloemen voor te stellen, de krioelende massa's wilde dieren. Dit moest een ander soort jungle zijn, dacht hij, het is hier te stil en te donker. Hij tuurde in de diepten van het woud, maar hij kon in de wirwar van overhangende klimplanten niet verder kijken dan vijf meter.

Eindelijk hielden de mannen op met hun onderlinge gesprek, en een van hen reed naar Dalton en begon tegen hem te praten. Edgar was te afgeleid om het gesprek te volgen. Zijn bril besloeg en hij nam die van zijn neus en veegde hem af aan zijn overhemd. Hij zette de bril terug op zijn neus, maar hij besloeg opnieuw. Hij nam hem weer af. Na de derde keer liet hij hem gewoon zitten, en bekeek het woud door het dunne laagje condens.

Vóór hem beëindigde Dalton zijn overleg met de Birmaan. 'Goed,' riep hij, en hij wendde zijn paard, waarbij de hoeven van het dier de wirwar van ondergroei vertrapten. 'Ik heb met onze gids gesproken. Hij zegt dat hij naar het dichtstbijzijnde dorp is gereden en bij de dorpelingen heeft geïnformeerd naar de tijger. Kennelijk hebben die hem gisteren nog gezien toen hij de fokzeug van een plaatselijke varkenshoeder de strot afbeet. Het hele dorp is in rep en roer, en een van de waarzeggers heeft gezegd dat het dezelfde tijger is die twee jaar geleden een kind heeft gedood. Dus ze organiseren nu hun eigen tijgerjacht en proberen hem uit de jungle te verdrijven. Ze zeiden dat wij ook mogen proberen om op het dier te jagen. Hij werd voor het laatst gesignaleerd een kilometer of vijf hiervandaan. Maar we zouden ook kunnen proberen om in zuidelijke richting te rijden, naar een paar moerassen waar veel wilde zwijnen zijn.'

'Ik ben niet helemaal hierheen gekomen om op varkens te jagen,' onderbrak Fogg.

'En ik ook niet,' zei Witherspoon.

'En meneer Drake,' vroeg Dalton. 'Wat zegt u ervan?'

'O, ik zal niet eens een schot afvuren. Ik zou nog niet eens een opgezet varken kunnen raken als dat voor me op een tafel zou liggen, laat staan een wild zwijn. Beslist u maar.'

'Nou, ik heb al maanden niet op een tijger gejaagd,' zei Dalton.

'Dan is de keus gemaakt,' zei Witherspoon.

'Let alleen wel goed op als je schiet,' zei Dalton. 'Niet alles wat beweegt is een tijger. En meneer Drake, pas op voor slangen. Pak niet iets op wat lijkt op een stok, behalve als u er zeker van bent dat het geen giftanden heeft.' Hij sloeg op de flank van zijn paard, en de andere mannen volgden over een kronkelpad door het woud.

De vegetatie werd dikker, en ze stopten herhaaldelijk als de eerste ruiter stilhield om klimplanten weg te hakken die over het pad hingen. Er leken meer planten te groeien tegen de bomen dan op de grond, kronkelende kruipers die naar het zonlicht klommen. Puntige epifyten, orchideeën en bekerplanten klemden zich vast aan de grotere bomen, waarbij hun wortels verdwaalden in de wanorde van scheuten die kriskras door de lucht gingen. Edgar had altijd genoten van tuinen en hij was er trots op dat hij veel Latijnse plantennamen kende, maar hij zocht tevergeefs naar een plant die hij zou kunnen herkennen. Zelfs de bomen waren vreemd, massief, met enorme stammen die zich uitstrekten over de grond met vinachtige steunwortels, groot genoeg om een tijger te verbergen achter hun wanden.

Ze reden nog een halfuur en passeerden de ruïnes van een klein bouwwerk, gehuld in de verstrengelde wortels van de bomen. De Engelsen reden erlangs zonder te stoppen. Edgar wilde roepen om te vragen wat het was, maar zijn metgezellen waren te ver voor hem uit. Hij draaide zich om om te kijken naar de stenen, verborgen in mos. Achter hem leken de Birmanen het wél op te merken. Een van de mannen, die een kleine bloemenkrans had gedragen, stapte snel af en legde die aan de voet van de ruïne. Edgar draaide zich om terwijl zijn paard doorstapte. Door de massa overhangende klimplanten zag hij dat de man zich boog, en toen was het beeld verdwenen, de klimplanten sloten hem in en zijn paard ging moeizaam verder.

De anderen hadden voor hen uit gereden, en hij botste bijna tegen hen op bij een bocht van het pad. Ze stonden allemaal verzameld aan de voet van een grote boom. Dalton en Witherspoon stonden fluisterend met elkaar te discussiëren.

'Eén schot maar,' zei Witherspoon. 'Je kunt zo'n huid niet laten gaan. Ik beloof dat ik hem met één schot pak.'

'Ik heb je al gezegd dat, voorzover wij weten, de tijger ons nu misschien al in de gaten houdt. Als je nu schiet, dan weet je zeker dat je hem wegjaagt.'

'Onzin,' zei Witherspoon. 'De tijger is al bang. Ik ben hier al drie jaar, en ik heb nog steeds geen goede apenhuid. Ze zijn altijd zo oud, en de enige goede pels die ik had kunnen hebben werd verpest door een ondeskundige vilder.'

Edgar volgde het voorwerp van hun discussie langs de grote boom omhoog. Eerst zag hij niets, alleen een wirwar van bladeren en klimplanten. Maar toen bewoog er iets, en de kleine kop van een jonge aap stak uit boven een epifyt. Edgar hoorde dat er naast hem een geweer werd geladen, en opnieuw Daltons stem: 'Luister nu, laat hem met rust', en toen leek het aapje in de gaten te krijgen dat er iets niet klopte, want het kwam overeind en begon te springen. Witherspoon hief zijn geweer en Dalton zei opnieuw: 'Niet schieten, verdorie', en boven hen ging de sprong van de aap vergezeld van de snelle beweging van Witherspoons vinger, de flits uit de loop van het geweer, de explosie van het schot. Even was er een pauze, stilte, terwijl er boven hen bladeren en takjes vanaf de plek waar de aap was gesprongen naar beneden dwarrelden. En toen hoorde Edgar een ander geluid, direct boven hem, een zacht gepiep, en hij keek op en zag een figuur, als een silhouet tegen de achtergrond van bomen en stukken van de hemel, omlaagvallen. Het leek zo langzaam te gaan, het lijf ronddraaiend in de ruimte, staart omhoogwapperend, fladderend, als een vogel in zijn val. Hij staarde gebiologeerd naar de aap die langs hem heen viel, nog geen meter bij zijn paard vandaan, en in het struikgewas plofte. Er volgde een lange pauze, en toen vloekte Dalton en gaf zijn paard de sporen. Een van de Birmanen sprong uit zijn zadel, pakte de aap op en stak die uit naar Witherspoon om de vacht te laten inspecteren, nu bloederig en mat van het vuil. Hij knikte naar de Birmaan, die de aap in een canvas zak gooide. Toen gaf Witherspoon zijn paard de sporen, en de groep ging door. Edgar reed achter hen aan en keek hoe de kleine gestalte in de zak tegen de zijkant van het paard zwaaide, terwijl bewegende schaduwen van het bos dansten over de rode vlek die zich over het canvas verspreidde.

Ze bleven doorrijden. Bij een kleine beek gingen ze door een zwerm muggen, en Edgar probeerde ze weg te zwaaien van zijn gezicht. Er landde er eentje op zijn hand, en hij keek gefascineerd toe hoe die zijn huid onderzocht, op zoek naar een plekje om te bijten. Hij was veel groter dan de muggen die hij in Engeland had gezien, met tijgerstrepen op zijn pootjes. Vandaag ben ik de eerste die een tijger doodt, dacht Edgar, en hij plette hem met een klap van zijn hand. Een volgende mug daalde neer, en die liet hij bijten. Hij keek toe hoe die dronk, zijn buikje opzwellend, en toen sloeg hij ook die dood, waarbij hij zijn eigen bloed over zijn arm smeerde.

Het woud werd dunner en kwam uit op rijstvelden. Ze passeerden diverse vrouwen die gebogen stonden in de modder, waar ze rijstplantjes aan het planten waren. De weg werd breder, en ze konden in de verte een dorp zien, een slordige verzameling bamboehuizen. Toen ze naderden, kwam er een man naar buiten en hij begroette hen. Hij droeg alleen een versleten rode paso, en sprak geanimeerd met de man die vooropreed en vertaalde wat hij zei.

'Deze man is een van de dorpsleiders. Hij zegt dat ze vanmorgen de tijger hebben gezien. Mannen uit dit dorp zijn meegegaan met de jacht. Hij smeekte ons om ons ook bij hen aan te sluiten. Ze hebben maar weinig geweren. Hij zal een jongen met ons meesturen als gids.'

'Uitstekend,' zei Dalton, die zijn opwinding niet kon verbergen. 'En ik dacht nog wel dat we na die overhaaste actie van Witherspoon onze kans hadden verspeeld.'

'En ik zal een mooie tijgerhuid krijgen naast die van de aap,' zei Witherspoon. 'Wat een schitterende dag!'

Zelfs Edgar voelde zijn bloed sneller stromen. De tijger was dichtbij, en gevaarlijk. De enige keer dat hij een tijger had gezien, was in de Londense dierentuin: een mager, triest dier dat zijn haar begon te verliezen door een ziekte die zelfs de beste Londense dierenartsen voor een raadsel stelde. Zijn onbehaaglijke gevoel omdat hij iets moest doden – versterkt door het doodschieten van het kleine aapje – verdween. Dalton had inderdaad gelijk: dit dorp heeft ons nodig, dacht hij. Hij keek om naar de plek achter de dorpeling, waar een groep vrouwen zich had verzameld, allemaal met een baby tegen hun heup geklemd. Hij voelde dat er aan zijn laars werd getrokken en keek omlaag, waar hij een naakte kleine jongen zag staan die de stijgbeugels aanraakte. 'Hallo,' zei hij, en het kind staarde omhoog. Zijn gezicht was smerig van stof en modder. 'Je bent een mooie jongen, maar je moet wel nodig in bad.'

Fogg hoorde hem praten en draaide zich om. 'Een vriend gemaakt, zie ik, meneer Drake?'

'Het lijkt erop,' zei Edgar. 'Hier.' Hij rommelde in zijn zak en vond een anna. Hij wierp die omlaag. De jongen greep ernaar maar miste, en de munt stuiterde in een plasje langs de kant van de weg. De jongen liet zich op zijn knieën vallen en stak zijn handen in het water, op zoek naar de munt, een geschrokken blik op zijn gezicht. Plotseling greep zijn hand iets, en hij haalde de munt uit het water en keek er triomfantelijk naar. Hij spuugde op zijn hand en veegde de munt schoon, en holde toen weg om die aan zijn vriendjes te laten zien. Binnen een paar seconden hadden ze zich verzameld om Edgars paard. 'Nee,' zei Edgar. 'Geen munten meer.' Hij keek voor zich uit en probeerde de kleine uitgestrekte handen te negeren.

De dorpeling die met hen had gepraat, verliet de groep en keerde een paar minuten later terug met een oudere jongen, die op het paard van de eerste ruiter klom. Ze volgden een pad dat het dorp uit liep en verderging tussen de rijstvelden en de dichte jungle. Achter hen zette het groepje jongens een vrolijke achtervolging in, waarbij hun blote voeten kletsten op de weg. Aan de voet van de helling draaiden ze weg van de velden en volgden een ongelijkmatige open plek bij het woud. Al snel passeerden ze twee mannen die aan de rand van de jungle stonden. Ze waren naakt tot op hun middel en een van de mannen droeg een armzalige imitatie van een Britse helm, met in zijn hand een roestig oud geweer.

'Een soldaat,' grapte Witherspoon. 'Ik hoop maar dat hij dat geweer niet heeft afgepakt van iemand die hij heeft doodgeschoten.'

Edgar fronste. Fogg grinnikte. 'Daar zou ik me geen zorgen om maken. Afgekeurde producten uit onze fabrieken in Calcutta vinden op een verbazingwekkende manier hun weg naar plaatsen waar zelfs onze soldaten niet durven te komen.'

Dalton reed op met hun gids. 'Hebben ze de tijger gezien?' vroeg Fogg.

'Niet vandaag, maar hij werd voor het laatst hier in de buurt gezien. We kunnen maar beter onze geweren laden. Meneer Drake, u ook.'

'O, echt, ik geloof niet dat...'

'We zullen alle mogelijke vuurkracht nodig hebben als het beest ons aanvalt. Waar zijn al die kinderen gebleven?'

'Ik weet het niet, ik zag dat ze achter een vogel aan gingen in het bos.'

'Goed. Laten we hier niet voor kerstman spelen. Het laatste wat we willen is een gevolg van lawaaierige kinderen.'

'Sorry, ik dacht niet dat...'

Plotseling hief Witherspoon zijn hand. 'Sstt.'

Dalton en Edgar keken naar hem. 'Wat is er?'

'Ik weet het niet. Iets in de struiken aan de andere kant van de open plek.'

'Kom op, beweeg voorzichtig.' Dalton gaf zijn paard de sporen. De groep ging langzaam door.

'Daar, nu zie ik het!' Deze keer kwam het van hun gids. Hij hief zijn arm en wees naar dichte struiken. De paarden stopten. Ze waren nu op minder dan twintig meter van de rand van de open plek.

Edgar voelde zijn hart bonken toen hij de arm van de man in de richting van het bos volgde. Er was een stilte, een vertraging, en hij greep zijn geweer en voelde de spanning van zijn vinger tegen de trekker. Aan zijn zijde hief ook Witherspoon zijn geweer.

Ze wachtten. De struiken trilden.

'Verdraaid, ik kan niets zien. Hij kan daar overal zijn.'

'Schiet niet, behalve als je weet dat het de tijger is. Je hebt al genoeg risico genomen in het bos met die aap. We hebben maar één kans, en we moeten allemaal meteen schieten.'

'Hij is daar, kapitein.'

'Rustig nu.'

'Verdomme, hou je geweer klaar. Hij beweegt opnieuw.' Witherspoon spande de haan en tuurde door het vizier. Er was een beweging in de struiken, die steeds kleiner werd, terwijl het trillen sterker werd. 'Hij komt. Hou je geweer in de aanslag.'

'Goed, geweren omhoog. Meneer Drake, u ook. We kunnen maar één keer schieten. Fogg?'

'Klaar om te schieten. Zegt u maar wanneer, kapitein.'

Edgar voelde hoe koud zweet over zijn hele lichaam uitbrak. Zijn armen trilden. Hij kon nauwelijks de geweerlade naar zijn schouder heffen.

Boven hem vloog een gier weg, neerkijkend op het tafereel, een groep van acht mannen, vijf paarden, die in het droge gras van een open plek stonden, aan weerskanten omsloten door dichte jungle die zich uitstrekte over de heuvels. Achter hen, in de rijstvelden, naderde een groep vrouwen in hun richting; ze gingen sneller lopen, en begonnen uiteindelijk te rennen.

Edgars paard stond achter in de groep, waardoor hij de vrouwen als eerste zag. Ze leken te schreeuwen. Hij draaide zich om en riep: 'Kapitein!'

'Stil, Drake, hij komt eraan.'

'Kapitein, wacht, er is iets aan de hand.'

'Stil, Drake,' snauwde Witherspoon, die zijn ogen niet van de plek afhield.

Maar toen hoorden ook zij het geschreeuw, en Dalton keerde zich om. 'Wat is er aan de hand?'

De Birmaan zei iets. Edgar draaide zich om om naar de struiken te kijken. Ze trilden nu erger. Hij kon het geluid van voeten in het struikgewas horen.

De vrouwen gilden.

'Wat is er verdomme aan de hand?'

'Laat iemand ervoor zorgen dat ze hun mond houden. Zo jagen ze de tijger weg.'

'Witherspoon, niet schieten.'

'Verpest dit nu niet, Dalton.'

'Witherspoon, ik zei dat je niet mag schieten. Er is iets aan de hand.'

De vrouwen kwamen dichterbij. Hun geschreeuw klonk uit boven de stemmen van de mannen.

'Verdomme! Laat iemand ervoor zorgen dat ze stil zijn. Fogg, doe iets!'

Edgar kon zien dat Witherspoon naar zijn geweer staarde. Fogg, die tot dat moment had gezwegen, draaide zich om op zijn paard en keek naar de vrouwen. 'Halt!' riep hij. De vrouwen bleven rennen, schreeuwen, en tilden de zoom van hun hta mains op terwijl ze dichterbij kwamen.

'Halt! Verdomme!'

Het werd allemaal een waas, het geschreeuw, de niet-aflatende zon.

Edgar draaide zich snel om om naar het bos te kijken.

'Daar is ie!' schreeuwde Fog.

'Kapitein! Niet schieten!' schreeuwde Dalton, en hij spoorde zijn paard aan in de richting van Witherspoon, die zijn greep op zijn geweer verstevigde en vuurde.

De rest blijft bevroren, een zongebleekte herinnering, een bepaalde houding. Er klinkt geschreeuw en gegil, maar het is de houding die Edgar het meest bij zal blijven, de onmogelijke houding van verdriet, moeder naar kind, de armen uitgestrekt, reikend, zich losmakend van diegenen die proberen haar tegen te houden. Een houding die hij nooit eerder zag, maar toch herkent, van piëta's, van Griekse urnen met kleine figuurtjes die *oi moi* jammeren.

Hij staat lang toe te kijken, maar het zal dagen duren voordat de ontzetting van wat er gebeurde tot hem doordringt, met een harde klap zijn borst raakt, bij hem naar binnen gaat alsof hij plotseling bezeten is. Dat zal gebeuren tijdens een feest voor officieren bij de resident, op het moment dat hij een dienstmeisje ziet langslopen met een kind op haar heup. Dan zal het komen, en hij zal het gevoel hebben alsof hij verdrinkt, stikt, waarbij hij vaag excuses mompelt tegen verbaasde officieren die hem vragen of hij zich wel goed voelt. Ja, maakt u zich geen zorgen, ik voel me alleen een beetje duizelig, dat is alles. Waarna hij naar buiten strompelt, de trap af, de tuin in, waar hij overgevend in de rozen zal vallen, tranen die opwellen achter zijn ogen, en hij zal gaan huilen, snikken, trillen, een verdriet buiten alle proporties, zodat hij er later aan terug zal denken en zich zal afvragen of hij soms ook nog om andere dingen treurde.

Maar op dat moment, in de stilte van die dag, terwijl hij bij het tafereel staat, beweegt hij zich niet. De jongen, de moeder, het zachte geritsel van takken, bewogen door een zachte wind die over de stilte en de kreten waait. Ze staan daar, hij en de andere bleke mannen. Ze kijken naar het tafereel onder hen, de moeder die het kleine lijf heen en weer schudt, het kust, haar bebloede handen over zijn gezicht laat gaan, over haar eigen gezicht, kermend op een onaardse toon die zowel vreemd als bekend is. Totdat er naast hem geritsel is, flitsen van andere vrouwen die aan komen snellen, naast de moeder vallen, haar wegtrekken bij de jongen. Haar lichaam schiet weer naar voren, tegen de zwaartekracht in, een opheffen van krachten. Een man aan haar zijde, zijn gezicht een lichte vlek in de zon, doet een stap naar achteren, wankelt even, houdt zichzelf in evenwicht door de kolf van zijn geweer op de grond te zetten.

Die nacht wordt hij vele malen wakker, gedesoriënteerd. Het zal twee dagen duren voordat hij instort in de rozentuin, maar hij voelt al dat er een scheur ontstaat, onherstelbaar, stukjes verf die loslaten en wegwaaien als stof in de wind bij het scheuren van een doek. Het heeft alles veranderd, denkt hij. Dit maakt geen deel uit van mijn plan, mijn contract, mijn opdracht. Hij herinnert zich dat hij aan Katherine heeft geschreven dat hij, toen hij net in Birma voet aan wal had gezet, niet kon geloven dat hij was aangekomen, dat hij echt weg was. Een brief die nu waarschijnlijk in een posttrein ligt die in de richting van thuis dendert. En ik ben alleen in Rangoon.

8

Twee dagen later ontving Edgar een boodschap van het ministerie van Oorlog. Ze hadden een extra hut weten te boeken op een teakschip van de Irrawaddy Flotilla Company. De boot zou over twee dagen vertrekken vanuit de haven van Prome. Hij zou met de trein naar Prome moeten; de reis naar Mandalay zou zeven dagen duren.

In zijn vier dagen in Rangoon had hij nauwelijks uitgepakt. Sinds de jacht was hij in zijn kamer gebleven, en hij kwam er alleen uit omdat er allerlei functionarissen bij hem langskwamen, of om af en toe wat door de straten te lopen. De bureaucratie van het koloniale bestuur verbaasde hem. Na de jacht was hij gedagvaard om een getuigenverklaring te ondertekenen op het ministerie van Burgerlijk en Crimineel Recht, het politiebureau, het ministerie voor Dorpsbestuur, het ministerie van Volksgezondheid en zelfs het ministerie van Bosbouw (omdat, zoals de dagvaarding stelde, 'het ongeval zich voordeed tijdens het beoefenen van het grootwildbeheer'). Eerst verbaasde het hem dat het ongeluk was gemeld. Hij wist dat als alle mannen het met elkaar eens zouden zijn geweest, het gemakkelijk in de doofpot had kunnen worden gestopt. De dorpelingen zouden nooit een manier kunnen vinden om een aanklacht in te dienen, en zelfs als dat was gelukt, dan nog was het onwaarschijnlijk dat ze zouden zijn geloofd, en zelfs als dat het geval zou zijn geweest, dan was het onwaarschijnlijk dat de officieren zouden zijn gestraft.

Toch stond iedereen erop, onder anderen Witherspoon, dat het ongeval zou worden gemeld. Witherspoon accepteerde een geringe boete, die moest worden betaald aan de familie van het slachtoffer, samen met een bedrag uit het legerfonds dat was opgericht voor dit soort gevallen. Het lijkt allemaal opvallend keurig, schreef Edgar aan Katherine; misschien is dit het bewijs van de positieve invloed van Britse instituten, ondanks het soms afwijkende gedrag van haastige Britse soldaten. Of misschien, zo schreef hij een dag later, nadat hij zijn zevende getuigenverklaring had ondertekend, is dit niet meer dan een zalf, een beproefde en effectieve manier om dat soort afschuwelijke dingen af te handelen, om iets wat dieper zit goed te maken. De avond begint al te vallen achter het scherm van de bureaucratie.

Witherspoon en Fogg vertrokken naar Pegu zodra het papierwerk was afgehandeld, en kwamen op tijd terug om een paar officieren af te lossen die met hun regimenten terugkeerden naar Calcutta. Edgar nam geen afscheid van hen. Hoewel hij de schuld van het ongeval bij Witherspoon had willen leggen, kon hij dat uiteindelijk niet. Want ook al was Witherspoon te haastig geweest, toch was hij maar twee seconden sneller geweest dan de rest van hen die de bloeddorstigheid van de jacht met hem deelden. Maar telkens als Edgar hem daarna zag, tijdens maaltijden of in overheidsgebouwen, kon hij de herinnering niet onderdrukken: hoe het geweer werd geheven tegen de zware kaak, de parels zweet die langs de zongebruinde nek liepen.

Net zoals Edgar Witherspoon vermeed, zo vermeed hij ook kapitein Dalton. Op de avond voor zijn vertrek bracht een koerier een uitnodiging van Dalton, die hem opnieuw vroeg om mee te gaan naar de Pegu Club. Hij sloeg de uitnodiging beleefd af, en verontschuldigde zich door te zeggen dat hij te moe was. In werkelijkheid wilde hij Dalton wel zien, om hem te bedanken voor zijn gastvrijheid, om hem te vertellen dat hij niet kwaad op hem was. Maar de gedachte om het incident opnieuw te moeten beleven boezemde hem angst in, en hij had het gevoel alsof het enige wat hij deelde met de kapitein dat moment van ontzetting was, en als hij hem weer zou zien, dan zou hij dat opnieuw beleven. Dus sloeg hij de uitnodiging af, en de kapitein liet verder niets van zich horen, en hoewel Edgar tegen zichzelf zei dat hij altijd nog bij de kapitein langs kon gaan als hij terugkwam in Rangoon, wist hij dat hij dat niet zou doen.

Op de ochtend van zijn vertrek werd hij bij zijn voordeur afgehaald door een koets, die hem naar het spoorwegstation bracht, waar hij op de trein naar Prome stapte. Terwijl de trein werd geladen, staarde hij uit over de drukte op het perron. Onder hem zag hij een groepje jongens tegen de schil van een kokosnoot schoppen. Zijn vingers gleden in een reflexbeweging over een muntstuk dat hij in zijn zak bewaarde, dat hij bij zich droeg sinds de jacht – een symbool van verantwoordelijkheid, van misplaatste gulheid, en dus een amulet.

In de chaos van de rouw, nadat de jongen was weggedragen en iedereen was vertrokken, had Edgar de munt op de grond zien liggen, gevallen op de stoffige afdruk van het lichaam. Hij had aangenomen dat die over het hoofd was gezien, en hij pakte de munt op, simpelweg omdat die van de jongen was en het niet juist leek dat die daar verloren aan de rand van het bos lag. Hij wist niet dat dit een vergissing was, dat het muntstuk niet was vergeten en evenmin over het hoofd was gezien; in het zonlicht glinsterde het als goud, en ieder kind had ernaar gekeken en had het willen hebben. Wat de kinderen wisten, maar wat hij niet begreep, dat had hij kunnen leren van de eerste de beste drager die kratten in de trein onder hem aan het laden was. De krachtigste amuletten, zouden ze hem hebben verteld, zijn die welke zijn geërfd, en met dergelijke amuletten wordt ook het geluk geërfd.

In Prome werd hij afgehaald door personeel van een legerofficier uit het district, die hem naar de haven bracht. Daar ging hij naar een kleine stoomboot van de Irrawaddy Flotilla Company, waarvan de motoren al draaiden tegen de tijd dat hij aan boord stapte. Hij werd naar zijn hut gebracht, met uitzicht op de linkeroever van de rivier. De hut was klein maar schoon, en zijn bange voorgevoel over de reis werd minder. Terwijl hij uitpakte, voelde hij hoe de stoomboot zich losmaakte van de kant, en hij liep naar de patrijspoort om te kijken hoe de oevers verdwenen. Omdat hij nog steeds moest denken aan de tijgerjacht, had hij weinig opgemerkt in Prome, alleen een paar in verval geraakte ruïnes en een drukke markt bij de haven. Nu, op de rivier, voelde hij een verlichting, een verwijdering van de hete, volle straten van Rangoon, van de delta, van de dood van de jongen. Hij klom omhoog naar het dek. Er waren diverse andere passagiers, een paar soldaten, een ouder echtpaar uit Italië dat hem vertelde dat ze waren gekomen om bezienswaardigheden te bezoeken. Allemaal nieuwe gezichten, waarvan er niet één iets wist van het ongeluk, en hij bezwoer dat hij die ervaring ver achter zich zou laten op de modderige oevers.

Er viel weinig te zien vanaf het midden van de rivier, dus voegde hij zich bij de soldaten voor een spelletje kaart. Eerst was hij wat aarzelend geweest om kennis met hen te maken, omdat hij zich de hooghartigheid herinnerde van veel van de officieren die hij op het schip vanaf Marseille had ontmoet. Maar dit waren gewone soldaten, en toen ze zagen dat hij alleen was, nodigden ze hem uit om mee te spelen, en in ruil daarvoor vertelde hij hun nieuws over de voetbalcompetitie; zelfs nieuws van een maand oud was nog nieuw in Birma. Hij wist eigenlijk weinig van de sport, maar hij had de piano gestemd van een Londense clubeigenaar en had toen vrijkaartjes gekregen voor een paar wedstrijden. Op voorstel van Katherine had hij voor zijn vertrek een paar uitslagen in zijn hoofd geprent om, zoals zij dat verwoordde, 'een gesprek op gang te laten komen en mensen te ontmoeten'. Hij genoot van de aandacht en het enthousiasme van de soldaten over het nieuws. Ze dronken samen gin en lachten en verklaarden dat Edgar Drake een prima kerel was, en hij bedacht hoe gelukkig deze jonge mannen waren, terwijl ook zij verschrikkingen moesten hebben meegemaakt, maar toch waren ze blij met verhalen over voetbalwedstrijden die twee maanden oud waren. En hij dronk nog meer gin, aangelengd met tonic, waarover de soldaten de grap maakten dat dit werd voorgeschreven door de dokter, want de kinine in de tonic bestreed immers malariakoorts.

Die nacht sliep hij voor het eerst sinds dagen goed, diep en droomloos, en hij werd wakker lang nadat de zon al op was gegaan, met zware hoofdpijn van de gin. De beboste oevers waren nog steeds tamelijk ver weg, met weinig anders te zien dan hier en daar een pagode. En dus deed hij mee aan een volgend spelletje kaarten, en trakteerde hij de soldaten opnieuw op een paar rondjes gin.

Ze dronken en speelden drie dagen lang, en toen hij de voetbaluitslagen zo vaak had herhaald dat zelfs de meest dronken soldaat die nog kon opdreunen, leunde hij achterover en luisterde naar de verhalen over Birma. Een van de soldaten had de slag om het Minhla-fort meegemaakt tijdens de Derde Oorlog, en hij vertelde over het optrekken door de mist en het felle verzet van de Birmezen. Een andere soldaat had deelgenomen aan een missie in de Shan-staten, in het gebied van krijgsheer Twet Nga Lu, en hij vertelde zijn verhaal, en hier luisterde Edgar aandachtig naar, omdat hij de naam van die bandiet al vele malen had gehoord. En hij vroeg de soldaat: heb je Twet Nga Lu ooit gezien? Dat had hij niet, ze waren door de jungle gemarcheerd en hadden overal bewijzen gevonden dat ze werden gevolgd: uitgedoofde vuren, gestaltes die zich verplaatsten in de bomen. Maar ze werden nooit aangevallen, en keerden terug zonder een nederlaag of overwinning; land dat wordt geclaimd zonder getuigen is nooit land dat echt is geclaimd.

Edgar stelde de soldaat nog meer vragen: had iemand Twet Nga Lu ooit gezien? Hoe ver strekte zijn gebied zich uit? Waren de geruchten over zijn wreedheid waar? Hierop antwoordde de soldaat dat de militaire leider ongrijpbaar bleef, en alleen koeriers stuurde, zodat maar weinigen hem ooit echt hadden gezien, zelfs meneer Scott niet, de regeringsadviseur van de Shan-staten, wiens succes bij het sluiten van vriendschappen met stammen zoals de Kachin, legendarisch was. En toch waren de geruchten over zijn wreedheid waar; de soldaat had met eigen ogen gezien dat mannen waren gekruisigd op bergtoppen, zij aan zij vastgenageld aan rijen houten kruisen. Wat betreft de grootte van zijn gebied, daarover wist niemand iets. Er waren rapporten dat hij tot diep in de heuvels was verdreven, teruggeslagen door de sawbwa van Mongnai, van wiens troon hij zich meester had gemaakt. Maar velen meenden dat dit terreinverlies onbeduidend was; hij werd erg gevreesd om zijn bovennatuurlijke krachten, om zijn tatoeages en zijn amuletten, om de talismannen die hij onder zijn huid droeg.

Toen de fles gin uiteindelijk bijna leeg was, hield de soldaat op met praten en vroeg waarom hij toch zoveel wilde weten over Twet Nga Lu. Het bedwelmende gevoel van kameraadschap en acceptatie was sterker dan de zorg voor geheimhouding, en Edgar vertelde hem dat hij was gekomen om de piano te stemmen van een majoor-arts die Carroll heette.

Bij het horen van de naam van de dokter stopten de andere mannen met kaarten en staarden de pianostemmer aan.

'Carroll?' riep er een met een sterk Schots accent. 'Verdraaid, hoorde ik net de naam Carroll?'

'Ja, hoezo?' vroeg Edgar, verrast door de uitbarsting.

'Hoezo?' lachte de Schot, en hij wendde zich tot zijn kameraden. 'Horen jullie dat? We zitten nu al drie vervloekte dagen op deze boot en smeken deze kerel om voetbaluitslagen, en pas vandaag vertelt hij ons dat hij een vriend is van de dokter.' Ze lachten allemaal en brachten er een dronk op uit.

'Nou ja, geen vriend... Nog niet...' corrigeerde Edgar. 'Maar ik begrijp het niet. Vanwaar al die opwinding? Ken je hem dan?'

'Of ik hem kén?' zei de soldaat met een bulderende lach. 'De man is net zo legendarisch als Twet Nga Lu. Goeie hemel, de man is net zo legendarisch als de koningin.' Nog meer geklink met glazen, nog meer gin.

'Echt waar?' vroeg Edgar, die naar voren leunde. 'Ik wist niet dat hij zo... bekend was. Misschien kenden een paar van de officieren hem wel, maar ik heb gemerkt dat velen van hen niet zo dol op hem zijn.'

'Omdat hij zo verschrikkelijk competent is, in vergelijking met hen. Een echte man van de daad. Natuurlijk mogen ze hem niet.' Gelach.

'Maar jij mag hem wél.'

'Hem mogen? Iedere soldaat die in de Shan-staten heeft moeten dienen is weg van die schooier. Als Carroll er niet was geweest, dan zou ik nu vastzitten in een of andere smerige jungle, bedekt met modder en vechtend tegen een bloeddorstige Shan-bende. God mag weten hoe hij het doet, maar anders had ik er mijn hachje bij ingeschoten, daar ben ik van overtuigd. Als we een echte oorlog zouden krijgen in de Shan-staten, dan zou ieder van ons binnen een paar dagen zijn opgehangen.'

Een andere soldaat hief zijn glas. 'Op Carroll. Vervloekt zijn poëzie, vervloekt zijn stethoscoop, maar God zegene de vervloekte schoft, omdat hij me heeft gered voor mijn lieve moeder!' De mannen bulderden van het lachen.

Edgar kon nauwelijks geloven wat hij hoorde. 'God zegene de schooier,' riep hij, en hij hief zijn glas, en toen ze hadden gedronken, en toen opnieuw dronken, kwamen de verhalen los.

Je wilt meer weten over Carroll? Ik heb de man nooit ontmoet. Ik ook niet, ik ook niet, alleen maar verhalen. Nou ja, niemand van ons heeft die man eigenlijk ontmoet, laten we daarop drinken, de man is maar een verzinsel, juist, een verzinsel. Ze zeggen dat hij twee meter lang is en vuur spuwt. O, die heb ik nog niet gehoord. Nou, ik heb ook gehoord dat jouw moeder twee meter lang is en vuur spuwt, kom op, Jackson, doe eens serieus, man. Deze heer wil waargebeurde verhalen horen over Carroll. De waarheid, hef je glas daarom op de waarheid. Nou, ik zou minder ontzag hebben als de man inderdaad twee meter lang was en vuur zou spuwen, heb je het verhaal gehoord over het bouwen van het fort? Dat is een wild verhaal, vertel jij het maar, Jackson, vertel jij het maar. Goed dan, ik zal het vertellen, rustig, stelletje schooiers. Meneer Drake, sorry voor mijn taalgebruik, beetje aangeschoten, ziet u. Ga door met het verhaal, Jackson. Goed, het verhaal. Ik zal het snel vertellen, waar begint het? Nee, weet je wat... Ik ga het verhaal van die reis vertellen, dat is een beter verhaal. Vertel dan. Goed, dat zal ik doen. Hét verhaal – klaar, jongens? Carroll komt in Birma aan, hij is hier een paar jaar, voor medische aangelegenheden, maakt een paar reizen in de jungle, maar toch is die kerel nog tamelijk groen. Ik bedoel, ik geloof niet dat hij ooit een geweer heeft afgevuurd of zo, maar toch biedt hij aan om een kamp op te zetten in Mae Lwin, allemaal geheim in die tijd, God mag weten waarom hij daarheen wil, maar hij gaat. Niet alleen wordt het land overspoeld door gewapende bendes, maar dit is ook lang voordat we Opper-Birma annexeerden, dus als hij versterkingen nodig heeft, dan zijn we misschien niet eens in staat om hem te helpen, maar toch gaat hij. Waarom, dat weet niemand, iedereen heeft daar zo zijn eigen theorie over, ik denk dat de kerel misschien ergens voor vluchtte, weg wilde, ver weg, maar dat is gewoon mijn persoonlijke mening. Ik weet het niet, wat denken jullie, jongens? Roem misschien? Meiden! Die rakker houdt van Shan-meisjes. Dank je, Stephens, dat had ik van jou kunnen verwachten; een kerel die de kerkdienst overslaat om naar de bazaar van Mandalay te sluipen om achter de beschilderde *mingales* aan te zitten. En wat vind jij ervan, Murphy? Ik, Jezus, misschien gelooft de kerel gewoon in een goed doel, je weet wel: de onbeschaafden beschaving bijbrengen, vrede stichten, gezag en orde brengen in een niet-gecultiveerd land, en niet zoals wij, dronken schooiers, dat doen, maar op een poëtische manier, Murphy, echte poëtisch. Luister eens, jij wilde mijn mening. Goed, hoelang gaat dit verhaal nog duren? Waar was ik? Carroll trekt die vervloekte jungle in, ja, Carroll trekt de jungle in, met een gewapende geleide, misschien tien soldaten, dat was alles, dat is alles wat hij wilde toestaan, zegt dat het geen militaire expeditie is. Nou, militaire expeditie of niet, nog voordat ze zelfs maar de plaats hebben bereikt, worden ze al aangevallen. Ze steken een open plek over en plotseling zoeft er een pijl langs hem heen en raakt een boom boven zijn hoofd. De soldaten, die zoeken dekking in de bomen en maken hun geweren klaar, maar Carroll blijft gewoon staan op die open plek, zonder zich te bewegen, stapelgek, laat ik je dat vertellen, helemaal alleen, maar kalm, doodkalm, zo kalm dat een gever bij het kaarten er jaloers op zou zijn, en een volgende pijl vliegt langs hem heen, sneller deze keer, rakelings langs zijn helm. Idiote kerel! Echt idioot, en wat doet Carroll? Vertel het ons, Jackson, ja, vertel het ons, kerel. Goed, goed, ik zal het vertellen. Wat doet hij? De idioot neemt zijn helm af, waar hij een kleine fluit aan had vastgebonden waar hij graag op speelt tijdens marsen, en hij zet dat verdraaide ding aan zijn lippen en begint te spelen. Hij is gek, ik zeg het je! Helemaal gestoord, als je het mij vraagt! Mag ik het verhaal nog afmaken? Ja, ga door, ga door, maak dat idiote verhaal af! Dus Carroll begint te spelen, en wat speelt hij? "God Bless the Queen"? Fout, Murphy. "The Woodcutter's Daughter"? Verdorie, Stephens, niet zo schunnig, alsjeblieft. Neemt u het mijn vriend niet kwalijk, meneer Drake, en sorry, jongens, maar Carroll begint een idioot lied te spelen dat geen van de soldaten ooit heeft gehoord, een vreemd deuntje, en ik heb een soldaat ontmoet die bij dat escorte had gezeten, en die vertelde me erover, zegt dat hij dat lied nog nooit van zijn leven had gehoord, niks bijzonders, misschien twintig noten, en dan stopt Carroll en kijkt om zich heen, en de soldaten zitten allemaal geknield, geweer tegen hun wang, klaar om te vuren zodra er een vogel tjilpt, maar er gebeurt niks, alles is stil, en Carroll speelt het wijsje opnieuw, en als hij klaar is wacht hij, en speelt het dan nog eens, en hij kijkt in het bos rondom de open plek. Niets, geen piepje, niet nog meer pijlen, en Carroll speelt opnieuw, en vanuit de struiken komt een gefluit, hetzelfde verdraaide wijsje, en deze keer, als het liedje is afgelopen, stopt Carroll niet maar herhaalt het, en nu volgt er meer gefluit en hij speelt het nog drie keer, en dan zingen ze verdorie samen, Carroll en de aanvallers, en de mannen kunnen gelach en gejuich horen vanuit het bos, maar het is dicht en donker en er valt niemand te zien. Uiteindelijk stopt Carroll en gebaart zijn mannen om te gaan staan, en dat doen ze, langzaam, ze zijn bang, dat kun je je wel voorstellen, en ze bestijgen hun rijdieren weer en vervolgen hun mars, en zien de aanvallers nooit meer terug, hoewel de soldaat die me dit verhaal vertelde zei dat hij ze de hele weg kon horen. Ze waren daar, gaven het gezelschap dekking, gaven Carroll dekking, en op die manier trekt Carroll door een van de gevaarlijkste gebieden in het rijk zonder één enkel schot af te vuren, en ze bereiken Mae Lwin, waar het dorpshoofd op hen wacht, voorbereid op hun komst, de paarden van de mannen aanneemt, hun warme rijst en curry's aanbiedt, en onderdak geeft. Na drie dagen overleg laat Carroll zijn gezelschap weten dat het dorpshoofd toestemming heeft verleend om een fort te bouwen in Mae Lwin, in ruil voor bescherming tegen dacoits, en de belofte van een ziekenhuisje. En meer muziek.

De soldaat stopte. Er volgde een stilte. Zelfs de luidruchtigste soldaat was stil geworden, vol ontzag door het verhaal.

'Wat voor lied was het?' vroeg Edgar uiteindelijk.

'Sorry?'

'Het lied. Wat was het lied dat hij op zijn fluit speelde?'

'Het lied... een Shan-liefdesliedje. Als een Shan-jongen zijn liefje het hof maakt, dan speelt hij altijd hetzelfde lied. Het is niets bijzonders, tamelijk simpel, maar het werkte wonderbaarlijk. Carroll zei later tegen de soldaat die me het verhaal vertelde, dat geen enkele man iemand zou kunnen doden die een liedje speelde dat hem herinnerde aan de eerste keer dat hij verliefd was geworden.'

'Niet te geloven!' Er volgde zacht gegrinnik, waarna de mannen dit gingen overdenken.

'Nog meer verhalen?' vroeg Edgar.

'Over Carroll? O, meneer Drake, zo veel verhalen. Zo veel verhalen.' Hij keek omlaag in zijn glas, nu bijna leeg. 'Maar morgen misschien, ik ben nu moe. De reis is lang, en het duurt nog dagen voordat we in onze plaats van bestemming zijn. We hebben niets anders dan verhalen tot aan dat vervloekte Mandalay.'

Ze stoomden gestaag de rivier op, langs steden waarvan de namen samenvloeien als een bezwering. Sitsayan. Kama. Pato. Thayet. Allanmyo. Yahaing. Nyaungywagyi. Naarmate ze verder naar het noorden kwamen, werd het land droger en de vegetatie schaars. De groene Pegu-heuvels liepen al snel uit in een vlakte, en het dichte gebladerte maakte plaats voor doornstruiken en wijnpalmbomen. Ze stopten bij veel van de stadjes; stoffige havens met weinig meer dan een paar hutten en een in verval rakend klooster. Daar pikten ze vracht op of laadden die uit, en af en toe kwamen er wat passagiers aan boord, meestal soldaten, jongens met blozende gezichten die zich mengden in de gesprekken 's avonds en met hun eigen verhalen kwamen.

En allemaal kenden ze Carroll. Een cavalerist uit Kyaukchet vertelde hun dat hij een soldaat had ontmoet die een keer in Mae

Lwin was geweest, die zei dat het hem deed denken aan de verhalen over de hangende tuinen van Babylon: een fort als geen ander, versierd met slingers uiterst zeldzame orchideeën, waar je op alle uren muziek kon horen spelen en het niet nodig was om gewapend te zijn, omdat er kilometers in de omtrek geen dacoits waren. Waar mannen in de schaduw van de Salween konden zitten om er zoet fruit te eten. Waar de meisjes lachten en hun haar losgooiden en ogen hadden zoals die welke je in je dromen ziet. Een schutter uit Pegu vertelde hun dat hij had gehoord dat Shan-vertellers ballades zongen over Anthony Carroll, en een infanterist uit Danubyu vertelde dat er geen ziekte was in Mae Lwin, want koele frisse winden volgden de loop van de Salween, en je kon er buiten slapen onder de maanverlichte hemel en wakker worden zonder een muskietenbeet, en er was geen koorts of dysenterie, die veel van zijn vrienden het leven had gekost terwijl ze door gloeiend hete jungles waadden en bloedzuigers van hun enkels trokken. Een soldaat die met zijn bataljon naar Hlaingdet reisde, had gehoord dat Anthony Carroll zijn kanonnen had ontmanteld en ze gebruikte als bloembakken, en de geweren van de soldaten die het geluk hadden om in Mae Lwin terecht te komen werden roestig, aangezien de mannen hun dagen doorbrachten met brieven schrijven en dik worden, en luisteren naar het gelach van kinderen.

Meer mannen kwamen met hun verhalen, en terwijl de stoomboot kreunend noordwaarts voer, begon Edgar zich te realiseren dat iedere soldaat echt wel wist dat het waarheidsgehalte van de verhalen vrij laag was, maar ook hij wilde er graag in geloven. Dat hoewel de resident de vrede had afgekondigd, er voor de soldaten alleen het handhaven van de vrede was, wat iets heel anders was, en daarmee kwamen de angst en de behoefte om iets te hebben wat die angst op een afstand kon houden. En met dit besef kwam er nog iets anders: zijn verbazing over hoe onbelangrijk de waarheid voor hem begon te worden. Misschien wel meer dan een eenzame soldaat moest hij geloven in de majoor-arts die hij nog nooit had ontmoet.

Sinbaungwe. Migyaungye. Minhla. Op een nacht werd hij wakker doordat hij een vreemd lied hoorde dat kwam aanzweven vanaf de oever. Hij ging rechtop in zijn bed zitten. Het geluid klonk veraf, een gemompel, verdwijnend onder het geluid van zijn ademhaling. Hij luisterde, waarbij hij nauwelijks bewoog. De boot ging verder.

Magwe. Yenangyaung. En toen, in Kyaukye, werd het trage tempo van de reis stroomopwaarts verbroken door de komst van drie nieuwe passagiers in ketenen.

Dacoits. Edgar had dat woord nu al zo vaak gehoord sinds hij zijn eerste brief in Londen had gelezen. Dieven. Krijgsheren. Struikrovers. Nadat Thibaw, de laatste koning van Opper-Birma, bijna tien jaar geleden de troon had bestegen, was het een chaos geworden in het land. De nieuwe koning was zwak, en de Birmese invloed op hun eigen land begon sterk af te nemen, niet door gewapend verzet maar door een epidemie van wetteloosheid. Door heel Opper-Birma vielen boevenbendes zowel eenzame reizigers als karavanen aan, plunderden dorpen en eisten beschermgeld van eenzame boeren. Dat ze niet terugdeinsden voor geweld was algemeen bekend; stille getuigen waren de honderden volledig verwoeste dorpen, met de lijken van diegenen die zich hadden verzet vastgespijkerd langs de weg. Toen de Britten de rijstvelden van Opper-Birma door de annexatie erfden, erfden ze ook de dacoits.

De gevangenen werden aan dek gebracht, waar ze gehurkt gingen zitten, drie stoffige mannen met drie parallelle lijnen van kettingen van nek naar nek, pols naar pols, enkel naar enkel. Nog voordat de boot zich had losgemaakt van het gammele dok, had een menigte passagiers zich al in een halve kring rond de gevangenen verzameld, die hun handen lieten bungelen tussen hun knieën en terugstaarden, emotieloos, zonder zich iets aan te trekken van de groep soldaten en reizigers. Ze werden bewaakt door drie Indiase soldaten, en Edgar durfde er niet aan te denken wat de dacoits gedaan moesten hebben dat ze een dergelijke zware bewaking hadden. Hij hoefde niet lang te wachten op een antwoord, want terwijl de groep passagiers naar de gevangenen stond te staren, vroeg de Italiaanse toeriste aan een van de soldaten wat de mannen hadden gedaan, en de soldaat vroeg dat op zijn beurt aan een van de bewakers.

De drie mannen, verklaarde de bewaker, waren de leiders van een van de ergste bendes, die de lage heuvels ten oosten van Hlaingdet hadden geterroriseerd, in de buurt van het Britse fort dat was gebouwd tijdens de eerste militaire expedities in de Shan-staten. Edgar kende de naam Hlaingdet; daar zou hij een gewapende geleide krijgen voor de reis naar Mae Lwin. De dacoits hadden het lef gehad om dorpen in de nabijheid van het fort aan te vallen, waar dorpelingen waren gaan wonen met de gedachte dat ze zo dicht bij het legerhoofdkwartier veilig zouden zijn voor plunderaars. Ze hadden rijstvelden platgebrand en karavanen beroofd, en uiteindelijk een dorp aangevallen en verwoest, en vrouwen en meisjes verkracht door een mes op de keel van hun kinderen te zetten. Het was een grote bende geweest, misschien wel twintig man. Toen ze werden gemarteld, hadden ze deze drie mannen aangewezen als hun leiders. Nu werden die naar Mandalay overgebracht voor ondervraging.

'En de andere mannen?' vroeg de Italiaanse.

'Gedood tijdens de confrontatie,' zei de soldaat stoïcijns.

'Alle zeventien?' vroeg de vrouw. 'Ik dacht dat u zei dat ze gevangen werden genomen en hadden bekend...' Maar ze liet de zin uitlopen in een stilte terwijl haar gezicht rood werd. 'O,' zei ze zwakjes.

Edgar stond naar de gevangenen te staren en probeerde in hun gezichtsuitdrukking het bewijs te zien van hun vreselijke daden, maar ze onthulden niets. Ze zaten daar vast in het zware ijzer, hun gezichten bedekt met een dikke laag stof die hun donkere haar een lichtere kleur bruin gaf. Een van hen leek erg jong, met een dun snorretje, zijn lange haar in een knot samengebonden op zijn hoofd. Zijn tatoeages waren vaag door het stof, maar Edgar dacht dat hij in de donkere vlek op de borst van de jongen een tijger kon onderscheiden. Net als bij de anderen was zijn gezicht strak en uitdagend. Hij staarde terug naar diegenen die om hem heen stonden en hem afkeurend bekeken. Een kort moment ontmoette zijn blik die van Edgar en hield die vast, voordat de pianostemmer in staat was weg te kijken.

Langzaam verloren de passagiers hun belangstelling voor de gevangenen en liepen achter elkaar aan weg naar hun hutten. Edgar volgde, nog geschokt door het verhaal. Hij zou Katherine hier niets over schrijven, besloot hij; hij wilde haar niet bang maken. Terwijl hij probeerde te slapen, stelde hij zich de aanval voor, en dacht aan de vrouwelijke dorpsbewoners, over hoe ze hun kinderen moesten hebben gedragen, en hij vroeg zich af of ze op de markt stonden of op het land werkten, en of ze ook thanaka aanbrachten. Hij ging liggen en probeerde te slapen. De beelden van de beschilderde meisjes achtervolgden hem, de kringen witte verf op hun huid, donker geworden door de zon.

Op het dek zaten de dacoits ineengehurkt in hun ketenen.

De stoomboot ging rustig verder. De nacht verstreek, en de dag, en ze gleden voorbij steden.

Sinbyugyun. Sale. Seikpyu. Singu. Als een monotoon gezang. Milaungbya.

Pagan.

De zon ging bijna onder toen de eerste tempel verscheen op de uitgestrekte vlakte. Een eenzaam bouwwerk, tot een ruïne vervallen en bedekt met klimplanten. Aan de voet van de instortende muren zat een oude man op een ossenkar die werd getrokken door een paar schonkige brahmaanse koeien. De stoomboot kwam dicht naar de oever toe om zandbanken in het midden van de rivier te vermijden, en de oude man draaide zich om om de boot te zien passeren. Het stof dat werd opgewaaid door de kar, reflecteerde de zonnestralen, die een gouden waas over de tempel wierpen.

Een vrouw liep alleen onder een parasol, in de richting van iets wat niet zichtbaar was.

De soldaten hadden Edgar verteld dat het schip zou aanleggen voor het bezichtigen van de ruïnes van Pagan, de oude hoofdstad van een koninkrijk dat Birma eeuwenlang had geregeerd. Uiteindelijk, na bijna een uur varen langs rijen vervallen monumenten, terwijl de rivier zijn langzame bocht naar het westen begon, stopten ze bij iets wat voor een kade moest doorgaan en waar een aantal passagiers van boord ging. Edgar volgde het Italiaanse echtpaar over een smalle loopplank.

Ze liepen samen met een soldaat die hen omhoogleidde over een stoffige weg. Al snel werden er meer pagodes zichtbaar, bouwwerken die aan het zicht onttrokken waren geweest door verspreid staande bomen of de hogere ligging van de oever. De zon begon snel onder te gaan. Een paar vleermuizen fladderden door de lucht. Al snel bereikten ze de voet van een grote piramidevormige tempel. 'Laten we die gaan beklimmen,' zei de soldaat. 'Het mooiste uitzicht in heel Pagan.'

De treden waren steil. Boven aan de trap lag een breed platform rondom de centrale spits. Als ze er tien minuten later zouden zijn aangekomen, zouden ze niet hebben gezien hoe de zon zijn stralen wierp over de enorme vlakte met pagodes die zich uitstrekte vanaf de rivier tot aan verre bergen, die zweefden in het stof en de rook van brandende rijstvelden.

'Welke bergen zijn dat?' vroeg Edgar aan de soldaat.

'De Shan-heuvels, meneer Drake. Eindelijk kunnen we die zien.'

'De Shan-heuvels,' herhaalde Edgar. Hij staarde langs de tempels die als soldaten in het gelid stonden, naar de bergen die zich abrupt verhieven vanaf de vlakte en aan de hemel leken te zweven. Hij dacht aan een rivier die door de heuvels daar liep, en dat er ergens, verborgen in de duisternis, een man wachtte die misschien naar diezelfde hemel staarde, maar die zijn naam nog niet kende.

De zon ging onder. De mantel van de nacht sloot zich om de vlakte en wikkelde zich om iedere pagode, een voor een, totdat de soldaat zich uiteindelijk omkeerde en de reizigers hem volgden, terug naar het schip.

Nyaung-U, Pakokku, en toen was het weer dag. Kanma, en de samenvloeiing van de Chindwin, Myingyan en Yandabo, en toen was het nacht, en terwijl de Sagaing-heuvels zich verhieven in het westen, gingen de passagiers slapen, in de wetenschap dat het stoomschip, stroomopwaarts zwoegend, een oude hoofdstad zou passeren die Amarapura heette, dat 'Stad der Onsterfelijken' betekent. Voordat de zon zou opkomen, zouden ze in Mandalay arriveren.

9

De volgende morgen werd Edgar wakker door een plotselinge stilte. De stoomboot, na zeven dagen van onophoudelijk gekreun, gaf haar motoren rust en lag nu stil. Nieuwe geluiden slopen de hut in: een licht geklots, het gefluisterde gepiep van metaal op metaal terwijl een kerosinelamp aan zijn ketting zwaaide, het geschreeuw van mannen, en het verre maar onmiskenbare lawaai van een bazaar. Edgar stond op en kleedde zich aan zonder zich te wassen, verliet zijn hut en liep de hele gang af naar de wenteltrap die naar het dek leidde, zich bewust van het kraken van de houten planken onder zijn blote voeten. Boven aan de trap botste hij bijna tegen een van de jonge dekknechten op, die zich als een langoer omlaagslingerde langs de trapleuning. Mandalay, zei de jongen grinnikend, en hij zwaaide met zijn arm naar de oever.

Ze dreven voorbij een markt. Of liever gezegd: erin; de boot leek te dalen, terwijl de oever en de bewoners wervelend vanaf de kade het dek op leken te stromen. De markt drong zich aan weerszijden aan hen op, met haastige gestaltes en stemmen die riepen, de zwevende contouren van thanaka in de schaduw van brede bamboehoeden, de silhouetten van handelaars die opdoemden op de rug van olifanten. Een groep kinderen lachte en sprong over de reling op de boot, achter elkaar aan zittend, zigzaggend tussen stapels opgerold touw, bergen kettingen, en nu zakken met specerijen, naar voren gedragen door een rij verkopers die zich snel over het dek van het schip verspreidde. Edgar hoorde dat er achter hem werd gezongen en draaide zich om. Er stond een roti-wallah op het dek, met een tandeloze grijns op zijn gezicht, zijn roti-deeg ronddraaiend op zijn gebalde hand. De zon, zong hij, en hij richtte zijn lippen naar de hemel, naar de zon. Zijn deeg draaide sneller rond en hij wierp het de lucht in.

Edgar keek om naar de stoomboot, maar hij zag niets meer van het schip, het was een en al bazaar. Er werd met specerijen gemorst uit de zakken op het dek. Een rij monniken slingerde langs en zong voor aalmoezen, omcirkelde hem, terwijl hij keek hoe hun blote voeten patronen trokken in het verspreide stof dat de kleur van hun gewaden had. Een vrouw riep iets tegen hem in het Birmees, kauwend op betel, haar tong rood als pruimen, waarbij haar lach opging in het getrippel van de voeten. Kinderen renden langs, toen opnieuw gelach. Edgar draaide zich om naar de roti-wallah, en keek daarna omhoog naar het ronddraaiende deeg. De man zong, reikte omhoog en greep de zon van de hemel. Het was donker en Edgar staarde in de duisternis van zijn hut.

De motoren waren inderdaad gestopt. Een kort moment vroeg hij zich af of hij nog droomde, maar zijn patrijspoort was open en er viel geen licht naar binnen. Buiten hoorde hij stemmen, en eerst nam hij aan dat die van de bemanningsleden waren. Maar de geluiden leken van verder weg te komen. Hij klom omhoog naar het dek. Het was bijna volle maan, waardoor blauwe schaduwen werden geworpen op de mannen die snel vaten naar de loopplank rolden. De oever was omzoomd door hutten. Voor de tweede keer die avond arriveerde Edgar Drake in Mandalay.

Hij werd op de wal begroet door kapitein Trevor Nash-Burnham, die oorspronkelijk van plan was geweest om Edgar in Rangoon af te halen, en van wie Edgar wist dat hij de schrijver was van enkele rapporten die hij had gelezen over majoor-arts Carroll. De rapporten stonden vol beschrijvingen van Mandalay, van de rivier, van de kronkelende paden naar Carrolls kamp. Edgar had er heimelijk naar verlangd om Nash-Burnham te ontmoeten, aangezien hij niet bepaald onder de indruk was geweest van het merendeel van de bureaucraten die hij had ontmoet in de dagen na de jacht, en wier matheid in de nabijheid van zo veel kleurenpracht hem had verbaasd. Terwijl hij daar zo op de oever stond, herinnerde hij zich hoe hij in Rangoon, in de administratieve rompslomp na het ongeluk, naar huis was gelopen met een lid van het ministerie van Dorpsbeheer. Ze hadden gezien hoe een menigte mensen had geprobeerd om het lichaam van een opiumverslaafde te verplaatsen, die in slaap was gevallen onder een wagen en klem kwam te zitten toen de paarden de kar weer in gang zetten. De man was aan het huilen, een laag, versuft gekerm, terwijl een groep kooplieden afwisselend probeerde om de paarden naar voren te laten gaan of de wagen naar achteren te duwen. Edgar was er beroerd van geworden, maar de ambtenaar was niet eens opgehouden met praten over de hoeveelheid teakhout die uit de diverse districten van de kolonie waren gehaald. Toen Edgar vroeg waar ze hulp konden halen, schokte de man hem door niet te antwoorden met: 'Waarom?' – wat voorspelbaar ongevoelig zou zijn geweest –, maar door te zeggen: 'Voor wie?' Waarbij het antwoord nauwelijks verstaanbaar was boven het geschreeuw van de man uit.

Terwijl hij daar zo stond op de oever, voelde Edgar zich niet op zijn gemak. De kapitein was een brief aan het lezen van het ministerie van Oorlog, een gedetailleerd bericht over voorraden en tijdschema's. Edgar bestudeerde het gezicht van de man die de Irrawaddy had beschreven als 'deze glinsterende slang die onze dromen wegvoert, om meteen weer nieuwe te brengen vanuit de met edelstenen bezette heuvels'. Hij was een gedrongen man, met een breed voorhoofd, die hijgde als hij te snel sprak, een opvallend contrast met de jeugd en de fitheid van kapitein

Dalton. Het was een vreemd moment voor een officiële instructie. Edgar keek op zijn zakhorloge, een cadeau van Katherine vlak voor zijn vertrek. Het was vier uur, en pas toen herinnerde hij zich dat het horloge ineens stil was blijven staan, nog geen drie dagen nadat hij was gearriveerd in Rangoon. Het gaf nu, zoals hij als grapje aan Katherine had geschreven, slechts twee keer per dag de juiste tijd aan, hoewel hij het bleef dragen 'omdat het netjes stond'. Hij dacht met enig vermaak aan de Londense reclame: geef jezelf op deze kerstdag, als de kerkklokken luiden, het geschenk van de tijd – Robinsons-kwaliteitshorloges...

De rivier begon tot leven te komen, en een stroom van verkopers liep vanaf de weg naar het water. De mannen stapten in een koets en reden naar de stad. Het centrum van Mandalay, zo zou Edgar in zijn volgende brief naar huis schrijven, lag ongeveer drie kilometer van de Irrawaddy; want toen de hoofdstad werd verplaatst vanuit Amarapura, aan de rivier, wilde de koning zijn paleis ver weg van het lawaai van buitenlandse stoomschepen houden.

De weg was donker en had diepe voren. Edgar keek uit het raam hoe gestaltes langskwamen, totdat het opaak werd door condensatie. Nash-Burnham reikte langs hem en maakte het schoon met een zakdoek.

Tegen de tijd dat de koets de stad binnenreed, kwam de zon op. Buiten op de straten begon het druk te worden met mensen. Ze naderden een bazaar. Handen drukten zich tegen het raam, gezichten gluurden naar binnen. Een drager die twee zakken met specerijen droeg aan een stok, ontweek de route van de koets en zwaaide met zijn zakken, zodat een ervan licht tegen het raam tikte, waardoor het met kerriepoeder werd bestoven. Dat ving het opkomende zonlicht en kleurde het glas goud.

Terwijl ze door de straat reden, probeerde Edgar te bedenken waar hij zich bevond op een van de kaarten van Mandalay die hij op het stoomschip had bestudeerd. Maar hij was de weg kwijt en liet zich nu opnemen in het moment van zijn aankomst, de verwondering en overpeinzing die gepaard gaan met een nieuwe omgeving.

Ze passeerden naaisters, hun tafels midden op de straat neergezet, betelverkopers met bladen gekraakte betelnoten en kopjes citroensap, messenslijpers, verkopers van kunstgebitten en religieuze iconen, van sandalen, spiegels, gedroogde vis en krab, rijst, paso's, parasols. Af en toe wees de kapitein naar iets op straat, een bekend altaar, een regeringsgebouw. En Edgar antwoordde dan: ja, ik heb erover gelezen, of: het is nog mooier dan op de illustraties, of: misschien ga ik het snel bekijken.

Uiteindelijk kwam de koets tot stilstand voor een klein, onopvallend huisje. 'Uw tijdelijke verblijf, meneer Drake,' zei de kapitein. 'Normaal laten we gasten logeren in de kazerne binnen in het Mandalay Paleis, maar het is beter als u nu hier logeert. Maak het uzelf gemakkelijk. We lunchen vandaag in de residentie van de commissaris van de noordelijke divisie – een speciale receptie ter ere van de annexatie van Mandalay. Ik kom u rond twaalf uur ophalen.'

Edgar bedankte Nash-Burnham en stapte uit de koets. De koetsier droeg zijn koffers naar de deur. Hij klopte en een vrouw deed open. De koetsier leidde Edgar naar binnen. Edgar volgde de vrouw van het voorvertrek naar een verhoogde houten vloer, en verder naar een kamer die sober gemeubileerd was met een tafel en twee stoelen. De vrouw wees naar zijn voeten en Edgar, die zag dat ze haar sandalen bij de deur had neergezet, ging op de trede zitten en trok onhandig zijn schoenen uit. Ze leidde hem door een deur naar rechts een kamer in die werd gedomineerd door een groot bed onder een muskietennet. Ze zette de bagage op de grond.

Grenzend aan de slaapkamer was een badkamer, met een waterkan en gestreken handdoeken. Een tweede deur leidde naar een binnenplaats, waar een kleine tafel stond onder een paar papajabomen. Het voelde allemaal heel vreemd aan, dacht Edgar, en erg Engels, met uitzondering van de papajabomen en de vrouw die naast hem stond.

Hij wendde zich tot haar. '*Edgar naa meh. Naa meh be lo... lo... kaw dha le?*' Een vraagteken niet alleen voor de juistheid van zijn Birmees, maar ook voor de vraag zelf. Hoe heet je?

De vrouw glimlachte. '*Kyamma naa meh Khin Myo.*' Ze sprak het zacht uit, de *m* en *y* samensmeltend tot één enkele letter.

Edgar Drake stak zijn hand uit, en ze glimlachte opnieuw en nam die in de hare.

Zijn horloge stond nog steeds op vier uur. Te oordelen naar de stand van de zon was het een uur of drie; hij had nog acht uur voordat de kapitein hem voor de lunch zou komen halen. Khin Myo was begonnen met water te verwarmen voor een bad, maar Edgar onderbrak haar. 'Ik ga... uit, wandelen. Ik ga wandelen.' Hij maakte een beweging met zijn vingers, en zij knikte. Ze schijnt het te begrijpen, dacht hij. Hij nam zijn hoed uit zijn tas en liep het voorvertrek uit, waar hij opnieuw moest gaan zitten om de veters van zijn schoenen vast te maken.

Khin Myo stond te wachten bij de deur met een parasol. Hij bleef bij haar stilstaan, niet zeker wat hij moest zeggen. Hij vond haar onmiddellijk aardig. Ze stond daar gracieus en glimlachte, waarbij ze hem recht aankeek, in tegenstelling tot zoveel van de andere bedienden, die verlegen leken weg te glippen als ze hun werk hadden gedaan. Haar ogen waren donkerbruin, met dikke wimpers, en ze droeg gelijkmatige strepen thanaka op beide wangen. Ze had een hibiscusbloem in haar haar gestoken, en toen hij voor haar uit liep, kon hij een zoete parfum ruiken, als de gemengde lucht van kaneel en kokosnoot. Ze droeg een gebleekte kanten blouse, die tot op haar middel hing, en een paarse zijden hta main die zorgvuldig in plooien was gevouwen.

Tot zijn verrassing liep ze met hem mee. Op straat probeerde hij opnieuw wat Birmees samen te voegen. 'Maak je geen zorgen om mij, *ma...thwa...um*, je hoeft niet met me, eh... *ma*, mee te lopen.' Dit was alleen beleefdheid. Ik mag haar er niet mee belasten mij onder haar hoede te nemen.

Khin Myo lachte. 'U spreekt goed Birmees. En ze zeiden dat u hier pas twee weken bent.'

'Spreek je Engels?'

'O, niet zo goed, mijn accent is zwaar.'

'Nee, je accent is heel leuk.' Er was een zachtheid in haar stem die hem onmiddellijk trof, als fluisteren, maar dieper: als het geluid van de wind die over de open rand van een glazen fles speelt.

Ze glimlachte, en deze keer sloeg ze haar ogen neer. 'Dank u. Alstublieft, ga door. Ik wil uw wandeling niet onderbreken. Ik kan u vergezellen als u dat wenst.'

'Maar echt, ik wil u niet tot last zijn...'

'Het is helemaal geen last. Ik hou van mijn stad in de vroege morgen. En ik kan u niet alleen laten gaan. Kapitein Nash-Burnham zei dat u misschien zou verdwalen.'

'Nou, dank je, dank je. Ik ben echt verrast.'

'Over mijn Engels, of omdat een Birmese vrouw met u durft te praten?' Toen Edgar niet de woorden kon vinden om te antwoorden, voegde ze eraan toe: 'Maakt u zich geen zorgen, ze zien me vaak met bezoekers.'

Ze liepen de straat af, langs nog meer huizen met zorgvuldig geveegde onverharde paden. Voor een huis hing een vrouw kleren aan een lijn. Khin Myo bleef staan om iets tegen haar te zeggen. 'Goedemorgen, meneer Drake,' zei de vrouw.

'Goedemorgen,' antwoordde hij. 'Spreken alle...' Hij zweeg even, niet op zijn gemak omdat hij de woorden wat gênant vond.

'Spreken alle bedienden Engels?'

'Ja... Ja.'

'Niet allemaal. Ik geef mevrouw Zin Nwe les als haar meester

weg is.' Khin Myo keek om zich heen. 'Zeg dat maar tegen niemand; misschien ben ik al een beetje te open tegen u.'
'Ik zal het tegen niemand zeggen. Geef je Engelse les?'
'Vroeger wel. Dat is een lang verhaal. En ik wil u niet vervelen.'
'Ik betwijfel of je dat zou doen. Maar mag ik dan vragen hoe je Engels hebt geleerd?'
'U hebt veel vragen, meneer Drake. Bent u daar zo verbaasd over?'
'Nee, nee. Helemaal niet, het spijt me. Ik wilde je niet beledigen...'
Ze zweeg. Terwijl ze wandelden, bleef ze iets achter hem lopen.
Ze sprak opnieuw, zacht. 'Het spijt me. U bent zo vriendelijk, en ik gedraag me onbeleefd.'
'Nee,' antwoordde Edgar. 'Ik stel inderdaad te veel vragen. Ik heb nog niet veel Birmezen ontmoet. En je weet hoe de meeste officieren zijn.'
Khin Myo glimlachte. 'Dat weet ik inderdaad.'
Ze sloegen af aan het einde van de straat. Voor Edgar leek het alsof ze ongeveer de weg volgden waarover hij was gekomen.
'Waar zou u heen willen, meneer Drake?'
'Breng me naar jouw favoriete plek,' antwoordde hij, geschrokken door de plotselinge intimiteit die in dit antwoord lag besloten. Als zij ook verbaasd was, dan liet ze dat niet merken.

Ze volgden een brede weg naar het westen, terwijl de zon achter hen opkwam, en Edgar keek hoe hun schaduwen met het hoofd vooruit voor hen uit gingen, slangachtig over de grond. Ze spraken weinig en liepen bijna een uur. Bij een klein kanaal hielden ze halt om naar een drijvende markt te kijken. 'Ik vind dit de mooiste plek van Mandalay,' zei Khin Myo. En Edgar, die nog geen vier uur in de stad was, zei dat hij dat met haar eens was.

Onder hen bewogen de boten zich bij de oevers.

'Ze zien eruit als drijvende lotusbloemen,' zei hij.

'En de kooplieden als kwakende kikkers erop.'

Ze stonden op een bruggetje te kijken hoe de boten zich bewogen door het kanaal. Khin Myo zei: 'Ik hoor dat u hier bent om een piano te repareren?'

Edgar aarzelde, verrast door de vraag. 'Ja, ja, dat klopt. Hoe weet je dat?'

'Je hoort veel als anderen veronderstellen dat je hun taal niet verstaat.'

Edgar keek naar haar. 'Ja... Ik neem aan dat dat zo is... Vind je dat vreemd? Het is nogal een reis om een piano te repareren, veronderstel ik.' Hij wendde zich weer naar het kanaal. Twee boten waren gestopt voor een vrouw om een gele specerij in een kleine zak uit te meten. Een wolkje van de kruiderij viel als stuifmeel op het zwarte water.

'Niet zo erg vreemd. Ik weet zeker dat Anthony Carroll weet wat hij doet.'

'Ken je Anthony Carroll?'

Opnieuw zweeg ze, en hij draaide zich om om te zien hoe ze over het water staarde. Op het kanaal boomden de kooplieden door inktzwart water en eilandjes van waterhyacint, terwijl ze de prijs van specerijen riepen.

Ze liepen terug naar het huis. De zon stond nu hoger, en Edgar maakte zich zorgen of hij wel voldoende tijd zou hebben om zich te baden voordat Nash-Burnham hem zou komen halen voor de receptie. Binnen vulde Khin Myo het bad in zijn badkamer met water en bracht hem zeep en een handdoek. Hij nam een bad, schoor zich en trok een nieuw overhemd en een nieuwe broek aan, die zij had geperst terwijl hij zich waste.

Toen hij naar buiten kwam, vond hij haar knielend bij een wasbekken, waar ze zijn kleren al aan het wassen was.

'O, juffrouw Khin Myo, dat hoeft helemaal niet.'
'Wat?'
'Mijn kleren wassen.'
'Wie zal uw kleren wassen als ik dat niet doe?'
'Ik weet het niet, maar...'
Ze onderbrak hem. 'Kijk! Kapitein Nash-Burnham komt eraan.'
Hij zag de kapitein om de hoek komen. 'Hallo!' riep hij. Hij droeg zijn ceremoniële tenue: een scharlakenrood hemd, een militair smokingjasje, een blauwe broek. Een zwaard hing vanaf zijn middel.
'Hallo, meneer Drake! Ik hoop dat u zin hebt in een wandelingetje. De koets was nodig voor een van de minder energieke gasten!' Hij liep de binnenplaats op en keek naar Khin Myo. 'Ma Khin Myo,' zei hij, zwierig buigend. 'Ah, je ruikt heerlijk.'
'Ik ruik naar schoonmaakzeep.'
'Konden rozen maar baden in zulke zeep.'
Hier staat eindelijk, dacht Edgar, de man die de Irrawaddy een glinsterende slang noemde.

De residentie van de commissaris was twintig minuten te voet vanaf het huis. Terwijl ze liepen, tikte de kapitein met zijn vingers op de schede van zijn zwaard. 'Hebt u een plezierige ochtend gehad, meneer Drake?'
'Zeker, kapitein, heel plezierig. Ik heb een bijzonder aardige wandeling gemaakt met juffrouw Khin Myo. Ze is ongewoon voor een Birmese vrouw, niet? De meesten zijn zo verlegen. En ze spreekt prachtig Engels.'
'Ze is heel indrukwekkend. Heeft ze u verteld hoe ze het heeft geleerd?'
'Nee, dat heb ik niet gevraagd, ik wilde niet nieuwsgierig lijken.'
'Dat is attent van u, meneer Drake, hoewel ik niet denk dat ze

het erg zou vinden om u dat te vertellen. Maar ik waardeer uw discretie. U zou niet geloven wat voor problemen ik al niet heb gehad met andere gasten. Ze is erg mooi.'

'Dat is ze zeker. Veel vrouwen hier zijn dat trouwens. Was ik nog maar een jonge man.'

'Nou, wees voorzichtig. U zou niet de eerste Engelsman zijn die verliefd werd en nooit meer naar huis ging. Soms denk ik wel dat de meisjes daar de enige reden zijn waarom wij nieuwe koloniën zoeken. Laat ik degene zijn die u waarschuwt u niet in liefdesaangelegenheden te storten.'

'O, daar zou ik me geen zorgen om maken,' protesteerde Edgar. 'Ik heb een lieve vrouw in Londen.' De kapitein keek hem wantrouwend aan. Edgar lachte. 'Maar ik spreek de waarheid, ik mis Katherine zelfs nu.'

Ze volgden een hek dat een breed gazon omsloot rondom een statig herenhuis. Bij de ingang tot de oprijlaan hield een Indiër in politie-uniform de wacht. Kapitein Nash-Burnham knikte naar hem en hij opende het hek. Ze liepen een lang pad af waar diverse paarden voor koetsen gespannen stonden.

'Welkom, meneer Drake,' zei Nash-Burnham. 'Het zou een draaglijke middag moeten worden als we de lunch en de vereiste declamaties weten te overleven. We kunnen misschien wat kaarten zodra de dames zich terugtrekken. We zijn een beetje afgunstig op elkaar, maar we slagen er toch in om goed met elkaar om te gaan. Doe gewoon alsof u weer in Engeland bent. Maar eerst een advies: praat tegen mevrouw Hemmington niet over iets wat Birmees is. Ze heeft een paar onaangename standpunten over wat zij "de aard van de bruine rassen" noemt, die gênant zijn voor velen van ons. Het schijnt dat alleen al het noemen van een tempel of van Birmees voedsel voldoende is om haar aan het praten te krijgen, en dan weet ze van geen ophouden. Heb het met haar over Londense roddels, over borduren, maar niet over iets Birmees.'

'Maar ik weet niets van borduren.'

'Maakt u zich geen zorgen. Zij wel.'

Ze waren boven aan de trap gekomen. 'En wees voorzichtig als kolonel Simmons te veel drinkt. En stel geen militaire vragen... Vergeet niet dat u een burger bent. En nog één laatste ding... Misschien had ik u dit eerst moeten vertellen; de meesten van hen weten wie u bent, en ze zullen de gastvrijheid bieden die je een landgenoot biedt. Maar u bent hier niet onder vrienden. Probeert u alstublieft niets te zeggen over Antony Carroll.'

Ze werden bij de deur ontvangen door een lange sikh-butler. De kapitein begroette hem. 'Pavninder Singh, beste man, hoe gaat het met je?'

'Prima, sahib, prima,' glimlachte hij.

Nash-Burnham overhandigde hem zijn zwaard. 'Pavninder, dit is meneer Drake.' Hij gebaarde naar Edgar.

'De pianostemmer?'

De kapitein lachte, zijn hand op zijn buik. 'Pavninder is zelf ook een getalenteerd musicus. Hij speelt prachtig *tabla*.'

'O, sahib, u bent te vriendelijk!'

'Stil, en noem me geen sahib, je weet dat ik daar een hekel aan heb. Ik heb verstand van muziek. Er zijn duizenden Indiërs in dienst van hare majesteit in Opper-Birma, en jij speelt het best tabla van hen allemaal. U zou eens moeten zien hoe de meisjes hier over hem zwijmelen, meneer Drake. Misschien kunnen jullie samen een duet spelen, als meneer Drake lang genoeg in de stad is.'

Nu was het Edgars beurt om te protesteren. 'Eigenlijk, kapitein, ben ik helemaal niet zo goed op de piano – in het bespelen ervan dan. Ik stem en repareer alleen.'

'Onzin, jullie zijn allebei te bescheiden. Maar los daarvan lijken piano's op dit moment een pijnlijk onderwerp, dus jullie zijn geëxcuseerd. Pavninder, zijn ze al met de lunch begonnen?'

'Ze beginnen zo, meneer. U bent net op tijd.'

Hij leidde hen een ruimte binnen vol officieren en dames, gin en geroddel. Hij had gelijk, ik ben gewoon terug in Londen, dacht Edgar, ze hebben zelfs de sfeer geïmporteerd.

Nash-Burnham werkte zich tussen twee tamelijk forse en aangeschoten vrouwen in golvende mousseline door, allebei getooid met een waterval aan sjerpen die als vlinders op de heuvels van hun jurken zaten. Hij legde zijn hand op een grote en gerimpelde elleboog; mevrouw Winterbottom, hoe maakt u het? Mag ik u voorstellen aan meneer Drake?

Ze bewogen zich langzaam door het gezelschap, waarbij de kapitein Edgar door de wervelingen van gebabbel heen leidde met de concentratie van een bootjesverhuurder, zijn gezicht snel wisselend van een oplettende blik terwijl hij de ruimte in ogenschouw nam naar een brede belangstellende grijns als hij af en toe een gepoederde matrone aan de elleboog uit haar kring trok om de stemmer aan haar voor te stellen met een monoloog: lieve Lady Aston, ik heb u niet meer gezien sinds het feest van de commissaris in maart, wat ziet u er vanavond schitterend uit, was het toen in Maymyo? Zie je wel, ik wist het! Nou, ik moet daar snel maar weer eens heen gaan, alleen valt er niet veel te beleven voor een vrijgezel, te rustig! Maar ik moet er gauw toch weer eens naartoe, maar wacht, mag ik u voorstellen aan een bezoeker, meneer Drake uit Londen? Aangenaam u te ontmoeten, lady Aston. Insgelijks, ik mis Londen echt vreselijk. Ik ook, mevrouw, en ik ben pas een maand weg. Echt waar? U bent net aangekomen, nou, welkom, mag ik u voorstellen aan mijn man. Alistair? Alistair, dit is meneer Drick, pas aangekomen uit Londen. Een lange man met Dundreary-bakkebaarden stak zijn hand uit. Aangenaam, meneer Drick... Eigenlijk heet ik Drake, lord Aston, het is me een genoegen. Zelfs ik weet dat Dundreary-bakkebaarden allang uit de mode zijn in Londen, dacht hij.

Rondwandelend. Mag ik u voorstellen aan meneer Edgar Drake, pas aangekomen uit Londen? Meneer Drake, dit is juffrouw Hoffnung, misschien een van de geraffineerdste whistspelers in Opper-Birma. O, majoor, u vleit me, geloof niets van wat hij zegt, meneer Drake. Mevrouw Sandilands, meneer Drake. Mevrouw Partridge, dit is Edgar Drake uit Londen. Meneer Drake, dit is mevrouw Partridge, dit is mevrouw Pepper.

'Uit welk deel van Londen komt u, meneer Drake?'

'Speelt u tennis?'

'Wat voor werk doet u in Londen, meneer Drake?'

'Franklin Mews, in de buurt van Fitzroy Square. En nee, ik kan niet tennissen, mevrouw Partridge.'

'Pepper.'

'Mijn oprechte verontschuldigingen, maar niettemin weet ik echt niet hoe ik moet tennissen, mevrouw Pepper.'

Gelach. 'Fitzroy Square, dat is in de buurt van de Oxford Music Hall, nietwaar, meneer Drake?'

'Inderdaad, dat klopt.'

'U klinkt alsof u die kent. U bent toch geen musicus, meneer Drake?'

'Nee, niet echt, zijdelings erbij betrokken, zou je kunnen zeggen...'

'Dames, genoeg vragen aan meneer Drake. Ik denk dat hij tamelijk moe is.'

Ze bleven staan in een hoek van de ruimte, afgeschermd van de menigte door de brede rug van een lange officier gekleed in Schotse ruit. De majoor nam een snelle slok van zijn gin.

'Ik hoop dat u niet uitgeput bent door de conversatie.'

'Nee, ik red het wel. Ik ben echter verbaasd dat het allemaal zo... nagemaakt is.'

'Nou, ik hoop dat u het leuk vindt. Het zou een mooie middag moeten worden. De kok is een Indiër uit Calcutta, ze zeggen dat hij een van de besten uit India is. Ik kom niet regelmatig bij dit soort gelegenheden, maar het is een bijzondere dag. Ik denk wel dat u zich snel thuis zult voelen.'

'Thuis...' En Edgar voegde daar bijna aan toe: net zo zeer als ik me thuis thuis voel. Maar er klonk een gong in de hal en de menigte begaf zich naar de eetzaal.

Na het uitspreken van een gebed begon de lunch. Edgar zat schuin tegenover majoor Dougherty, een corpulente man die lachte en pufte en Edgar naar zijn reis vroeg, waarbij hij grappen maakte over de staat van de rivierstoomschepen. Aan zijn linkerkant vroeg mevrouw Dougherty, gepoederd en spichtig, of hij de Britse politiek volgde, en Edgar antwoordde ontwijkend door wat nieuwtjes over de lopende voorbereidingen voor het jubileum van de koningin te vermelden. Toen ze aanhield, onderbrak de majoor haar na een paar minuten met een grijns: 'O, mevrouw, ik bedenk ineens dat meneer Drake onder andere naar Birma kan zijn gekomen om te ontsnappen aan de Britse politiek! Nietwaar, meneer Drake?' Iedereen lachte, zelfs mevrouw Dougherty, die zich weer over haar soep boog, tevreden met het weinige dat ze uit de bezoeker had weten los te krijgen, en Edgar verkrampte even, als een koorddanser die wankelt, omdat de vraag erg dicht bij de ware reden van zijn verblijf in Birma was gekomen. Aan zijn rechterkant bemoeide mevrouw Remington zich ermee door de majoor een standje te geven omdat hij lachte om zulke dingen: 'Het was helemaal geen loos gebabbel, nee, als Britse onderdanen dienen we dergelijke dingen te horen, want de post komt hier altijd zo laat, en hoe gaat het nu met de koningin, en ik hoorde dat lady Hutchings tuberculose heeft; was dat vóór of na het Londense Gekostumeerde Bal?' 'Erna.' Nou, dat is dan maar gelukkig, niet voor lady Hutchings, maar voor het bal, want dat is toch zo mooi, en wat had ik daar graag bij willen zijn', en sommige van de andere dames kwetterden mee, en toen ontspon zich een gesprek over het laatste societybal dat ze hadden bezocht, en Edgar ontspande zich en begon te eten.

Ze waren beleefd, dacht hij – te bedenken dat ik in Engeland nooit zou zijn uitgenodigd voor zoiets als dit. Toch vond hij het wel geruststellend dat de conversatie een andere richting was op gegaan – want wat kon er verder weg zijn van potentieel gevaarlijke onderwerpen als piano's en ongewone dokters dan het Gekostumeerde Bal –, totdat mevrouw Remington hem heel onschuldig vroeg: 'Bent u ook naar het bal geweest, meneer Drake?', en hij antwoordde: 'Nee, dat ben ik niet', en zij zei: 'U weet er zoveel van, u bent er vast geweest', en hij: 'Nee', en vervolgens beleefd: 'Ik heb alleen de Erard-vleugel gestemd die tijdens die gelegenheid werd bespeeld', en toen besefte hij meteen dat hij dat niet had moeten zeggen, en zij weer: 'Pardon, de Wat-ard-vleugel?', en hij kon er niks aan doen, maar: 'Erard, dat is een bepaald soort piano, een van de mooiste in Londen. Ze hadden een Erard uit 1854, een heel mooi instrument, ik had de piano het jaar daarvoor ook gestemd, dat hoeft alleen maar voor het bal', en ze scheen tamelijk tevreden met dat antwoord en zweeg even, een van die stiltes die het voorspel vormen voor een verandering van onderwerp, ware het niet dat mevrouw Remington ineens onschuldig opmerkte: 'Erard... dat is toch de piano waar dokter Carroll op speelt?'

Zelfs toen had de conversatie nog kunnen worden gered, als mevrouw Dougherty bijvoorbeeld sneller iets had gezegd, want zij had de bezoeker willen vragen wat hij vond van het Birmese weer, zodat hij had kunnen zeggen hoe vreselijk dat was, of als majoor Dougherty iets had gezegd over een recente aanval door dacoits in de buurt van Taunggyi, of als mevrouw Remington het onderwerp van het bal niet had losgelaten, dat nog lang niet uitputtend was besproken, omdat ze nog steeds wilde weten of haar vriendin, mevrouw Bissy, ook het bal had bezocht. Maar kolonel West, die links van majoor Dougherty zat en de hele maaltijd nog niets had gezegd, mompelde plotseling en tamelijk luid: 'We hadden dat waardeloze kreng in het water moeten gooien.'

Edgar wendde zich af van mevrouw Remington. 'Pardon, kolonel. Wat zei u?'

'Alleen dat ik zou willen, ter wille van hare majesteit, dat dat vervloekte instrument in de Irrawaddy was gegooid of was gebruikt als brandhout.' Er volgde een stilte rond de tafel en kapitein Nash-Burnham, die in een ander gesprek verwikkeld was geweest zei: 'Alstublieft, kolonel, hier hebben we het al eerder over gehad.'

'Vertelt u me nu niet dat ik hier niet over mag praten, kapitein. Ik ben vijf man kwijtgeraakt aan dacoits vanwege die piano.'

De kapitein legde zijn bestek neer. 'Kolonel, met alle respect, wij allemaal vonden die aanval ellendig. Ik kende een van de mannen. Maar ik denk dat het onderwerp van de piano daar los van staat, en meneer Drake hier is onze gast.'

'Gaat u míj soms vertellen wat er is gebeurd, kapitein?'

'Natuurlijk niet, kolonel. Ik hoopte alleen dat we dit op een ander moment zouden kunnen bespreken.'

De kolonel wendde zich tot Edgar. 'De versterkingen voor mijn post waren twee dagen vertraagd doordat zij de piano moesten escorteren. Heeft het ministerie van Oorlog u dat verhaal verteld, meneer Drake?'

'Nee.' Edgars hart ging als een razende tekeer; hij voelde zich duizelig. Voor zijn geestesoog flitsten beelden van de jacht in Rangoon. Daar hadden ze me ook niets over verteld.

'Alstublieft, kolonel. Meneer Drake is voldoende op de hoogte gesteld van alles.'

'Hij zou niet eens in Birma moeten zijn. Het is allemaal onzin.'

Er was een stilte neergedaald over de tafel. Gezichten wendden zich tot de mannen. Kapitein Nash-Burnham klemde zijn kaken op elkaar, en zijn gezicht liep rood aan. Hij trok zijn servet van zijn schoot en legde dat rustig op tafel.

'Dank u, kolonel, voor de lunch,' zei hij terwijl hij opstond.

'Als u het niet erg vindt, meneer Drake, dan denk ik dat we maar het beste kunnen gaan. We hebben... nog zaken die we moeten afhandelen.'

Edgar keek naar de starende gezichten. 'Ja, ja, natuurlijk, kapitein.' Hij duwde zich weg van de tafel. Er klonk gefluister van teleurstelling. Er zijn nog vragen die moeten worden gesteld over het bal, mompelden de dames. Het is echt een aardige man. Laat het maar aan de mannen over om bij dit soort gelegenheden over oorlog en politiek te beginnen. Nash-Burnham liep de tafel langs en legde zijn hand op de schouder van de stemmer. 'Meneer Drake.'

'Dank... Dank u voor de lunch, iedereen.' Hij stond op en stak zijn hand in de lucht, als een opgelaten afscheidsgebaar.

Bij de deur overhandigde de beste tabla-speler in Opper-Birma een zwaard aan kapitein Nash-Burnham, die stuurs keek.

Buiten liep een vrouw voorbij met een grote mand op haar hoofd. Kapitein Nash-Burnham stak de punt van zijn laars boos in de grond. 'Meneer Drake, het spijt me van daarnet. Ik wist dat hij hier zou zijn. Ik had u niet mee moeten nemen. Het was een vergissing.'

'Alstublieft, kapitein, dat was het niet.' Ze begonnen te lopen. 'Ik wist het niet van zijn mannen.'

'Ik weet dat u dat niet wist. Het heeft hier niets mee te maken.'

'Maar hij zei...'

'Ik weet wat hij zei, maar de versterkingen zouden pas een week later naar de robijnmijnen gaan, om zich te voegen bij zijn patrouille. Het had niets te maken met de piano. Dokter Carroll heeft die zelf naar Mae Lwin gebracht. Maar ik kon niet met hem in discussie gaan. Hij is mijn superieur. Te vroeg vertrekken was al genoeg insubordinatie.'

Edgar zweeg.

'Het spijt me dat ik boos ben, meneer Drake,' zei de kapitein.

'Ik vat opmerkingen over dokter Carroll vaak persoonlijk op. Inmiddels zou ik toch wel gewend moeten zijn aan dergelijke opmerkingen van sommige officieren. Ze zijn jaloers, of ze willen oorlog. Een stabiele vrede is niet erg bevorderlijk voor promotie. De dokter...' Hij draaide zich om en keek Edgar recht aan. 'Laat ik het zo zeggen: de dokter en zijn muziek weerhouden hen ervan om een inval te doen. Niettemin had ik u niet hierin moeten betrekken.'

Het lijkt erop dat dat al is gebeurd, dacht de pianostemmer, maar hij hield zijn mond. Ze begonnen opnieuw te lopen en zwegen totdat ze bij zijn tijdelijke verblijf waren gekomen.

10

Kapitein Nash-Burnham keerde die avond terug, en hij floot terwijl Khin Myo hem door het huis leidde. Hij trof Edgar aan op de kleine binnenplaats, waar hij een bitterzoete salade at van fijngestampte theebladeren en gedroogde peulvruchten die Khin Myo voor hem had gemaakt.

'Aha, meneer Drake! U bent de Birmese keuken aan het ontdekken, zie ik.' Hij legde zijn handen op zijn buik, die zich spande onder zijn witte vest.

'Inderdaad, kapitein. Ik ben blij u weer te zien. Ik moet me verontschuldigen. Ik betreur al de hele middag wat er tijdens die ontvangst is gebeurd. Ik denk dat ik eigenlijk...'

'Maakt u zich geen zorgen, meneer Drake,' onderbrak de kapitein hem. Hij droeg nu geen zwaard meer, maar een wandelstok, waarmee hij op de grond stampte. Zijn gezicht liet gemakkelijk een glimlach zien. 'Ik heb het u vanmiddag al gezegd. Het was mijn verantwoordelijkheid. De anderen zullen dit snel vergeten zijn. Alstublieft, doet u dat ook.' Zijn glimlach was geruststellend.

'Weet u dat zeker? Misschien zou ik een briefje ter verontschuldiging moeten sturen.'

'Waarvoor? Als er iemand in de problemen zit, dan ben ik dat wel, en ik maak me geen zorgen. We argumenteren vaak. Maar we moeten de avond daardoor niet laten bederven. Ma Khin Myo, ik dacht erover om meneer Drake vanavond mee te nemen naar een *pwe*.'

'Dat zou leuk zijn,' zei Khin Myo. 'En meneer Drake' – ze draaide zich om om hem aan te kijken – 'heeft geluk, aangezien dit de beste tijd is voor de pwe. Ik denk dat er vanavond op z'n minst twintig zijn in Mandalay.'

'Uitstekend,' zei de kapitein, terwijl hij op zijn been sloeg en opstond. 'Laten we dan gaan! Klaar, meneer Drake?'

'Zeker, kapitein,' zei Edgar, opgelucht om te zien dat de kapitein in een goed humeur was. 'Mag ik ook weten wat een pwe is?'

'O, een pwe!' lachte Nash-Burnham. 'Wat is een pwe? Er staat u iets prachtigs te wachten. Birmees straattheater, maar dat verklaart het nog lang niet. U moet het echt gezien hebben. Kunt u nu meegaan?'

'Natuurlijk. Maar het is avond, zijn die spelen dan nog niet afgelopen?'

'Integendeel, de meeste zijn nog niet eens begonnen.'

'Een pwe,' begon de kapitein, voordat ze de deur uit gingen, 'is iets unieks Birmees, en ik zou zelfs willen zeggen Mandalays; hier is die kunst op z'n best. Er zijn veel redenen om een pwe te houden: voor een geboorte of overlijden, voor een naamgeving, als een Birmees meisje haar eerste gaatje in haar oor krijgt, als een jongeman monnik wordt, als hij ophoudt monnik te zijn, als een pagode wordt gewijd. Maar ook om niet-religieuze redenen: als iemand geld heeft gewonnen bij een weddenschap, een huis bouwt of zelfs als hij een put graaft, als er een goede oogst is, een bokswedstrijd, als er een luchtballon wordt opgelaten. Wat je maar kunt bedenken. Een bijzondere gebeurtenis, en een man houdt een pwe.'

Ze liepen de straat af in de richting van het kanaal dat Edgar die morgen al had bezocht met Khin Myo. 'Eigenlijk,' zei de kapitein, 'ben ik verbaasd dat we geen pwe hebben gezien toen we vanmorgen door de stad reden. De koetsier wist waarschijnlijk waar ze werden gehouden en probeerde ze te vermijden. Mensen zetten ze soms midden op de weg op, waarmee ze het verkeer volkomen tot stilstand brengen. Het is een van de bestuursproblemen die we van de Birmezen hebben geërfd. Tijdens het droge seizoen kunnen er tientallen pwe's zijn in de hele stad. En vooral op avonden zoals deze, als de hemel helder is, zijn ze erg populair.'

Ze sloegen een hoek om. Verder op in de straat konden ze lichtjes zien, beweging. 'Daar is er een!' riep Khin Myo uit, en Nash-Burnham: 'Ja, we hebben geluk, we hebben inderdaad geluk. We hebben een gezegde dat er maar twee soorten Engelsen zijn in Birma: diegenen die houden van de pwe en diegenen die het vreselijk vinden. Op de eerste avond van mijn aankomst, toen ik niet kon slapen van de opwinding, ging ik de straat op om de omgeving te verkennen. Ik kwam toen terecht bij een *yokthe pwe*, een marionettenspel, en sindsdien ben ik helemaal weg van die kunst.'

Ze naderden de lichtjes en Edgar kon zien dat een grote kring mensen op matten midden op straat zat. Die waren gerangschikt rondom een leeg stuk grond, voor een met stro bedekte constructie. In het midden van de lege plek stond een stok. Rond die stok flikkerden vlammen in concentrisch gerangschikte aardewerken potten, die de gezichten van de eerste rij toeschouwers verlichtten.

Ze stonden aan de rand van de menigte bij elkaar zittende families, die opkeken naar de nieuwkomers. Er werd veel gekletst, en een man riep iets in de richting van een groot huis achter de constructie. Khin Myo antwoordde hem. 'Ze willen dat we blijven,' zei ze.

'Vraag hem wat er wordt opgevoerd,' zei Nash-Burnham.

Khin Myo sprak opnieuw, en de man antwoordde uitvoerig.

'Het is het verhaal van de *Nemi Zat*,' zei ze.

'Prachtig!' De kapitein stampte met zijn stok op de grond van plezier. 'Vertel hem dat we niet zo lang zullen blijven, maar dat we onze bezoeker willen meenemen naar een yokthe pwe, zodat we hier niet tot aan het eind kunnen blijven.'

Khin Myo sprak opnieuw. 'Hij begrijpt het,' zei ze.

Een meisje kwam aanlopen met twee stoelen en zette die neer aan de rand van de menigte. Nash-Burnham zei rechtstreeks iets tegen haar. Toen ze nog een stoel bracht, bood hij die aan Khin Myo. Ze gingen zitten.

'Het lijkt erop dat ze nog niet zijn begonnen,' zei de kapitein. 'Kijk, de danseressen zijn zelfs nog bezig met hun make-up.' Hij wees op een groep vrouwen die bij een mangobom stond, waar ze thanaka aanbrachten op hun gezichten.

Een kleine jongen rende het midden van de kring in en stak een cheroot aan met een van de vlammen uit de aardewerken potten.

'Die ronde ruimte is het toneel,' zei Nash-Burnham. 'De Birmezen noemen dat de *pwe-wang*...'

'*Pwe-waing*,' corrigeerde Khin Myo.

'Sorry, pwe-waing, en de tak in het midden is de *pan-bin*, zeg ik dat goed, Ma Khin Myo?' Ze glimlachte. 'De Birmezen zeggen soms dat die een bos symboliseert, maar ik heb het gevoel dat die tak soms alleen dient om het publiek tegen te houden. In ieder geval zal het grootste deel van het dansen plaatsvinden binnen de pwe-waing.'

'En de aardewerken potten?' vroeg Edgar. 'Hebben die ook een betekenis?'

'Voorzover ik weet niet. Ze verlichten het podium als de maan niet voldoende licht geeft, en zorgen voor een constant vuur voor het aansteken van een cheroot.' Hij lachte.

'Waar gaat het stuk over?'

'O, dat varieert enorm. Er zijn allerlei soorten pwe's. Zo heb je de *ahlu pwe*, een pwe gesponsord door een rijke man om een religieus feest te vieren, of als zijn zoon het klooster in gaat. Die zijn meestal het best, aangezien hij het zich kan veroorloven om de beste acteurs in te huren. Dan is er nog de pwe waarvoor bijdragen worden ingezameld in een buurt, om met dat opgehaalde bedrag een pwe-gezelschap in te huren; verder een *a-yein pwe*, een dansuitvoering, dan de *kyigyin pwe*, een gratis uitvoering aangeboden door een acteur of gezelschap waarmee ze proberen naamsbekendheid te verwerven. En verder natuurlijk nog de yok-the pwe, de marionetten, en ik beloof u dat we die vanavond zullen vinden. Als dat nog niet genoeg is om u in verwarring te brengen – corrigeer me alsjeblieft als ik fouten maak, Ma Khin Myo' – 'U doet het uitstekend, kapitein' – 'dan is er nog de *zat pwe*, ofwel een waar verhaal, een religieus stuk dat een van de verhalen over het leven van Boeddha vertelt. Er zijn er net zoveel als Boeddha incarnaties had: vijfhonderdtien, hoewel er slechts tien regelmatig worden opgevoerd, de zogenoemde *Zatgyi Sebwe*, stukken over hoe Boeddha ieder van de doodzonden overwon. Dat is wat er hier vanavond wordt opgevoerd; de Nemi Zat is de vijfde.' 'De vierde.' 'Dank je, Khin Myo, de vierde Zatgyi Sebwe. Khin Myo, zou je de plot willen uitleggen?' 'Nee, kapitein, ik vermaak me uitstekend door naar u te luisteren.' 'Ik merk dat ik voorzichtig moet zijn met wat ik zeg... Ik hoop dat u zich niet verveelt, meneer Drake?'

'Nee, absoluut niet.'

'Nou, wij zullen hier niet langer dan een uur blijven, maar de pwe zal doorgaan tot zonsopgang. Het kan tot vier dagen duren voordat het afgelopen is... In ieder geval moet u de plot horen, iedereen hier kent die al, dit zijn alleen maar herhalingen van hetzelfde verhaal.' De kapitein zweeg even om na te denken. 'Deze gaat over prins Nemi, een van de incarnaties van Boeddha, die is geboren in een lange lijn van Birmese koningen. Als jonge man is prins Nemi zo vroom dat de geesten besluiten om hem uit te nodigen de hemel te aanschouwen. Op een maanverlichte nacht, misschien wel een nacht zoals deze, sturen ze een strijdwagen naar de aarde. Ik kan me goed het ontzag van prins Nemi en zijn volk voorstellen als ze toekijken hoe de strijdwagen afdaalt, en ze vallen ervoor neer, bevend van angst. De prins stapt in en de wagen verdwijnt, waarna alleen de maan nog te zien is. De strijdwagen brengt Nemi naar de hemel waar de *nats* wonen – nats zijn Birmese geesten, zelfs goede boeddhisten geloven dat ze overal zijn – en dan naar de *Nga-ye*, de onderwereld, waar de slangen, die *naga's* worden genoemd, wonen. Uiteindelijk keert hij met tegenzin terug naar zijn wereld, om te vertellen over de wonderen die hij heeft gezien. Het slot is tamelijk droevig: het was een traditie bij de koningen dat ze, als ze oud werden en voelden dat hun dood nabij was, hun woning verlieten en de woestijn in trokken om er te sterven als kluizenaar. En dus trekt Nemi, net als zijn voorvaderen vóór hem, op een dag de bergen in om er te sterven.'

Er viel een lange stilte. Edgar kon zien dat de danseressen de thanaka opborgen en hun hta mains glad streken.

'Het is misschien wel mijn favoriete verhaal,' zei Nash-Burnham. 'Soms vraag ik me af of ik het zo mooi vind omdat het me aan mezelf doet denken, aan wat ik heb gezien... op één verschil na dan.'

'En dat is?' vroeg Edgar.

'Als ik terugkeer uit de hemel en de Nga-ye, dan zal niemand mijn woorden geloven.'

De nacht was warm, maar Edgar voelde een rilling door zijn lichaam gaan. Om hen heen was de menigte stil geworden, alsof ze ook luisterden naar de kapitein. Maar een van de danseressen was intussen op het podium verschenen.

Edgar was onmiddellijk in de ban van haar schoonheid, waarbij haar donkere ogen nog groter leken door de zware thanaka op haar gezicht. Ze was heel slank en leek misschien veertien jaar, en ze stond in het midden van de pwe waing te wachten. Hoewel Edgar hen niet had gezien toen hij was aangekomen, zat een groep muzikanten aan de andere kant van de pwe: een klein ensemble, trommels, cimbalen, een hoorn, een bamboemuziekinstrument dat hij niet kon thuisbrengen, en het snaarinstrument dat hij in Rangoon had gezien – dat werd een *saung* genoemd, vertelde Khin Myo hem: twaalf snaren bevestigd op een klankkast in de vorm van een boot. Ze begonnen, eerst zacht, als een voorzichtig stappen in water, totdat de man met het bamboemuziekinstrument begon te spelen, en een lied opklonk boven de pwe waing

'Mijn god,' fluisterde Edgar. 'Die klank.'

'Ah,' zei kapitein Nash-Burnham. 'Ik had me moeten realiseren dat u van die muziek zou houden.'

'Nee, nee dat... Sorry, ik bedoel, ja dat doe ik zeker, maar ik heb nog nooit die klank, dat klagende geluid gehoord.' En ook al speelden nu alle instrumenten, toch wist de kapitein precies welke de pianostemmer bedoelde. 'Die wordt een *hneh* genoemd, een soort Birmese hobo.'

'Het klinkt als een treurzang.'

Op het toneel begon het meisje te dansen, eerst langzaam, buigend door haar knieën, haar bovenlijf naar weerskanten strekkend, waarbij ze haar armen hoger hief met iedere pas, totdat ze ermee begon te zwaaien. Of liever gezegd: totdat ze uit zichzelf begonnen te zwaaien, want in de gloed van de kaarsen leken ze te drijven vanaf haar schouders, de chirurgen tartend die niet anders geloven dan dat de arm is verbonden aan het lichaam door een ingewikkeld stelsel van botten en pezen, spieren en aderen. Dergelijke mannen hebben nog nooit een a-yein pwe gezien.

De muziek ging nog steeds zachtjes door, vanuit de duisternis aan de rand van de pwe waing naar de open plek en naar het dansende meisje.

Het meisje danste bijna een halfuur, en pas toen ze stopte ontwaakte Edgar uit zijn trance. Hij wendde zich tot de kapitein, maar hij kon niet de juiste woorden vinden.

'Prachtig, meneer Drake, nietwaar?'

'Ik... Ik ben sprakeloos, echt. Het is hypnotiserend.'

'Dat is het inderdaad. Vaak zijn de danseressen niet zo goed. Je kunt aan haar elleboogbewegingen zien dat ze al een dansopleiding volgt sinds haar prille jeugd.'

'Hoe dan?'

'Het gewricht is heel los. Als de ouders van een meisje besluiten dat ze een *meimma yein* gaat worden, een danseres, dan plaatsen ze haar arm in een speciale band om de elleboog te rekken en te overstrekken.'

'Dat is afschuwelijk.'

'Niet echt,' sprak Khin Myo aan zijn linkerkant. Ze strekte haar arm uit; bij de elleboog boog die sierlijk terug, gebogen als de klankkast van de saung.

'Dans jij ook?' vroeg Edgar.

'Toen ik nog jong was.' Lachend. 'Nu blijf ik lenig door de kleren van een Engelsman te wassen.'

Het meisje was intussen op het toneel vervangen door een harlekijnachtige figuur. 'De *lubyet*, de nar,' fluisterde Nash-Burnham. De menigte keek naar de beschilderde man, zijn kleren versierd met bellen en bloemen. Hij sprak opgewonden, gebarend, en maakte toeterende geluiden alsof hij het orkest imiteerde, danste, maakte salto's.

Aan zijn zij giechelde Khin Myo, waarbij ze haar mond bedekte. 'Wat zegt hij?' vroeg Edgar haar.

'Hij maakt een grap over de gastheer van de pwe. Ik weet niet of u dat zou begrijpen. Kunt u het uitleggen, kapitein?'

'Nee, ik begrijp het zelf nauwelijks – hij gebruikt nogal wat dialect, nietwaar, Khin Myo? Met daarbij nog eens de humor van de Birmezen... Ik ben hier nu twaalf jaar en nog steeds ontgaat die me. Khin Myo wil het ook niet uitleggen, omdat het waarschijnlijk ondeugend is.' Hierbij keek ze weg, en Edgar zag dat ze moest glimlachen.

Ze keken nog een tijdje naar de lubyet, en Edgar begon rusteloos te worden. Ook bij veel mensen in de menigte verslapte de aandacht. Sommigen haalden voedsel uit manden te voorschijn en begonnen te eten. Anderen krulden zich op en gingen zelfs slapen. De lubyet liep af en toe het publiek in, plukte cheroots uit de monden van mensen, stal voedsel. Een keer kwam hij op Edgar af, speelde met zijn haar en schreeuwde toen iets tegen de menigte. Khin Myo lachte. 'En wat zegt hij nu?' vroeg Edgar. Op zijn vraag giechelde Khin Myo opnieuw. 'O, ik schaam me te erg om dat te zeggen, meneer Drake.' Haar ogen schitterden in het licht van de aardewerken lantaarns.

De lubyet keerde terug naar het midden van het toneel en bleef praten. Uiteindelijk wendde Nash-Burnham zich tot Khin Myo. 'Ma Khin Myo, zullen we proberen om de yokthe pwe te vinden?' Ze knikte en zei iets tegen de inmiddels dronken gastheer, die traag overeind kwam en op hen toe kwam gewaggeld om de handen van de twee Engelsen te schudden. 'Hij zegt dat we morgenavond terug moeten komen,' zei Khin Myo.

Ze verlieten de pwe en liepen door de straten. Er waren geen straatlantaarns. Als de maan er niet was geweest, dan zouden ze in volslagen duisternis hebben gelopen.

'Heeft hij je verteld waar we de yokthe pwe kunnen vinden?' vroeg de kapitein.

'Hij zei dat er een dicht bij de markt is, in zijn derde avond. Ze spelen de *Wethandaya Zat*.'

'Hmm,' mompelde de kapitein goedkeurend.

Ze liepen zwijgend door de nacht. Vergeleken met de luidruchtige toestand bij de pwe waren de straten stil, leeg op de straathonden na, die de kapitein wegjoeg met zijn wandelstok. Aangestoken cheroots bewogen in donkere portalen als vuurvliegjes heen en weer. Eén keer dacht Edgar dat hij Khin Myo hoorde zingen. Hij keek neer op haar. Haar witte blouse trilde licht in de wind, en omdat ze zijn starende blik voelde, draaide ze zich naar hem om. 'Wat zing je?' vroeg hij.

'Sorry?' Een kleine glimlach schoot over haar mond.

'Niets, niets,' zei hij. 'Het zal de wind wel zijn geweest.'

De maan stond hoog aan de hemel toen ze bij de yokthe pwe aankwamen, en hun schaduwen hadden zich teruggetrokken onder hun voeten. Het spel was al geruime tijd aan de gang; naast een verheven bamboepodium van bijna negen meter lang dansten een paar marionetten. Achter hen begon een lied van een verborgen zanger. Het publiek zat erbij met diverse gradaties van aandacht, veel kinderen lagen opgerold te slapen, sommige volwassenen praatten met elkaar. Ze werden begroet door een dikke man die gebaarde dat er een paar stoelen moesten worden gebracht, net als tevoren. En net als tevoren vroeg de kapitein een derde stoel.

De man en Khin Myo praatten uitgebreid met elkaar, en Edgars aandacht verplaatste zich naar het spel. Aan één kant van het podium stond een decor van een stad, een elegant paleis, een pagode. Op die plaats dansten de twee fraai aangeklede marionetten. Aan de andere kant van het podium, waar geen lichten brandden, zag hij een kleine verzameling takjes en takken, als een miniatuurbos. Naast hem zat de kapitein goedkeurend te knikken. Eindelijk hield Khin Myo op met praten tegen de gastheer, en ze gingen zitten.

'U boft vanavond, meneer Drake,' zei ze. 'Maung Tha Zan speelt de prinses. Hij is misschien de beroemdste prinsesmarionet in heel Mandalay en heeft samen met de grote Maung Tha Byaw gespeeld, de beste marionettenspeler ooit – soms hoor je mannen uit Mergui zelfs zeggen: "Tha Byaw Hé" als er iets geweldigs gebeurt. O, Maung Tha Zan is niet zo goed als Maung Tha Byaw, maar hij zingt zo prachtig. Luister, zo meteen gaat hij de *ngo-gyin* zingen.'

Edgar had niet eens tijd om te vragen wat dat was, want op dat moment steeg er achter het toneel een klagend gehuil op. Hij hield zijn adem in. Het was dezelfde melodie die hij had gehoord op de avond toen de stoomboot op de rivier stillag. Hij was het vergeten, tot op dat moment. 'De ngo-gyin, het treurlied,' zei Nash-Burnham aan zijn zij. 'Haar prins zal haar spoedig verlaten, en zij zingt over haar droevig lot. Ik kan nooit geloven dat een man zo kan zingen.'

Maar het was ook geen vrouwenstem. Een sopraan, ja, maar niet vrouwelijk, zelfs niet, dacht Edgar, menselijk. Hij kon de Birmese woorden niet verstaan, maar hij wist wat de man zong. Liederen over verlies zijn universeel, dacht hij, en met de stem van de man steeg er nog iets anders op in de nachtelijke lucht; het draaide rond, danste met de rook van het vuur en dreef de lucht in. De lovertjes op het lijf van de prinsesmarionet glinsterden als sterren, en hij dacht dat het lied van haar moest komen, van de marionet, en niet van de marionettenspeler. Aan de voet van het toneel bewoog een kleine jongen de kaarsen die hij had vastgehouden om de poppen te belichten, weg van de prinses en haar stad, en liep langzaam naar de andere kant van het toneel, totdat het bos opdook uit de duisternis.

Pas toen het lied allang uit was gingen ze weer praten. Een volgende scène begon, maar Edgar keek niet langer. Hij richtte zijn blik omhoog naar de hemel.

'In Gautama's laatste incarnatie vóór Siddharta,' zei kapitein Nash-Burnham, 'geeft hij alles op wat hij bezit, zelfs zijn vrouw en zijn kinderen, en vertrekt dan naar het bos.'

'Herkent u zichzelf ook in dat verhaal, kapitein?' vroeg Edgar, terwijl hij zich naar hem toe draaide.

De kapitein schudde zijn hoofd. 'Nee, ik heb niet alles opgegeven,' zei hij en hij zweeg even. 'Maar er zijn mensen die dat wél hebben gedaan.'

'Anthony Carroll,' zei de pianostemmer zacht.

'Of anderen, misschien,' zei Khin Myo.

11

In het droge seizoen zou de snelste manier om in Mae Lwin te komen per olifant zijn geweest, langs een pad dat door Shantroepen was uitgehakt tijdens de Tweede Anglo-Birmese Oorlog en nu sporadisch werd gebruikt door opiumsmokkelaars. Maar de laatste tijd vonden er regelmatig overvallen plaats op die route, en kapitein Nash-Burnham stelde voor om per olifant te reizen naar een kleine zijrivier van de Salween ten oosten van Loilem, en vandaar per kano naar Carrolls kamp. Nash-Burnham kon hen niet vergezellen, hij had werk te doen in Mandalay. 'Maar doe mijn hartelijke groeten aan de dokter,' zei hij. 'Zeg hem dat we hem missen in Mandalay.' Het leek een vreemd moment voor dergelijke simpele beleefdheden, en Edgar verwachtte dat hij nog iets anders zou zeggen, maar de kapitein raakte alleen zijn helm aan als afscheid.

Op de ochtend van zijn vertrek werd Edgar gewekt door Khin Myo, die hem in de deuropening van zijn slaapkamer vertelde dat er een man voor hem was die hem wilde spreken. Toen hij naar de deur liep, was hij teleurgesteld dat hij niet zoals verwacht olifanten zag, maar alleen een jonge Birmaan die hij herkende als een staflid van het kantoor van de resident. De man was buiten adem. 'Namens de resident moet ik u helaas mededelen dat uw vertrek onderhevig is aan een zekere vertraging.' Edgar probeerde zijn glimlach te verbergen over het vormelijke Engels, omdat het dan zou lijken alsof hij zijn goedkeuring gaf aan het nieuws.

'Wanneer verwacht de resident dat ik wél kan vertrekken?' vroeg hij.

'O, meneer! Daar weet ik niets van! Dat kunt u misschien beter informeren bij Zijne Excellentie zelf.'

'Kun je me in ieder geval vertellen of we later op de dag nog zullen vertrekken?'

'O nee! Niet vandaag, meneer!'

De nadrukkelijkheid van het antwoord bracht Edgar tot zwijgen, die iets wilde zeggen, maar uiteindelijk alleen knikte en de deur sloot. Hij haalde zijn schouders op tegenover Khin Myo, die zei: 'Britse efficiëntie?', waarna hij weer ging slapen. Later op de middag maakte hij een lange brief aan Katherine af waar hij al een paar dagen mee bezig was, en waarin hij zijn bezoek aan het marionettentheater beschreef. Hij begon al te wennen aan het bureaucratische uitstel. De volgende dag schreef hij nog meer brieven, een over de veelbesproken plundering van het paleis van Mandalay door Britse soldaten, de tweede die de huidige rage over 'de Harige Dame van Mandalay' beschreef, een ver familielid van de koninklijke familie wier hele lichaam was bedekt met lang glad haar. En de dag daarna maakte hij een lange wandeling door de bazaar. En wachtte.

Maar op de vierde dag na het geplande vertrek ging een gevoel van rusteloosheid de plaats innemen van het natuurlijke gevoel van respect en geduld van een man die zijn hele carrière heeft doorgebracht met het repareren van snaren en kleine hamers. Hij liep naar de ambtswoning van de resident om te informeren wanneer ze zouden vertrekken. Hij werd bij de deur begroet door dezelfde Birmaan die zijn logeeradres had bezocht. 'O, meneer Drake!' riep hij uit. 'Maar de resident is in Rangoon!'

Bij het militaire hoofdkwartier informeerde hij naar kapitein Nash-Burnham. De jonge soldaat bij de ingang keek verbaasd. 'Ik dacht dat u ervan op de hoogte was gesteld dat kapitein Nash-Burnham in Rangoon is, samen met de resident.'

'Mag ik vragen waarom hij daarheen is? Ik zou vier dagen geleden naar Mae Lwin zijn vertrokken. Ik heb een lange reis gemaakt en er is veel moeite gedaan om mij hierheen te halen. Het zou een schande zijn om nog meer tijd te verdoen.'

Het gezicht van de subalterne officier werd rood. 'Ik dacht dat ze u dat verteld hadden. Het... Neem me niet kwalijk, een ogenblik alstublieft.' Hij stond snel op en ging een kantoor achter hem binnen. Edgar kon onderdrukt gefluister horen. De man keerde terug. 'Wilt u mij volgen, meneer Drake?'

De subalterne officier bracht hem naar een kleine kamer, die leeg was op een bureau na, dat vol lag met stapels papieren, op hun plaats gehouden door ruw gesneden beeldjes die plaatselijk werden gebruikt om opium af te wegen. De gewichtjes waren overbodig; er was geen zuchtje wind. De subalterne officier sloot de deur achter zich. 'Gaat u alstublieft zitten.

Mae Lwin is aangevallen,' zei hij.

De bijzonderheden van het verhaal waren niet bekend, evenmin als de identiteit van de aanvallers. De avond voordat Edgar had moeten vertrekken, was er een boodschapper te paard gearriveerd bij de ambtswoning van de resident. Hij meldde dat Mae Lwin twee dagen daarvoor was aangevallen door een groep gemaskerde ruiters, die een van de opslagplaatsen in brand had gestoken en een bewaker had gedood. In de verwarring die volgde was er een kort gevecht uitgebroken, waarbij er nog een Shanschildwacht werd doodgeschoten. Carroll was veilig, maar bezorgd. Men vermoedde dat Twet Nga Lu, de bandietenleider die zijn eigen oorlog vocht in de staat Mongnai, achter de aanval zat. Het merendeel van de voorraden in de opslagplaats was gered, maar diverse potten met elixer van de majoor-arts waren beschadigd. 'Kennelijk had een verdwaalde kogel ook' – maar de subalterne officier stopte en koos zijn woorden zorgvuldiger – 'andere voorraden geraakt die belangrijk zijn voor het huidige werk van de dokter.'

'Niet de Erard?'

De subalterne officier leunde achterover in zijn stoel. 'Meneer Drake, ik begrijp het belang van uw missie, en de barre omstandigheden die u heeft doorstaan om hier te komen beschouw ik als een indrukwekkend betoon van respect voor en toewijding aan de Kroon.' Hij liet het laatste woord in de lucht hangen. 'Deze aanval komt op een heel precair moment. Zoals u misschien weet zijn we sinds november vorig jaar rechtstreeks betrokken bij militaire activiteiten in de Shan-staten. Een colonne geleid door kolonel Stedman heeft Mandalay eerder deze maand verlaten. Maar nog geen zes dagen geleden ontvingen we rapporten dat ze zijn aangevallen. Gezien de concentratie van de strijdkrachten van de Limbin Confederatie in dat gebied, was de aanval op onze troepen geen verrassing. De aanval op Mae Lwin was dat echter wel, en het is onduidelijk wie de gemaskerde ruiters waren, of waar ze hun geweren vandaan hebben. Er gaan geruchten dat ze misschien bevoorraad zijn door Franse strijdkrachten, waarvan we niet weten waar die zich ophouden. Uit veiligheidsoverwegingen kan ik u alleen helaas niets meer vertellen.'

Edgar staarde naar de subalterne officier.

'Het is niet mijn bedoeling u teleur te stellen, meneer Drake. Ik vertel u dit alles zelfs zonder dat ik daar toestemming voor heb, daar deze beslissingen uiteindelijk zullen worden genomen in Rangoon. Maar ik wil graag dat u de realiteit van onze situatie begrijpt. Als kapitein Nash-Burnham terugkeert, zal hij in staat zijn om te bespreken of u in Mandalay zult blijven of per stoomschip zult terugkeren naar Rangoon. Tot dat moment zou ik willen voorstellen dat u geniet van de mooie dingen hier en u niet te veel zorgen maakt.' De officier leunde naar voren op het bureau. 'Meneer Drake?'

De pianostemmer zei niets.

'Mae Lwin is een beroerde plaats, meneer Drake, ondanks alles wat ze u hebben verteld om u daarheen te krijgen. Het is er moerassig en er heerst malaria, niet echt een klimaat dat past bij een Engelsman. En voeg daar nog het gevaar bij van deze recente aanvallen... Misschien zou het zelfs beter zijn om die plaats helemaal op te geven. Ik zou daar niet teleurgesteld over zijn. Eigenlijk denk ik dat u van geluk mag spreken dat u nu al een van de mooiste steden van Birma hebt gezien.'

Edgar wachtte. De kamer was verstikkend heet. Eindelijk zei hij: 'Nou, dank u. Dan ga ik maar.'

De officier stak zijn hand uit. 'En, meneer Drake, praat hier niet over met mijn superieuren. Hoewel uw missie van ondergeschikt belang is, is het meestal kapitein Nash-Burnham die zich bezighoudt met burgerzaken.'

'Van ondergeschikt belang, juist ja. Maakt u zich geen zorgen, ik zal het tegen niemand vertellen. Dank u.'

De officier glimlachte. 'Graag gedaan.'

Lieve Katherine,

Ik weet niet wat je het snelst zal bereiken: deze brief of ikzelf. Er is nu een week verstreken sinds de geplande datum van mijn vertrek, en nog steeds ben ik in Mandalay. Ik heb al veel beschrijvingen van deze stad aan je gegeven, maar ik moet me verontschuldigen dat ik niet langer het enthousiasme heb voor nog meer. Het begint allemaal erg verwarrend te worden, en de ontwikkelingen zorgen voor twijfel of ik ooit nog dokter Carroll of zijn Erard zal ontmoeten.

Mae Lwin is aangevallen. Ik heb dit gehoord van een subalterne officier op het legerhoofdkwartier. Maar verder heb ik er weinig over vernomen. Telkens als ik iemand vraag wat er aan de hand is, krijg ik alleen een neutrale blik of een uitvlucht. 'Er vindt momenteel een belangrijke strategische bijeenkomst plaats in Rangoon,' zeggen ze. Of: 'Dit incident mag niet licht worden opgevat.' Toch begrijp ik niet dat dokter Carroll niet is gevraagd om die bijeenkomst bij te wonen; ik hoor van alle kanten dat hij nog steeds in Mae Lwin is. Ze zeggen dat dat is vanwege het militaire belang van het behoud van het fort, een bevredigende verklaring, zo lijkt het, behalve dan dat iets aan de manier waarop ze dat zeggen me dwarszit. In het begin was ik een beetje opgewonden over de mogelijkheid van intriges en schandalen – wat zou er uiteindelijk meer passen bij een land waar alles verder zo ongrijpbaar is? Maar zelfs dit begint me nu uit te putten. De meest schandelijke optie die ik kan bedenken, namelijk dat dokter Carroll buiten een belangrijke beslissing wordt gehouden, lijkt niet langer zo schandelijk. Ze zeggen dat een man met een obsessie voor een piano waarschijnlijk ook gevoelig is voor andere excentriciteiten, en dat zo'n man niet een dergelijke belangrijke post toevertrouwd mag krijgen. Wat het pijnlijkst is voor mij, in een bepaald opzicht, is echter dat ik merk dat ik het ermee eens ben. Een piano betekent niets als de Fransen van plan zijn om het land binnen te vallen over de Mekong. Wat het zo moeilijk maakt om dit te accepteren is dat ik als ik twijfel aan de dokter, ook twijfel aan mezelf.

Lieve Katherine, toen ik Engeland verliet, twijfelde een deel van mij eraan of ik Mae Lwin ooit wel zou bereiken. Het leek te ver, de weg erheen versperd door te veel onvoorziene gebeurtenissen. En toch, nu het afgelasten van mijn missie waarschijnlijker lijkt, kan ik niet geloven dat ik er niet heen zal gaan. De afgelopen zes weken heb ik aan weinig anders dan aan Mae Lwin kunnen denken. Ik heb een nieuw beeld van het fort in mijn hoofd gevormd aan de hand van kaarten en de verslagen van anderen. Ik heb lijsten gemaakt van dingen die ik wil doen als ik daar ben aangekomen; zo wil ik graag de bergen en riviertjes zien die in dokter Carrolls rapporten staan beschreven. Het is vreemd, Katherine, maar ik begon al te denken aan de verhalen die ik je zou vertellen als ik weer thuis zou zijn. Over hoe het was om de beroemde dokter te ontmoeten. Over hoe ik de Erard had gerepareerd en gestemd, een dergelijk kostbaar instrument had gered. Over het vervullen van mijn 'plicht' aan Engeland. Misschien is het zelfs deze gedachte aan 'plicht' die het meest ongrijpbare doel van allemaal is geworden. Ik weet dat we hier thuis vaak over spraken, en ik twijfel nog steeds niet aan de rol van een piano hierin. Maar ik ben gaan denken dat 'het hierheen brengen van muziek en cultuur' subtieler ligt – ze hébben hier al kunst en muziek: hun eigen kunst, hun eigen muziek. Dit wil niet zeggen dat we dit soort dingen niet naar Birma zouden moeten brengen; alleen zou dat misschien met meer bescheidenheid gedaan moeten worden. Als we inderdaad deze mensen tot onze onderdanen willen maken, moeten we dan niet het beste van de Europese beschaving presenteren? Bach heeft nog nooit iemand kwaad gedaan; een muziekstuk is niet als een leger.

Lief, ik dwaal af. Of misschien ook niet, want ik heb je geschreven over mijn hoop, en nu begint die hoop langzaam te verdwijnen, overschaduwd door oorlog en pragmatisme en door mijn eigen verdenkingen. Deze hele reis heeft zichzelf al gehuld in een vernis van schijn, van iets onwezenlijks. Zoveel van wat ik heb gedaan is verbonden met wat ik zal doen op momenten dat de waarheid die ik al heb ervaren dreigt te verdwijnen met wat ik nog moet zien. Hoe moet ik je dat uitleggen? Terwijl mijn reis er tot nu toe een is geweest van mogelijkheden, van verbeelding, lijkt het verlies ervan alles wat ik heb gezien nu in twijfel te trekken. Ik heb dromen laten versmelten met mijn werkelijkheid, en nu lijkt de werkelijkheid te versmelten tot slechts dromen, te verdwijnen. Ik weet niet of iets van wat ik schrijf ook hout snijdt, maar terwijl ik omringd ben door zo veel schoonheid, zie ik mezelf alleen maar staan voor onze deur in Franklin Mews, koffer in de hand, onveranderd vanaf de dag dat ik ben vertrokken.

Wat kan ik nog meer schrijven? Ik breng uren door met staren naar de Shan-heuvels, waarbij ik probeer te bedenken hoe ik die voor jou moet beschrijven, want ik heb het gevoel dat ik alleen door dat te doen iets van wat ik heb gezien mee naar huis kan nemen. Ik zwerf over de markten, volg de stroom van ossenkarren en parasols over de wegen met diepe voren, of ik zit aan de rivier en kijk naar de vissers, wacht op de stoomboot uit Rangoon die nieuws zou moeten brengen over mijn vertrek, of me naar huis zal brengen. Het wachten begint bijna ondraaglijk te worden, evenals de drukkende hitte en het stof die de stad verstikken. Iedere beslissing zou beter zijn dan geen beslissing.

Lief, ik realiseer me nu dat we van alle angstaanjagende mogelijkheden die we eerder hebben besproken voordat ik vertrok, nooit deze ene hebben overwogen die nu het meest waarschijnlijk lijkt: dat ik naar huis zal terugkeren met niets. Misschien zijn deze woorden alleen de echo van verveling en eenzaamheid, maar als ik schrijf 'niets', dan bedoel ik niet alleen dat de Erard ongestemd zal blijven, maar ook dat ik een wereld heb gezien die totaal anders is, en waar ik nog niets van begrijp. Mijn aanwezigheid hier heeft een vreemd gevoel van leegte in mij veroorzaakt waarvan ik niet wist dat ik dat had, en ik weet niet of de jungle in trekken die leegte zal vullen, of juist zal vergroten. Ik denk na over waarom ik hierheen ben gegaan, over dat jij zei dat ik dit nodig had, over dat ik nu op het punt sta naar huis terug te keren, dat ik dit onder ogen zal moeten zien als een mislukking.

Katherine, woorden zijn nooit mijn manier geweest om me te uiten, en nu kan ik niet aan muziek denken door wat ik voel. Maar het begint donker te worden, en ik ben bij de rivier, dus ik moet gaan. Mijn enige troost is dat ik jou spoedig zal zien en dat we dan weer samen zijn.

Je liefhebbende man,
Edgar

Hij vouwde de brief dicht en stond op van de bank bij de Irrawaddy. Hij liep langzaam naar huis door de straten van de stad. Bij het kleine huis opende hij de deur en trof daar Khin Myo aan, die stond te wachten.

Ze hield een envelop omhoog en overhandigde die aan hem

zonder iets te zeggen. Er stond geen adres op, alleen zijn naam in forse letters. Hij keek naar haar en zij keek uitdrukkingsloos terug. Een kort moment hield hij de brief samen met zijn brief aan Katherine vast. Zodra hij hem opende, herkende hij het elegante handschrift.

Geachte heer Drake,

Het spijt me bijzonder dat onze eerste persoonlijke correspondentie is beladen met een dringende noodzaak, maar ik geloof dat u volledig op de hoogte bent van de omstandigheden die uw bezoek aan Mae Lwin in gevaar hebben gebracht. Mijn ongeduld kan slechts door het uwe worden geëvenaard. Tijdens de aanval op ons kamp zijn de snaren die behoren tot de A-toets van het vierde octaaf door een musketkogel gebroken. Zoals u weet is het onmogelijk om een stuk van enige betekenis te spelen zonder deze noot, een tragedie die de mensen op het ministerie van Oorlog niet kunnen bevatten. Komt u alstublieft onmiddellijk naar Mae Lwin. Ik heb een boodschapper gestuurd naar Mandalay om u en Ma Khin Myo naar ons fort te brengen. Gaat u morgen alstublieft naar hem toe. Hij zal op uw wachten op de weg naar de Mahamuni-pagode. Ik neem de volle verantwoordelijkheid voor uw beslissing en uw veiligheid. Als u in Mandalay blijft, zult u nog voor het einde van deze week op een schip naar Engeland zitten.
A. J. C.

Edgar liet zijn hand zakken. Hij kent mijn naam nu, dacht hij. Hij keek naar Khin Myo. 'Ga jij ook mee?'
'Ik zal u snel meer vertellen,' zei ze.

De volgende morgen stonden ze voor het aanbreken van de dag op en gingen mee met een ossenkar vol pelgrims die op weg was naar de Mahamuni-pagode, aan de zuidrand van Mandalay. De pelgrims staarden naar hem terwijl ze vrolijk aan het praten waren. Khin Myo boog zich dicht naar Edgar toe. 'Ze zeggen dat ze blij zijn dat er een paar Britse boeddhisten zijn.'

Aan de hemel bewogen donkere wolken zich traag over de Shan-heuvels. De ossenkar ratelde over de weg. Edgar klemde zijn tas tegen zijn borst. Op voorstel van Khin Myo had hij het grootste deel van zijn bezittingen achtergelaten in Mandalay, en hij had nu alleen een extra stel kleren en belangrijke papieren bij zich, en gereedschap om de piano te repareren. Hij kon het zwakke geklingel van het metalen gereedschap horen terwijl ze over de voren in de weg reden. Bij de Mahamuni-pagode stapten ze uit, en Khin Myo leidde hem langs een smal pad naar een plek waar een jongen stond te wachten. Hij was gekleed in een loshangende blauwe broek en een blauw hemd, met een geruit stuk stof om zijn middel. Edgar had gelezen dat veel Shan-mannen, net als de Birmanen, hun haar lang droegen, en merkte op dat de jongen zijn haar had omwikkeld met een kleurrijke tulband die eruitzag als iets tussen de Birmese gaung-baung en de tulband van de sikh-soldaten in. Hij hield de teugels van twee pony's vast.

'*Mingala ba*,' zei hij tegen hen, waarbij hij licht boog. 'Dag, meneer Drake.'

Khin Myo glimlachte naar hem. 'Meneer Drake, dit is Nok Lek, hij zal ons naar Mae Lwin brengen. Zijn naam betekent "vogeltje".' Ze zweeg even en voegde er toen aan toe: 'Laat u zich daardoor niet misleiden. Hij is een van Anthony Carrolls beste vechters.'

Edgar keek naar de jongen. Hij leek nauwelijks ouder dan vijftien jaar.

'Spreek je Engels?' vroeg hij.

'Een beetje,' zei de jongen met een trotse grijns, en hij bukte zich om hun tassen te pakken.

'Je bent te bescheiden,' zei Khin Myo. 'Je leert heel snel.'

Nok Lek begon de tassen aan de zadels te bevestigen. 'Ik hoop dat u weet hoe u moet paardrijden, meneer Drake,' zei hij toen hij klaar was. 'Dit zijn Shan-pony's. Kleiner dan de Engelse paarden, maar erg goed in de bergen.'

'Ik zal mijn best doen er niet af te vallen,' zei Edgar.

'Ma Khin Myo zal met mij rijden,' zei Nok Lek. Hij plaatste allebei zijn handen op de rug van de pony en sprong licht in het zadel. Hij was blootsvoets en liet zijn voeten in een paar beugels van touw glijden, waarbij hij het hennep tussen zijn grote teen en de teen ernaast stak. Edgar merkte de kuiten van de jongen op: spieren als geknoopt touw. Nerveus keek hij naar zijn eigen pony; Engelse metalen stijgbeugels. Khin Myo steeg op achter Nok Lek en ging met twee benen aan één kant zitten. Edgar was verbaasd dat het kleine dier onder zo'n last kon lopen. Hij besteeg zijn eigen pony. Zonder te spreken reden ze weg in oostelijke richting.

Boven de Shan-heuvels verspreidde een lichtvlek zich langs de hemel. Edgar verwachtte de zon te zien opkomen, om de dag te markeren als het begin van het laatste deel van een reis waarvan hij dacht dat hij die nooit meer zou maken. Maar hij was verborgen in de wolken en het land werd langzaam lichter. Voor hem opende Khin Myo een kleine parasol.

Ze reden een paar uur in een langzaam tempo naar het oosten, over een weg die langs droge rijstvelden en lege graanschuren voerde. Onderweg kwamen ze een stoet mensen tegen die naar de stad trokken; mannen die ossen naar de markt leidden, vrouwen met een zware vracht balancerend op hun hoofd. Al snel nam de drukte af, en op een gegeven moment merkten ze dat ze de enigen waren. Ze staken een kleine stroom over en draaiden naar het zuiden over een smaller, stoffiger pad tussen twee brede, braakliggende rijstvelden.

Nok Lek draaide zich om. 'Meneer Drake, we gaan nu sneller. Het is dagen rijden naar Mae Lwin, en de wegen zijn hier goed, niet als in de Shan-staten.'

Edgar knikte en greep zijn teugels vast. Nok Lek siste tegen zijn pony; die begon te draven. Edgar drukte met zijn kuiten tegen de flanken van zijn pony. Er gebeurde niets. Hij drukte harder. De pony ging niet sneller bewegen. Nok Lek en Khin Myo werden kleiner in de verte. Hij sloot zijn ogen en haalde diep adem. Hij siste.

Ze galoppeerden naar het zuiden over een smalle weg die parallel liep aan de Shan-heuvels in het oosten en de Irrawaddy in het westen. Edgar zat rechtop in het zadel met één hand aan de teugels, terwijl hij met de andere zijn hoed vasthield. Terwijl ze reden merkte hij dat hij moest lachen, opgewonden door de snelheid. Op de jacht waren ze alleen stapvoets gegaan, en hij probeerde zich te herinneren waar hij voor het laatst zo snel op een paard had gereden. Dat moest bijna twintig jaar geleden zijn geweest, toen Katherine en hij een vakantie hadden doorgebracht bij een neef van haar die een kleine boerderij op het platteland had. Hij was bijna de bonkende opwinding van de snelheid vergeten.

Ze hielden aan het einde van de morgen halt bij een rustplaats voor pelgrims en reizigers, en Nok Lek kocht voedsel in een naburig huis, curry's en gearomatiseerde rijst en salades van fijngemaakte theeblaadjes gewikkeld in de bladeren van een bananenplant. Terwijl ze aten, spraken Nok Lek en Khin Myo in snel Birmees. Op een gegeven moment verontschuldigde Khin Myo zich tegenover Edgar dat ze niet in het Engels spraken: 'Er is veel waar we over moeten praten. En ik denk dat u zich zou vervelen bij ons gesprek.'

'Let alsjeblieft niet op mij,' zei Edgar, die heel tevreden was met zijn plek in de schaduw, vanwaar hij de geblakerde rijstvelden kon zien. Hij wist dat die werden verbrand door de boeren als voorbereiding op de regens, maar het was moeilijk om zichzelf ervan te overtuigen dat het niet door de zon kwam. Ze strekten zich kilometers ver uit, vanaf de rivier tot aan de abrupte stijging van de Shan-heuvels. Als de muren van een fort, dacht hij, terwijl hij naar de bergen staarde. Of misschien vallen ze omlaag, als een tafellaken over de rand van een tafel, om zich uiteindelijk samen te voegen op de grond in kleine heuvels en valleien. Zijn ogen zochten tevergeefs naar een weg die de bergwand onderbrak.

Ze rustten kort na de lunch en bestegen toen weer de pony's. Ze reden de hele middag en een deel van de avond, tot ze stopten in een dorp, waar Nok Lok op de deur van een huisje klopte. Een man met ontbloot bovenlijf kwam naar buiten en de twee spraken een paar minuten. De man leidde hen naar de achterkant, waar een ander, nog kleiner huisje stond. Hier bonden ze de pony's vast, rolden matten uit op de bamboevloer en hing muskietennetten op aan het plafond. De ingang tot de hut was aan de zuidkant, en Edgar legde zijn matras zo neer dat zijn voeten bij de deur lagen, een voorzorgsmaatregel tegen beesten die tijdens de nacht zouden kunnen binnenkomen. Onmiddellijk greep Nok Lek de mat en draaide die om. 'Niet met uw hoofd naar het noorden liggen,' zei hij streng. 'Heel slecht. Dat is de richting waarin we de doden begraven.'

Edgar lag naast de jongen. Khin Myo ging zich wassen en glipte later zachtjes weer naar binnen. Ze tilde haar muskietennet op en stapte eronder. Haar mat lag op nog geen tien centimeter van die van Edgar, en hij deed alsof hij sliep en keek intussen hoe ze haar bed naast dat van hem legde. Al snel lag ook zij en al snel veranderde haar ademhaling, en in haar slaap bewoog ze zich zodat haar gezicht vlak bij dat van hem rustte. Door het dunne katoen van de twee muskietennetten kon hij haar ademhaling voelen, zacht en warm, onmerkbaar als die rust en warmte er niet waren geweest.

Nok Lek wekte hen vroeg. Zonder te praten pakten ze hun dunne matrassen en muskietennetten in. Khin Myo liep weg en kwam terug met haar gezicht opnieuw beschilderd met thanaka. Ze laadden alles op de pony's en gingen weer op pad. Het was nog donker. Terwijl hij reed voelde Edgar een enorme stijfheid in zijn benen, zijn armen, zijn buik. Hij kromp ineen, maar zei niets; Khin Myo en de jongen bewogen zich soepel en vrij. Hij zei lachend bij zichzelf: ik ben de jongste niet meer.

In plaats van naar het zuiden te blijven rijden, namen ze nu een andere smalle weg naar het oosten, naar de lichter wordende hemel. Het pad was smal, en de pony's werden af en toe gedwongen om hun tempo te vertragen tot een drafje. Edgar was verbaasd dat Khin Myo erin slaagde om in balans te blijven, en ook nog haar parasol wist vast te houden. Hij was ook verbaasd dat zij, toen ze stopten en hij van uitputting bijna in elkaar zakte, bedekt met stof en zweet, nog steeds dezelfde bloem in haar haar droeg die ze die morgen van een struik had geplukt. Hij vertelde haar dit, en ze lachte. 'Zou u dan ook met een bloem in uw haar willen rijden, meneer Drake?'

Eindelijk, laat in de middag van de tweede dag, bereikten ze een serie kleine droge heuvels bedekt met dorre struiken en hier en daar zwerfkeien. De pony's gingen langzamer lopen en volgden een smal spoor. Ze passeerden een vervallen pagode met afbladderende witte verf, en stopten. Khin Myo en Nok Lek stapten af zonder te spreken, en Edgar volgde. Ze lieten hun schoenen achter bij de deur en gingen door een klein portaal een donkere, bedompte ruimte binnen. Een verguld boeddhabeeld stond op een verhoging, omringd door kaarsen en bloemen. Zijn ogen waren donker en droevig, en hij zat met zijn benen gekruist, zijn handen gevouwen in zijn schoot. Er was geen teken van iemand anders. Nok Lek had een kleine bloemenkrans uit zijn tas meegenomen en legde die op het altaar. Hij knielde en Khin Myo deed hetzelfde, en allebei bogen ze diep, zodat hun voorhoofden de koele tegels raakten. Edgar keek naar Khin Myo en zag dat haar knot verschoof, waardoor haar nek zichtbaar werd.

Toen hij zichzelf erop betrapte dat hij ernaar zat te staren, boog hij in een nabootsing ook snel zijn hoofd.

Buiten vroeg hij: 'Wie onderhoudt deze pagode?'

'Hij maakt deel uit van een grotere tempel,' zei Khin Myo. 'De monniken komen hier om voor Boeddha te zorgen.'

'Maar ik zie niemand,' zei Edgar.

'Maakt u zich geen zorgen, meneer Drake,' zei ze. 'Ze zijn er echt.'

De plek had iets eenzaams wat hem van zijn stuk bracht, en hij wilde graag nog meer vragen, over wat ze zei, waar ze voor bad, waarom ze hier was gestopt en niet bij een van de andere talloze pagodes. Maar zij en Nok Lek waren weer tegen elkaar aan het praten.

Ze bestegen hun pony's en reden verder. Boven aan de heuvel stopten ze om achterom te kijken over de vlakte. Ondanks de geringe hoogte konden ze door de vlakheid van de vallei een blik werpen op hun route: een eenzame streek met lege velden en kronkelende riviertjes. Kleine gehuchten klemden zich vast aan rivieren en wegen, allemaal in dezelfde bruine kleur aarde. In de verte konden ze de contouren van Mandalay onderscheiden, en verder weg de kronkelende loop van de Irrawaddy.

De weg daalde aan de andere kant van de heuvel, en ze volgden een oplopend pad naar een groep huizen die aan de voet van een grotere berg lag. Daar hielden ze halt en Nok Lek stapte af. 'Ik ga eten kopen. Misschien zien we vanaf nu een hele tijd niemand meer.' Edgar bleef op zijn pony zitten wachten. De jongen verdween in een van de huizen.

Een paar kippen liepen rond op de weg, pikkend in het stof. Een man die zat te luieren op een verhoging in de schaduw van een boom riep naar Khin Myo en ze antwoordde hem.

'Wat zei hij?' vroeg Edgar.

'Hij vroeg waar we heen gaan.'

'En wat zei jij?'

'Ik zei dat we naar het zuiden rijden, naar Meiktila, maar dat we deze kant op zijn gekomen om de omgeving te overzien.'

'Waarom heb je gelogen?'

'Hoe minder mensen weten dat we de bergen in gaan, hoe beter. Dit is een eenzame plek. Meestal reizen we met een escorte. Maar vanwege de omstandigheden... Dit is tamelijk... onofficieel. Als iemand ons zou willen aanvallen, dan hebben we geen hulp.'

'Maak je je ongerust?'

'Ongerust? Nee. U wel?'

'Ik? Een beetje. Op het schip vanaf Prome waren een paar gevangenen, dacoits. Kerels die er woest uitzagen.'

Khin Myo bestudeerde hem even, alsof ze nadacht over wat ze zou gaan zeggen. 'Het is veilig. Nok Lek is een heel goede vechter.'

'Ik weet niet hoe geruststellend dat is. Hij is nog een kind. En ik heb gehoord dat ze in bendes van twintig man rondtrekken.'

'U moet dat soort dingen niet denken. Ik heb deze reis al vele malen gemaakt.'

Nok Lek keerde terug met een mand, die hij bevestigde aan de achterkant van Edgars zadel. Hij groette de man in de schaduw en siste zijn pony voorwaarts. Edgar volgde en hief zijn hand ten afscheid. De man zei niets terwijl de Engelsman langsreed.

Vanuit de mand steeg de doordringende lucht van gefermenteerde thee en specerijen op.

Het pad ging steil omhoog, en daarmee veranderde ook de vegetatie. Het lage struikgewas maakte plaats voor een groter, dichter bos, gevoed door mist die zwaarder werd naarmate ze hoger kwamen. Ze beklommen een bergrug omhuld door een laag bos, vochtig als de vlaktes in de buurt van Rangoon. Vogels schoten tussen de bomen door, luid zingend, en om hen heen hoorden ze de bewegingen van grotere dieren door gevallen bladeren.

Een plotseling gekraak, en Edgar draaide zich snel om. Opnieuw, deze keer luider, en de onmiskenbare geluiden van brekende takken, iets wat snel door het kreupelhout bewoog. 'Nok Lek, Khin Myo! Kijk uit, er komt iets aan!' Edgar liet zijn pony stoppen. Nok Lek hoorde het ook en hield zijn rijdier wat in. Luider. Edgar keek om zich heen, op zoek naar een mes, een geweer, maar hij wist dat hij niets had.

Luider. 'Wat is dat?' fluisterde hij, en plotseling, voor hen, schoot een wild zwijn over het pad, in de struiken aan de andere kant.

'Verdraaid, een varken,' riep Edgar geschrokken. Nok Lek en Khin Myo lachten en hun pony begon weer te lopen. Edgar probeerde een gegrinnik te forceren, maar zijn hart ging wild tekeer. Hij siste tegen zijn pony.

Terwijl de helling steiler werd, liep het pad weg van de flank van de berg en kwam eindelijk te voorschijn uit het bos, waardoor ze voor het eerst sinds uren weer uitzicht hadden. Edgar werd getroffen door de verandering van het landschap. De tegenoverliggende berg verrees zo steil dat hij het gevoel kreeg alsof hij met een aanloop de met mos bedekte takken op de helling daar zou kunnen aanraken. Toch zou hij er alleen kunnen komen na een steile afdaling en beklimming door ondoordringbare jungle. In de vallei onder hen verborg dikkere vegetatie mogelijke tekenen van een rivier of bewoning, maar terwijl het pad steeg, openden de bergen zich naar een andere vallei, waar de grond vlakker werd in een serie smalle, in terrasvorm aangelegde velden. Ver onder hen, op de trappen van een rijstveld, werkten een paar gestalten kniediep in water dat de lucht weerspiegelde en iriserende zaailingen naar de wolken verplaatste.

Khin Myo zag hoe Edgar naar de boeren keek. 'De eerste keer dat ik de Shan-heuvels in trok,' zei ze, 'was ik verbaasd om te zien hoe de rijst hier groeide, terwijl het land rondom Mandalay er dor bij lag. De heuvels vangen de regenwolken die langs het stroomgebied van de Irrawaddy omhooggaan, en zelfs in het droge seizoen krijgen ze genoeg water voor een tweede aanplant.'

'Ik dacht dat er droogte heerste.'

'Op het plateau is dat ook zo. Er heerst daar een vreselijke droogte, al een paar jaar. Hele dorpen verhongeren en trekken naar het laagland. De heuvels mogen dan wel de wolken vangen, maar ze houden ze ook vast. Als de moessonregen niet doortrekt naar het plateau, blijft het er droog.'

'En de boeren hieronder, zijn die Shan?'

'Nee, dat is een andere bevolkingsgroep.' Ze sprak tegen Nok Lek in het Birmees. 'De Palaung, zegt hij, ze wonen in die valleien. Ze hebben hun eigen taal, kleding, muziek. Het is eigenlijk tamelijk verwarrend, zelfs voor mij. De heuvels zijn net eilanden, elke heuvel heeft zijn eigen stam. Hoe langer ze al apart leven, hoe meer ze zijn gaan verschillen. De Palaung, Paduang, Danu, Shan, Pa-O, Wa, Kachin, Karen, Karenni. En dat zijn alleen nog een paar van de grootste stammen.'

'Ik heb nooit...' zei Edgar. 'Stel je voor, heuveleilanden.'

'Zo noemt Anthony Carroll ze, hij zegt dat ze lijken op de eilanden van meneer Darwin, alleen is het hier de cultuur die verandert, niet de bekken van vogels. Hij schreef er een brief over aan jullie Royal Society.'

'Ik wist niet...'

'Ze hebben u niet alles verteld,' zei ze. 'Er is nog veel meer.' Ze vertelde hem over de onderzoeken van de dokter, over zijn verzamelingen en correspondenties, over de brieven die hij iedere maand ophaalde in Mandalay, brieven van ver weg wonende biologen, dokteren, zelfs scheikundigen – scheikunde was een oude passie. 'De helft van de post die in Opper-Birma aankomt is wetenschappelijke correspondentie voor Anthony Carroll. En de ander helft is muziek voor hem.'

'En help jij hem dan met die projecten?'

'Misschien, een beetje. Maar hij weet zoveel meer. Ik luister alleen maar.' En Edgar wachtte totdat ze nog meer zou uitleggen, maar ze draaide zich om naar het pad.

Ze reden verder. Het begon donker te worden. Nieuwe onbekende geluiden verplaatsten zich in de duisternis, het graven van aaskevers, het gehuil van wilde honden, de rauwe geluiden van burlende herten.

Uiteindelijk, op een kleine open plek, hielden ze stil en stapten af, waarbij ze een militaire tent aflaadden die Nok Lek had meegebracht. Ze zetten de tent in het midden van de open plek op en Nok Lek verdween erin om de tassen daar neer te zetten. Edgar bleef buiten, bij Khin Myo. Geen van beiden sprak. Ze waren moe en het lied van het bos was oorverdovend. Uiteindelijk kwam Nok Lek te voorschijn uit de tent en zei tegen hen dat ze naar binnen konden. Edgar glipte onder een muskietennet en legde zijn matras neer. Pas toen merkte hij de twee dubbelloopsgeweren op die tegen de binnenkant van de tent stonden geleund, waarvan de gespannen hanen het weinige maanlicht reflecteerden dat naar binnen kroop door een gat in het canvas.

Het kostte twee dagen om door de steile jungle en over een bergpas te klimmen. Vóór hen lag een korte en steile afdaling, die uiteindelijk overging in het plateau, een uitgestrekte lappendeken van velden en bossen. In de verte, aan de rand van de vlakte, verrees een volgende reeks heuvels, grijs en vaag.

Ze daalden een smal, stenig pad af, waarbij de hoeven van de pony's zochten naar houvast op de grond. Edgar liet zijn lichaam losjes wiegen in het zadel, en genoot van het strekken van spieren die vast waren gaan zitten na dagen rijden en slapen op de grond. Het was laat en de zon wierp hun langgerekte schaduwen in de vallei. Edgar keek om naar de bergen, naar de kruin van mist die de pieken bedekte en langs de hellingen omlaaggolfde. In het verdwijnende licht van de schemering werkten Shan-boeren op de velden, waarbij ze brede hoeden droegen en broeken die wijd om hun voeten vielen. Het deinen op de rug van de pony was langzaam en ritmisch, en Edgar voelde hoe zijn ogen dichtvielen, waardoor de fantasiewereld van steile rotsen en tempels kort verdween, en hij dacht: misschien droom ik echt. Het is allemaal net een kindersprookje. Al snel was het donker en ze galoppeerden door de nacht, en hij voelde hoe hij vooroverzakte op zijn pony.

Hij droomde. Hij droomde dat hij op een Shan-pony reed, dat ze aan het galopperen waren, dat er in het haar van de pony bloemen waren gevlochten die de lucht in schoten als vuurraderen terwijl ze door de rijstvelden trokken, langs gekostumeerde geesten, gechoreografeerde kleurflitsen tegen eindeloos groen. En hij werd wakker. Hij werd wakker en zag dat het land kaal was, en verbrande rijststengels zwaaiden in een lichte bries, en uit de grond rezen karstbergen op, steile rotsen waarin gouden boeddhabeelden verborgen waren, als stalagmieten oprijzend vanaf de bodem van grotten, zo oud dat zelfs de aarde ze was gaan bedekken met een waas van carbonaat. En hij droomde opnieuw, en terwijl ze erlangs reden, kon hij in de grotten kijken, want die werden beschenen door de lichten van pelgrims, die zich omdraaiden om te kijken naar de vreemdeling, en achter hen beefden de boeddha's. Ze veegden hun mantels van kalk af en bleven kijken, want het pad was eenzaam, en maar weinig Engelsen kwamen ooit op deze weg voorbij. En hij werd wakker, en vóór hem reden een jongen en een vrouw op de rug van een pony, vreemden, zij eveneens slapend, en haar haar was losgeraakt en stroomde naar achteren in zijn richting, en er zweefden bloemen uit, en hij droomde dat hij er een opving en hij werd wakker en ze staken een brug over en de dag brak aan, en onder hen peddelden een man en een jongen in een kano in het bruine schuimende water; ze hadden dezelfde kleur als de boot en de stroom, en alleen door de veranderende schaduwen van het water kon hij hen zien, en ze waren niet de enigen, want ze waren nog niet onder de brug door, of er kwam al een volgende boot die zich op de stroom liet meevoeren, met een man en een jongen erin, en hij keek op en ontelbare lichamen peddelden want zíj waren de stroom, en hij droomde, en het was nog nacht, en vanuit de kloven en valleien kwamen geen mannen en ook geen bloeiende bloemen, maar iets anders, als licht, een gezang, en diegenen die zongen vertelden hem dat het licht was gemaakt van mythes, en het leefde in de grotten bij de in het wit geklede kluizenaars, en hij werd wakker en ze vertelden hem de mythes, dat het heelal was geschapen als een reusachtige rivier, en in deze rivier dreven vier eilanden, en op één ervan woonden mensen, maar de andere werden bewoond door andere wezens die hier alleen in verhalen leefden en hij droomde dat ze stopten bij een rivier om er te rusten en de vrouw werd wakker en maakte haar haar los vanaf de plaats waar de wind het om haar lichaam had geslagen en de jongen en zij en hij knielden en ze dronken uit de rivier, waarin witvisjes langsschoten, en hij werd wakker en ze reden en reden, en het was morgen.

Ze beklommen de heuvels aan de andere kant van de vallei. Het land werd bergachtig, en al snel was het weer nacht. Toen zei Nok Lek: 'Vanavond rusten we. In het donker zijn we veilig.'

Aan hun zijde klonk een luid gekraak. Edgar Drake dacht: zeker weer een varken, en hij draaide zich om, waarna hij een pistoolkolf in zijn gezicht kreeg.

En dan alleen de baan van een projectiel, vallen. Een gekraak van hout op bot en een straal spuug en daarna een buigen, wegglijden, vertraagd door laarzen in metalen stijgbeugels, vingers nog in de teugels, loslatend, omlaag, nu het gekraak van de struiken, het lichaam tegen de grond. Later zal hij zich afvragen hoelang hij bewusteloos is geweest, hij zal zich dingen proberen te herinneren, maar kan dat niet, want alleen beweging lijkt van belang te zijn, niet alleen die van hem maar ook van anderen, het naar beneden komen van de mannen uit de bomen, de glinsterende boog van kapmessen, het gezwaai met geweerlopen, het op hol slaan van pony's. Dus als hij weer staat te midden van afgebroken takken, ziet hij een tafereel dat in een paar seconden kan zijn ontstaan of, gemeten naar hartslagen of ademhalingen, in een paar minuten.

Ze zitten nog steeds op de pony. Zij houdt het geweer vast en de jongen een zwaard, hoog boven zijn hoofd. Ze staan samen tegenover een bende van vier, drie met getrokken messen, naast een lange man met zijn arm uitgestrekt, een vuist, een pistool. De wapens glinsteren als de mannen hurken en dansen, het is zo donker dat de glinstering de enige aanwijzing is die hem vertelt dat ze bewegen. En op dat moment staan ze allemaal stil, ze bewegen nog maar licht op en neer, misschien komt die beweging alleen voort uit het zware ademhalen door de inspanning.

De messen zweven onzichtbaar in de lucht, knipperend als sterrenlicht, en dan een klik, en met een flits van licht bewegen ze opnieuw, het is donker, maar op de een of andere manier kan hij zien dat de vinger van de lange man zich spant, en zij moet het ook gezien hebben, want zij vuurt als eerste, en de lange man schreeuwt en grijpt zijn hand, en het pistool wordt over de bosgrond gegooid, de anderen springen op de pony, grijpen het geweer voordat ze de andere kamer kan afvuren, trekken aan haar, en ze schreeuwt niet, het enige wat hij hoort is een kleine kreet van verbazing als ze de grond raakt, een man grijpt het geweer uit haar handen en wijst ermee naar de jongen, nu zijn de andere twee boven op haar, een grijpt haar vuisten, de andere trekt aan haar hta main, ze schreeuwt het nu uit, hij ziet een flits van haar dij bleek in het dunne licht, hij ziet dat de bloem uit haar haar is gevallen, hij ziet de kroonblaadjes en kelkblaadjes en meeldraden nog met stuifmeel, later zal hij zich afvragen of dat alleen maar zijn verbeelding was, het is te donker. Maar op dat moment denkt hij niet, hij beweegt zich, hij springt uit de struiken, in de richting van de bloem en het gevallen pistool dat ernaast ligt.

Pas als hij trillend zijn hand heft, terwijl hij zegt laat haar gaan laat haar gaan laat haar gaan, bedenkt hij dat hij nog steeds nooit een wapen heeft afgevuurd.

Bewegingloos, en nu is het zijn vinger die flikkert.

Hij werd wakker met de koelheid van een natte doek tegen zijn gezicht. Hij opende zijn ogen. Hij lag nog steeds op de grond, maar zijn hoofd rustte nu in Khin Myo's schoot. Ze maakte zijn gezicht zacht schoon met de doek. Vanuit een ooghoek kon hij Nok Lek zien staan op de open plek, geweer aan zijn zij.

'Wat is er gebeurd?' vroeg hij.

'U hebt ons gered.' Ze zei het fluisterend.

'Ik kan het me niet herinneren, ik viel flauw... Ik heb ze... heb ik ze... neergeschoten...' De woorden kwamen er haperend, ongelovig uit.

'U miste.'

'Ik...'

'U raakte bijna de pony. Die sloeg op hol. Maar het was genoeg.'

Edgar keek naar haar op. Op de een of andere manier, te midden van dit alles, had ze er toch aan gedacht om de bloem weer in haar haar te steken.

'Genoeg?'

Ze keek op naar Nok Lek, die nerveus naar het bos keek. 'Ik zei het toch, een van Anthony Carrolls beste mannen.'

'Waar zijn ze heen gegaan?'

'Ze zijn gevlucht. Dacoits zijn fel, maar kunnen lafaards zijn als ze tegenstand krijgen. Maar we moeten gaan. Ze kunnen terugkomen met anderen, vooral nu ze een Engels gezicht hebben gezien. Veel lucratiever dan het beroven van arme boeren.'

Dacoits. Edgar dacht aan de mannen op het stoomschip vanuit Rangoon. Hij voelde hoe ze met de doek over zijn voorhoofd streek. 'Ben ik beschoten?'

'Nee, ik denk dat u misschien bent gevallen nadat u had geschoten, omdat u nog gewond was van uw val van het paard. Hoe zeg je dat: u viel flauw?' Ze probeerde bezorgd te lijken, maar kon een glimlach niet onderdrukken. Haar vingers rustten op zijn voorhoofd.

Nok Lek sprak in het Birmees. Khin Myo vouwde de doek op. 'Meneer Drake, we moeten gaan. Ze kunnen terugkomen met anderen. Uw pony is teruggekomen. Kunt u rijden?'

'Ik denk het wel.' Hij kwam moeizaam overeind, de warmte van haar dij nog in zijn nek. Hij deed een paar stappen. Hij merkte dat hij trilde, maar hij wist niet of dat kwam door angst of door zijn val. Hij besteeg de pony weer. Voor hem zat Khin Myo met een geweer over haar schoot. Ze leek er vreemd mee op haar gemak, de glanzende loop rustend tegen de zijkant van haar hta main. Nok Lek trok een ander geweer uit zijn zadel en overhandigde dat aan Edgar, en stopte het pistool in zijn riem.

Gesis. De pony's trokken de duisternis in.

Ze reden door een eindeloze nacht, langzaam afdalend via een steile helling en toen over lege rijstvelden. Eindelijk, toen Edgar er zeker van was dat het nooit zou komen, spreidde het zonlicht zich uit over de heuvel vóór hem. Ze stopten om te slapen in het huis van een boer, en toen Edgar wakker werd, was het middag. Naast hem sliep Khin Myo vredig. Haar haar was over haar wang gevallen. Hij keek hoe het bewoog met haar ademhaling.

Hij raakte de wond op zijn voorhoofd aan. Bij daglicht leek de aanval niet meer dan een boze droom, en hij stond rustig op, om Khin Myo niet wakker te maken. Buiten liep hij naar Nok Lek toe, die groene thee zat te drinken met de boer. De thee was bitter en heet, en Edgar voelde dat parels zweet zich op zijn voorhoofd vormden, koel in de lichte bries. Al snel kwam er beweging in de hut. Khin Myo kwam naar buiten en liep naar de achterkant van het huis om zich te wassen. Ze keerde terug met haar haar nat en gekamd, en haar gezicht opnieuw beschilderd.

Ze bedankten de man en keerden terug naar hun pony's.

Vanaf het eenzame huis van de boer beklommen ze een steile helling. Edgar begreep de geografie nu wat beter. De loop van de rivieren die naar beneden kwamen vanuit de Himalaya sneed parallelle noord-zuidkloven in het Shan-plateau, zodat ieder pad dat ze volgden werd geteisterd door een lange opeenvolging van beklimmingen en afdalingen. Aan de andere kant van de helling lag een volgende bergketen, en ook die beklommen ze, de valleien ervan onbewoond, en voorbij de volgende keten passeerden ze een kleine markt waar dorpelingen zich hadden gegroepeerd rond bergen fruit. Ze klommen opnieuw en bereikten de richel net toen de zon achter hen begon onder te gaan.

Voor hen ging de berghelling opnieuw omlaag, maar deze keer volgde er geen nieuwe reeks heuvels. In plaats daarvan was de helling lang en steil en aan de onderkant ervan bulderde een rivier, stromend in de duisternis van de heuvels.

'Salween,' zei Nok Lek, triomfantelijk, en siste toen.

Ze reden het steile pad af, waarbij de pony's met iedere onzekere stap bokten. Aan de oevers van de rivier zagen ze een boot en een lantaarn en een slapende man. Nok Lek floot. De man sprong geschrokken op. Hij droeg alleen een wijde broek. Zijn linkerarm hing slap langs zijn zij, de hand gebogen alsof hij wachtte op een steekpenning. Hij sprong op de oever.

Ze stegen af en gaven de teugels over aan de man met de verlamde arm. Nok Lek laadde de bagage af en bracht die naar de boot. 'De veerman zal de pony's over land naar Mae Lwin brengen. Maar wij gaan met de boot, dat is sneller. Ga je gang, Ma Khin Myo.' Hij stak zijn hand uit en zij nam die aan en sprong in de boot. 'Nou u, meneer Drake.'

Edgar stapte in de richting van de boot, maar zijn laars gleed weg en raakte vast in de modder. Met één voet in de boot trok hij, maar de modder maakte alleen maar heftige zuigende geluiden. Hij gromde, vloekte. De boot zwaaide weg van de oever en hij viel. Achter hem lachten de twee mannen, en hij keek op en zag hoe Khin Myo met haar hand een glimlach probeerde te verbergen. Edgar vloekte opnieuw, eerst tegen hen, toen tegen de modder. Hij probeerde zichzelf op te trekken, maar zijn arm zonk dieper weg. Hij probeerde het opnieuw en weer mislukte het. De mannen lachten nog harder, en Khin Myo kon een zacht gegiechel niet verbergen. En toen begon ook Edgar te lachen, gebogen in die onmogelijke houding, één been tot aan zijn dij in de modder, het andere boven water gehouden, beide armen drijfnat en druipend. Ik heb in maanden niet zo gelachen, dacht hij, en de tranen stroomden uit zijn ogen. Hij hield op met worstelen met de modder en ging achteroverliggen, omhoogkijkend naar een donkere hemel door takken heen, die werden verlicht door de lantaarn. Eindelijk lukte het hem met veel inspanning om zich op te trekken, en druipend en wel in de boot te komen. Hij nam niet eens de moeite om de modder van zijn lichaam te vegen; het was te donker om het te zien, en Nok Lek was al in de boot gestapt en probeerde nu om hen af te duwen met een lange stok.

Toen ze eenmaal op de rivier zaten, dreven ze snel stroomafwaarts. Ze lieten de lantaarn achter bij de veerman, maar de maan scheen helder genoeg door de bomen. Toch bleef Nok Lek dicht bij de oever. 'Niet voldoende licht om vrienden te zien, maar vijanden kunnen ons wél zien,' fluisterde hij.

De rivier kronkelde langs boomtakken en omgevallen boomstammen. De jongen ging behendig met de stroom om. Het gegons van insecten was niet zo oorverdovend als in de jungle, alsof ze nu tot zwijgen waren gebracht door het geruis van de rivier terwijl die haar vingers tussen trillende boomtakken door liet glijden.

De oevers waren dichtbegroeid, en af en toe dacht Edgar dat hij iets zag, maar iedere keer overtuigde hij zichzelf ervan dat het alleen bewegende schaduwen waren. Een uur nadat ze waren gaan varen, passeerden ze een open plek en een huis op palen. 'Maakt u zich geen zorgen,' zei de jongen. 'Alleen de hut van een visser. Nu is er niemand.' De maan glinsterde boven de bomen.

Ze dreven vele uren, en de rivier ging snel omlaag door steile engtes, langs overhangende rotsen en kliffen. Eindelijk, bij een wijde bocht, zag Edgar een verzameling flikkerende lichten. De rivier voerde hen daar snel heen. Hij kon gebouwen onderscheiden, toen beweging op de oever. Ze stopten bij een kleine aanlegsteiger. Daar stonden drie mannen naar hen te kijken, allemaal in paso's, allemaal zonder hemd. Eén was langer dan de rest, zijn huid bleek, een dunne sigaar hangend uit zijn mondhoek. Toen de boot langzamer ging, nam de man de sigaar uit zijn mond en tikte die het water in. Hij boog zich omlaag en stak een hand uit naar Khin Myo, die haar hta main bij elkaar pakte en op de steiger klom. Daar boog ze licht en stapte naar voren, waarna ze door het struikgewas verdween met de zekerheid van iemand die daar al eerder is geweest.

Edgar klom uit de boot.

De man keek naar hem zonder iets te zeggen. De kleren van de pianostemmer waren nog doorweekt van de modder, zijn haren tegen zijn voorhoofd geplakt. Hij kon voelen dat de opgedroogde modder op zijn gezicht barstte toen hij glimlachte. Er was een lange stilte en toen hief hij langzaam zijn hand.

Hij had weken aan dit moment gedacht, en aan wat hij zou zeggen. Het moment vroeg om woorden die deel uit zouden gaan maken van een stuk geschiedenis, die zouden worden herinnerd en te boek gesteld als de Shan-staten eenmaal waren overwonnen en het Britse Rijk veilig was.

'Ik ben Edgar Drake,' zei hij. 'Ik ben hier gekomen om een piano te repareren.'

Boek II

I am become a name;
For always roaming with a hungry heart
Much have I seen and known – cities of men
And manners, climates, councils, governments,
Myself not least, but honor'd of them all, –
And drunk delight of battle with my peers,
Far on the ringing plains of windy Troy.
I am a part of all that I have met;
Yet all experience is an arch wherethro'
Gleams that untravel'd world whose margin fades
For ever and for ever when I move.

Lord Alfred Tennyson, 'Ulysses' *(1842)*

Sommigen zeggen dat er zeven zonnen werden geschapen,
en sommigen dat het er negen waren;
en de wereld werd als een wervelstorm; en alles werd vloeibaar.

Shan-scheppingsmythe, Leslie Milne,
Shans at Home (1910)

12

Edgar Drake werd door een drager over een kort pad geleid, langs een schildwacht, en daarna door dicht kreupelhout. Vóór hem dansten lichtjes, omlijst door takken van verspreid staande bomen. Het pad was smal, en het struikgewas kraste zijn armen. Het moest moeilijk zijn om een militaire colonne hierdoorheen te laten trekken, dacht hij. Alsof hij hem antwoord gaf, sprak dokter Carroll achter hem, zijn stem luid en zelfbewust, met een accent dat Edgar niet kon plaatsen. 'Sorry voor het moeilijke pad. Dit is onze eerste verdedigingslinie vanaf de rivier – samen met het struikgewas zorgt het ervoor dat we geen verdedigingswerken hoeven te bouwen. U kunt zich waarschijnlijk wel voorstellen wat een hels karwei het was om een Erard hierdoorheen te dragen.'

'Dat is al lastig genoeg in de straten van Londen.'

'Dat kan ik me voorstellen. Maar het struikgewas is ook mooi. We hebben vorige week wat regen gehad, zeldzaam in deze periode van droogte, en de takken zitten nu vol bloemen. Morgen zult u de kleuren wel zien.' Edgar stopte om beter te kijken, maar toen hij zich realiseerde dat de drager inmiddels ver voor hem uit liep, kwam hij weer in beweging en verhoogde zijn tempo. Hij keek niet opnieuw op, totdat de struiken abrupt eindigden en ze bij een open plek kwamen.

Later zou hij zich proberen te herinneren hoe Mae Lwin er in zijn dromen had uitgezien, maar de eerste indruk overweldigde alle eerdere fantasieën. Het maanlicht strekte zich uit over zijn schouder in de richting van een verzameling bamboegebouwen die zich vastklemden aan de heuvel. Het fort was gebouwd onder aan een steile heuvel, met de gebouwen ongeveer honderd meter daaronder. Veel van de bouwwerken waren door trappen of hangende bruggen met elkaar verbonden. Lantaarns zwaaiden van dakbalken, hoewel ze met het licht van de maan bijna overbodig leken. Er waren alles bij elkaar misschien twintig huizen. Het was kleiner dan hij had verwacht, met aan weerszijden dicht bos. Hij wist van de rapporten dat er aan de andere kant van de berg een Shan-dorp lag met een paar honderd bewoners.

Dokter Carroll stond naast hem met de maan in zijn rug, zijn gelaatstrekken onzichtbaar in het donker. 'Indrukwekkend, nietwaar, meneer Drake?'

'Ze hadden ze me dit wel verteld, maar ik had niet gedacht dat het zó zou zijn... Kapitein Dalton heeft een keer geprobeerd het voor me te beschrijven, maar...'

'Kapitein Dalton is een militair. Het leger moet maar eens een dichter naar Mae Lwin sturen.'

Alleen een pianostemmer, dacht Edgar, en hij keerde zich weer om om naar het kamp te kijken. Een paar vogels vlogen koerend over de open plek. Alsof hij hun lied wilde beantwoorden, riep de man die Edgars tassen vanaf de rivier had gedragen iets naar hen vanaf een balkon van een hoger gelegen huis. De dokter antwoordde in een vreemde taal, die anders klonk dan het Birmees, minder nasaal, met een ander soort toon. De man verliet het balkon.

'U moet gaan slapen,' zei dokter Carroll. 'We hebben veel te bespreken, maar dat kan wachten tot morgen.'

Edgar wilde net iets zeggen, maar de dokter leek vastbesloten om weg te gaan. In plaats daarvan boog hij licht en wenste de dokter welterusten. Hij liep over de open plek en beklom de trap naar de drager. Op het balkon pauzeerde hij om op adem te komen. Het zal de hoogte wel zijn, dacht hij. Het is hoog op het plateau. Hij keek naar buiten en opnieuw was hij ademloos.

Voor hem liep het land af naar de rivier, een geleidelijke afdaling door verspreide bomen en struikgewas. Op de zanderige oever lag een groepje kano's zij aan zij. Het maanlicht was bijna verblindend, en Edgar keek weer of hij het konijn zag, zoals hij zo veel nachten had gedaan sinds hij door de Middellandse Zee was gevaren. Nu, voor het eerst, zag hij het, rennend aan de rand van de maan, alsof het half danste en half een haastige poging deed om te ontsnappen. Onder het konijn was het bos dicht en donker, en de Salween gleed stil voorbij, waarbij de hemel bijna onmerkbaar door zijn stroming zwom. Het kamp was rustig. Hij had Khin Myo niet meer gezien sinds ze waren aangekomen. Iedereen was zeker gaan slapen, dacht hij.

De lucht was koel, bijna koud, en hij bleef een paar stille minuten staan totdat hij weer op adem was gekomen. Toen draaide hij zich om, ging snel door de deur naar binnen en sloot die achter zich. Er lag een klein matras, omhuld door een muskietennet. De drager was inmiddels weg. Hij schopte zijn laarzen uit en stapte onder het net.

Hij was vergeten de deur op slot te doen. Een kleine windvlaag blies die open. Het maanlicht danste naar binnen op de vleugels van motjes.

De volgende morgen werd Edgar wakker met een gevoel van nabijheid, een geritsel bij het muskietennet, warme adem bij zijn wang, het onderdrukte gegiechel van kinderen. Hij opende zijn ogen en zag een stuk of zes andere witte oogwitten, irissen, pupillen, voordat de kleine eigenaren ervan schrille kreten slaakten en gillend wegrenden uit de kamer.

Het was al licht, en veel koeler dan in het laagland. Tijdens de nacht had hij het dunne laken over zich heen getrokken, en hij had zijn kleren van de reis nog aan, nog steeds smerig. Door zijn vermoeidheid was hij vergeten zich te wassen. De lakens zaten onder de modder. Hij vloekte, glimlachte toen en schudde zijn hoofd terwijl hij dacht: het is moeilijk boos te zijn als je wordt gewekt door het gelach van kinderen. Er schenen puntjes licht door de kruiselings gevlochten bamboewand, waardoor de kamer met spikkels bezaaid was. Ze hebben de sterren naar binnen gebracht, dacht hij. Hij stapte onder het muskietennet vandaan. Terwijl hij naar de deur liep, werd de percussie van zijn voetstappen op de houten vloer beantwoord door een haastig wegschieten aan de andere kant van de deur, gevolgd door nog meer gegil. De deur stond nog steeds open. Hij stak zijn hoofd naar buiten.

Een klein hoofd aan het einde van de overloop dook weg achter de hoek. Nog meer gegiechel. Glimlachend sloot hij de deur en schoof een ruwe houten grendel over de deurstijl. Hij trok zijn overhemd uit. Er dwarrelden opgedroogde, matte plakjes modder af die uiteenvielen op de grond. Hij keek om zich heen naar een waskom, maar er was niets. Hij wist niet goed wat hij met zijn kleren moest doen, vouwde ze daarom slordig op en legde ze bij de deur. Hij trok schone kleren aan, een kaki broek, een licht katoenen overhemd en een donker vest. Hij kamde haastig zijn haar en greep het pakket dat hij voor de dokter had meegenomen van het ministerie van Oorlog.

De kinderen stonden te wachten bij de deur toen hij die opende. Toen ze hem zagen schoten ze de trap af. In de haast struikelde een jongen, waardoor de anderen boven op hem vielen. Edgar bukte zich, pakte een van de jongens op en, terwijl hij hem kietelde, gooide hij hem over zijn schouder. Hij was verbaasd over zijn eigen plotselinge speelsheid. De andere kinderen bleven aan zijn zijde, aangemoedigd door het besef dat de lange vreemdeling niet meer met zijn armen kon doen dan één pakket en één kronkelend kind vasthouden.

Op de trap botste Edgar bijna tegen een oudere Shan-jongen op. 'Meneer Drake, dokter Carroll wil u. Hij eet ontbijt.' Hij richtte zijn blik op het kind dat ondersteboven naar hem staarde vanaf Edgars schouder. Hij gaf het een standje in het Shan. De kinderen lachten.

'Niet boos zijn,' zei Edgar. 'Het was helemaal mijn schuld. We waren aan het stoeien...'

'Stoeien?'

'Laat maar,' zei Edgar, nu lichtelijk gegeneerd. Hij zette de jongen neer en de groep verspreidde zich als vogels die zijn vrijgelaten uit een kooi. Hij streek zijn hemd glad en kamde zijn haar met zijn vingers opzij, waarna hij de jongen de trap af volgde.

Toen ze bij de open plek waren gekomen, stopte hij. De donkerblauwe schaduwen van de herinnering van gisteravond waren bloeiende bloemen geworden, overhangende orchideeën, rozen, hibiscus. Overal vlogen vlinders, flitsende, kleine stukjes kleur die de lucht vulden als confetti. In de open ruimte speelden kinderen met een bal gemaakt van gevlochten riet, schreeuwend terwijl die grillig over de ruwe ondergrond stuiterde.

Ze liepen door het struikgewas naar de zanderige oever, waar dokter Carroll aan een tafeltje zat dat was gedekt voor twee. Hij was gekleed in een schoon wit linnen overhemd, waarvan hij de manchetten had opgerold. Zijn haar was netjes gekamd, en hij glimlachte terwijl de pianostemmer naderde. In het zonlicht moest Edgar onmiddellijk denken aan de foto van de dokter die hij in Londen had gezien. Die moest twintig jaar geleden zijn genomen, maar toch herkende hij meteen de brede schouders, de krachtige neus en kaak, het netjes gekamde haar en de donkere snor, die nu hier en daar wat grijs vertoonde. Er was nog iets anders bekends van de foto: een beweging, iets ongrijpbaars, de levendigheid van de blauwe ogen. De dokter stak zijn hand uit. 'Goedemorgen, meneer Drake.' Zijn greep was stevig en zijn handen voelden ruw aan. 'Ik hoop dat u goed heeft geslapen.'

'Als een roos, dokter. Totdat een paar van de kinderen mijn kamer ontdekten.'

De dokter lachte. 'O, daar raakt u wel aan gewend.'

'Ik hoop het. Het is lang geleden dat ik werd gewekt door het geluid van kinderen.'

'Hebt u zelf kinderen?'

'Nee, helaas niet. Maar ik heb wel neefjes en nichtjes.'

Een van de jongens trok een stoel voor hem naar achteren. De rivier stroomde snel langs, bruin en met hier en daar wat schuim. Edgar had verwacht Khin Myo hier te zien, maar de dokter was alleen. Eerst vond hij haar afwezigheid wat vreemd, omdat zij uiteindelijk ook was gevraagd om mee te komen vanuit Mandalay. Hij dacht erover om de dokter ernaar te vragen, maar had er moeite mee. Ze had tijdens de reis niets tegen hem gezegd over de reden waarom ze meeging, en ze was heel snel verdwenen toen ze aankwamen.

De dokter wees naar het pakket in Edgars handen. 'Hebt u iets meegenomen?'

'Natuurlijk. Het spijt me. Bladmuziek. U hebt een bewonderenswaardige smaak.'

'U hebt het pakket geopend?' De dokter trok een wenkbrauw op.

Edgar kreeg een kleur. 'Ja, het spijt me, ik denk dat ik dat niet had moeten doen. Maar… Nou ja, ik moet toegeven dat ik nieuwsgierig was naar het soort muziek waar u om had verzocht.' De dokter zei niets, dus voegde Edgar eraan toe: 'Een indrukwekkende keuze… maar er waren ook diverse bladen bij, zonder verdere omschrijving, die ik niet herkende, noten die muzikaal gezien nergens op leken te slaan…'

De dokter lachte. 'Dat is Shan-muziek. Ik ben aan het proberen om er pianomuziek van te maken. Ik bewerk het en stuur het naar Engeland, waar een vriend van mij, een componist, wat aanpassingen doet en de muziek dan terugstuurt. Ik heb me altijd afgevraagd wat iemand die dat zou lezen zou denken… Een cheroot?' Hij wikkelde een zakdoek van een sardineblikje, waardoor er een rijtje gerolde sigaren zichtbaar werd. De sigaren waren aan beide kanten open en waren hetzelfde als die welke de dokter de avond ervoor had gerookt.

'Nee, dank u. Ik rook niet.'

'Jammer. Er zijn geen betere dan deze. Een vrouw in het dorp rolt ze voor mij. Ze kookt de tabak in palmsuiker en voegt er vanille en kaneel aan toe en god mag weten wat voor bedwelmends nog meer. Ze drogen in de zon. Er is een Birmees verhaal over een meisje dat de sigaren die ze maakte voor haar geliefde droogde met de warmte van haar lichaam... Helaas, zoveel geluk heb ik niet.' Hij glimlachte. 'Een kopje thee dan maar?'

Edgar bedankte hem en Carroll knikte naar een van de jongens, die een zilveren theepot bracht en zijn kopje volschonk. Een andere jongen zette schalen met eten op de tafel: kleine rijstgebakjes, een kom met fijngemaakte pepers, en een nog ongeopende pot marmelade, waarvan Edgar vermoedde dat die speciaal voor hem was.

De dokter pakte een sigaar uit het blikje en stak die aan. Hij nam een paar trekjes. Zelfs buiten was de geur zwaar en doordringend.

Edgar kwam in de verleiding om de dokter meer te vragen over de muziek, maar de goede vormen vertelden hem dat het onbeleefd zou zijn om hierover te praten voordat ze elkaar wat beter hadden leren kennen. 'Uw fort is indrukwekkend,' zei hij.

'Dank u. We hebben geprobeerd het in Shan-stijl te bouwen – dat is mooier, en ik kon daarvoor plaatselijke vakmensen gebruiken. Sommige elementen ervan – de twee verdiepingen, de bruggen – zijn mijn eigen vernieuwingen, noodzakelijk voor deze plek. Ik moest dicht bij de rivier blijven, en verborgen onder de bergkam.'

Edgar keek uit over het water. 'De rivier is veel groter dan ik had gedacht.'

'Dat verbaasde mij ook toen ik hier voor het eerst kwam. Het is een van de grootste rivieren in Azië, gevoed door de Himalaya, maar dat weet u waarschijnlijk al.'

'Ik heb uw brief gelezen. Ik ben nieuwsgierig naar de betekenis van de naam.'

'De Salween? Eigenlijk spreken de Birmezen het woord uit als "Thanlwin", waarvan ik de betekenis nog moet zien te achterhalen. *Than-lwin* zijn kleine Birmese cimbalen. Hoewel mijn vrienden hier volhouden dat de rivier niet is genoemd naar dat instrument – misschien is de klank van de woorden anders – vind ik het toch wel poëtisch. De cimbalen maken een licht geluid, als water over kiezelstenen. "Rivier van licht geluid" – een passende naam, zelfs als het niet zou kloppen.'

'En het dorp... Mae Lwin?'

'*Mae* is een Shan-woord voor rivier. Net als in het Siamees.'

'Was dat Shan wat u gisteravond sprak?' vroeg Edgar.

'Herkende u het?'

'Nee... Nee, natuurlijk niet. Alleen klonk het anders dan Birmees.'

'Ik ben onder de indruk, meneer Drake. Natuurlijk had ik dat kunnen verwachten van een man die klanken onderzoekt... Wacht... stil...' De dokter staarde naar de tegenoverliggende oever.

'Wat is er?'

'Ssst!' De dokter hief zijn hand. Door de concentratie verschenen er rimpels op zijn voorhoofd.

Er klonk een licht geritsel in de struiken. Edgar ging rechtop zitten in zijn stoel. 'Is daar iemand?' fluisterde hij.

'Ssst. Geen plotselinge bewegingen.' De dokter sprak zacht tegen de jongen, die hem een kleine verrekijker bracht.

'Dokter, is er iets aan de hand?'

Turend door de verrekijker hief de dokter zijn hand om daarmee om stilte te vragen. 'Nee... niets... maakt u zich geen zorgen, daar... Aha! Net wat ik dacht!' Hij draaide zich om en keek naar Edgar, de verrekijker nog geheven.

'Wat is er aan de hand?' fluisterde Edgar. 'Worden we... Worden we aangevallen?'

'Aangevallen?' De dokter overhandigde hem de verrekijker. 'Bepaald niet... Dit is veel leuker, meneer Drake. Nog maar één dag hier, en nu al krijgt u de *Upupa epops* te zien, de hop. Wat een geluksdag. Ik moet dit noteren – dit is de eerste keer dat ik er hier bij de rivier eentje heb gezien. We hebben ze in Europa, maar meestal geven ze de voorkeur aan open, droger land. Hij moet hierheen zijn gekomen door de droogte. Schitterend! Kijk eens naar de prachtige kuif op zijn kop. Hij vliegt als een vlinder.'

'Ja.' Edgar probeerde net zo enthousiast te zijn als de dokter. Hij tuurde door de verrekijker naar de vogel aan de andere kant van de rivier. Hij was klein en grijs, maar verder onopvallend vanaf deze afstand. De hop vloog weg.

'Lu!' riep dokter Carroll. 'Breng me mijn dagboek!' De jongen bracht een bruin boek, waar een band omheen zat. Dokter Carroll maakte die los, zette een lorgnet op en krabbelde kort iets neer. Hij overhandigde het boek weer aan de jongen en keek over zijn bril naar Edgar. 'Een geluksdag, absoluut,' zei hij opnieuw. 'De Shan zouden zeggen dat uw komst goedgunstig is.'

De zon kwam eindelijk boven de bomen uit die langs de oever stonden. De dokter keek omhoog naar de hemel. 'Het is al laat,' zei hij. 'We moeten zo maar eens gaan. We hebben een lange dag voor de boeg.'

'Ik wist niet dat we ergens heen zouden gaan.'

'O! Ik moet me verontschuldigen, meneer Drake. Ik had u dat gisteravond moeten vertellen. Het is woensdag, en iedere woensdag ga ik jagen. Ik zou vereerd zijn als u me gezelschap wilt houden. En ik denk dat u het wel leuk zult vinden.'

'Jagen... Maar de Erard...'

'Natuurlijk.' De dokter sloeg met zijn hand op de tafel. 'De

Erard. Die ben ik echt niet vergeten. U hebt weken gereisd om de Erard te repareren, ik weet het. Maakt u zich geen zorgen, u zult snel genoeg hebben van die vleugel.'

'Nee, dat is het niet. Ik dacht alleen dat ik er op z'n minst eerst even naar moet kijken. Ik ben niet bepaald een jager. Ik heb sinds een jacht in Rangoon geen geweer meer in handen gehad. Een lang en vreselijk verhaal... En onderweg hierheen...'

'Op de weg hierheen werden jullie overvallen. Khin Myo heeft het me verteld. U was echt een held.'

'Een held niet bepaald. Ik viel flauw, ik schoot bijna de pony dood en...'

'Maakt u zich geen zorgen, meneer Drake. Het gebeurt maar zelden dat ik ook maar een schot afvuur als ik ga jagen. Misschien dat ik eens een paar wilde zwijnen schiet, vooropgesteld dat we voldoende ruiters hebben om die mee terug te nemen. Maar dat is niet echt het doel van de rit.'

Edgar voelde zich moe. 'Ik denk dat ik hoor te vragen wat er dan wél het doel van is.'

'Verzamelen. Voornamelijk botanisch materiaal, hoewel dat vaak geneeskrachtige planten zijn... Ik stuur monsters naar de Royal Botanic Gardens in Kew. Het is verbazingwekkend hoeveel er te leren valt. Ik zit hier nu twaalf jaar en begrijp nog nauwelijks iets van de Shan-geneesmiddelen. Maar los hiervan moet u gewoon mee omdat het mooi is, omdat u net bent aangekomen, omdat u mijn gast bent, en omdat het onbeleefd van me zou zijn als ik u niet de wonderen van uw nieuwe thuis zou laten zien.'

Mijn nieuwe thuis, dacht Edgar, en weer klonk er geritsel in de takken aan de overkant van de rivier toen een vogel opvloog. Carroll greep zijn verrekijker en tuurde erdoor. Eindelijk liet hij hem zakken. 'Een gekuifde ijsvogel. Niet zeldzaam, maar toch mooi. We zullen binnen een uur vertrekken. De Erard zal het wel overleven als hij nog een dag langer niet gestemd is.'

Edgar glimlachte zwakjes. 'Zou ik me misschien eerst nog even kunnen scheren? Dat is al dagen geleden.'

De dokter sprong overeind. 'Natuurlijk. Maar wast u zich vooral niet te grondig. Binnen een uur zijn we toch weer smerig.' Hij legde zijn servet op de tafel en sprak opnieuw tegen een van de jongens, die wegrende over de open plek. Hij gebaarde Edgar dat hij hem moest volgen. 'Na u,' zei hij, terwijl hij de sigaar in het zand liet vallen en met zijn laars uittrapte.

Toen Edgar terugkeerde op zijn kamer, zag hij dat er een kleine kom met water op de tafel voor hem klaarstond, met ernaast een scheermes, scheerschuim, een kwast en een handdoek. Hij spatte het water op zijn gezicht. Even gaf het verkoeling. Hij wist niet wat hij van Carroll moest denken, of van het uitstel van zijn werk omdat ze nu op zoek gingen naar bloemen, en hij merkte dat hij werd geplaagd door vage twijfels. Er was iets verontrustends aan de manier van doen van de dokter, aan hoe hij de legendes over de arts-militair moest verenigen met de innemende, zelfs vaderlijke man die hem thee, toast en marmelade aanbood en zo opgewonden raakte over vogels. Misschien komt het doordat dit allemaal nog zo ontzettend *Engels* is, dacht hij. Tenslotte is een wandeling, als het dat tenminste wordt, inderdaad een gepaste manier om een gast te begroeten. Toch zat het hem dwars. Hij schoor zich voorzichtig, waarbij hij het mes over zijn huid haalde, en met zijn handpalmen langs zijn wangen streek om de gladheid ervan te voelen.

Ze bestegen een paar Shan-pony's die waren opgezadeld op de open plek. Iemand had kleine bloemen in hun manen gevlochten.

Al snel kwam Nok Lek aangedraafd op een andere pony. Edgar was blij hem weer te zien, maar merkte op dat hij zich anders gedroeg dan tijdens de reis; het jeugdige zelfvertrouwen leek meer getemperd in de buurt van de dokter, respectvoller. Hij knikte naar de twee mannen, en Carroll gebaarde dat de jongen moest leiden. Hij draaide behendig zijn pony en schoot weg.

Ze gingen de open plek af naar een pad dat parallel aan de rivier liep. Aan de hand van de stand van de zon berekende Edgar dat ze naar het zuidoosten reden. Ze reden door een kleine groep wilgen die zich uitstrekte vanaf het rivierbed. Het gebladerte was dik en laag en Edgar moest zijn hoofd omlaaghouden om te voorkomen dat hij uit het zadel werd gewipt. Het pad draaide de heuvel op en steeg langzaam boven de wilgen uit, waarna het plaats maakte voor een droger kreupelbos. Op de heuvelkam die het kamp beschermde, stopten ze. Onder hen, naar het noordoosten, strekte een brede vallei zich uit, met naar alle kanten nederzettingen van bamboe. Naar het zuiden drong een kleine rij heuvels zich omhoog langs de oplopende lijn van het land, als de ruggengraat van een opgegraven skelet. In de verte waren hogere bergen nauwelijks te onderscheiden door het verblindende licht van de zon.

'Siam,' zei de dokter, terwijl hij naar de bergen wees.

'Ik had me niet gerealiseerd dat we daar zo dichtbij zaten.'

'Ongeveer honderdtwintig kilometer. Dat is de reden waarom het ministerie van Oorlog het zo belangrijk vindt om de Shanstaten te behouden. De Siamezen vormen onze enige buffer tegen de Fransen, die al troepen in de buurt van de Mekong hebben.'

'En deze nederzettingen?'

'Dat zijn Shan- en Birmese dorpjes.'

'Wat verbouwen ze daar?'

'Opium, voornamelijk... hoewel de productie hier niets is vergeleken bij die in het noorden, in Kokang of dieper in het Wagebied. Ze zeggen dat er zoveel papavers zijn in Kokang dat alle bijen in een diepe opiumslaap vallen en nooit meer wakker worden. Maar de oogst hier is toch heel aanzienlijk... Nu kent u nog een reden waarom we de Shan-staten niet willen verliezen.' Hij stak zijn hand in zijn zak en haalde er het sardineblikje uit. Hij stopte een cheroot in zijn mond en bood het blikje opnieuw aan Edgar aan. 'Nog niet van gedachten veranderd?'

Edgar schudde zijn hoofd. 'Maar ik heb gelezen over de papavers. Ik dacht dat het verboden was volgens de Indiase Opiumwet. De rapporten zeggen...'

'Ik weet wat de rapporten zeggen.' Hij stak de sigaar op. 'Als u goed had gelezen, dan zou u weten dat het volgens de Indiase Opiumwet van 1878 verboden is om opium te kweken in het eigenlijke Birma; in die tijd vielen de Shan-staten nog niet onder ons bestuur. Dat betekent niet dat er geen druk is om ermee te stoppen. Er is veel meer ophef over dit onderwerp in Engeland dan hier, wat waarschijnlijk de reden is waarom zovelen van... ons, die de rapporten schrijven, selectief zijn in wat we zeggen.'

'Hierdoor maak ik me zorgen over al het andere wat ik heb gelezen.'

'Dat zou ik niet doen. Het meeste wat er is geschreven is écht de waarheid, hoewel u gewend moet zien te raken aan de subtiliteiten, aan de verschillen tussen wat u in Engeland leest en wat u hier ziet, vooral wat betreft alles wat met politiek te maken heeft.'

'Nou, ik weet er niet zoveel van, mijn vrouw volgt die dingen meer dan ik.' Edgar pauzeerde. 'Maar ik ben wel geïnteresseerd in wat u te zeggen hebt.'

'Over de politiek, meneer Drake?'

'Iedereen in Londen schijnt een mening te hebben over de toekomst van het Britse Rijk. U moet veel meer weten dan zij.'

De dokter zwaaide met de cheroot. 'Eigenlijk heb ik niet zo'n hoge pet op van de politiek, ik vind die tamelijk... hoe zal ik het zeggen – onpraktisch?'

'Onpraktisch?'

'Neem de opium. Vóór de Sepoy-opstand, toen onze bezittingen in Birma werden beheerd door de Oost-Indische Compagnie, werd het gebruik van opium zelfs aangemoedigd – de handel was erg lucratief. Maar er is altijd een roep geweest om die te verbieden of er belasting over te heffen, door diegenen die protesteren tegen de "corrumperende invloed" ervan. Vorig jaar heeft de Vereniging ter Onderdrukking van de Opiumhandel de onderkoning verzocht om de handel in de ban te doen. Hun verzoek werd verworpen, onopvallend. Dit was geen verrassing; het is een van onze grootste inkomstenbronnen in India. En verbieden helpt echt niets. De kooplieden gaan de drug dan gewoon over zee smokkelen. De smokkelaars zijn behoorlijk slim. Ze stoppen de opium in zakken en binden die vast aan blokken zout. Als de schepen worden doorzocht, dan gooien ze gewoon de lading in het water. Na een zekere tijd lost het zout op en drijft het pak terug naar de oppervlakte.'

'U klinkt alsof u het goedkeurt.'

'Of ik wat goedkeur? De opium? Het is een van de beste medicijnen die ik heb, een middel tegen pijn, diarree, hoesten, misschien wel tegen de meest voorkomende symptomen van de ziektes die ik hier zie. Iedereen die een politieke lijn wil bepalen over dit soort onderwerpen zou eerst eens hierheen moeten komen.'

'Dat heb ik nooit geweten,' zei Edgar. 'Wat vindt u dan van zelfbestuur, dat lijkt het meest dringende vraagstuk...'

'Meneer Drake, alstublieft. Het is een prachtige morgen. Laten we die niet bederven door over politiek te praten. Ik begrijp dat u na een dergelijke reis geïnteresseerd bent geraakt in zulke kwesties, maar ik vind het vreselijk saai. U zult zien: hoe langer u hier bent, hoe minder deze meningen ertoe doen.'

'Maar u schreef zoveel...'

'Ik schrijf over geschiedenis, meneer Drake, niet over politiek.' De dokter wees met het rokende uiteinde van zijn cheroot naar Edgar. 'Het is een onderwerp waarover ik liever niet praat. Als u hebt gehoord wat sommigen te zeggen hebben over mijn werk hier, dan denk ik dat u kunt begrijpen waarom.'

Edgar begon een verontschuldiging te mompelen, maar de

dokter reageerde niet. Vóór hen, op de plek waar het pad smaller werd, stond Nok Lek te wachten. Het gezelschap ging achter elkaar rijden en volgde het pad dat het bos in liep aan de andere kant van de heuvelkam.

Ze reden bijna drie uur. Terwijl ze afdaalden vanaf de richel passeerden ze nog meer bomen en ze gingen een open vallei binnen die zich langzaam verhief, ten zuiden van de heuvels die op een ruggengraat leken. Het pad werd al snel breed genoeg voor twee pony's, en terwijl Nok Lek weer vooropging, kwam de dokter naast de pianostemmer rijden. Het werd al heel vlug duidelijk dat Carroll geen enkele belangstelling had voor jagen. Hij sprak over de bergen in de schaduw waarvan ze reden, hoe hij het gebied in kaart had gebracht toen hij er zelf aankwam, en de hoogte had gemeten met luchtdrukmeters. Hij vertelde verhalen over de geologie, de geschiedenis, plaatselijke mythes over alle dagzomende aardlagen, valleien en rivieren die ze overstaken. Hier kweken monniken meerval. Hier zag ik mijn eerste tijger op het plateau, zeldzaam. Hier broeden muskieten, waar ik experimenten doe met de verspreiding van ziektes. Hier is een toegang tot de wereld van de nga-hlyin, de Birmese reuzen. Hier maken Shan-geliefden elkaar het hof, soms kun je het geluid van een fluit horen. Zijn verhalen leken onuitputtelijk, en zijn relaas over een bepaalde heuvel eindigde pas als ze langs een volgende reden. Edgar was perplex; de dokter leek niet alleen alle bloemen te kennen, maar ook hun medicinale gebruik, wetenschappelijke classificatie, benamingen in het Birmees en Shan, de verhalen erover. Diverse keren riep hij uit, terwijl hij wees naar een bloeiende struik, dat die nog niet bekend was in de westerse wetenschap, en 'ik heb monsters ervan gestuurd naar de Linnean Society en de Royal Botanic Gardens in Kew, en ik heb zelfs soorten zoals deze die mijn naam dragen, een orchidee, die ze de *Dendrobium carrollii* hebben genoemd en een lelie die *Lilium car-*

rollianum heet en een andere *Lilium scottium*, die ik heb genoemd naar George Scott, de regeringsadviseur van de Shan-staten, een vriend die ik erg bewonder. En er zijn nog andere bloemen…' – en daarbij hield hij even zijn pony in en keek Edgar recht aan, zijn ogen stralend – 'zelfs mijn eigen geslacht, *Carrollium trigeminum*, waarvan de soortnaam "de drie wortels" betekent, een verwijzing naar de Shan-mythe over de drie prinsen, en ik beloof u dat ik die snel zal vertellen, of misschien zou u hem de Shan moeten horen vertellen… Hoe dan ook, de bloem ziet er van opzij uit als het gezicht van een prins en hij behoort tot de monocotyledonen, met drie gepaarde kroonblaadjes en kelkblaadjes, als drie prinsen en hun bruiden.' Hij stopte af en toe om bloemen en planten te plukken en die plat te drukken in een versleten leren boek dat hij in een zadeltas bij zich hield.

Ze hielden stil bij een struik overdekt met kleine gele bloemen. 'Die daar,' vertrouwde hij hem toe, terwijl hij wees, zijn hemdsmouwen opgerold boven een gebruinde onderarm, 'heeft nog geen officiële naam, maar ik wil er monsters van sturen naar de Linnean Society. Het heeft heel wat moeite gekost om iets van mijn botanische werk gepubliceerd te krijgen. Het leger schijnt zich zorgen te maken dat wat ik schrijf over bloemen op de een of andere manier staatsgeheimen zal onthullen… alsof de Fransen niets weten van Mae Lwin.' Hij zuchtte. 'Ik denk dat ik het leger zal moeten verlaten voordat ik een artsenijboek zal kunnen uitgeven. Soms zou ik willen dat ik een burger was zonder al die regels en beperkingen. Maar dan zou ik waarschijnlijk niet hier zitten.'

Terwijl ze verder reden, begonnen Edgars zenuwachtigheid en verwarring te verdwijnen onder het heftige enthousiasme van de dokter. Al zijn eigen vragen, voornamelijk over muziek, over de piano, over wat de Shan en de Birmezen vonden van Bach en Händel, over waarom Carroll hier bleef, en uiteindelijk waarom hijzelf was gekomen, waren tijdelijk vergeten. Vreemd genoeg leek er niets vanzelfsprekender dan op de rug van een paard rond te trekken, op zoek naar planten zonder namen, en te proberen iets te begrijpen van de stroom van verhalen van de dokter, van de Shan-verhalen, Latijnse nomenclatuur en literaire verwijzingen. Boven hen cirkelde een roofvogel rond die gebruikmaakte van de thermiek, en hij stelde zich voor wat de vogel moest zien: drie kleine figuurtjes die een kronkelend droog pad volgden aan de bovenkant van de karstbergen, de kleine dorpjes, de Salween die traag slingerde, de bergen naar het oosten, het Shan-plateau dat afliep in de richting van Mandalay, en dan de rest van Birma, van Siam, van India, van de legers die daar verzameld waren, troepen Franse en Britse soldaten die, onzichtbaar voor elkaar maar niet voor de vogel, aan het wachten waren, terwijl daartussenin drie mannen samen reden en bloemen verzamelden.

Ze passeerden huizen op palen, stoffige weggetjes die leidden naar kleine dorpjes, waarvan de toegang was gemarkeerd door houten poorten. Bij een ervan was een wirwar van takken op het pad gestrooid, en op de poort zat een stuk gehavend papier geprikt, bedekt met wervelende letters. Dokter Carroll legde uit dat het dorp was getroffen door de pokken, en de tekst was een magische formule om de ziekte te bestrijden. 'Het is vreselijk,' zei hij. 'Wij vaccineren mensen in Engeland nu met koepokstof – dat is al een paar jaar verplicht – en toch willen ze me niet voldoende entstof sturen om dat ook hier te doen. Het is een vreselijke ziekte, zo besmettelijk, en zo ontsierend. Als je het al overleeft.' Edgar, niet op zijn gemak, greep zijn teugels vast. Toen hij een jongen was, was er een pokkenepidemie geweest in de sloppen van Oost-Londen. Dagelijks verschenen er pamfletten met tekeningen van slachtoffers: jonge kinderen overdekt met puisten, uitgemergelde, bleke kadavers.

Al snel begonnen er dagzomende aardlagen te verschijnen, die zich uit de grond omhoog hadden gewerkt als versleten kiezen. Edgar bleef even stilstaan bij die vergelijking, want toen het brede open landschap snel smaller werd, en ze omlaaggingen door een ravijn tussen hoge bergtoppen in, leek het alsof ze de ingewanden van de aarde binnengingen.

'Dit pad zou normaal helemaal overstroomd zijn door de regen,' zei Carroll aan zijn zijde. 'Maar we maken nu een van de ergste droogtes mee in de geschiedenis.'

'Ik herinner me dat ik daarover heb gelezen in een brief die u schreef, en iedereen die ik heb gesproken had het erover.'

'Hele dorpen komen om van de honger door de magere oogsten. Als het leger maar eens kon begrijpen hoeveel we zouden kunnen bereiken met voedsel. Dan zouden we ons geen zorgen meer hoeven maken over de oorlog.'

'Ze zeiden dat ze geen voedsel kunnen brengen door de dacoits, door een Shan-bandietenleider die Twet Nga Lu heet...'

'Ik merk dat u die geschiedenis ook heeft gelezen,' zei de dokter. Zijn stem echode vanaf de rotsen. 'Daar zit een grond van waarheid in, hoewel Twet Nga Lu's legende wordt overdreven in alle luidruchtige gesprekken in de officiersmess. Ze willen gewoon een gezicht hebben waaraan ze het gevaar kunnen koppelen. Dat wil niet zeggen dat hij geen gevaar is – dat is hij zeker. Maar de situatie is veel gecompliceerder, en als we hoop willen hebben op vrede, dan is daar meer voor nodig dan één man verslaan... Maar ik ben nu aan het filosoferen, en ik had u beloofd dat ik dat niet zou doen. Hoeveel weet u intussen van de geschiedenis?'

'Maar een klein beetje. Om eerlijk te zijn word ik nogal in verwarring gebracht door al die namen.'

'Dat worden we allemaal. Ik weet niet welk rapport u hebt gelezen of wanneer het was geschreven – ik hoop dat ze u iets hebben gegeven wat ik heb geschreven. Hoewel we Opper-Birma vorig jaar officieel hebben geannexeerd, is het onmogelijk om de Shan-staten te beheersen, en dus is het bijna onmogelijk om hier troepen te stationeren. In onze pogingen om de rust te herstellen in de streek – "vreedzame penetratie" heet dat in de taal van het ministerie van Oorlog, een term die ik afschuwelijk vind –, zijn we bezig met het bestrijden van een federatie Shan-vorsten die zichzelf de Limbin Confederatie noemt, een verbond van Shan-sawbwa's – het Shan-woord voor hun vorsten – die een einde willen maken aan de Britse overheersing. Twet Nga Lu maakt geen deel uit van de Confederatie, maar is een illegale leider die opereert vanaf de overkant van de Salween. Wij zouden hem een dacoit noemen, maar hij heeft te veel volgelingen. Zijn naam is misschien nog legendarischer omdat hij alleen werkt. De Limbin Confederatie is minder gemakkelijk te belasteren omdat ze geor-ganiseerd zijn en zelfs hun eigen delegaties sturen. Met andere woorden, ze hebben iets van een echte regering. Maar Twet Nga Lu weigert om met wie dan ook samen te werken.'

Edgar wilde net vragen naar de geruchten over de bandieten-leider die hij op de rivier had gehoord, toen er ineens een geratel van bovenaf klonk. De mannen keken op en zagen een grote vogel opvliegen van de steile rotsen.

'Wat was dat?' vroeg Edgar.

'Roofvogel, hoewel ik hem niet goed kon zien. Waar we hier wél goed op moeten letten zijn slangen. Ze komen vaak rond deze tijd van de dag te voorschijn om zich op te warmen in de zon. Vorig jaar werd een pony gebeten door een adder, wat een vrese-lijke wond veroorzaakte. De beet kan er bij mensen voor zorgen dat ze snel in shock raken.'

'Hebt u verstand van slangenbeten?'

'Ik heb een verzameling giffen aangelegd en maak daar een studie van. Ik word geholpen door een medicijnman, een kluize-naar die in de heuvels woont en die, zeggen de dorpelingen, het gif verkoopt aan moordenaars.'

'Dat is afschuwelijk. Ik...'

'Misschien wel, hoewel dood door een gif heel vredig kan zijn vergeleken met andere methoden die je wel ziet... Maakt u zich geen zorgen, meneer Drake, hij heeft geen belangstelling voor Engelse pianostemmers.'

Ze vervolgden hun afdaling. Carroll wees omlaag naar het ravijn. 'Luister,' zei hij. 'Zo meteen zult u de rivier kunnen horen.' Het geklikklak van de hoeven werd beantwoord door een ver, dieper rommelend geluid. Het pad bleef dalen, en de pony's hadden moeite om niet weg te glijden op de stenen. Uiteindelijk stopte Carroll. 'We moeten afstijgen,' zei hij. 'Dit is te gevaarlijk voor de pony's.' Met een enkele, sierlijke beweging zwaaide hij uit het zadel. Nok Lek volgde, en toen Edgar, die nog moest denken aan de slangen. Het geluid van de rivier werd harder. Het ravijn werd plotseling smal, en er was nog nauwelijks voldoende ruimte voor de pony's om te lopen. Boven hen kon Edgar takken zien, en boomstronken, die klem zaten in de smalle kloof, aanwijzingen van een eerdere overstroming. Al snel nam het ravijn een scherpe bocht, en de bodem leek onder hen te verdwijnen. Carroll overhandigde de teugels van zijn pony aan Nok Lek en liep voorzichtig naar de rand. 'Kom eens kijken, meneer Drake,' riep hij boven het gebulder uit.

Edgar liep behoedzaam op de dokter af, naar de plek waar het pad steil omlaagging naar een rivier die een meter of zes onder hen stroomde. De stenen waren zilverkleurig, gepolijst door de waterstroom. Edgar keek op. De zon knipperde omlaag door een stukje zichtbare hemel. Hij kon een nevel van water op zijn gezicht voelen, en het gedonder van de stroomversnellingen deed de grond trillen.

'In het regenseizoen is dit een waterval. De rivier is dan twee keer zo hoog. Dit water komt helemaal uit Yunnan, in China. Het is allemaal afkomstig van gesmolten sneeuw. Er is nog meer te zien. Kom.'

'Wat dan?'

'Kom hier, kom kijken.'

Edgar, niet op zijn gemak, liep over de stenen, nat van de waternevel van de rivier. De dokter stond aan de rand van de steile wand en keek omhoog naar de rots.

'Wat is dat?' vroeg Edgar.

'Kijk eens beter,' zei de dokter. 'Naar de rots. Ziet u ze? De bloemen?'

Het hele oppervlak van het ravijn was bedekt met een mat mos, bezaaid met duizenden bloemetjes, zo klein dat hij ze had aangezien voor waterdruppels.

Carroll gebaarde naar een gladde plek op de rotswand. 'Leg uw oor daar eens tegenaan.'

'Wat?'

'Ga uw gang, leg uw oor eens tegen de rots en luister.'

Edgar keek hem sceptisch aan. Hij bukte zich en legde zijn hoofd tegen de steen.

Diep binnen in de rots klonk een gezang, vreemd en spookachtig. Hij trok zijn hoofd weg. Het geluid stopte. Hij vlijde zich weer tegen de rots. Opnieuw kon hij het horen. Het klonk bekend, als duizenden sopranen die aan het inzingen waren. 'Waar komt dat vandaan?' schreeuwde hij.

'De rots is hol, dat zijn vibraties vanaf de rivier, een hoge resonantie. Dat is één verklaring. Een andere is die van de Shan: dat het een orakel is. Mensen die raad willen, komen hierheen om te luisteren. Kijk eens omhoog.' Hij wees naar een stapel stenen waarop een kleine bloemenkrans was gelegd. 'Een altaartje voor de zingende geesten. Ik dacht wel dat u dit mooi zou vinden. Een omgeving die past bij een man van de muziek.'

Edgar kwam overeind en glimlachte, en veegde opnieuw zijn bril af. Terwijl ze aan het praten waren, pakte Nok Lek diverse manden uit waarin gevulde bananenbladeren zaten. Hij legde het voedsel op de rotsen, uit de buurt van de afgrond, waar het droog was. Ze gingen zitten om te eten en te luisteren naar de rivier. Het eten was anders dan de gekruide curry's die Edgar in het laagland had gegeten. Ieder bananenblad bevatte iets anders:

gesneden en gedroogde stukjes kip, gebakken pompoen, een scherpe pasta die sterk naar vis rook maar zoet smaakte bij de rijst, die eveneens anders was – kleverige balletjes graan die bijna doorzichtig waren.

Toen ze klaar waren met eten, stonden ze op en leidden hun pony's het smalle pad op, totdat dit vlak genoeg was om weer te kunnen rijden. Het pad klom langzaam omhoog, de koelte van het ravijn uit en de hitte van het plateau in.

Carroll koos een andere route terug naar het kamp, een weg die hen terugvoerde via een verbrand bos. In tegenstelling tot het eerste pad was het land hier heet en vlak, en de vegetatie was er droog, maar toch stopte de dokter diverse keren om Edgar nog meer planten te laten zien: kleine orchideeën die waren verborgen in de schaduw, onschuldig uitziende bekerplanten, waarvan Carroll tot in alle macabere details de vleesetende karakteristieken uitlegde, en bomen die water, rubber en geneesmiddelen bevatten.

Op de eenzame weg kwamen ze langs een oud tempelcomplex waar tientallen oude pagodes in een aangesloten rij stonden. De bouwwerken waren van verschillende afmetingen, ouderdom en vorm, sommige pasgeschilderd en versierd met ornamenten, andere vaal en vervallen. Eén pagode had de vorm van een opgerolde slang. Het was er vreemd stil. Vogels fladderden boven het terrein. De enige die ze zagen was een monnik, die zo oud als de tempels zelf leek, zijn huid donker en gerimpeld, zijn lichaam bedekt met een waas van stof. Hij veegde het pad schoon terwijl zij naderden, en Edgar zag hoe Carroll zijn handen samendrukte en licht boog in de richting van de man. De oude monnik zei niets, maar bleef doorgaan met vegen, de grasbezem zwaaiend in het hypnotiserende ritme van zijn monotone gezang.

Het pad was lang, en op het eind van de rit werd Edgar moe. Hij bedacht hoeveel de dokter al moest hebben gereisd over het plateau dat hij iedere stroom en iedere heuvel kende, en dat hij, als ze elkaar kwijt zouden raken, niet zou weten hoe hij de weg terug moest vinden. Een kort moment beangstigde die gedachte hem. Maar ik heb hem vertrouwd door te besluiten hierheen te komen, dacht hij, er is geen reden waarom ik hem nu niet zou vertrouwen. Het pad versmalde zich en de dokter reed voor hem uit. Edgar sloeg hem gade terwijl hij reed, zijn rug recht, een hand op zijn middel, alert, goed kijkend.

Ze kwamen vanuit het bos op een brede bergkam en reden weer de vallei in van waaruit ze waren gekomen. De zon ging net onder toen Edgar vanaf de helling van een van de heuvels de Salween zag. Het was donker toen ze Mae Lwin bereikten.

13

De volgende morgen werd Edgar wakker nog voordat de kinderen er waren, en hij wandelde omlaag naar de rivier. Hij verwachtte dat de dokter daar zou ontbijten, of dat hij misschien Khin Myo zou zien, maar de oever was leeg. De Salween kabbelde tegen het zand. Hij keek even naar de overkant van de rivier of er vogels waren. Er was wat gefladder. Weer een gekuifde ijsvogel, dacht hij, en hij glimlachte bij zichzelf: ik begin het al te leren. Hij liep terug naar de open plek. Nok Lek kwam net het pad af dat naar de huizen leidde.

'Goedemorgen, meneer Drake,' zei de jongen.

'Goedemorgen, ik was op zoek naar de dokter. Zou je me kunnen zeggen waar hij is?'

'Eens per week is de dokter in zijn... hoe noem je dat?'

'De dokter is in zijn spreekkamer?'

'Ja, zijn spreekkamer. Hij heeft me gevraagd om u te gaan halen.'

Nok Lek leidde Edgar het smalle pad op naar het hoofdkwartier van het kamp. Toen ze naar binnen gingen, liep er een oudere vrouw langs hen heen met een huilende baby in haar armen, stevig ingezwachteld in een geruite doek. Nok Lek en Edgar volgden.

De spreekkamer was vol mensen, tientallen mannen en vrouwen in kleurrijke mantels en tulbanden, hurkend of staand, kinderen vasthoudend, turend over schouders om naar de dokter te kijken, die aan het andere eind van de ruimte zat. Nok Lek leidde de pianostemmer door de mensenmassa, en sprak zacht om hen aan de kant te laten gaan.

Ze troffen de dokter aan achter een breed bureau, waar hij met een stethoscoop luisterde naar het borstje van een baby. Hij trok zijn wenkbrauwen op als groet en ging door met luisteren. De baby lag slap en passief op de schoot van een jonge vrouw van wie Edgar aannam dat het de moeder was. Ze was erg jong, een meisje van misschien vijftien of zestien jaar, maar haar ogen waren gezwollen en vermoeid. Net als bij de meeste andere vrouwen was haar haar weggestopt in een brede tulband die wankel op haar hoofd leek te rusten. Ze droeg een jurk die was samengebonden over haar borsten, een handgeweven stof met een patroon van in elkaar grijpende geometrische figuren. Hoewel ze de jurk op een elegante manier droeg, zag Edgar toen hij wat beter keek dat hij aan de zomen versleten was. Hij dacht aan de verhalen van de dokter over de droogte.

Uiteindelijk haalde Carroll de stethoscoop weg. Hij sprak even tegen de vrouw in het Shan en draaide zich toen om naar de kast achter hem om daarin iets te zoeken. Edgar tuurde over zijn schouder naar de rijen apothekersflessen.

De dokter zag hem kijken. 'Ongeveer hetzelfde als bij een willekeurige Britse apotheek,' zei hij terwijl hij de vrouw een flesje met een donker elixer overhandigde. 'Warburg-tinctuur en arseen voor koorts, Cockle-pillen en chlorodine, Goa-poeder voor ringworm, Vaseline, Holloway-zalf, Dover- poeder en laudanum voor dysenterie. En verder deze.' Hij wees op een rij flessen zonder etiket, gevuld met bladeren en troebele vloeistoffen, geplette insecten, en hagedissen die dreven in een oplossing. 'De plaatselijke medicijnen.'

Carroll reikte tot achter in de kast en pakte er een grotere fles uit, die was gevuld met kruiden en een rokerige vloeistof. Hij trok de stop eraf en in de kamer zweefde een zware, zoete lucht.

Hij stak zijn vingers in de fles, haalde er een dot natte bladeren uit en legde die op de borst van de baby. Er verzamelde zich water rond de bladeren, dat langs de zijden van het kind omlaagliep. Hij ging met zijn vingers over het lijfje en verspreidde de vloeistof over hals en borst van de baby. Zijn ogen waren gesloten en hij begon zacht iets te fluisteren. Uiteindelijk deed hij zijn ogen open. Hij wikkelde de baby weer in de doek, met de bladeren ertussen, en sprak tegen het meisje. Ze stond op, boog in dank en liep tussen de mensenmassa door naar buiten.

'Wat was dat?' vroeg Edgar.

'Ik denk dat het kind tuberculose heeft. Dat kleine flesje is Stevens-tuberculosemiddel,' zei Carroll. 'Rechtstreeks uit Engeland. Ik heb mijn twijfels over de werkzaamheid ervan, maar we hebben niet veel beters. Bent u op de hoogte van de ontdekkingen van Koch?'

'Alleen wat ik heb gelezen in de pamfletten. Maar ik weet er verder niets van. Ik ken Stevens-tuberculosemiddel omdat we dat ooit kochten voor onze dienstmeid – haar moeder heeft tuberculose.'

'Nou, de Duitser denkt dat hij de oorzaak van tuberculose heeft gevonden in een bacterie, die hij een "tuberkelbacil" noemt. Maar dat was vijf jaar geleden. Hoe nauwlettend ik zijn vorderingen ook probeer te volgen, ik zit hier te geïsoleerd, en het is moeilijk om te achterhalen hoe de wetenschap is veranderd.'

'En die plant van daarnet?'

'De medicijnmannen noemen het *mahaw tsi*. Het is een beroemd Kachin-geneesmiddel, en hun medicijnmannen houden het weg van vreemdelingen. Het heeft lang geduurd voordat ik hen heb weten over te halen het aan mij te laten zien. Ik ben er tamelijk zeker van dat het een soort van de *Euonymus* is, hoewel ik het niet zeker weet. Ze gebruiken het voor allerlei zalven, en sommigen geloven dat zelfs het uitspreken van de woorden "mahaw tsi" al ziektes kan genezen. Ze zeggen dat het vooral werkt bij aandoeningen van de luchtwegen, en deze baby heeft een hoest. Maar goed, ik vermeng het met Holloway-zalf. Lange tijd heb ik getwijfeld aan de kruiden, maar ik denk dat ik toch enige verbetering zie bij mijn patiënten die ze gebruiken. Dát en gebed.'

Edgar staarde de dokter aan. 'Tot wie?' vroeg hij uiteindelijk. Maar er kwam een volgende patiënt aan, en de dokter gaf geen antwoord meer.

Het was een kleine jongen, die zijn linkerhand dicht tegen zijn lichaam aan hield. Carroll gebaarde naar Edgar dat hij moest gaan zitten in een stoel achter hem. Hij reikte naar de hand van de jongen, maar de jongen beschermde die. De moeder van de jongen, die achter hem stond, sprak scherp tegen hem. Uiteindelijk wist Carroll zachtjes zijn armen van elkaar te krijgen.

Drie vingers van de linkerhand van de jongen waren er bijna helemaal af, alleen nog vastgehouden door rafelige pezen en bedekt met gestold bloed. Carroll ging voorzichtig met de wond om, maar toch kermde de jongen van de pijn. 'Dit is niet best,' mompelde de dokter, en hij zei iets in het Shan tegen de vrouw. De jongen begon te huilen. Carroll draaide zich om en zei iets tegen Nok Lek, die een pak uit de kast haalde en het uitrolde op het bureau. Er zaten een doek, verband en diverse operatie-instrumenten in. De jongen begon te gillen.

Edgar keek slecht op zijn gemak om zich heen in de wachtruimte. De andere patiënten waren stil en keken uitdrukkingsloos toe.

Carroll haalde nog een fles uit de kast. Hij nam de hand van de jongen en spreidde die uit over de doek op de tafel. Hij goot de inhoud van de fles over de wond. De jongen sprong op en schreeuwde. Carroll goot er nog meer op en veegde de hand krachtig af met de doek. Hij pakte een kleiner medicijnflesje uit de kast en bracht een dikke vloeistof aan op een verband, dat hij over de wond uitwreef. Bijna onmiddellijk werd de jongen rustig.

De dokter wendde zich tot Edgar. 'Meneer Drake, ik zal uw hulp nodig hebben. De balsem zou iets van de pijn moeten verdoven, maar hij zal gaan schreeuwen zodra hij de zaag ziet. Meestal heb ik een verpleegster, maar die is nu bij andere patiënten. Vanzelfsprekend alleen als u er geen moeite mee hebt om me te helpen. Ik dacht dat u het misschien wel interessant zou vinden om te ervaren wat er zoal gebeurt in onze praktijk, zodat u kunt zien hoe belangrijk dergelijke projecten zijn voor de betrekkingen met de plaatselijke bevolking.'

'Betrekkingen met de plaatselijke bevolking?' zei Edgar zwakjes. 'Gaat u amputeren?'

'Ik heb geen andere keus. Ik heb gezien hoe een hele arm door gangreen kan worden aangetast als gevolg van dergelijke wonden. Ik zal alleen de gewonde vingers verwijderen. De wond aan zijn hand lijkt niet al te diep. Ik zou willen dat ik hier ether had, maar mijn voorraad is vorige week opgeraakt en ze hebben me nog geen nieuwe gestuurd. We zouden hem opium kunnen laten roken, maar dan nog zou het pijn doen. Ik wil dit eigenlijk het liefst zo snel mogelijk afmaken.'

'Wat kan ik doen?'

'U hoeft alleen zijn arm vast te houden. Hij is klein, maar u zult er verbaasd over staan hoe fel hij zal proberen u van zich af te slaan.'

Carroll stond op, en Edgar deed hetzelfde. De dokter pakte voorzichtig de hand van de jongen vast en legde die op de tafel. Hij bevestigde een tourniquet boven de elleboog van de jongen en gebaarde Edgar om zijn arm vast te houden. Dat deed hij, maar zijn handelingen leken ruw en hardvochtig. Toen wendde Carroll zich tot Nok Lek en knikte, waarop Nok Lek zijn hand naar voren bracht en aan het oor van de jongen draaide. De jongen krijste en schoot met zijn vrije hand naar zijn oor, en voordat Edgar zich had kunnen afwenden van de tafel had de dokter al één, twee, en toen drie vingers geamputeerd. De jongen keek perplex naar hen en schreeuwde toen opnieuw, maar Carroll had de bloedende hand intussen al in de doek gewikkeld.

De morgen verstreek langzaam, waarbij de ene na de andere patiënt in de onderzoekstoel voor het raam ging zitten: een man van middelbare leeftijd die kreupel liep, een zwangere vrouw en een vrouw die maar niet zwanger kon raken, een kind waarbij Carroll de diagnose doofheid stelde. Er waren drie mensen met een kropgezwel, twee met diarree en vijf met koorts, die Carroll allemaal toeschreef aan malaria. Van ieder van de koortsige patiënten nam hij wat bloed af. Hij deed dat vervolgens op een glasplaatje en onderzocht het onder een kleine microscoop, die licht vanaf het raam reflecteerde door het oculair.

'Waar bent u naar op zoek?' vroeg Edgar, nog beverig van de aanblik van de amputatie. Carroll liet hem door de microscoop kijken.

'Ziet u die kleine cirkels?' vroeg hij.

'Ja, overal.'

'Dat zijn rode bloedcellen. Iedereen heeft die. Maar als u nog beter kijkt, dan kunt u zien dat zich aan de binnenkant van die cellen een soort donkere vlekjes bevinden.'

'Ik zie niets,' zei Edgar, en hij leunde gefrustreerd achterover.

'Maakt u zich geen zorgen, in het begin is het moeilijk te zien. Ongeveer zeven jaar geleden wist niemand nog wat dat was, totdat een Fransman ontdekte dat het parasieten zijn die de ziekte veroorzaken. Ik ben hier zeer in geïnteresseerd, omdat veel Europeanen denken dat de ziekte wordt veroorzaakt door het inademen van slechte lucht uit de moerassen, wat ook de reden is waarom de Italianen de ziekte *mala aria* noemden: "slechte lucht". Maar toen ik in India was, had ik een vriend, een Indiase dokter, die een paar van de hindoeïstische veda's voor me vertaalde, waarin malaria "de koning van de ziektes" wordt genoemd en wordt toegeschreven aan de boosheid van de god Shiva. Wat betreft de overdracht van de ziekte wijzen de veda's de lage mug aan als de schuldige. Maar niemand heeft deze parasiet nog in de mug zelf aangetroffen, dus we weten het niet zeker. En aangezien muggen in moerassen leven, is het moeilijk om die twee los te koppelen. Eigenlijk is het moeilijk om alle mogelijke bronnen los te koppelen van de jungle. De Birmezen, bijvoorbeeld, noemen de ziekte *hnget pyhar*, dat "vogelkoorts" betekent.'

'En wat denkt u zelf?'

'Ik verzamel muggen, ontleed ze, plet ze, tuur naar hun ingewanden onder de microscoop, maar ik heb nog niets gevonden.'

Carroll gaf ieder van zijn malariapatiënten kininetabletten en een extract van een plant waarvan hij zei dat die uit China afkomstig was, evenals een plaatselijke plantenwortel om de hevigheid van de koorts te verminderen. Voor de diarree gaf hij laudanum of gemalen papajazaden; voor de kropgezwellen zouttabletten. Hij instrueerde de man die kreupel liep hoe hij krukken moest maken. Bij de zwangere vrouw wreef hij een zalf op haar gezwollen buik. Voor het dove kind kon hij niets doen, en hij vertelde Edgar dat de aanblik van zo'n kind hem meer dan enige andere ziekte droevig maakte, want de San hadden geen gebarentaal, en zelfs al hadden ze die gehad, dan nog zou de jongen nooit de liederen van de avondfeesten kunnen horen. Edgar moest denken aan een andere kleine jongen, het dove zoontje van een klant van hem, die zijn gezicht tegen de pianokast drukte als zijn moeder speelde om de vibraties te voelen. Hij moest ook denken aan het stoomschip naar Aden, en aan de man met één verhaal. Er zijn oorzaken van doofheid die zelfs doktoren niet kunnen verklaren.

Voor de vrouw die niet zwanger kon worden, wendde Carroll zich tot Nok Lek en hij sprak lang met hem. Toen Edgar vroeg wat hij had aanbevolen, zei Carroll: 'Dit is een beetje verwarrend. Ze is onvruchtbaar, en toch loopt ze door haar dorp terwijl ze mompelt tegen een denkbeeldig kind. Ik weet niet hoe ik haar moet genezen. Ik heb tegen Nok Lek gezegd dat hij haar naar een monnik in het noorden moet brengen die is gespecialiseerd in genezingen voor dergelijke ziektes. Misschien kan hij haar helpen.'

Toen het bijna middag was, onderzocht de dokter zijn laatste patiënt, een magere man die naar de stoel werd geleid door een vrouw die half zo oud als hij was. Nadat hij kort met de vrouw had gesproken, wendde Carroll zich tot de wachtkamer en verkondigde iets in het Shan. Langzaam stonden diegenen op die nog zaten te wachten en verlieten de kamer. 'Dit kon wel eens wat tijd kosten. Het is jammer dat ik ze niet allemaal kan onderzoeken,' zei hij. 'Maar er zijn er zoveel die ziek zijn.'

Edgar bestudeerde de patiënt aandachtiger. Hij droeg een door de motten aangevreten hemd en een gescheurde broek. Hij was blootsvoets, en zijn tenen waren eeltig en knoestig. Hij droeg geen tulband. Zijn hoofd was glad geschoren, en hij had een ingevallen gezicht en holle ogen. Terwijl hij naar Edgar staarde, maakte hij langzame, ritmische bewegingen met zijn kaak, alsof hij op zijn tong of de binnenkant van zijn wangen kauwde. Zijn handen trilden, langzaam en regelmatig.

Carroll sprak langdurig met de vrouw en wendde zich uiteindelijk tot Edgar. 'Ze zegt dat hij bezeten is,' zei hij. 'Ze komen uit de bergen, bijna een week reizen van hier, uit een dorp bij Kengtung.'

'Waarom komen ze dan hierheen?' vroeg Edgar.

'De Shan zeggen dat er negenenzestig ziektes zijn. Deze behoort daar niet toe. Ze heeft alle medicijnmannen in de buurt van Kengtung al bezocht, en die kunnen niets doen. Nu doet het verhaal over de ziekte van deze man de ronde, en medicijnmannen zijn bang voor hem omdat ze denken dat de geest te sterk is. Dus is ze hierheen gekomen.'

'U gelooft toch niet echt dat hij bezeten is...'

'Ik weet het niet, ik heb dingen gezien die ik daarvoor nooit zou hebben geloofd.' Hij pauzeerde. 'In sommige gebieden van de Shan-staten worden mannen zoals hij aanbeden, als het medium van een geest. Ik ben bij feesten geweest waar honderden dorpelingen heen kwamen om hen te zien dansen. In Engeland zouden we de kronkelende bewegingen de sint-vitusdans noemen, want Sint-Vitus is de beschermheilige van zenuwpatiënten. Maar ik weet niet hoe ik deze dans moet noemen, Sint-Vitus kan geen gebeden horen vanuit Mae Lwin. En ik weet niet welke geesten deze bezetenheid veroorzaken.'

Hij draaide zich weer om naar de man, en deze keer sprak hij hem rechtstreeks aan, maar de man staarde terug met lege ogen. De twee bleven elkaar zo een hele tijd aankijken, totdat Carroll uiteindelijk opstond en de man bij de arm nam en hem naar buiten leidde. Hij gaf hem geen medicijnen.

Sint-Vitus, dacht Edgar, Vitus was de naam van Bachs grootvader; vreemd hoe alles met elkaar in verband staat, al is het maar met een naam.

Toen de oude man langzaam naar buiten was geschuifeld met zijn vrouw, leidde Carroll de pianostemmer naar een ander gebouw, dat losstond van het hoofdgebouw. Daar lagen diverse patiënten op bedden.

'Dit is ons ziekenhuisje,' legde Carroll uit. 'Ik houd liever geen patiënten hier, ik denk dat ze thuis beter genezen. Maar ik vind dat ik sommige van de ernstigere gevallen wél ter observatie moet opnemen; meestal betreft dat diarree of malaria. Ik heb juffrouw Ma opgeleid als verpleegster,' zei hij, terwijl hij wees naar een jonge vrouw die met een vochtige doek over het voorhoofd van een van de patiënten wreef. 'Zij zorgt voor de patiënten als ik weg ben.' Edgar knikte naar haar en ze boog licht.

Ze liepen langs de patiënten, waarbij Carroll een toelichting gaf: 'Deze jonge man heeft ernstige diarree, en ik ben bang dat het cholera is. We hadden jaren geleden een vreselijke epidemie, en tien dorpelingen zijn toen gestorven. Gelukkig is er verder niemand ziek geworden, en ik houd hem hier zodat hij anderen niet kan besmetten... Dit volgende geval is erg triest en helaas vaak voorkomend. Cerebrale malaria. Ik kan weinig doen voor de jongen. Hij heeft niet lang meer te leven. Ik wil zijn familie hoop geven, dus laat ik hem hier blijven... Dit kind heeft rabiës. Ze werd gebeten door een dolle hond, en velen denken nu dat de ziekte op die manier wordt overgebracht, hoewel ik opnieuw moet zeggen dat ik te ver van de onderzoekerscentra in Europa zit om de huidige mening te weten.'

Ze stopten bij het bed van het kleine meisje. Ze lag verwrongen in een verkrampte houding, haar ogen wijdopen in bevroren ontzetting. Edgar was geschokt toen hij zag dat haar handen achter haar rug waren vastgebonden.

'Waarom ligt ze vastgebonden?' vroeg hij.

'Die ziekte maakt je gek. Dat is wat het betekent; *rabere* is Latijns voor "razen". Twee dagen geleden probeerde ze juffrouw Ma aan te vallen, dus daarom moeten we haar nu vastbinden.'

Aan het einde van de zaal troffen ze een oude vrouw aan. 'En wat is er met haar aan de hand?' vroeg Edgar, die overweldigd begon te raken door de litanie van ziektes.

'Met haar?' vroeg de dokter. Hij zei iets tegen de oude vrouw in het Shan en ze ging rechtop zitten. 'Haar mankeert niets. Ze is de grootmoeder van een van de andere patiënten, die op dit moment in die hoek daar zit. Als ze hem komt bezoeken, laat hij haar rusten in zijn bed omdat ze zegt dat dat zo lekker ligt.'

'Moet hij daar niet zelf in liggen?'

'Ja, hoewel hij niet in acuut gevaar verkeert, zoals de andere patiënten.'

'Wat is er met hem aan de hand?'

'Waarschijnlijk heeft hij suikerziekte. Ik heb een stuk of wat patiënten die hier komen omdat ze bang worden als ze zien dat insecten hun urine opdrinken, vanwege de suiker erin. Sommige Shan lijken daar bijzonder nerveus van te worden; ze zeggen dat het hetzelfde is als wanneer hun eigen lichaam zou worden leeggezogen. Weer een oude diagnose, ook van oude brahmanen. Hij hoeft niet in mijn ziekenhuis te liggen, maar hij voelt zich er beter door, en het geeft zijn grootmoeder een plek om uit te rusten.'

Carroll sprak tegen de man, en tegen juffrouw Ma. Ten slotte gebaarde hij naar Edgar om hem naar buiten te volgen. Ze stonden in het zonlicht. Het was het begin van de middag.

'Ik denk dat we klaar zijn voor vandaag. Ik hoop dat dit een leerzame ochtend voor u is geweest, meneer Drake.'

'Zeker. Hoewel ik in het begin een beetje van mijn stuk werd gebracht, moet ik toegeven. Het is niet zoals in een Engelse dokterspraktijk. Het is niet erg *privé*.'

'Ik heb niet veel keus. Hoewel het goed is dat iedereen kan zien dat een Engels gezicht méér kan dan alleen een geweer vasthouden.' Hij zweeg even. 'U vroeg me gisteren naar mijn politieke mening, nietwaar? Alstublieft – dit is een mening.' Hij lachte.

'Inderdaad,' zei Edgar langzaam. 'Ondanks de verhalen ben ik nog steeds verbaasd.'

'Waarover, als ik vragen mag?'

Edgar keek toe hoe de patiënten langzaam uit de kliniek kwamen gelopen. 'Dat u dit allemaal hebt bereikt. Dat u hier muziek hebt gebracht, medicijnen. Het is moeilijk te geloven dat u nog nooit hebt gevochten.'

Anthony Carroll staarde hem aan. 'Gelooft u dat? U bent tamelijk onnozel, beste kerel.'

'Misschien, maar de mannen op het stoomschip zeiden dat u nog nooit een schot heeft afgevuurd.'

'Dan mag u blij zijn dat u mij in mijn praktijk hebt gezien, en niet bij de ondervraging van gevangenen.'

Er liep een rilling over Edgars rug. 'Gevangenen?'

De dokter liet zijn stem dalen. 'De dacoits staan erom bekend dat ze iemand de tong uitrukken. Ik sta niet boven hun gebruiken... Maar daar moet u niet over inzitten. Zoals u zegt: u bent hier voor de muziek.'

Edgar voelde zich slap worden. 'Ik... Ik dacht niet dat...'

Ze keken elkaar strak aan.

Plotseling brak Carrolls gezicht open in een brede grijns, waarbij zijn ogen twinkelden. 'Een grapje, meneer Drake, een grapje. Ik heb u gewaarschuwd dat u niet over politiek moet beginnen. U moet niet zo serieus zijn. Maakt u zich geen zorgen, iedereen vertrekt met zijn tong nog in zijn mond.'

Hij sloeg de stemmer op zijn rug. 'U was vanmorgen op zoek naar mij,' zei hij. 'Voor de Erard, neem ik aan?'

'Voor de Erard,' antwoordde Edgar zwakjes. 'Maar als dit geen goed moment is, dan begrijp ik dat. Dit is een zware ochtend voor u geweest...'

'Onzin, dit is het perfecte moment. Want is stemmen niet gewoon een andere vorm van genezen? Laten we geen moment meer verliezen. Ik weet dat u hierop hebt gewacht.'

14

De zon stond al hoog boven de berg en het was warm, ondanks de koele bries die speels omhoogkwam vanaf de rivier. Nog steeds een beetje van zijn stuk gebracht keerde Edgar terug naar zijn kamer om zijn gereedschap te halen. De dokter leidde hem via een smal paadje omhoog naar een weg die tussen de gebouwen en de berghelling door liep. Hij was verbaasd dat hij Carrolls grap zo serieus had genomen, maar de gedachte dat hij nu eindelijk de Erard te zien zou krijgen vrolijkte hem op. Sinds zijn aankomst had hij zich afgevraagd waar de piano zou staan, en hij had in open kamers naar binnen gegluurd als hij wandelingen maakte over het terrein. Ze stopten bij een deur, vergrendeld met een zwaar metalen slot. Carroll haalde een kleine sleutel uit zijn zak en maakte de deur open.

De kamer was donker. De dokter liep het vertrek door naar de ramen en opende die. Het uitzicht strekte zich uit over het kamp, tot aan de Salween die langsstroomde, donker en bruin. De piano was afgedekt met een deken gemaakt van hetzelfde materiaal dat hij eerder had gezien bij veel van de vrouwen, versierd met dunne veelkleurige strepen. De dokter verwijderde de deken met een zwierig gebaar. 'Hier is hij dan, meneer Drake.' De Erard stond half in het licht van het raam, het gladde oppervlak van zijn kast bijna vloeibaar tegen de ruwe achtergrond van de kamer.

Edgar liep naar voren en legde zijn hand op de vleugel. Even bleef hij stil staan, keek alleen, en schudde toen zijn hoofd. 'Ongelooflijk,' zei hij. 'Echt... ik ben perplex...' Hij haalde diep adem. 'Ik denk dat een deel van mij het nog steeds niet kan geloven. Ik weet het nu ruim twee maanden, maar ik denk dat ik net zo verrast zou zijn geweest als wanneer ik zó uit de jungle was komen aanlopen en hem dan zou hebben gezien... Het spijt me, ik dacht niet dat het me zo zou aangrijpen. Hij is... schitterend...'

Hij stond bij het klavier. Soms was hij zo geconcentreerd op de technische aspecten van de bouw van een piano dat hij vergat hoe mooi het instrument kon zijn. Veel Erards die in dezelfde periode waren gebouwd, waren rijk versierd met ingelegd hout, bewerkte poten, zelfs een bewerkte klavierklep. Deze was simpeler. Donkerbruin mahoniefineer strekte zich uit naar de gebogen, vrouwelijke poten, zo glad dat ze bijna wellustig waren; nu kon hij begrijpen waarom er mensen in Engeland waren die per se wilden dat pianopoten werden bedekt. De klavierklep was versierd met een dunne, elegante lijn van paarlemoer, die aan weerszijden omkrulde in een boeket bloemen. De kast was glad, monochroom, de structuur alleen terug te vinden in de in elkaar grijpende delen fineer.

Hij zei ten slotte: 'Ik bewonder uw smaak, dokter. Hoe wist u dat u deze moest kiezen? Of juist een Erard?'

'Of juist een piano, zou u moeten vragen.'

Edgar grinnikte. 'Inderdaad. Af en toe heb ik maar oog voor één ding. Het leek zo passend...'

'Nou, ik ben blij dat u er zo over denkt. U en ik denken op dezelfde manier... Een piano heeft iets wat anders is dan andere instrumenten, iets imponerends, iets wat bewondering verdient. Het is een onderwerp van veel discussie geweest onder de Shan, weet ik. Ze zeggen dat het een eer is om te mogen horen dat erop gespeeld wordt. Het is tevens het meest veelzijdige instrument, en ik denk dat bijna iedereen ervan kan genieten.'

'En waarom een Erard?'

'Mijn verzoek was eigenlijk niet zo specifiek. Ik had weliswaar om een Erard verzocht, maar om een ouder model. Misschien heb ik er een genoemd uit 1840, omdat ik ergens had gehoord dat Liszt ooit op zo'n piano heeft gespeeld. Maar het ministerie van Oorlog maakte de keus, of misschien had ik gewoon geluk en was dit de enige die er te koop was. Ik ben het met u eens dat hij schitterend is. Ik hoopte dat u me misschien wat meer over de technische aspecten zou kunnen vertellen.'

'Natuurlijk... maar waar zal ik beginnen? Ik wil u niet vervelen.'

'Ik waardeer uw bescheidenheid, meneer Drake, maar ik ben er zeker van dat u dat niet zult doen.'

'Goed dan... maar zeg het alstublieft als ik dat wél doe.' Hij ging met zijn hand over de pianokast. 'Een Erard-vleugel uit 1840, dokter, gebouwd door Sébastien Erards Parijse atelier, wat het ongewoon maakt, aangezien de meeste Erards die u in Londen aantreft in het Londense atelier zijn gebouwd. Mahoniefineer. Het instrument heeft een dubbel repetitiemechaniek – het mechaniek bestaat uit een samenstel van een aantal hefbomen dat een hamer naar de snaren brengt. Het is zodanig ontworpen dat de hamer kan terugvallen, nadat die de snaren heeft geraakt. Dit repetitiemechaniek was een vernieuwing die is ontwikkeld door Erard, maar tegenwoordig is het standaard bij piano's. Bij een Erard is dit mechaniek heel licht uitgevoerd, vandaar dat de hamers vaker moeten worden gericht. De hamerkoppen zijn gemaakt van afwisselend leer en vilt – veel moeilijker om mee te werken dan de meeste andere piano's, die alleen hamervilt hebben. Voordat ik ernaar ga kijken, durf ik zelfs te wedden dat de intonatie van deze vleugel slecht zal zijn. Ik heb nog geen idee wat de luchtvochtigheid heeft gedaan met het vilt dat om de hamerkoppen zit gespannen.

Hmm... Wat kan ik u verder vertellen, dokter? Twee pedalen, het sustainpedaal en het unacordapedaal. De dempers lopen door tot b-tweegestreept – dat is tamelijk typerend. Erard-dempers bevinden zich onder de snaren en drukken aan door middel van een veer, wat ongewoon is. De meeste pianodempers rusten vanboven op de snaren. Ik zal het weten als ik erin kijk, maar hij zou gietijzeren drukstangen moeten hebben tussen het stemblok en de rand, wat tamelijk gebruikelijk was rond 1840. Het diende om de spanning op te vangen van dikkere stalen snaren die werden gebruikt vanwege hun grotere volume.' Hij raakte het patroon aan dat zich uitstrekte boven het toetsenbord. 'Kijk eens naar de klavierklep, die is met paarlemoer ingelegd.' Hij keek om en zag de verbijsterde blik op Carrolls gezicht, waardoor hij moest lachen. 'Neem me niet kwalijk, ik laat me meeslepen...'

'Ik ben blij te zien dat de piano u bevalt. Ik moet bekennen dat ik me eigenlijk zorgen maakte dat u boos zou worden.'

'Boos? Goeie god, waar zou ik boos over moeten worden?'

'Ik weet het niet, een deel van mij heeft het gevoel dat de toestand van de piano mijn schuld is, dat ik hem in gevaar heb gebracht door hem hierheen te halen, en dat zou een liefhebber van muziekinstrumenten boos kunnen maken. Ik weet niet of u het zich nog herinnert, maar ik heb het ministerie van Oorlog gevraagd om u een envelop te geven, met instructies om die niet te openen.' Hij zweeg even. 'U mag die nu openen. Het is niets bijzonders, alleen de beschrijving over hoe ik de vleugel naar Mae Lwin heb getransporteerd, maar ik wilde niet dat u die zou lezen voordat u had gezien dat hij veilig is aangekomen.'

'Ging die brief daarover? Ik ben inderdaad erg nieuwsgierig geweest. Ik dacht dat het misschien te maken had met de gevaren hier, dat u niet wilde dat mijn vrouw dat zou lezen... Maar de reis van de Erard? Misschien hebt u gelijk, misschien zou ik wel boos moeten zijn. Maar ik ben nu eenmaal een stemmer. Het enige waar ik meer om geef dan om piano's is het repareren ervan. En hoe dan ook: hij staat hier, en nu ik hier ook ben...' Hij maakte zijn zin niet af en keek uit het raam. 'Nou, ik kan geen plaats bedenken die opwindender is en meer zijn muziek waardig. Bovendien kunnen de snaren ongelooflijk misbruik weerstaan, hoewel misschien niet wat dit instrument heeft meegemaakt, al kan ik beslist niet hetzelfde zeggen over de paarlemoeren decoratie. Waar ik me wél zorgen over zou maken is de zon en de luchtvochtigheid, waardoor een piano binnen een paar dagen ontstemd kan raken.' Hij zweeg weer enige tijd. 'Eigenlijk heb ik één vraag, dokter. Ik heb hier nog niet met u over gesproken, en ik kon er ook niets over vinden in uw brieven, maar ik weet niet eens of u al op de piano hebt gespeeld, of wat die al heeft... gepresteerd.'

De dokter legde zijn hand op de Erard. 'Ah, meneer Drake. We hebben daar nog niet over gesproken omdat ik u niet veel te vertellen heb. Er was een viering kort nadat ik de vleugel hierheen had gehaald. Een gebeurtenis die opmerkelijk was zowel vanwege de droefheid als vanwege de vreugde – u zult daarover lezen in mijn brief. Het dorp drong erop aan, en ik gaf daar graag gehoor aan. Ze lieten me uren spelen. Natuurlijk realiseerde ik me toen pas hoe erg de vleugel al ontstemd was. Als iemand van de Shan dat ook doorhad, dan waren ze beleefd, hoewel ik denk dat het instrument op zich al vreemd genoeg voor hen is; stemmen is iets wat hen absoluut niet bezighoudt. Maar ik heb grootse plannen met de vleugel. U had de gezichten van de kinderen moeten zien die kwamen kijken.'

'U heeft daarna niet meer gespeeld?'

'Een paar keer, maar de vleugel was zo dof...'

'Scherp waarschijnlijk, als het zijn eerste keer was in een land met een hoge luchtvochtigheid. Hij is nu dof, door het droge seizoen.'

'Vreselijk scherp dan. En toen ben ik dus gestopt met spelen. Ik kon het bijna niet verdragen.'

'En toch dacht u dat u de piano wel kon stemmen...' zei Edgar, half in zichzelf.

'Pardon, meneer Drake?'

'Nou, iemand die voldoende weet over piano's om een Erard uit 1840 uit te kiezen zou toch ook moeten weten dat die ontstemd zou raken, vooral in de jungle, en dat er een professionele stemmer aan te pas zou moeten komen. Toch dacht u dat u dat zelf wel kon.'

De dokter was even stil. 'Dat is wat ik het leger heb verteld, maar er zijn nog andere redenen. Ik was dolblij dat ze mijn verzoek hadden ingewilligd, en ik was bang om nog meer te vragen. Af en toe is mijn enthousiasme groter dan mijn kundigheid. Ik heb wel eens eerder gezien hoe een piano wordt gestemd, en ik dacht dat ik het eerst zelf kon proberen. Ik dacht dat zoiets, na chirurgie, niet zo moeilijk zou zijn.'

'Ik zal het u vergeven dat u dat heeft gezegd,' zei Edgar luchtig. 'Maar ik kan u wel iets leren over stemmen, als u dat wilt.'

Carroll knikte. 'Natuurlijk, maar niet al te lang. Ik moet u zo alleen laten. Ik heb werk te doen. Bovendien heeft het lang geduurd voordat ik me op mijn gemak voelde met toeschouwers in de behandelkamer. Ik kan me zo voorstellen dat dit nog moeilijker is bij het behandelen van klank.'

'Dit, dokter, zijn mijn instrumenten.' Edgar opende zijn tas en spreidde ze uit over het bankje. 'Ik heb een basisset meegenomen. Dit is een stemhamer, deze smalle schroevendraaiers zijn voor algemeen gebruik, deze speciale dunne schroevendraaier is om het mechaniek af te regelen. Laten we eens kijken... wat nog meer? Een klavierkweltang en een klavierstiftrichter, een buigtang, twee demperkrepijzers, een verenstelhaak, een paralleltang, een dunne pilootreguleerder, speciaal voor Erards, voor het aanpassen van de hamerhoogte – het is onmogelijk om de hamerhoogte aan te passen zonder dit gereedschap. Verder heb ik met leer bedekte keilen voor het stemmen, en rollen pianosnaren van verschillende diktes. Er zit ook nog ander gereedschap bij; deze hier zijn specifiek voor het intoneren: een hamerkopwarmijzer, lijm en allerlei extra intoneernaalden, aangezien die vaak verbogen raken.'

'Intoneren? U gebruikte dat woord daarnet ook al.'

'Sorry, "intoneren" betekent het behandelen van de pianohamerkoppen zodat ze een mooie toon voortbrengen als ze de snaren raken. Ik loop waarschijnlijk op mezelf vooruit. U zei dat u wel eens heeft gezien hoe een piano wordt gestemd?'

'Gezien? Een paar keer, kort. Maar er is me toen geen uitleg bij gegeven.'

'Nou, ik durf te wedden dat u het snel zult leren. Er zijn drie basiselementen bij het stemmen. Meestal beginnen stemmers met afregelen: het reguleren van het mechaniek zodat de hamers op gelijke hoogte zijn en de snaren goed raken en soepel terugvallen, zodat een noot opnieuw kan worden gespeeld. Meestal is dat de eerste stap. Maar ik begin het liefst met een ruwe stemming. Een piano moet meestal diverse keren worden gestemd, aangezien het stemmen van een snaar de druk van de zangbodem verandert, wat invloed heeft op alle andere snaren. Er zijn manieren om dit te voorkomen, maar naar mijn mening is het onmogelijk om de veranderingen te voorspellen. Verder hebben de snaren de neiging wat te verlopen, dus is het beter om pas de volgende dag een tweede poging te wagen. Daarom stem ik ruw, regel af, en stem dan opnieuw – dat is mijn techniek; anderen doen het weer anders. Daarna komt het intoneren, het herstel van het hamervilt zelf. Erard-experts zijn meestal goede stemmers, als ik zo onbescheiden mag zijn; de combinatie van leer en vilt maakt de hamers moeilijker om mee te werken. Er zijn ook nog andere, kleinere klussen. Zo moet ik een manier bedenken om de zangbodem waterdicht te krijgen. Natuurlijk hangt dit allemaal af van wat er aan de hand is.'

'En heeft u enig idee wat er gerepareerd moet worden? Of weet u dat pas als u gaat spelen?'

'Eigenlijk kan ik dat nu al wel ongeveer raden. Ik denk dat het niet veel anders is dan wanneer je voor een onderzoek de medische geschiedenis van een patiënt doorneemt. Ik kan het u wel vertellen, en dan mag u weg.' Hij draaide zich om naar de vleugel en bekeek hem aandachtig.

'Om te beginnen zal er een probleem zijn met de zangbodem, de klankkast. Dat is zeker. Of die al is gebarsten, weet ik niet. Het is een geluk dat de vleugel pas een jaar in Birma is, en dus pas de cyclus van één jaar vochtigheid heeft meegemaakt. Gelukkig kunnen scheuren, zolang ze nog klein zijn, gemakkelijk worden gerepareerd, of zelfs genegeerd – het is niet zo mooi, dat is alles. Grotere scheuren vormen een ernstiger probleem.'

Hij tikte met zijn vingers op de kast. 'De vleugel zal vanzelfsprekend ontstemd zijn, dat hoef ik niet eens te zeggen. Het droge seizoen zal ervoor gezorgd hebben dat de zangbodem is gekrompen, waardoor de snaren losser zijn gaan zitten en de toonhoogte is gedaald. In het ergste geval zal ik de toonhoogte een volle halve toon omhoog moeten stemmen en de piano zeker vierentwintig uur moeten laten rusten voordat ik verder kan gaan met fijnstemmen. Natuurlijk is het probleem dat, als de regens weer komen, de bodem zal uitzetten en de toegenomen spanning ernstige schade zou kunnen veroorzaken. Dat was te verwachten, maar de militairen lijken hier niet bij te hebben stilgestaan. Ik zal over dit probleem moeten nadenken; misschien zal ik iemand hier moeten leren stemmen.' Plotseling stopte hij. 'Mijn god, dat ben ik helemaal vergeten. In het briefje dat u me stuurde in Mandalay, schreef u dat er op de piano was geschoten. Ik kan niet geloven dat ik daar nu pas aan denk. Dat verandert alles. Mag ik alstublieft de schade zien?'

De dokter liep naar de zijkant van de piano en tilde de vleugelklep op. Er steeg een scherpe lucht op uit de piano: onbekend, kruidig en zwaar. 'Neemt u me de lucht niet kwalijk, meneer Drake. Geelwortel. Een van de Shan-mannen kwam met de raad om dat in de piano te stoppen ter bescherming tegen termieten. Dat doet u waarschijnlijk niet in Londen.' Hij lachte. 'Maar het lijkt te hebben gewerkt.'

De klep opende naar het raam toe, waardoor het donker was in de vleugel, en Edgar zag het kogelgat onmiddellijk: een ovale barst in de zangbodem waardoor hij de vloer kon zien. Carroll had gelijk gehad in zijn brief: de kogel had alle drie de snaren van de a-toets van het vierde octaaf laten springen, waardoor ze nu naar achteren gekronkeld lagen in de richting van de stempennen en aanhangstiften, als slierten ongekamd haar. Door de buik geschoten, dacht hij, en even overwoog hij om de dokter de verhalen over de Terreur te vertellen. In plaats daarvan keek hij naar binnen. Er zat een kras op de binnenkant van de klep, in de baan van de kogel, maar geen gat waardoor de kogel er weer uit was gevlogen. Hij had waarschijnlijk niet voldoende snelheid gehad om door de klep te breken. 'Heeft u de kogel eruit gehaald?' vroeg hij, en om die vraag zelf te beantwoorden sloeg hij een toets aan. Er klonk een geratel op de zangbodem. Veel klanten in Londen die hem belden wilden gebruikmaken van zijn diensten vanwege 'een vreselijk lawaai', wat dan een munt of een schroef bleek te zijn die per ongeluk in de vleugel was gevallen en op de zangbodem lag te ratelen als die vibreerde. Hij tuurde in de piano, vond de kogel en pakte hem eruit. 'Een souvenir,' zei hij. 'Mag ik hem houden?'

'Natuurlijk,' zei de dokter. 'Is de beschadiging ernstig?'

Edgar liet de kogel in zijn zak vallen en tuurde weer in de piano. 'Eigenlijk valt het wel mee. Ik zal de snaren moeten vervangen, en ik moet nog eens naar de zangbodem kijken, maar ik denk dat ik hem wel goed krijg.'

'Misschien zou u maar eens moeten beginnen. Ik wil u niet langer van uw werk houden.'

'Dat moest ik inderdaad maar eens doen. Ik hoop dat ik u niet heb verveeld.'

'Nee, niet in het minst, meneer Drake. Het is me een genoegen geweest – heel leerzaam. Ik kan zien dat ik mijn hulp goed heb gekozen.' Hij stak zijn hand uit. 'Veel succes met de patiënt. Roep maar als u iets nodig heeft.' Hij draaide zich om en liep de kamer uit, waarna hij de deur achter zich sloot. De kracht van die beweging zond een trilling door de vloer. Er klonk een zwak getingel door het trillen van de snaren.

Edgar liep om naar het pianobankje. Hij ging niet zitten; hij zei altijd tegen zijn leerlingen dat piano's het best konden worden gestemd als de stemmer stond.

Nu moet ik maar beginnen, dacht hij. Hij sloeg de toets van de centrale c aan. Te laag. Hij probeerde een octaaf lager, en toen de c in de andere octaven. Hetzelfde probleem: allemaal bijna een volle halve toon ontstemd. De discant was zelfs nog erger. Hij speelde het eerste deel uit de vijfde *Engelse Suite*. Zonder de toets met de gesprongen snaren. Hij was altijd wat verlegen over zijn eigen vaardigheid als pianist, maar hij hield van het koele ivoor van het klavier, de soepele bewegingen bij het spelen van een melodie. Hij realiseerde zich dat het inmiddels maanden geleden was dat hij voor het laatst had gespeeld, en hij stopte na een paar maten; de piano was zo ontzettend vals dat het pijn aan zijn oren deed. Hij begreep wel waarom de dokter niet meer wilde spelen.

Zijn eerste taken zouden werkzaamheden zijn die hij 'structurele reparaties' noemde. Bij deze Erard betekende dat het repareren van de gebroken snaren en de zangbodem. Hij liep om de piano heen naar de scharnieren van de klep, verwijderde de scharnierpennen en stopte die in zijn zak. Hij trok aan de klep, liet die langs de bovenkant van de piano glijden tot hij balanceerde op de rand van de kast. Hij zakte door zijn knieën, tilde de klep op en zette hem voorzichtig tegen een van de muren. Nu de klep niet meer in de weg zat, was er voldoende licht om binnen in de piano te werken.

Het was moeilijk om alle schade aan de zangbodem van bovenaf te zien, dus kroop hij onder de piano en inspecteerde de binnenkant. De plaats van de inslag van de kogel was goed zichtbaar. Er liep een scheur langs de nerf van het hout, maar niet langer dan een centimeter of tien. Dit valt mee, dacht hij. Hoewel het gat zou blijven bestaan, kon hij de scheur gemakkelijk repareren door die op te spieën, wat inhield dat hij een houten spie zou aanbrengen. Hij hoopte alleen dat de scheur niet de klank van de piano zou aantasten. Hoewel sommige stemmers beweerden dat opspieën noodzakelijk was om de spanning in de zangbodem te herstellen, meende hij dat zo'n reparatie grotendeels voor het uiterlijk was, voor klanten die geen lange scheuren in de binnenkant van hun piano wilden. Daarom had hij ook niet verwacht dat hij zou moeten opspieën – het leek overbodig gezien de omgeving – en hij had geen schaafje meegenomen om de zangbodem glad te maken. Maar de schoonheid van de Erard maakte dat hij dit opnieuw overwoog.

Er was nog een ander probleem. Opspieën werd meestal gedaan met sparrenhout, maar Edgar had dat niet meegenomen, en hij wist niet of er wel sparren groeiden in het gebied. Hij keek om zich heen in de kamer, en zijn ogen bleven rusten op de bamboewanden. Ik zou de eerste zijn die bamboe zou gebruiken om een piano te repareren, dacht hij met enige trots, en dat hout is zo resonerend dat het misschien zelfs voor een betere klank kan zorgen dan sparrenhout. Bovendien had hij gezien hoe de Birmezen repen van bamboe schilden, wat betekende dat het hout waarschijnlijk kon worden gevormd met een zakmes, en dan zou hij geen schaafje nodig hebben. Het was niet zonder risico's; twee verschillende soorten hout gebruiken betekende dat ze verschillend op de luchtvochtigheid zouden kunnen reageren, waardoor de scheur weer open zou gaan. Maar hij verwelkomde de kans om een vernieuwing in te voeren, en besloot het te proberen.

Eerst moest hij het gat bijwerken, wat bijna een uur kostte. Hij werkte langzaam; de scheuren konden doorlopen en de hele klankbodem beschadigen. Toen hij klaar was, stond hij op en zaagde een stuk bamboe uit de muur. Dat sneed hij op maat, smeerde het in met lijm, en werkte het in het gat. De gebroken snaren gaven hem de gelegenheid om er van bovenaf bij te kunnen, en hij maakte het glad. Dit kostte veel tijd – het mes was klein – en terwijl hij werkte, realiseerde hij zich dat hij naar Carroll had kunnen gaan voor wat hulp, voor een schaafje of een ander, groter mes, misschien voor ander hout. Maar iets weerhield hem daarvan. Het idee beviel hem dat hij gebruik kon maken van de muur van een fort – toch een oorlogsproduct – en die kon veranderen in een onderdeel van het mechaniek van klanken.

Toen hij klaar was met opspieën, begon hij aan de gebroken snaren. Hij verwijderde ze, rolde ze op en stopte ze in zijn zak. Nog een souvenir. In zijn tas vond hij een snaar van de juiste dikte, wond die los en liet hem van de stempen naar de aanhangstift lopen en weer terug. Hij bevestigde de derde snaar aan zijn eigen aanhangstift evenwijdig aan de buursnaren. Toen hij hem afsneed, liet hij een stukje zo breed als zijn hand zitten, wat ongeveer drie slagen om de stempen zou zijn. De snaren waren licht en zilver naast de matheid van hun buren. Bij het stemmen hield hij er rekening mee dat de snaren weer zouden teruglopen.

Toen de snaren en stempennen gedaan waren, liep hij terug naar de voorkant van de piano. Om de toon van de hele piano te verhogen, begon hij in het midden van het klavier en ging vandaar naar buiten, terwijl hij toetsen aansloeg en snaren strakker zette, waarbij hij snel werkte. Toch kostte het nog bijna een uur.

Het was bijna middag toen hij aan de taak van het afregelen begon. Het mechaniek van een piano is complex, legde hij wel uit aan zijn klanten, door de verbinding tussen toets en hamer, en daardoor tussen pianist en klank. Nu verwijderde hij de klavierklep om bij het mechaniek te kunnen komen. Hij stelde de hamers op hoogte, maakte trage opstoterasjes weer lopend en stelde de afval – het moment waarop de opstoter onder de hamer vandaan komt. Tussen het reguleren in nam hij pauzes, waarin hij toetsen bijstelde en het linkerpedaal afstelde. Toen hij eindelijk opstond, stoffig en moe, kon de vleugel bespeeld worden. Hij had geluk gehad dat er geen grote reparaties waren, zoals een gebarsten stemblok. Hij wist dat hij niet het gereedschap had om een dergelijke reparatie uit te voeren. Hij had er geen idee van hoeveel tijd er was verstreken, en realiseerde zich dat pas toen hij wegging en de zon snel zag ondergaan boven het bos.

Het was donker toen hij de dokter aantrof in zijn kantoor. Een half leeggegeten bord met rijst en groenten stond op het bureau. De dokter zat achter een stapel papieren die hij aan het lezen was.

'Goedenavond.'

De dokter keek op. 'Zo, meneer Drake, u bent eindelijk klaar. De kok vond dat iemand u moest gaan halen voor het eten, maar ik vertelde hem dat u niet gestoord wenste te worden. Hij beklaagde zich toen ik hem zei dat hij moest wachten totdat u klaar was, maar gelukkig is hij zelf ook een muziekliefhebber, en ik kon hem ervan overtuigen dat hoe sneller u klaar zou zijn, hoe sneller hij de piano zou kunnen horen.' Hij glimlachte. 'Gaat u alstublieft zitten.'

'Neem me niet kwalijk dat ik me niet even heb gewassen,' zei Edgar, terwijl hij ging zitten op een teakhouten kruk. 'Ik ben uitgehongerd. Ik wilde me meteen na het eten maar wassen en dan naar bed gaan. Ik sta morgen zo vroeg mogelijk op. Maar mag ik u nog iets vragen?' Hij schoof naar voren op de kruk, alsof hij in vertrouwen iets wilde zeggen. 'Ik heb dit al eerder gezegd: ik weet niet of de zangbodem een volgend regenseizoen zal overleven. Niet iedereen zal het hiermee eens zijn, maar ik denk dat we moeten proberen om hem waterdicht te maken. In Rangoon en Mandalay heb ik een verscheidenheid aan houten instrumenten gezien die dezelfde problemen moeten hebben. Weet u wie hier meer over zou kunnen weten?'

'Zeker. Er is een Birmese luitspeler die ooit voor koning Thibaw speelde en een Shan-vrouw heeft in Mae Lwin. Met de val van het hof is hij teruggekeerd om hier te boeren. Soms speelt hij als ik bezoekers heb. Ik zal hem morgen voor u laten halen.'

'Dank u. Het zal niet moeilijk zijn om de onderkant van de zangbodem te schilderen; de bovenkant is moeilijker, omdat je dan onder de snaren moet zien te komen, maar aan de zijkant is wel ruimte, zodat ik daar een doek langs moet kunnen halen met het spul, om die kant ook te bewerken. Ik denk dat dit zal helpen tegen het vocht, hoewel het verre van volmaakt is... O, ik heb nog een vraag; als ik morgen aan de slag ga, dan zal ik iets nodig hebben waarop ik het hamerkopwarmijzer kan verwarmen, een kacheltje of zo. Kunt u dat ook voor me regelen?'

'Zeker – dat is veel gemakkelijker. Ik kan Nok Lek vragen om een komfoor zoals de Shan die gebruiken naar de kamer te brengen. Die kunnen behoorlijk heet worden. Maar het is wel klein. Hoe ziet dat gereedschap eruit?'

'Ook klein. Ik kon hier niet veel mee naartoe nemen.'

'Uitstekend dan,' zei de dokter. 'Ik ben heel blij tot nu toe, meneer Drake. Vertelt u me eens: wanneer verwacht u klaar te zijn?'

'O, morgenavond kan er wel op de vleugel gespeeld worden. Maar waarschijnlijk zal ik langer blijven. Ik kom meestal twee weken na de eerste stembeurt nog een keer langs.'

'Neem zo veel tijd als u wilt. U heeft toch geen haast om terug te keren naar Mandalay?'

'Nee, absoluut niet.' Hij aarzelde. 'U bedoelt te zegen dat ik naar Mandalay moet terugkeren zodra de piano gestemd is?'

De dokter glimlachte. 'We lopen een tamelijk groot risico door een burger toe te staan hier te komen, meneer Drake.' Hij zag hoe de stemmer naar zijn handen keek. 'Ik denk dat u een paar van de redenen begint te ontdekken waarom ik hier nu al zo lang woon.'

Edgar merkte op: 'O, ik ben nauwelijks geschikt om hier echt te wonen! Maar door de conditie waarin de piano nu verkeert, ben ik bang dat hij, als de regens weer komen, scherp zal worden en allerlei stemproblemen zal geven, of misschien zelfs nog ernstigere schade zal oplopen, en dan zal ik over twee weken weer een brief krijgen waarin me wordt verzocht terug te keren naar Mae Lwin om opnieuw een piano te repareren.'

'Natuurlijk, neem uw tijd.' De dokter knikte beleefd en keerde terug naar zijn papieren.

Die nacht kon Edgar niet slapen. Hij lag in de cocon van het muskietennet en liet zijn vingers heen en weer gaan over het pasgevormde eelt op de binnenkant van zijn wijsvinger; stemmerseelt, Katherine, dat is het gevolg van de constante tegenkracht van de snaren.

Hij dacht aan de Erard. Hij had zeker mooiere piano's gezien in zijn leven. Maar hij had nooit eerder iets zoals de Salween gezien, omlijst door het raam, gereflecteerd in de openstaande klavierklep. Hij vroeg zich af of de dokter dit zo had voorzien, of zelfs de kamer had ontworpen met de piano in gedachten. Plotseling herinnerde hij zich de verzegelde envelop waar de dokter het die middag over had gehad. Hij glipte onder het muskietennet vandaan en rommelde door zijn tassen totdat hij hem vond. Weer onder het muskietennet stak hij een kaars aan.

'Aan de pianostemmer, te openen bij aankomst in Mae Lwin, A. C.'

Hij begon te lezen:

23 maart 1886

*Rapport over het transport van een Erard-piano
van Mandalay naar Mae Lwin, de Shan-staten
majoor-arts Anthony J. Carroll*

Mijne heren,

Hierbij meld ik het succesvolle transport en de bezorging van de Erard-vleugel uit 1840, op 21 januari 1886 vanuit Londen verscheept naar Mandalay, en vervolgens verder vervoerd naar mijn kamp. Het volgende is een gedetailleerd verslag van het transport. Excuseer het informele karakter van een deel van deze brief, maar ik vind het noodzakelijk u op de hoogte te stellen van het drama dat zich tijdens deze veeleisende inspanning heeft afgespeeld.

De verscheping van de piano van Londen naar Mandalay is al eerder gemeld door kolonel Fitzgerald. In het kort kan ik hierover mededelen dat de piano werd vervoerd met een P&O-postboot met bestemming Madras en vervolgens Rangoon. De reis verliep betrekkelijk rustig; het gerucht gaat alleen dat de piano uit zijn verpakkingskist werd gehaald en werd bespeeld door een sergeant uit een regimentsband, tot verrukking van de bemanning en passagiers. In Rangoon werd de piano overgebracht naar een ander stoomschip, en in noordwaartse richting over de Irrawaddy vervoerd. Dit is de normale route, en ook nu verliep de passage zonder noemenswaardige gebeurtenissen. Zo arriveerde de piano in Mandalay op de morgen van 22 februari, waar ik in de gelegenheid was om hem persoonlijk in ontvangst te nemen. Ik ben me ervan bewust dat er bepaalde protesten waren omdat ik mijn post had verlaten om naar Mandalay te komen teneinde de piano in ontvangst te nemen, evenals, zo mag ik eraan toevoegen, enige kritiek over de inspanningen, kosten en noodzaak van een dergelijk ongewoon transport. Wat betreft de eerste kritiek kan de staf van de resident getuigen dat ik was opgeroepen voor een vergadering over de recente opstand onder leiding van de monnik U Otama in de staat Chin, waardoor ik dus al in Mandalay was om de piano in ontvangst te kunnen nemen. Tegen de laatste aantijgingen kan ik alleen inbrengen dat dergelijke aanvallen ad hominem van aard zijn, en ik vermoed enige jaloezie bij mijn lasteraars; ik leid immers nog steeds de enige buitenpost in de Shan-staten die niet is aangevallen door opstandige strijdkrachten, en ik heb opvallende vorderingen gemaakt met betrekking tot onze uiteindelijke taak van pacificatie en het tekenen van een verdrag.

Maar ik dwaal af, heren, waarvoor ik u om vergeving vraag. Om het verhaal te vervolgen: we namen de piano in ontvangst in de haven en transporteerden die per paardenkar naar het stadscentrum, waar we onmiddellijk begonnen aan de voorbereidingen voor het verdere vervoer. De route naar ons kamp bestaat in grote lijnen uit twee soorten terrein. Het eerste, van Mandalay naar de voet van de Shan-heuvels, is een vlakke en droge vlakte. Voor dit deel van de reis bestelde ik een Birmese werkolifant, ondanks mijn tegenzin om een dergelijk gevoelig instrument toe te vertrouwen aan een dier dat zijn dagen doorbrengt met het slingeren met boomstammen. Er was een voorstel om er brahmaanse koeien voor te gebruiken, maar er zijn stukken waar het pad te smal wordt voor een paar koeien, en daarom werd besloten dat een olifant beter zou zijn. Het tweede deel van de reis stelde ons voor meer indrukwekkende uitdagingen, aangezien de paden daar te steil en te smal zijn voor zo'n groot dier. Er werd besloten dat we vandaar te voet verder zouden gaan. Gelukkig was de piano lichter dan ik had verwacht en kon hij worden gedragen en getransporteerd door zes mannen. Hoewel ik had overwogen om met een grotere groep te reizen, en misschien zelfs met een gewapend escorte, wilde ik niet dat de plaatselijke bevolking de piano zou associëren met een militair doel. Mijn mannen moesten voldoende zijn; ik kende de route goed en er was maar zelden melding gemaakt van aanvallen door dacoits. We begonnen onmiddellijk aan het vervaardigen van een onderstel waarop we de piano konden vervoeren.

We begonnen onze tocht op de morgen van 24 februari, toen ik klaar was met officiële aangelegenheden op het legerhoofdkwartier. De piano werd geladen op een grote munitiewagen. Die op zijn beurt werd bevestigd aan de olifant, een enorm beest met droevige ogen dat totaal niet onder de indruk leek van haar ongewone vracht. Ze liep flink door; gelukkig was de piano aangekomen in het droge seizoen, en werden we gezegend met uitstekend weer voor onze reis. Als het had geregend, dan denk ik dat de reis onmogelijk zou zijn geweest, met onvoorstelbare schade aan de piano, en een te zware fysieke belasting voor mijn mannen. Zoals de situatie op dat moment was, zou de tocht al moeilijk genoeg zijn.

We liepen Mandalay uit, gevolgd door een rij nieuwsgierige kinderen. Ik was te paard. De sporen in de weg deden de hamers tegen de pianosnaren springen, wat een heerlijke begeleiding was voor de zware tocht. We sloegen voor het eerst ons kamp op bij het invallen van de duisternis. Hoewel de olifant rustig liep, realiseerde ik me dat we, als we eenmaal te voet verder zouden gaan, veel langzamer zouden vorderen. Hier maakte ik me zorgen over; ik was immers al een week weg geweest. Ik overwoog om naar Mae Lwin terug te keren voor de piano uit, maar de mannen hadden de neiging om nogal ruw met het instrument om te springen, en ook al legde ik herhaaldelijk uit hoe kwetsbaar de inwendige delen waren, toch moest ik hun telkens opnieuw zeggen dat ze voorzichtig met de piano moesten omgaan. Gezien de grote inspanningen die het leger zich had getroost om de piano te transporteren, en het belangrijke doel dat het instrument zou gaan dienen, leek het dwaas om het op het spel te zetten door ongeduld, nu we zo dicht bij de eindbestemming waren.

Overal waar we stopten, trokken we de plaatselijke bevolking aan, die rond de piano samendromde en speculeerde over het gebruik ervan. In de eerste dagen van onze trektocht verklaarde ik of een van de andere mannen vaak de functie ervan, en we kregen dan een spervuur van verzoeken om erop te spelen. Zo werd ik in de eerste drie dagen van onze tocht daar niet minder dan veertien keer toe overgehaald. De plaatselijke bevolking was verrukt over de muziek, maar het vele spelen putte me uit, aangezien de mensen zich pas wilden verspreiden als ik hun vertelde dat het instrument 'buiten adem' was, terwijl ik in werkelijkheid natuurlijk de musicus bedoelde. Op de derde dag gebood ik mijn mannen om tegen niemand te vertellen wat de werkelijke functie van de piano was. Tegen iedere nieuwsgierige dorpeling zeiden ze dat het een verschrikkelijk wapen was, met als gevolg dat we meer ruimte kregen voor onze doorgang.

De snelste route naar Mae Lwin is door in noordoostelijke richting naar de Salween te gaan, daar af te dalen naar de rivier en dan over te steken naar ons kamp. Maar door de droogte was de waterstand laag geworden, en omdat ik bang was voor de piano, besloot ik om naar de oever te trekken die recht tegenover Mae Lwin ligt om daar de rivier over te steken. Na drie dagen begon de weg steiler te worden, waar hij zich verheft uit het stroomgebied van de Irrawaddy naar het Shan-plateau. Met tegenzin laadden we de piano van de olifantenwagen en zetten hem over op het onderstel dat we gemaakt hadden naar voorbeeld van de draagstoelen die worden gebruikt bij Shan-feesten – twee parallelle balken voor de mannen om vast te houden met toegevoegde ondersteunende dwarsbalken onder de piano. De piano was zo geladen dat het klavier naar voren wees, aangezien hij zo het best in balans was. De baas van de olifant keerde met haar terug naar Mandalay.

Terwijl het pad steeg, realiseerde ik me dat de beslissing om de piano verder te dragen verstandig was geweest – het pad was veel te verraderlijk om het instrument op de wagen te vervoeren zoals we dat in het laagland hadden gedaan. Maar mijn tevredenheid over deze beslissing werd getemperd door de aanblik van mijn mannen die onder hun last zwoegden, uitglijdend en struikelend om te voorkomen dat de piano tegen de grond zou klappen. Ik had echt medelijden met hen en deed mijn best om hun moreel hoog te houden door ze een feest in Mae Lwin te beloven om de komst van de piano te vieren.

Er gingen dagen voorbij, en we volgden elke dag dezelfde routine. We stonden bij zonsopgang op, ontbeten snel, pakten het onderstel op en vervolgden onze tocht. Het was ongewoon warm en de zon was genadeloos. Ik moet toegeven dat het, ondanks het ongemakkelijke gevoel dat ik had omdat ik mijn mannen liet zwoegen onder een dergelijke last, een adembenemend schouwspel was: die zes mannen druipend van het zweet en de piano glinsterend, zoals die nieuwe driekleurenfoto's die nu zo in de mode zijn in Engeland en af en toe hier op marktplaatsen te zien zijn – de witte tulbanden en broeken, de donkerbruine lijven, de piano diepzwart.

En toen, ongeveer vier dagen vanaf het kamp, met een paar van de steilste stukken nog voor ons, sloeg het noodlot toe.

Op een erg geërodeerd junglepad, terwijl ik vooruitreed en met mijn zwaard inhakte op de overwoekeringen op het pad, hoorde ik een schreeuw en een weergalmende klap. Ik rende terug naar de piano. Het eerste wat ik zag was de piano, en nadat ik de klap had gehoord en had gedacht dat ik die kapot zou aantreffen, was ik even opgelucht. Maar toen ging mijn blik naar de linkerkant van de piano, waar de vijf getatoeëerde lichamen om de zesde man gehurkt zaten. Toen ze mijn aanwezigheid opmerkten, schreeuwden de mannen: '*Ngu!*', of: 'Slang!', en ze wezen naar hun gevallen kameraad. Ik begreep het onmiddellijk. Doordat hij met moeite vooruitkwam, had hij geen oog gehad voor de slang, die waarschijnlijk kwaad was geworden door zijn voetstappen en hem toen in zijn been had gebeten. Hij had de piano losgelaten en was gevallen. De overige mannen hadden hun best gedaan om de Erard in evenwicht te houden en hadden weten te voorkomen dat die tegen de grond was geslagen.

Toen ik de jonge man had bereikt, begonnen zijn oogleden al te zakken, doordat de verlamming had ingezet. Op de een of andere manier was het hem, of een van zijn metgezellen, gelukt om de slang te vangen en die te doden; toen ik daar aankwam, lag die daar dood en gebroken langs het pad. De mannen gebruikten een Shan-woord dat ik niet kende, maar in het Birmees noemde hij het *mahauk*, wat wij kennen als het geslacht *Naja*, of de Aziatische cobra. Maar ik had op dat moment weinig behoefte aan een wetenschappelijk onderzoek. De wond bloedde nog uit twee parallelle diepe sneden. De mannen keken mij aan voor medisch advies, maar we konden weinig doen. Ik hurkte bij de jonge man neer en hield zijn hand vast. Het enige wat ik kon zeggen was: 'Het spijt me', aangezien hem dit was overkomen terwijl hij bij mij in dienst was. De dood door de beet van een cobra is vreselijk; het gif verlamt het middenrif zodat de patiënt stikt. Het duurde een halfuur voordat hij stierf. In Birma zijn er maar weinig slangen buiten de Aziatische cobra die zo snel kunnen doden. Een Shan-middel tegen slangenbeten is de wond af te binden, wat we ook deden (hoewel we allemaal wisten dat dit weinig zou helpen), de wond uit te zuigen (wat ik deed), en een pasta van gestampte spinnen aan te brengen (maar die hadden we niet, en eerlijk gezegd twijfel ik aan de werkzaamheid van dat middel). In plaats daarvan sprak een van de Shan-mannen een gebed uit. Aan de zijkant van het pad verzamelden zich al vliegen op de slang. Sommige kwamen neer op de jonge man, en een van ons sloeg die weg.

Ik wist van de Shan-gebruiken dat we het lichaam niet konden achterlaten in het bos, een daad die bovendien een schending zou zijn van het respect voor een gevallen kameraad, dat naar ik meen ook een van de uitmuntende principes is van onze gewapende strijdkrachten. Maar simpele rekenkunde gaf al het probleem aan om hem de jungle uit te kunnen dragen. Als zes mannen al moeite hadden gehad met de piano, hoe moesten vijf mannen dan de piano plus hun vriend dragen? Dus realiseerde ik me dat ik nu de last zou moeten helpen dragen. Eerst protesteerden de mannen, en ze stelden voor dat een van hen zou terugkeren naar het dichtstbijzijnde dorp om daar nog eens twee dragers in te huren. Maar ik protesteerde; we lagen al een paar dagen achter op het schema van mijn verwachte aankomst in Mae Lwin.

We tilden de jonge man op en legden zijn lichaam boven op de piano. Ik zocht naar touw, maar we hadden niet genoeg om het lichaam goed op de piano te kunnen vastbinden. Toen een van de mannen dat zag, verwijderde hij de tulband van de jonge man en haalde die uit elkaar. Hij bond hem om een van de polsen van de jonge man, haalde de stof onder de piano door, en bond die vervolgens vast om de andere pols. Daarna trok hij de stof er schuin onderdoor en deed hetzelfde met het been ertegenover. Voor het andere been van de jonge man gebruikten we het korte touw. Zijn hoofd was achterovergevallen over het klavier, zijn lange haar nog samengebonden in een staart. We hadden het geluk dat we een manier hadden gevonden om het lichaam vast te maken; we moesten er geen van allen aan denken dat het van de piano zou glijden als we over het pad liepen. Als niemand van de Shan zou hebben voorgesteld om de tulband te gebruiken, dan weet ik niet hoe we door hadden kunnen gaan. Ik moet toegeven dat het idee ook in mij was opgekomen, maar de tulband van een levende Shan verwijderen is een dodelijke belediging. En ik kende niet de gebruiken met betrekking tot een dergelijke dood.

En zo gingen we weer op pad. Ik nam de plaats van de jonge man in aan de linkerkant van de piano, en door dat te doen voelde ik een zekere opluchting onder mijn vrienden, aangezien ik vermoedde dat dit volgens hun bijgeloof nu een vervloekte plaats was. Volgens mijn berekeningen zou het ons nog vier dagen kosten voordat we in Mae Lwin zouden aankomen, als we tenminste in ons eerdere tempo zouden blijven doorgaan. De stank van het lijk zou dan inmiddels afschuwelijk zijn. In mijn hoofd nam ik al de beslissing dat we ook 's nachts door zouden lopen, maar dat vertelde ik niet tegen mijn kameraden, aangezien ik merkte dat ze al erg terneergeslagen waren door de dood van hun vriend. En zo voegde ik me in de driekleurenfoto. We liepen verder, onze vriend met zijn armen gestrekt op de piano, het paard nu vastgebonden achter ons, waar het in een rustig tempo meeliep en af en toe aan de bomen knabbelde.

Wat kan ik andere vertellen over de daaropvolgende uren dan dat die de vreselijkste van mijn leven waren? We struikelden en worstelden onder de last van de piano. De draagstoel drukte op onze schouders. Ik probeerde mezelf te beschermen door mijn hemd uit te trekken en dat opgerold op mijn schouder te leggen, maar het hielp weinig om het geschraap van de planken te verminderen, en mijn huid was al snel kapot en ging bloeden. Ik had medelijden met mijn vrienden, aangezien ze niet één keer hadden gevraagd om iets wat hun last zou kunnen verzachten, en ik zag dat ook hun huid rauw was.

Het pad werd nog slechter. Een van de voorste dragers werd gedwongen om een zwaard in zijn vrije hand te dragen om het pad voor ons vrij te maken. De piano kwam af en toe vast te zitten in klimplanten en takken. Diverse keren vielen we bijna. Boven op de piano begon het lichaam van de jonge man stijf te worden door rigor mortis. Toen hij verschoof leek het alsof zijn armen aan de banden trokken, wat de vluchtige indruk gaf dat hij probeerde te ontsnappen, totdat je weer in de open, lege ogen keek.

Laat op die avond vertelde ik de mannen dat we de hele nacht door zouden lopen. Het was een moeilijke beslissing, aangezien ik zelf het gevoel had alsof ik mijn benen nog nauwelijks op kon tillen. Maar ze protesteerden niet; misschien maakten ze zich net zoveel zorgen om het lijk. En dus, na een korte onderbreking voor het avondeten, laadden we de piano weer op onze schouders. We hadden geluk dat het het droge seizoen was. De hemel was helder, en een halvemaan verlichtte gedeeltelijk ons pad. Maar in de diepere stukken van de jungle liepen we te struikelen in het donker. Ik had maar één kleine lantaarn, die ik aanstak en aan de stof hing waarmee een van de benen van de getroffene was vastgebonden. Het licht bescheen de onderkant van de piano, waardoor het moet hebben geleken alsof die zweefde.

We liepen twee volle dagen. Uiteindelijk, op een avond, riep de voorste man met vermoeide blijdschap dat hij de oever van de Salween door de bomen kon zien. Dat nieuws verlichtte onze last, en we begonnen sneller te lopen. Aan de oever van de rivier riepen we naar de wacht aan de overkant, die zo verbaasd was ons te zien dat hij wegschoot en het pad op rende naar het kamp. We zetten de piano neer op de modderige oever en zegen neer.

Het duurde niet lang voordat een groep mannen zich had verzameld op de oever aan de overkant, zich in een kano perste en naar ons toe peddelde. De schok over het dode lichaam werd alleen verlicht door hun opluchting dat we niet allemaal waren getroffen door hetzelfde lot. Ze hadden lang gevreesd dat we dood waren. Na veel discussie peddelden twee mannen terug over de rivier en kwamen toen weer naar de andere kant met een andere kano. Die werd aan de eerste vastgebonden, en daarop werd de piano gezet, samen met de jonge man. Op deze manier stak de piano de Salween over. Er was op het vlot slechts ruimte voor twee mannen, dus keek ik toe vanaf de andere oever. Het was zonder meer een vreemd gezicht: de piano die in het midden van de stroom dreef, met twee mannen gehurkt eronder, en het lichaam van een derde erbovenop uitgestrekt. Terwijl ze de piano op de oever lieten zakken, deden de lijnen van het lichaam me denken aan *De bewening van Christus* van Rogier van der Weyden, een beeld dat permanent in mijn geheugen gegrift zal blijven.

En zo eindigde onze reis. Er werd een begrafenisplechtigheid gehouden voor de jonge man en twee dagen later was er een feest om de aankomst van de piano te vieren. Daar kreeg ik mijn eerste kans om voor het dorp te spelen, zij het kort, want helaas was de

piano toen al ontstemd, een probleem dat ik zelf zal proberen op te lossen. De piano werd tijdelijk neergezet in de graanschuur, en we maakten haast om te beginnen met de bouw van een aparte muziekkamer. Maar dat is een verhaal voor een volgend verslag.
Majoor-arts Anthony J. Carroll
Mae Lwin, de Shan-staten

Edgar blies de kaars uit en ging liggen. Het was koel in de kamer. Op het dak krasten takken tegen het stro. Hij probeerde te slapen, maar merkte dat hij bleef nadenken over het verhaal, over zijn eigen tocht naar het kamp, over de verbrande velden en de snel stijgende jungle, over de aanval door de dacoits, over hoelang het geleden was sinds hij was vertrokken. Uiteindelijk opende hij zijn ogen en ging rechtop zitten. De kamer was donker, het interieur vaag door het muskietennet.

Hij stak de kaars aan en keek weer naar de brief. Het licht van de vlam wierp zijn schaduw tegen de binnenkant van het net, en hij begon opnieuw te lezen, denkend: misschien moet ik hem naar Katherine sturen, samen met mijn volgende brief aan haar. Hij beloofde zichzelf dat dat snel zou zijn.

Ergens in de loop van de reis van de Erard naar het plateau ging de kaars flikkerend uit.

Hij werd wakker met de brief nog rustend op zijn borst.

Hij nam niet de moeite om zich te scheren of te wassen, maar kleedde zich snel aan en liep regelrecht naar de pianokamer. Bij de deur bedacht hij zich en besloot dat het gepast zou zijn om de dokter goedemorgen te wensen, en hij liep snel de trap af naar de rivier. Halverwege kwam hij Nok Lek tegen.

'Is de dokter aan het ontbijten bij de rivier?'
'Nee, meneer, niet vanmorgen. Vanmorgen is de dokter weg.'
'Weg? Waar is hij dan heen?'

'Dat weet ik niet.'

Edgar krabde over zijn hoofd. 'Dat is vreemd. Heeft hij je dat niet verteld?'

'Nee, meneer Drake.'

'Gaat hij vaak zomaar weg?'

'Ja. Heel vaak. Hij is belangrijk. Als een vorst.'

'Een vorst...' Edgar zweeg even. 'En wanneer verwacht je hem terug?'

'Dat weet ik niet. Dat vertelt hij me niet.'

'Nou dan... Heeft hij een boodschap voor me achtergelaten?'

'Nee, meneer.'

'Vreemd... ik zou toch hebben gedacht...'

'Hij zei dat u de hele dag de piano zou stemmen, meneer Drake.'

'Natuurlijk.' Edgar zweeg weer even. 'Nou, dan ga ik maar eens aan het werk.'

'Zal ik ontbijt naar uw kamer brengen, meneer Drake?'

'Graag, dat zou erg vriendelijk zijn.'

Hij begon het werk van die dag met het intoneren van de hamerkoppen, het repareren van beschadigd vilt, zodat de hameraanslag een goede, zuivere klank zou voortbrengen. Thuis in Engeland wachtte hij vaak tot het fijnstemmen klaar was voordat hij ging intoneren, maar de klank zat hem dwars: die was óf te hard en metaalachtig óf te dof en zacht. Hij prikte in het hardere vilt om het zachter te maken, streek het zachtere vilt met het hamerkopwarmijzer om het te verharden, en vormde de hamerkoppen opnieuw zodat ze een gelijkmatig gebogen oppervlak zouden zijn voor de snaren. Hij testte het intoneren door chromatisch door ieder octaaf te gaan, in gebroken akkoorden, en uiteindelijk door afzonderlijke toetsen aan te slaan, zodat de hardheid diep in het vilt merkbaar was.

Eindelijk was hij klaar om de piano fijn te stemmen. Hij begon een octaaf onder de snaar die was beschadigd door de kogel. Hij stak stemkeiltjes tussen de snaren op een zodanige manier dat de zijsnaren van iedere noot in het octaaf afgedempt werden. Hij sloeg de toets aan, boog zich over de vleugel en draaide de stempen aan. Toen de middelste snaar was gestemd, ging hij verder met de zijsnaren, en toen die noot was gestemd, ging hij een octaaf lager – zoals een bouwer eerst de funderingen van een huis zou leggen, vertelde hij altijd tegen zijn leerlingen – en hij raakte in zijn vertrouwde patroon: het draaien aan de stempennen, het testen ervan, toets stempen toets, een ritme alleen onderbroken door het afwezig slaan naar muggen.

Toen het octaaf zuiver was, richtte hij zich op de noten die ertussen lagen. Het stemmen van de noten binnen het octaaf moest zo gebeuren dat de opeenvolgende noten in gelijke verhouding tot elkaar verdeeld waren over het octaaf, de zogenoemde gelijkzwevende temperatuur. Het was een concept dat veel leerlingen vaak moeilijk te begrijpen vonden. Iedere noot brengt een klank voort met een bepaalde frequentie, zou hij uitleggen, snaren op toon met een ander harmoniseren, terwijl snaren waarbij dat niet was gedaan, door samenklinken een ritmische zweving voortbrengen die wordt ervaren als vals, lichtelijk dissonant. Op een piano die perfect wordt gestemd in een bepaalde toonsoort, zouden geen ritmische zwevingen mogen zijn als er twee noten worden gespeeld. Maar dan is het onmogelijk om piano te spelen in een andere toonsoort. De gelijkzwevende temperatuur was een vernieuwing die ervoor zorgde dat er meer dan één toonsoort kon worden gespeeld op een instrument, wat echter wél inhield dat geen enkele toonsoort perfect gestemd kon worden. Stemmen in gelijkzwevende temperatuur betekende opzettelijk zwevingen creëren, waarbij de snaren nauwkeurig werden gespannen, zodat alleen een geoefend oor kon horen dat ze onontkoombaar een beetje vals waren.

Edgar neuriede zacht terwijl hij werkte. Meestal ging hij volkomen op in het stemmen, een gewoonte die Katherine maar niets vond. Zie je eigenlijk wel iets als je aan het werkt bent? had ze gevraagd kort nadat ze waren getrouwd, leunend over de zijkant van de piano. Wat zou ik moeten zien? had hij geantwoord. Nou gewoon, alles: de piano, de snaren, mij. Natuurlijk zie ik jou, en hij nam haar hand en kuste die. Edgar, alsjeblieft! Alsjeblieft, ik vraag hoe je werkt, ik ben serieus. Zie je iets als je werkt? Natuurlijk. Waarom? Het lijkt haast of je verdwijnt, naar een andere plaats, misschien een wereld van noten. Edgar lachte. Wat een vreemde wereld zou dat zijn, lief. En hij leunde naar voren en kuste haar opnieuw. Maar eigenlijk begreep hij wel wat ze probeerde te vragen. Hij werkte met zijn ogen open, maar als hij klaar was, als hij terugdacht aan de dag, dan kon hij zich nooit één enkel zichtbaar ding herinneren, alleen wat hij had gehoord, een landschap gemarkeerd door klank en timbre, intervallen, vibraties. Dat zijn mijn kleuren.

En ook nu, terwijl hij werkte, dacht hij nauwelijks aan thuis, aan Katherine, aan de afwezigheid van de dokter, of aan Khin Myo. En evenmin merkte hij dat hij toeschouwers had: drie kleine jongens die hem gadesloegen door de spleten in de bamboewand. Ze fluisterden en giechelden, en als Edgar niet zo was opgegaan in het Pythagorese doolhof van klank en mechanieken, en als hij Shan zou hebben gesproken, dan zou hij hebben gehoord dat ze zich afvroegen hoe dit de grote muzikant kon zijn, de man die hun zingende olifant zou repareren. Wat waren die Britten toch vreemde mensen, zouden ze tegen hun vriendjes zeggen. Hun muzikanten spelen alleen, en je kunt niet dansen of zingen op hun vreemde, langzame melodieën. Maar na een uur was het nieuwtje van iemand bespioneren er wel af, en de kleine jongens liepen chagrijnig terug naar de rivier om er te gaan zwemmen.

De dag verstreek. Kort na twaalf uur bracht Nok Lek Edgar zijn lunch: een kom rijstnoedels overgoten met een dikke saus die volgens de jongen was gemaakt van een bepaalde boon, gekruid met stukjes vlees en pepers. Hij bracht ook een pot met plaksel, gemaakt van verbrande rijstvliezen, die Edgar over de onderkant van de zangbodem smeerde voordat hij stopte om te eten. Na een paar happen ging hij weer aan het werk.

In de vroege middag werd het bewolkt, maar het ging niet regenen. De kamer werd vochtig. Hij werkte altijd langzaam, maar was verbaasd over zijn eigen bedaardheid. Een gedachte die hem was gaan bezighouden toen hij aan de piano was begonnen, keerde nu terug. Over een paar uur zou hij klaar zijn met het stemmen en niet langer nodig zijn in Mae Lwin. Hij zou terug moeten naar Mandalay, en dan naar Engeland. Maar dat wil ik toch, zei hij bij zichzelf, want dat betekent dat ik weer thuis zal zijn. De nabijheid van zijn vertrek werd reëler voor hem terwijl hij werkte, zijn vingers rauw van de snaren, de monotonie hypnotiserend, draai, toets, luister, draai, toets, luister, waarbij het stemmen zich over de piano verspreidde als inkt over papier.

Edgar moest nog drie toetsen stemmen toen de wolken openbraken en de zon door het raam scheen, waardoor de kamer verlicht werd. Hij had de klep voor de nacht weer teruggeplaatst, en deed die nu weer omhoog om te kunnen stemmen. Opnieuw zag hij de weerspiegeling van het uitzicht in het gepolitoerde mahoniehout. Hij stond te kijken hoe de Salween door het vierkant van licht stroomde op het oppervlak van de piano. Hij liep naar het raam en staarde uit over de rivier.

Over twee weken moet de piano opnieuw gestemd worden, had hij tegen de dokter gezegd. Wat hij hem niet had verteld was dat, nu de piano gestemd, afgeregeld en geïntoneerd was, het fijnstemmen betrekkelijk gemakkelijk zou zijn. Hij kon het de dokter leren, misschien zelfs een van zijn Shan-assistenten. Hij kon hem vertellen hoe dat moest, dacht hij, en hij kon zelfs de stemhamer achterlaten, zo zou het moeten gaan. En toen dacht hij: ik ben al lang van huis, misschien wel te lang.

Hij kon hem dit wel vertellen, en dat zou hij uiteindelijk ook doen, maar hij herinnerde zichzelf eraan dat het niet nodig was om de dingen te overhaasten.

Bovendien, dacht hij, ben ik nog maar net aangekomen.

15

Dokter Carroll keerde de volgende dag niet terug, zoals de bedoeling was, en evenmin de dag erna. Het kamp leek leeg en Edgar zag noch Nok Lek noch Khin Myo. Hij was verbaasd dat hij nu pas aan haar dacht, dat hij zo was opgegaan in de opwinding die de piano omringde. Hij had haar maar één keer gezien in de paar dagen sinds hun aankomst. Toen was ze langs hem heen gelopen terwijl hij bij de dokter was, had beleefd geknikt en was even blijven staan om iets tegen Carroll te fluisteren in het Birmees. Ze stond dicht bij de dokter toen ze sprak en keek langs hem heen naar Edgar, die snel zijn blik naar buiten richtte, op de rivier. Hij had geprobeerd te ontdekken of er iets was in hun interactie, een aanraking of een gedeelde glimlach. Maar ze boog alleen licht en liep toen sierlijk weg over het pad.

Hij bracht de morgen door met het verrichten van kleine aanpassingen aan de Erard, waarbij hij enkele snaren fijnstemde en een paar stukken op de zangbodem bijwerkte die niet voldoende met hars waren behandeld. Maar al snel kreeg hij genoeg van het werk. De piano was goed gestemd – misschien niet zijn beste werk ooit, bekende hij zichzelf, maar dat kwam doordat hij niet al het benodigde gereedschap had – en er waren weinig andere verbeteringen die nog meer voor de piano zouden kunnen doen, gezien de omstandigheden.

Het was middag toen hij de Erard alleen liet en omlaagwandelde naar de Salween. Bij de rivier stonden een paar mannen op puntige rotsen die in het water uitstaken, waar ze visnetten uitwierpen en gehurkt bleven wachten. Hij legde een deken neer en ging in de schaduw van een wilg zitten kijken hoe twee vrouwen kleren tegen een rots sloegen, naakt op hun hta mains na, die ze hadden opgetrokken en rond hun borsten hadden samengebonden voor de zedigheid. Hij vroeg zich af of dat een Shan-gewoonte was of een gevolg van de invloed van de Engelsen.

Zijn geest dwaalde doelloos af, naar de rivier, over de bergen, naar Mandalay, nog verder. Hij vroeg zich af wat het leger zou vinden van zijn afwezigheid. Misschien was die nog niet eens opgemerkt, dacht hij, want ook Khin Myo was weg, en kapitein Nash-Burnham zit in Rangoon, en hij vroeg zich af: hoeveel dagen ben ik al weg? Hij hoopte dat ze geen contact met Katherine zouden hebben opgenomen, want die zou zich zeker zorgen gaan maken, en hij kon zich alleen troosten met de gedachte dat ze ver weg was, en dat nieuws langzaam werd overgebracht. Hij probeerde te berekenen hoelang hij al weg was van huis, maar was verbaasd te merken dat hij niet eens zeker wist hoelang hij nu in Mae Lwin zat. De reis over het Shan-plateau leek tijdloos, een moment, een caleidoscoop van zilveren tempels en een diepe jungle, modderige rivieren en snel rijdende pony's.

Tijdloos, dacht Edgar, en hij dacht aan de buitenwereld die stilstond. Het lijkt alsof ik Londen pas vanmorgen heb verlaten. Dat idee beviel hem wel. Misschien is dat ook zo, mijn horloge stond stil in Rangoon. In Engeland keert Katherine nu pas terug van de haven. Ons bed houdt nog de verdwijnende warmte van twee lichamen vast. Misschien is het nog warm als ik terugkeer. En zijn gedachten gingen door: op een dag zal ik uit de vallei van de Salween klimmen en over de heuvels teruglopen naar Mandalay, en ik zal nog een avond gaan kijken naar de yokthe pwe, en deze keer zal het verhaal anders zijn, een verhaal van terugkeer, en ik zal de stoomboot stroomafwaarts nemen, en daar zal ik soldaten ontmoeten en tijdens het drinken van gin zal ik mijn verhalen toevoegen aan de hunne. De terugreis zal sneller gaan, want we varen met de stroom mee, en in Rangoon zal ik weer naar de Shewedagon gaan en ik zal zien hoe de baby van de met geelwortel bestrooide vrouw is gegroeid. Ik zal aan boord van een volgende stoomboot gaan, en mijn tassen zullen zwaarder zijn want ik zal cadeaus bij me hebben, zilveren halskettingen en geborduurde stof, en muziekinstrumenten voor een nieuwe verzameling. Op de stoomboot zal ik mijn dagen doorbrengen met staren naar dezelfde bergen die ik ook zag toen ik aankwam, alleen zal ik deze keer aan stuurboord staan. De trein zal net als daarvoor snel door India rijden, hij zal opstijgen vanaf de Ganges als een gebed, de zon zal achter ons opkomen en vóór ons ondergaan, en we zullen hem najagen. Misschien zal ik ergens, op een eenzaam station, het einde van het verhaal van de dichter-wallah horen. Op de Rode Zee zal ik een man ontmoeten, en ik zal hem vertellen dat ik liederen heb gehoord, maar niet die van hem. Op de Rode Zee zal het droog zijn, en de vochtigheid zal uit mijn horloge worden getrokken in onzichtbare dampen, en het zal weer gaan lopen, tikken. Het zal niet later zijn dan op de dag waarop ik ben vertrokken.

Hij hoorde het geluid van voetstappen zijn dagdroom binnenkomen, en draaide zich om. Khin Myo stond in de schaduw van de wilg. 'Mag ik bij u komen zitten?'

'Ma Khin Myo. Wat een aangename verrassing,' zei hij, terwijl hij zich losmaakte uit zijn gedroom. 'Ga alsjeblieft zitten.' Hij maakte ruimte voor haar op de deken. Toen ze was gaan zitten en haar hta main over haar benen had gladgestreken, zei hij: 'Ik dacht vanmorgen nog aan je. Je was ineens verdwenen. Ik heb je nauwelijks gezien sinds we zijn aangekomen.'

'Ik heb u en de dokter alleen gelaten. Ik weet dat u werk te doen hebt.'

'Ik heb het druk gehad, dat weet ik. Maar het spijt me dat ik je zo weinig heb gezien.' Zijn woorden klonken wat stijf, en hij voegde eraan toe: 'Ik heb genoten van onze gesprekken in Mandalay, en op weg hierheen.' Hij wilde nog iets anders zeggen, maar voelde zich plotseling niet op zijn gemak door haar aanwezigheid. Hij was bijna vergeten hoe aantrekkelijk ze was. Haar haar was naar achteren geborsteld en vastgemaakt met een ivoren speld. Haar blouse ruiste licht in de bries die door de wilgentakken gleed. Onder de gedamasceerde rand van de mouwen waren haar armen bloot, en ze hield haar handen samengevouwen op haar hta main.

'Nok Lek vertelde me dat u klaar was,' zei ze.

'Vanmorgen, denk ik, hoewel er toch nog wel wat werk te doen is. De piano was er slecht aan toe.'

'Dokter Carroll vertelde me dat. Ik denk dat hij vond dat dat zijn schuld was.' Hij merkte op dat ze haar hoofd licht van de ene naar de andere kant bewoog als ze een grapje maakte, een gewoonte die hij had gezien bij veel Indiërs. Hij had haar dat al eerder zien doen, maar nu viel het hem extra op. Het was tamelijk subtiel, alsof ze een binnenpretje had dat veel grappiger was, en veel verder ging dan haar woorden suggereerden.

'Ik weet het. Maar dat moet hij niet doen. Ik ben heel tevreden. De piano zal prachtig klinken.'

'Hij zei inderdaad dat u blij leek te zijn.' Ze glimlachte en wendde zich naar hem toe. 'Weet u al wat u nu gaat doen?'

'Nu?'

'Nu u klaar bent. Gaat u terug naar Mandalay?' vroeg ze.

Hij lachte. 'Of ik ga? Ja, natuurlijk – uiteindelijk zal ik wel moeten. Misschien nog niet meteen. Ik wil wachten totdat ik er zeker van ben dat er geen andere problemen zijn met de piano. En daarna is het niet meer dan eerlijk dat ik hem na deze lange reis ook zal horen spelen tijdens een uitvoering. Maar daarna... Ik weet het nog niet precies.'

Ze zwegen allebei en draaiden zich om om naar de rivier te kijken. Vanuit zijn ooghoek zag Edgar haar plotseling omlaagkijken, alsof ze zich geneerde voor een gedachte, en ze liet haar vinger langs de iriserende zijde van haar blouse glijden. Hij wendde zich tot haar. 'Is alles goed met je?'

Ze bloosde. 'Natuurlijk, ik dacht alleen ergens anders aan.' Opnieuw stilte, en plotseling voegde ze eraan toe: 'U bent anders.'

Edgar slikte, geschrokken. Ze had zo zacht gesproken dat hij zich afvroeg of het haar stem was geweest of het geritsel van de takken. 'Sorry?'

Ze zei: 'Ik ben vele uren met u samen geweest, in Mandalay, terwijl we samen reisden. De meeste andere bezoekers zouden me binnen een paar minuten dingen over zichzelf hebben verteld. Maar van u weet ik alleen dat u uit Engeland komt, en dat u bent gekomen om de piano te stemmen.' Ze speelde met de zoom van haar hta main. Edgar vroeg zich af of dat een teken van nervositeit was, zoals een Engelsman zijn hoed in zijn handen zou ronddraaien.

'Het spijt me als ik te direct ben, meneer Drake,' zei ze toen hij geen antwoord gaf. 'Neemt u er alstublieft geen aanstoot aan.'

'Nee, dat doe ik ook niet,' zei hij. Maar hij wist niet goed wat hij moest antwoorden. Hij merkte dat hij verrast was, maar nog meer dat juist zij, die daarvoor zo gereserveerd was geweest, blijk had gegeven van nieuwsgierigheid naar hem. 'Ik ben er niet aan gewend dat iemand meer over mij wil weten. Vooral niet als dat...' Hij maakte zijn zin niet af.

'Een vrouw is?'

Edgar zei niets.

'Het geeft niets als u dat denkt; ik zou het u niet kwalijk nemen. Ik weet wat er allemaal geschreven wordt over vrouwen uit het Oosten. Ik kan jullie tijdschriften lezen en jullie gesprekken volgen, vergeet dat niet. Ik weet wat ze zeggen, ik heb de cartoons in uw kranten gezien.'

Edgar voelde dat hij een kleur kreeg. 'Die zijn vreselijk.'

'Niet allemaal. Vele ervan kloppen wel. Bovendien, afgebeeld worden als een mooi dansend meisje is beter dan als een wilde – zoals jullie kranten onze mannen afbeelden.'

'Rommel, hoofdzakelijk,' hield Edgar vol. 'Ik zou er niet al te veel aandacht aan besteden.'

'Nee, ik vind het niet erg, ik vraag me alleen af, of liever gezegd: ik maak me er zorgen over dat diegenen die hier komen, verwachten dat het overeenkomt met hun voorstelling.'

Edgar schoof ongemakkelijk heen en weer. 'Ik weet zeker dat, als de Engelsen eenmaal hier zijn, ze ontdekken dat dat niet zo is.'

'Of ze veranderen ons simpelweg zodat we wél bij die voorstelling passen.'

'Ik...' Edgar zweeg weer, overweldigd door haar woorden. Hij staarde haar aan, terwijl hij nadacht.

'Het spijt me. Het was niet mijn bedoeling om zo uitgesproken mijn mening kenbaar te maken, meneer Drake.'

'Nee... Nee, dat hoeft helemaal niet.' Hij knikte nu, terwijl er een gedachte in hem opkwam. 'Nee, ik wil echt wel met je praten, maar ik ben een beetje verlegen. Zo ben ik nu eenmaal. Thuis in Londen ook.'

'Dat geeft niet. Ik vind het niet erg om te praten. Ik ben hier af en toe wel eens wat eenzaam. Ik spreek wat Shan, en veel van de dorpelingen spreken wat Birmees, maar we zijn heel verschillend. De meesten hebben nog nooit hun dorp verlaten.'

'Je hebt de dokter...' En onmiddellijk betreurde hij wat hij had gezegd.

'Dat is iets wat ik u liever in Mandalay zou hebben verteld. Al was het maar omdat u het dan niet had hoeven vragen.'

Hij voelde de plotselinge en grote opluchting die naar boven komt als een vermoeden blijkt te kloppen. 'Hij is vaak weg,' zei hij.

Khin Myo keek naar hem op, alsof ze verrast was door zijn

woorden. 'Hij is een belangrijk man,' zei ze.

'Weet je waar hij heen gaat?'

'Waarheen? Nee.' Ze hield haar hoofd schuin. 'Alleen dat hij weg is. Dat gaat mij niet aan.'

'Ik dacht dat dat misschien wel het geval was. Je zei dat je eenzaam was.'

Ze staarde hem deze keer niet aan. 'Dat is anders,' zei ze eenvoudig.

Er klonk droefheid in haar stem, en Edgar wachtte totdat ze weer zou spreken. Maar deze keer zweeg ze. Hij zei: 'Het spijt me. Ik dacht niet na bij wat ik zei.'

'Nee.' Ze keek omlaag. 'U stelt me zo veel vragen. Dat is ook iets wat anders is.' Er ging trilling van de wind door de bomen. 'U hebt iemand, meneer Drake.'

'Dat is zo,' zei Edgar langzaam, opgelucht dat het gesprek niet meer over de dokter ging. 'Ze heet Katherine.'

'Dat is een mooie naam,' zei Khin Myo.

'Ja... Ja, ik geloof van wel. Ik ben er zo aan gewend dat ik er nog nauwelijks bij stilsta. Als je iemand zo goed kent, dan lijkt het bijna alsof die zijn naam verliest.'

Ze glimlachte naar hem. 'Mag ik vragen hoelang u al getrouwd bent?'

'Achttien jaar. We hebben elkaar leren kennen toen ik nog leerling-stemmer was. Ik stemde de piano van haar familie.'

'Ze is vast mooi,' zei Khin Myo.

'Mooi...' Edgar werd getroffen door de onschuld waarmee ze dat zei. 'Ze is... Hoewel we niet meer zo jong zijn.' Hij ging door, onhandig, alsof hij alleen maar de stilte wilde vullen. 'Ze was érg mooi, in ieder geval in mijn ogen... Nu ik zo over haar praat mis ik haar erg.'

'Dat spijt me...'

'Nee, dat geeft niet. Het is eigenlijk geweldig, in zekere zin. Veel mannen die achttien jaar zijn getrouwd, houden niet meer van hun vrouw...' Hij stopte en keek uit over de rivier. 'Ik denk inderdaad dat ik anders ben, maar misschien heb je gelijk, hoewel ik niet weet of ik met mijn woorden hetzelfde bedoel als jij – ik hou van muziek en piano's en het mechanisme van klank, misschien is dat anders. En ik ben een rustig mens. Ik dagdroom te veel... Maar ik moet je daarmee niet lastigvallen.'

'Dat doet u niet. Maar we kunnen ergens anders over praten.'

'Eigenlijk vind ik het ook niet erg. Ik ben alleen verbaasd dat je het zei, dat je iets aan me hebt opgemerkt. Veel vrouwen houden niet van de dingen waarover ik je net heb verteld; Engelse vrouwen houden van mannen die in het leger gaan of die gedichten schrijven. Die dokter worden. Die een pistool goed kunnen richten.' Hij glimlachte. 'Ik weet niet of dit ergens op slaat. Ik heb nooit een van die dingen gedaan. In Engeland leven we nu in een tijd van dergelijke prestaties, van cultuur, van veroveringen. En ik stem piano's zodat anderen muziek kunnen maken. Ik denk dat veel vrouwen me saai zouden vinden. Maar Katherine is anders. Ik heb haar ooit eens gevraagd waarom ze mij koos, terwijl ik zo rustig ben, en ze zei dat ze, als ze luisterde naar muziek, daarin míjn werk kon horen... Dwaas en romantisch, misschien, maar we waren toen nog zo jong...'

'Nee, niet dwaas.'

Ze zwegen. Edgar zei: 'Het is vreemd, ik heb je nog maar net leren kennen, en toch vertel ik je al dingen die ik nooit aan vrienden zou vertellen.'

'Misschien komt het juist doordat u me nog maar net kent dat u me die vertelt.'

'Misschien.'

Ze zwegen opnieuw. 'Ik weet van jou ook maar heel weinig,' zei hij, en de takken van de wilg ritselden.

'Mijn verhaal is kort,' begon ze.

Ze was eenendertig jaar, geboren in 1855 en dochter van een

achterneef van koning Mindon. Edgar keek verbaasd toen ze dat zei, en ze voegde er snel aan toe: 'Dat stelt niet zoveel voor, de koninklijke familie is zo groot dat mijn beetje koninklijk bloed weinig gevaar betekende toen Thibaw op de troon kwam.'

'Je bedoelt toch niet dat je de Britse overheersing verwelkomde?'

'Ik heb veel geluk gehad,' zei ze alleen.

Edgar hield aan. 'Maar veel mensen in Engeland zijn duidelijk van mening dat de koloniën hun eigen regering zouden moeten hebben. In sommige opzichten ben ik geneigd het daarmee eens te zijn. We hebben vreselijke dingen gedaan.'

'Maar ook goede.'

'Ik zou niet verwachten dat een Birmees dat zou zeggen,' zei hij.

'Misschien is het een vergissing van degenen die heersen om te denken dat ze degenen die overheerst worden kunnen veranderen.'

Ze zei dit langzaam, een gedachte als water dat gemorst is en zich nu om hen heen verspreidde. Edgar wachtte totdat ze er meer over zou zeggen, maar toen ze opnieuw sprak, vertelde ze hem dat haar vader haar naar een kleine particuliere school voor de Birmese elite in Mandalay had gestuurd, waar ze een van de twee meisjes in haar klas was. Daar had ze uitgeblonken in wiskunde en Engels, en toen ze de school verliet werd ze aangenomen om Engels te onderwijzen aan leerlingen die maar drie jaar jonger waren dan zijzelf. Ze had lesgeven heerlijk gevonden en was bevriend geraakt met andere docenten, onder wie diverse Britse vrouwen. De directeur in die tijd, een sergeant in het leger die een been was kwijtgeraakt in een gevecht, had haar talent opgemerkt en had ervoor gezorgd dat zij van hemzelf les kreeg in de uren na de gewone lessen. Ze sprak over hem op de manier zoals iemand een verhaal vertelt met een verborgen einde, maar Edgar vroeg er verder niet naar. De sergeant was ziek geworden toen er plotseling gangreen ontstond in de stomp van zijn been. Ze had de school verlaten om voor hem te zorgen. Hij stierf na een paar koortsige weken. Ze was er kapot van geweest, maar ze keerde toch terug naar school. De nieuwe directeur nodigde haar eveneens uit in zijn kantoor na de gewone lesuren, zei ze, terwijl ze haar ogen neersloeg, maar met andere bedoelingen.

Twee weken later werd ze ontslagen. De afgewezen directeur beschuldigde haar ervan dat ze boeken stal en die op de markt verkocht. Ze kon weinig doen om die beschuldigingen te weerleggen, en ze had dat ook niet gewild. Twee van haar vriendinnen waren teruggekeerd naar Engeland met hun echtgenoten, en ze rilde bij de gedachte aan de grijpgrage handen van de directeur. Kapitein Nash-Burnham, die een goede vriend van haar vader was geweest, kwam twee dagen nadat ze was ontslagen naar haar huis. Hij zei niets over de directeur, en ze wist dat hij dat ook niet kon. Hij bood haar een baan aan als huishoudster in het huis waar hun bezoekers konden logeren. Dat huis, zei hij op een warme morgen, staat meestal leeg, dus je kunt er rustig je vrienden uitnodigen, of zelfs lesgeven. Die week trok ze erin, en de week erop begon ze Engelse les te geven aan de kleine tafel onder de papajabomen. Ze woonde daar nu vier jaar.

'En hoe heb je dokter Carroll leren kennen?' vroeg Edgar.

'Net als u: hij was ooit gast in Mandalay.'

Ze bleven de rest van de middag op de rivieroever zitten praten onder de wilgen, en Khin Myo sprak voornamelijk over Birma, over feesten, over verhalen die ze had gehoord toen ze opgroeide. Edgar stelde meer vragen. Ze spraken niet meer over Katherine en evenmin over de dokter.

Terwijl ze daar bij elkaar zaten, passeerden Shan-families hen op weg naar de rivier om er te vissen, te wassen of te spelen in de ondiepe gedeeltes, en als ze het paar al opmerkten, dan zeiden ze niets. Het is niet meer dan vanzelfsprekend dat een bezoeker gastvrij wordt ontvangen; de rustige man die is gekomen om de zingende olifant te repareren is verlegen, en loopt met de houding van iemand die onzeker is over de wereld. Wij zouden hem ook wel gezelschap willen houden om hem het gevoel te geven dat hij welkom is, maar wij spreken geen Engels. Hij spreekt geen Shan, maar hij probeert het wel, hij zegt *som tae-tae kha* als hij langs ons loopt op het pad, en *kin waan* als hij het eten van de kok lekker vindt. *Som tae-tae kha* betekent 'dank u'. Iemand zou hem dat moeten vertellen, want we weten allemaal dat hij denkt dat het 'hallo' betekent. Hij speelt met de kinderen; anders dan alle blanke mannen die hier komen, misschien heeft hij zelf geen kinderen. Hij is rustig, en de astrologen zeggen dat hij op zoek is naar iets, ze weten dit door de positie van de sterren op de dag dat hij aankwam, en omdat er drie grote *taukte*-hagedissen op zijn bed zaten en allemaal naar het oosten wezen en twee keer piepten. De vrouw die zijn kamer schoonhoudt herinnerde zich dat, en ze ging de astrologen vragen wat dat betekende. Ze zeggen dat hij het soort man is dat dromen heeft, maar die aan niemand vertelt.

De schemering viel in en ten slotte zei Khin Myo: ik moet gaan, maar ze zei niet waarom. En Edgar bedankte haar omdat ze hem gezelschap had gehouden. Het was een heerlijke middag, ik hoop je snel weer te zien.

Dat hoop ik ook, zei ze, en hij dacht: hier is niets verkeerds aan. Hij bleef bij de rivier totdat de geur van kaneel en kokosnoot was verdwenen.

Edgar werd midden in de nacht wakker, terwijl zijn tanden klapperden. Het is koud, dacht hij, dit moet de winter zijn, en hij trok nog een deken over zich heen. Hij rilde en viel weer in slaap.

Hij werd opnieuw wakker, zwetend nu. Zijn hoofd was warm. Hij draaide zich om en ging rechtop zitten. Hij liet zijn hand over zijn gezicht gaan en bracht die omlaag, nat van transpiratie. Hij had het gevoel alsof hij niet kon ademen en snakte naar lucht, gooide de deken van zich af en duwde het muskietennet weg. Hij kroop naar buiten, zijn hoofd tollend. Op het balkon haalde hij diep adem, voelde een golf van misselijkheid, moest overgeven. Ik ben toch nog ziek geworden, dacht hij, en hij trok zijn benen op tot zijn kin. Hij voelde hoe zijn zweet opdroogde en koud werd, terwijl de wind kwam opzetten van de rivier. Opnieuw viel hij in slaap.

Hij werd wakker door het gevoel van een hand op zijn schouder. De dokter stond over hem heen gebogen, zijn stethoscoop bungelend om zijn nek. 'Meneer Drake, is alles goed met u? Wat doet u hier buiten?'

Het licht was vaag; het begon dag te worden. Edgar rolde zich kreunend op zijn rug. 'Mijn hoofd...' kermde hij.

'Wat is er gebeurd?'

'Ik weet het niet, de afgelopen nacht was vreselijk, ik had het koud en moest rillen, ik pakte een deken, ik zweette erg.' De dokter legde een hand op zijn voorhoofd.

'Wat denkt u dat er aan de hand is?' vroeg Edgar.

'Malaria. Ik weet het niet zeker, maar daar lijkt het absoluut op. Ik zal naar uw bloed moeten kijken.' Hij draaide zich om en zei iets tegen een Shan-jongen die achter hem stond. 'Ik zal kininesulfaat voor u halen, dat zou u beter moeten maken.' Hij keek bezorgd. 'Kom.' Hij hielp Edgar overeind en leidde hem naar zijn bed. 'Kijk, de dekens zijn helemaal vochtig. U hebt het behoorlijk te pakken. Kom, ga maar liggen.'

De dokter vertrok. Edgar viel in slaap. Er kwam een jongen binnen, die hem wakker maakte. Hij bracht water en een paar kleine pillen die Edgar moest innemen. Edgar viel opnieuw in slaap. Hij werd wakker en het was middag. De dokter zat naast zijn bed. 'Hoe voelt u zich nu?'

'Beter, geloof ik. Ik heb nogal dorst.'

De dokter knikte en gaf hem wat water. 'Dit is het gebruikelijke verloop van de ziekte. Eerst koude rillingen en dan koorts. Daarna begin je te zweten en dan, zoals nu, voel je je vaak plotseling beter.'

'Komt het ook terug?'

'Dat hangt ervan af. Soms doet het zich om de twee dagen voor, soms maar om de drie dagen. Soms komt het vaker terug, of is het minder regelmatig. De koorts is vreselijk. Ik weet het; ik heb zelf ontelbare keren malaria gehad. Ik ga ervan ijlen.'

Edgar probeerde overeind te komen. Hij voelde zich zwak. 'Ga maar slapen,' zei de dokter.

Hij viel weer in slaap.

Hij werd wakker en opnieuw was het donker. Juffrouw Ma, de verpleegster, sliep op een bed bij de deur. Opnieuw voelde hij hoe zijn borst verstrakte. Het was heet, de lucht was bewegingloos, verstikkend. Hij had plotseling de behoefte om de kamer uit te lopen. Hij tilde het muskietennet op en glipte eronderuit. Hij stond daar aarzelend. Hij voelde zich zwak, maar hij kon lopen. Hij ging op zijn tenen naar de deur. De nacht was donker, de maan verborgen achter wolken. Hij haalde een paar keer diep adem, bracht zijn armen omhoog en strekte zich uit. Ik moet lopen, dacht hij, en hij liep zacht de trap af. Het kamp leek leeg. Hij was blootsvoets, en de koelheid van de grond voelde goed aan onder zijn voeten. Hij volgde het pad naar de rivier.

Het was koel op de oever, en hij ging zitten en haalde diep adem. De Salween bewoog zich stil langs hem heen. Ergens vandaan kwam een geritsel, en een zwakke kreet. Het klinkt als een kind, dacht hij, en hij stond op en liep met een angstig gevoel over het zand naar een smal pad dat langs de rivier liep door dichter kreupelhout.

Het geluid werd harder terwijl hij door de struiken bewoog. Aan het einde van het pad ving hij een glimp op van iets wat bewoog op de oever. Hij nam nog twee stappen door het struikgewas en toen zag hij hen, en even bleef hij geschokt stilstaan. Een jong Shan-paartje lag op een zandbank van de rivier. Het haar van de jonge man was boven zijn hoofd vastgebonden, het haar van de vrouw hing los, uitgespreid over het zand. Ze droeg een natte hta main die omhoog was geschoven langs haar lichaam, over haar borsten, maar die een gladde heup onthulde die was besprenkeld met zand en water. Haar armen waren om de rug van de jonge man geslagen, haar nagels grepen in zijn tatoeages en ze bewogen zich stil; het enige geluid kwam van het verschuivende zand en de rivier die tegen vier voeten kabbelde. Ze kreunde opnieuw, harder nu, en haar rug kromde zich, waarbij haar hta main samenvloeide bij haar armen, haar lichaam dat zich wentelde, nat zand dat van haar heupen viel. Edgar liep struikelend weer terug.

De koorts kwam terug, heviger nu. Zijn lichaam schudde, zijn kaak spande zich, zijn armen krulden zich op tegen zijn borst, hij probeerde zijn schouders vast te grijpen, maar zijn handen trilden alleen maar, hij schudde aan het bed en het muskietennet. De waterkom op de tafel rammelde terwijl hij zich bewoog. Juffrouw Ma werd wakker en kwam hem toedekken, maar hij had het nog steeds koud. Hij probeerde haar te bedanken, maar hij kon niet praten. De waterkom op de tafel ratelde naar de rand.

Hij kreeg het weer heet, net als de nacht ervoor. Hij gooide de dekens van zich af. Hij rilde niet langer. Zweet parelde op zijn voorhoofd en druppelde in zijn ogen. Hij rukte zijn hemd uit, dat doorweekt was, zijn dunne katoenen onderbroek plakte tegen zijn benen, en hij vocht tegen de aandrang om ook die uit te trekken. Ik moet me fatsoenlijk gedragen, dacht hij, en zijn lichaam deed pijn en hij liet zijn handen over zijn gezicht gaan om het zweet af te vegen, over zijn borst, zijn armen. Hij draaide zich om, de lakens waren nat en warm, hij probeerde adem te halen en rukte aan het muskietennet. Hij hoorde voetstappen en zag juffrouw Ma naar de waterkom gaan om een doek vochtig te maken. Ze tilde het muskietennet op en drukte de vochtige doek tegen zijn hoofd. Die was koud, en ze liet die over zijn lichaam gaan, en de hitte verdween kort, maar keerde weer terug zodra de doek langs was geweest. Op deze manier verlichtte ze de koorts, maar die brandde nu dieper door. Hij verloor het bewustzijn.

En nu zweeft hij boven het bed, hij kan zichzelf zien liggen. Het water gutst van zijn huid, verzamelt zich, begint te bewegen, het is niet langer zweet maar het zijn mieren die uit zijn poriën kruipen en rondkrioelen. Hij is zwart van de mieren. Hij valt terug in zijn lichaam en hij schreeuwt, slaat de mieren van zich af, ze vallen op het laken en veranderen in kleine vuurtjes, en terwijl hij ze wegveegt worden ze vervangen door nog meer mieren, die uit zijn poriën te voorschijn komen als uit een mierenhoop, niet snel of langzaam, maar onophoudelijk, hij wordt ermee overdekt. Hij schreeuwt en hij hoort geritsel naast zijn bed, er zijn nu allerlei gestalten, hij denkt dat hij ze kent, de dokter en juffrouw Ma, en nog een, die achter de andere twee staat. De kamer is donker en rood, als een vuur. Hij ziet hun gezichten, maar ze zijn wazig en lossen op, en hun monden worden de snuiten van honden, grijnzende bekken, en ze strekken hun klauwen naar hem uit, en overal waar ze hem aanraken voelt dat aan als ijs, en hij schreeuwt en probeert ze weg te slaan. Een van de honden buigt zich naar hem toe en drukt zijn snuit tegen zijn wang, zijn adem stinkt naar hitte en muizen, en zijn ogen branden helder, als glas, en daarin ziet hij een vrouw, en ze zit op de oever van een rivier naar een paar lichamen te kijken, en hij ziet ze ook, de bruine armen die de brede witte rug grijpen, bleek en vies van het zand, gezichten dichtbij en hijgend. Er ligt één boot op het zand, en ze pakt die en begint weg te peddelen, hij probeert overeind te komen, naar nu ligt hij in de greep van de bruine armen en hij voelt een gladheid, een warmte, en hij voelt hoe de snuit zijn lippen uiteen doet, een ruwe tong die in zijn mond glijdt. Hij probeert overeind te komen, maar anderen omringen hem, hij probeert te vechten maar valt achterover, uitgeput. Hij slaapt.

Hij wordt uren later wakker en voelt een koude vochtige doek op zijn hoofd. Khin Myo zit aan zijn bed. Een hand houdt de doek tegen zijn voorhoofd. Hij pakt de andere in de zijne. Ze trekt haar hand niet terug. 'Khin Myo…' zegt hij.

'Rustig, meneer Drake, ga maar slapen.'

16

De koorts verdween tegen de morgen. Het was de ochtend van de derde dag sinds hij ziek was geworden. Hij werd wakker en was alleen. Een lege waterkom stond op de grond naast zijn bed, twee handdoeken hingen over de zijkant ervan.

Zijn hoofd deed pijn. De avond ervoor was een koortsachtig waas, en hij lag op zijn rug en probeerde zich te herinneren wat er was gebeurd. Er kwamen beelden, maar die waren vreemd en verontrustend. Hij draaide zich op zijn zij. Het laken was vochtig en koel. Hij viel in slaap.

Hij werd wakker door het geluid van zijn naam, een mannenstem. Hij draaide zich om. Dokter Carroll zat naast zijn bed. 'Meneer Drake, u ziet er vanmorgen beter uit.'

'Ja, dat geloof ik ook. Ik voel me ook veel beter.'

'Daar ben ik blij om. Het was vreselijk gisteravond. Zelfs ik maakte me zorgen... en ik heb heel wat gevallen meegemaakt.'

'Ik kan me er niets van herinneren. Ik weet alleen nog dat ik u en Khin Myo en juffrouw Ma heb gezien.'

'Khin Myo was niet hier. Dat zal het delirium zijn geweest.'

Edgar keek op van zijn bed. De dokter tuurde naar hem, zijn gezicht streng en uitdrukkingsloos. 'Ja, misschien alleen het delirium,' zei Edgar, en hij draaide zich om en sliep weer.

In de loop van de volgende paar dagen kwam de koorts terug, maar die was niet meer zo erg, en de vreselijke dromen bleven weg. Juffrouw Ma verliet zijn kamer om weer te gaan zorgen voor de patiënten in het ziekenhuis, maar kwam hem in de loop van de dag regelmatig bezoeken. Ze bracht fruit en rijst voor hem mee en een soep die smaakte naar gember en maakte dat hij ging zweten en rillen, terwijl ze hem koelte toewaaierde. Op een dag kwam ze met een schaar om zijn haar te knippen. De dokter legde uit dat de Shan geloofden dat dit hielp bij het bestrijden van ziekte.

Hij begon te lopen. Hij was afgevallen, en zijn kleren hingen nog losser dan anders om zijn magere lijf. Maar meestal rustte hij op het balkon en keek hij naar de rivier. De dokter nodigde een man uit om op een Shan-fluit voor hem te spelen, en hij zat op zijn bed onder het muskietennet en luisterde.

Op een nacht, alleen, dacht hij dat hij het geluid hoorde van de piano waarop werd gespeeld. De klanken zweefden omlaag door het kamp. Hij dacht eerst dat het Chopin was, maar de muziek veranderde, ongrijpbaar, elegisch, een melodie die hij nooit eerder had gehoord.

De kleur kwam terug op zijn gezicht, en hij begon zijn maaltijden weer samen met de dokter te gebruiken. De dokter vroeg hem naar Katherine, en hij vertelde hem hoe ze elkaar hadden leren kennen. Maar meestal luisterde hij. Naar verhalen over oorlogen, over Shan-gebruiken, over mannen die boten voortroeiden met hun benen, over monniken met mystieke krachten. De dokter vertelde hem dat hij een beschrijving van een nieuwe bloem naar de Linnean Society had gestuurd, en dat hij was begonnen met de vertaling van de *Odyssee* in het Shan: 'Mijn favoriete verhaal, meneer Drake, en een waaraan ik een persoonlijke waarde toeken.' Hij was bezig het te vertalen, zei hij, voor een Shan-verhalenverteller die hem had gevraagd om een legende van 'het soort dat 's avonds kan worden verteld, bij het kampvuur'. 'Ik ben nu bezig met het lied van Demodocus. Ik weet niet of u zich dat nog herinnert. Hij zingt over de plundering van Troje, en Odysseus, de grote krijger, huilt, "zoals een vrouw huilt".'

Ze gingen op een avond luisteren naar muzikanten; hun trommels, cimbalen, harpen en fluiten vermengden zich in een chaos van klanken. Ze bleven tot laat op de avond. Toen ze terugkeerden naar hun kamers, ging Edgar weer naar zijn balkon om opnieuw te luisteren.

Na een paar dagen vroeg de dokter: 'Hoe voelt u zich nu?'

'Ik voel me goed. Waarom vraagt u dat?'

'Ik moet weer weg. Het zal niet voor langer dan een paar dagen zijn. Khin Myo zal hier blijven. U hoeft niet alleen te zijn.'

De dokter vertelde Edgar niet wat hij ging doen, en Edgar zag hem niet vertrekken.

De volgende morgen stond hij op en liep naar de rivier om te kijken naar de vissers. Hij stond bij een struik met bloeiende bloemen en keek hoe de bijen tussen de kleurvlekken heen en weer flitsten. Hij speelde voetbal met een paar kinderen, maar werd snel moe en keerde terug naar zijn kamer. Hij zat op het balkon en keek uit over de rivier. Hij keek hoe de zon bewoog. De kok bracht hem zijn lunch, een soep met zoete noedels en knapperig gebakken stukjes knoflook. *Kin waan*, zei hij toen hij het proefde, en de kok glimlachte.

De nacht kwam en hij viel in een heerlijke slaap, waarin hij droomde dat hij aan het dansen was op een feest. De dorpelingen speelden op vreemde instrumenten, en hij bewoog als in een wals, maar wel alleen.

De volgende dag besloot hij aan Katherine te schrijven, eindelijk. Een nieuwe gedachte was hem gaan dwarszitten: dat het leger haar had laten weten dat hij Mandalay had verlaten. Hij moest zichzelf ervan overtuigen dat hun duidelijke gebrek aan belangstelling voor haar voordat hij uit Engeland was vertrokken – wat hem toen boos had gemaakt – inhield dat het nog veel minder waarschijnlijk zou zijn dat ze nu contact met haar zouden opnemen.

Hij haalde pen en papier te voorschijn en schreef haar naam. Hij begon Mae Lwin te beschrijven maar stopte na een paar zinnen. Hij wilde haar het dorp boven de berg beschrijven, maar realiseerde zich dat hij dit alleen nog vanaf een afstand had gezien. Het was nog steeds koel buiten. Een mooi moment voor een wandeling, dacht hij, de lichaamsbeweging zal me goed doen. Hij zette zijn hoed op en trok – ondanks de warmte – het vest aan dat hij meestal droeg tijdens zomerwandelingen in Engeland. Hij liep omlaag naar het midden van het kamp.

Op de open plek kwamen net twee vrouwen omhoog vanaf de rivier met manden vol wasgoed, die de een tegen haar heup droeg, en de ander boven op haar tulband in evenwicht hield. Edgar volgde hen langs het smalle pad dat het bos in dook en beklom de heuvelkam. In de stilte van het bos hoorden de vrouwen zijn voetstappen achter zich, en ze draaiden zich om en giechelden, waarna ze iets tegen elkaar fluisterden in het Shan. Hij tikte tegen zijn hoed. Het bos werd dunner, en de vrouwen beklommen een steile helling, de heuvel op, in de richting van het dorp dat zich uitspreidde aan de andere kant. Edgar volgde, en terwijl ze het dorp binnengingen, draaiden de vrouwen zich opnieuw om en giechelden, en weer tikte hij tegen zijn hoed.

Bij de eerste huizen, die op palen stonden, zat een oude vrouw gehurkt in de deuropening, de gedessineerde stof van haar jurk strak tegen haar knieën. Een paar broodmagere varkens lagen te slapen in de schaduw; ze snoven en draaiden in hun dromen met hun staarten.

Ze rookte een cheroot die zo dik als haar pols was. Edgar begroette haar. 'Goedendag,' zei hij. Ze nam langzaam de cheroot uit haar mond en hield die vast tussen haar knokige, met ringen beladen middel- en wijsvinger. Hij verwachtte half dat ze zou gaan grommen, als een kobold, maar haar gezicht brak open in een brede tandeloze lach, haar tandvlees gevlekt door betel en tabak. Haar gezicht was zwaar getatoeëerd, niet met stevige lijnen zoals bij de mannen, maar met honderden kleine puntjes, in een patroon dat Edgar deed denken aan een cribbagebord. Later zou hij horen dat ze geen Shan was maar Chin, een stam uit het westen, en dat dit te zien was aan haar tatoeages. 'Dag mevrouw,' zei Edgar, en ze stak de cheroot weer tussen haar lippen, waarbij ze diep inhaleerde en haar gerimpelde wangen naar binnen zoog. Edgar moest weer denken aan de alomtegenwoordige reclames in Londen: Cigars de Joy, een van deze sigaretten geeft onmiddellijke verlichting bij de ergste aanval van astma, hoest, bronchitis en kortademigheid.

Hij liep door. Hij kwam langs kleine, droge velden, in een patroon van stijgende terrassen. Het was nu nog de droge periode en het plantseizoen moest nog beginnen; de grond was geploegd en bestond nu uit harde, droge kluiten. De huizen verhieven zich op diverse hoogtes, hun muren als die in het kamp, in elkaar grijpende stukken bamboe gevlochten in geometrische patronen. De weg was verlaten, op wat groepjes stoffige kinderen na, en hij zag veel mensen bij elkaar zitten in de huizen. Het was heet, zo heet dat zelfs de beste waarzeggers niet hadden kunnen voorspellen dat het vandaag de dag zou zijn waarop de regens weer naar het Shan-plateau zouden komen. De mannen en vrouwen zaten met elkaar te praten in de schaduw en konden de Engelsman niet verstaan, die wandelde onder een zon die zo heet was.

Bij een huis hoorde hij gerinkel, en hij bleef staan om te kijken. Twee mannen zaten met ontbloot bovenlijf en in wijde blauwe Shan-broeken gehurkt metaal te hameren. Hij had gehoord over de reputatie van de Shan als bekwame smeden; Nash-Burnham had messen aangewezen op de markt van Mandalay die waren gesmeed door Shan. Waar zouden ze hun metaal vandaan halen, vroeg hij zich af, en hij keek nog eens beter. Een van de mannen was een bout van een spoorwegbiels met een hamer aan het bewerken op een aambeeld. Leg geen spoorlijn aan door een land van hunkerende smeden, dacht hij, en het klonk vreemd als een aforisme, en hij kon er geen diepere betekenis in ontdekken.

Een paar mannen passeerden hem op de weg. Een van hen droeg een enorme breedgerande hoed zoals die wel afgebeeld stonden op ansichtkaarten met arbeiders op rijstvelden, behalve dan dat bij hem de rand omlaagliep over zijn oren, zodat die het gezicht van de man omlijstte als een enorm vogelbekdier. Het is waar, het zijn inderdaad net Schotse Hooglanders, dacht Edgar, die deze vergelijking had gelezen maar nooit had begrepen, totdat hij de brede hoed en de wijde broek zag. Voor hem uit liepen de vrouwen die hij was gevolgd, een ander huis binnen, waar een meisje stond dat een baby vasthield. Edgar stopte om te kijken naar de vlucht van een *mynah*, en zag hoe ze naar hem gluurden vanuit de deuropening.

Even later naderde hij een kring van oudere jongens die *chinlon* speelden. Het was hetzelfde spel dat door de kinderen op de open plek van het kamp werd gespeeld, hoewel het altijd veranderde in voetbal als Edgar probeerde mee te doen. Hier stopte hij om te kijken. Een van de jongens hield de bal naar hem op alsof hij hem wilde uitnodigen om mee te doen, maar hij schudde zijn hoofd en knikte naar hen dat ze door moesten gaan. Opgewonden omdat ze publiek hadden hervatten de jongens serieus hun spel, waarbij ze hun voeten gebruikten om de gevlochten rotan bal in de lucht te houden. Ze tikten, doken en schopten naar achteren, en maakten hoge wervelende radslagen om de bal hoog de lucht in te laten schieten. Edgar stond een poosje naar hen te kijken, tot er een verdwaalde bal in zijn richting vloog en hij zijn been uitstak om die tegen te houden, waarop de bal terugstuiterde in de kring en een van de jongens doorspeelde. De anderen juichten en Edgar, lichtelijk buiten adem en rood van de inspanning, moest wel glimlachen terwijl hij zich boog om het stof van zijn hoge schoenen te slaan. Hij keek naar nog een paar schoppen, maar toen, bang dat hij de volgende keer niet zo goed zou schieten als de bal weer zijn richting uit zou komen, vervolgde hij zijn wandeling.

Hij passeerde al snel een nieuwe rij huizen, waar een groepje vrouwen in de schaduw van een huis bij een weefgetouw zat. Een naakt jongetje zat achter een paar kippen aan over de weg en hield even halt om te kijken naar Edgar terwijl die langsliep; kennelijk was dit nieuwe dier interessanter dan kakelende vogels. Edgar stopte bij het jongetje. Zijn gezicht was helemaal bedekt met thanaka, bleek als een bosgeest.

'Hoe gaat het, kleine man?' zei Edgar, en hij hurkte neer en stak zijn hand uit. Het jongetje staarde hem passief aan, zijn buik gezwollen en stoffig. Ineens begon hij te plassen. 'Aaaii!' Een jong meisje rende de trap van een huis af en pakte het jongetje op en draaide hem een andere kant op, waarbij ze probeerde haar gegiechel te onderdrukken. Toen de jongen ophield met plassen, keerde ze hem weer om en zette hem op haar magere heupen, in een imitatie van de oudere vrouwen. Ze zwaaide met haar vinger naar het kind. Edgar draaide zich om om weg te lopen en zag dat er zich meer kinderen hadden verzameld op de weg achter hem.

Een vrouw leidde een waterbuffel de weg op, en de kinderen gingen uiteen voor het beest, dat vol aangekoekte modder zat. Edgar keek naar het dier, dat met zijn dikke, borstelachtige staart lui naar de vliegen sloeg die op zijn rug neerstreken.

Hij bleef doorlopen, terwijl de kinderen op een afstand volgden. Al snel begon het pad licht te stijgen, en hij had uitzicht over een kleine vallei, bedekt met braakliggende rijstvelden in terrasvorm. Aan de kant van de weg zaten een paar mannen die de brede Shan-grijns lieten zien waaraan hij inmiddels gewend was geraakt. Een van de mannen wees naar de groep kinderen en zei iets, en Edgar antwoordde: 'Ja, veel kinderen', en allebei lachten ze, hoewel ze geen van beiden een woord verstonden van wat de ander had gezegd.

Het was bijna middag, en Edgar merkte dat hij enorm zweette. Hij wachtte even in de schaduw van een kleine graanopslagplaats en keek toe hoe een hagedis opdrukoefeningen deed op een kale steen. Hij nam een zakdoek uit zijn zak en veegde zijn voorhoofd af. Hij had zo veel tijd doorgebracht met het stemmen van de piano en met op zijn balkon zitten dat hij de zon niet had ervaren, evenmin als de droogte. De dode velden trilden in de brandende hitte. Hij wachtte totdat hij dacht dat hij niet meer interessant zou zijn voor de kinderen, zodat ze weg zouden gaan, maar de groep werd alleen maar groter.

Hij liep over een weg die leek terug te leiden naar het kamp. Korte tijd later kwam hij langs een klein altaar waar een grote verscheidenheid aan offergaven was neergezet: bloemen, stenen, amuletten, kommetjes waarvan de inhoud allang was verdampt, droge plakkerige rijst, kleine figuurtjes van klei. Het altaar zelf was gebouwd als een kleine tempel. Zulke altaren had hij ook in het laagland gezien, gebouwd, zo had de dokter uitgelegd, om een geest blij te maken die door de Shan 'de Heer van de Plaats' werd genoemd. Edgar, die zichzelf nooit had beschouwd als een gelovig mens, zocht in zijn zakken naar iets wat hij daar neer kon leggen, maar vond alleen de kogel. Hij keek nerveus om zich heen. Er was niemand anders behalve de kinderen, en hij liep achteruit terug.

Hij vervolgde zijn weg. Ver weg op het pad zag hij een vrouw met een parasol lopen. Het was een beeld dat hij al vele malen had gezien in het laagland, maar nog niet op het plateau; de zon erboven, een eenzame vrouw verborgen onder haar parasol, haar jurk glinsterend in de spiegeling van de weg. De lucht was onbeweeglijk, en hij bleef staan om te kijken naar de dunne lijn van stof die opsteeg van haar voeten. En toen realiseerde hij zich plotseling de ongerijmdheid van het tafereel, omdat Shan-vrouwen, met hun breedgerande hoeden of tulbanden, zelden een parasol droegen.

Ongeveer honderd passen bij haar vandaan herkende hij ineens Khin Myo.

Ze naderde zonder iets te zeggen. Ze droog een mooie rode zijden hta main, en een gestreken witte katoenen blouse hing losjes om haar heen en bewoog in het briesje. Haar gezicht was beschilderd met dikke, gelijkmatige lijnen thanaka en haar haar was naar achteren gekamd en vastgemaakt met een speld van gepolijst teakhout met fijn filigrein. Een paar haarstrengen hadden zich losgemaakt en vielen langs haar gezicht. Ze streek ze weg. 'Ik was naar u op zoek,' zei ze. 'De kok zei dat hij u omhoog had zien lopen naar het dorp. Ik wilde u vergezellen. Een van de Shan-meisjes zei dat de *nwe ni*, die jullie geloof ik *Ipomoea* noemen, net in bloei staan, en ik dacht dat we daar misschien samen naartoe zouden kunnen lopen. Voelt u zich daar goed genoeg voor?'

'Ik denk het wel. Ik geloof dat ik eindelijk beter ben.'

'Daar ben ik blij om, ik maakte me ongerust,' zei ze.

'Ik ook... Ik heb veel gedroomd, vreemde, vreselijke dromen. Ik dacht dat ik jou zag.'

Ze zweeg even. 'Ik wilde niet dat u alleen zou zijn.'

Ze raakte zijn arm aan. 'Kom, laten we gaan wandelen.'

Terwijl ze langzaam over de weg liepen, schuifelde de groep achter hen aan. Khin Myo stopte en keek om naar de kinderen. 'Neemt u uw... hoe zeg je dat, ook mee?'

'Mijn entourage?'

'Een Frans woord, nietwaar?'

'Ik geloof het wel. Ik wist niet dat je ook Frans spreekt.'

'Dat doe ik ook niet. Hooguit een paar woorden. Dokter Carroll vindt het leuk om me de betekenis van woorden te leren.'

'Nou, ik zou graag willen leren hoe ik "Ga naar huis" moet zeggen tegen mijn entourage. Ze zijn leuk, maar ik ben niet gewend aan zoveel aandacht.'

Khin Myo draaide zich om en zei iets tegen hen. Ze gilden en renden een paar passen terug, waarna ze bleven staan om opnieuw te kijken. Khin Myo en Edgar vervolgden hun wandeling. De kinderen volgden niet meer.

'Wat heb je ze verteld?' vroeg Edgar.

'Ik zei dat Engelsen Shan-kinderen opeten,' antwoordde ze.

Edgar glimlachte. 'Waarschijnlijk niet het soort propaganda dat wij willen,' zei hij.

'O, integendeel. Een aantal van de bekendste Shan-geesten eet kinderen. En die geesten werden al aanbeden lang voordat u arriveerde.'

Ze liepen verder en volgden een pad dat over een kleine heuvel omhoogging. Ze passeerden een huis waarin volgens Khin Myo een oude vrouw woonde die het boze oog had, en ze waarschuwde Edgar voorzichtig te zijn. Ze zei dat met een zekere speelsheid, een luchthartigheid, en het gevoel van melancholie dat de herinnering aan hun gesprek bij de rivier hem had gegeven leek ver weg. Ze gingen een klein bos in en begonnen de heuvel te beklimmen. De bomen werden dunner, en om hen heen zagen ze nu dat de grond was bedekt met vlekken bloemen.

'Zijn dit de bloemen die je zocht?' vroeg Edgar.

'Nee, er is een wei aan de andere kant van de heuvelkam. Kom.'

Ze bereikten de top van de heuvel en keken uit over een vlakte met grote struiken, bedekt met donkerrode en zalmkleurige bloemen.

'O, wat prachtig!' riep Khin Myo uit, en ze rende op een kinderlijke manier het pad af. Edgar glimlachte en volgde haar in een wandeltempo maar ineens, in een reflex, begonnen ook zijn benen te rennen. Min of meer. Khin Myo stopte en draaide zich om, en ze wilde iets zeggen. Edgar probeerde te stoppen, maar de neerwaartse beweging van de heuvel belette hem dat, en hij maakte een huppel, één keer, twee keer, waarna hij uiteindelijk voor haar tot stilstand kwam. Hij was buiten adem, zijn gezicht rood en opgewonden.

Khin Myo keek naar hem en trok een wenkbrauw op. 'Was u net aan het huppelen?' vroeg ze.

'Huppelen?'

'Volgens mij zag ik u net huppelen.'

'Nee, echt niet, ik rende alleen te snel en kon niet meer stoppen.'

Khin Myo lachte. 'Ik geloof toch echt dat ik u zag huppelen! Meneer Drake toch...' Ze glimlachte. 'En kijk nu eens: u bloost.'

'Ik bloos niet!'

'Echt waar. Kijk, u krijgt op dit moment een kleur!'

'Dat komt door de zon; dat gebeurt nu eenmaal als Engelsen in de zon lopen.'

'Meneer Drake, ik geloof niet dat zelfs een *Engelse* huid zo snel kan verbranden onder een hoed.'

'De inspanning dan. Ik ben geen jonge man meer.'

'De inspanning, juist ja, meneer Drake.' En opnieuw raakte ze zijn arm aan. 'Kom, laten we naar de bloemen gaan kijken.'

Het was niet het soort wei waar Edgar aan gewend was, niet de zachte bedauwde velden die hij kende van het Engelse platteland. Deze wei was droog, en de stengels en struiken explodeerden door de harde bodem heen met honderden bloemen in onvoorstelbare kleuren, want een man die is opgeleid om het verschil in klanken te kennen, zal niet altijd subtiel onderscheid kunnen maken bij wat hij ziet. 'Ging het maar regenen,' zei Khin Myo, 'dan zouden er nog meer bloemen zijn.'

'Ken je de namen?' vroeg hij.

'Maar een paar. Ik weet meer van de bloemen in het laagland. Maar dokter Carroll heeft me er een aantal geleerd. Dit is kamperfoelie. En dat is een soort sleutelbloem, die ook in China voorkomt. En dat is hertshooi, en dat zullen wel wilde rozen zijn.' Ze plukte er een terwijl ze liep.

Van over de heuvel hoorden ze gezang, en een jong Shanmeisje kwam te voorschijn, eerst haar hoofd, alsof ze zonder lichaam was, toen haar bovenlijf, en vervolgens haar benen en voeten, die langs het pad klepperden. Ze liep snel en boog haar hoofd als blijk van respect. Tien stappen verder op het pad draaide ze zich om om weer naar hen te kijken, versnelde toen haar pas en verdween achter een helling.

Noch Edgar noch Khin Myo zei iets, en Edgar vroeg zich af of Khin Myo had opgemerkt wat er lag besloten in de blik van het jonge meisje, wat het betekende dat zij tweeën daar alleen waren in die wei vol bloemen. Uiteindelijk schraapte hij zijn keel. 'Misschien krijgen ze een verkeerd idee als wij hier samen alleen zijn,' zei hij, en meteen wenste hij dat hij niets had gezegd.

'Wat bedoelt u?'

'Neem me niet kwalijk, laat maar.' Hij keek naar haar. Ze stond heel dicht bij hem, en een windje van over de wei vermengde de geur van bloemen met die van haar parfum.

Misschien voelde ze zijn ongemakkelijkheid, want ze vroeg het niet opnieuw, maar hief de bloemen naar haar neus en zei tegen hem: 'Kom, ruik eens, er is niets wat hiermee vergeleken kan worden.' En langzaam liet hij zijn hoofd zakken naar dat van haar, en alleen de geur van bloemen hing in de lucht tussen hun lippen. Hij had haar nog nooit van zo dichtbij gezien, de details van haar irissen, de opening tussen haar lippen, het fijne poeder van de thanaka die over haar wangen liep.

Uiteindelijk keek ze op en zei: 'Het begint laat te worden, meneer Drake. U bent pas ziek geweest. We kunnen beter teruggaan. Misschien is dokter Carroll er al.' En ze wachtte niet tot hij zou antwoorden, maar trok een dagbloem uit haar boeket en reikte achter haar hoofd om de bloem in haar haar te steken. Ze begon terug te lopen naar het kamp.

Edgar bleef lang genoeg staan om haar te zien wegwandelen, en liep toen ook het pad af achter haar aan.

Dokter Carroll kwam die middag niet terug, maar na zes maanden droogte op het Shan-plateau deed de regen dat wél. Hij overviel hen tweeën terwijl ze het pad af liepen, en ze begonnen samen te rennen, lachend, grote warme druppels die door de lucht vlogen met de kracht van hagelstenen. Binnen een paar minuten waren ze doorweekt. Khin Myo rende voor hem uit met haar parasol aan haar zijde, haar haren zwaaiend door het gewicht van het water. De dagbloem bleef maar kort zitten, werd even vastgehouden door de kracht van de regendruppels, maar werd er toen door meegevoerd en dwarrelde naar de grond. Met een alertheid die hem verbaasde en zonder de waanzinnige modderige ren af te breken, bukte Edgar zich even en pakte de bloem op.

Aan de rand van het dorp renden ze door groepen mensen die van de rivier kwamen om te ontkomen aan de plotselinge stortbui, waarbij iedereen lachte, het hoofd bedekte en schreeuwde. Voor iedere vrouw die rende voor beschutting, om haar zorgvuldig vastgemaakte tulband te beschermen, kwamen twee kinderen naar buiten gerend in de regen, om te dansen in een groter wordende plas op de open plek. Edgar en Khin Myo vonden uiteindelijk beschutting, vóór haar kamer. Het water gutste over de rand van het dak en viel als een gordijn omlaag, dat hen scheidde van het geschreeuw dat het kamp vervulde.

'U bent doorweekt,' lachte Khin Myo. 'Moet u uzelf eens zien.'

'Maar jij ook,' zei Edgar. Hij keek naar haar, haar lange zwarte haar tegen haar hals geplakt, haar lichte blouse tegen haar lichaam. Hij kon haar huid zien door de doorschijnende stof heen, en de contouren van haar borsten drukten tegen het katoen. Ze keek op naar hem en veegde nat haar uit haar gezicht.

Hij stond even naar haar te kijken en een moment hield ze zijn blik vast, en in de diepe holten van zijn borst voelde hij iets bewegen, een verlangen, dat ze hem in haar kamer zou uitnodigen, zodat hij zich kon afdrogen, natuurlijk, en hij zou nooit om méér vragen. Alleen afdrogen, en dan in de duisternis van de kamer, geurend naar kokosnoot en kaneel, het verlangen dat misschien hun handen langs elkaar zouden strijken, eerst toevallig, dan opnieuw, misschien gedurfder, doelbewust, dat hun vingers elkaar zouden ontmoeten en zich in elkaar zouden vlechten en dat ze daar even zo zouden blijven staan, voordat zij zou opkijken en hij omlaag zou kijken. En hij vroeg zich af of zij hetzelfde dacht, terwijl ze daar zo buiten stonden en de koelheid van het water op hun huid voelden.

En misschien had het zo kunnen zijn, als Edgar had gehandeld met de spontaniteit van de regen, als hij zich naar haar toe had bewogen met dezelfde onverschrokkenheid als waarmee water valt. Maar niet nu. Dit is te veel voor een man wiens leven wordt bepaald door het scheppen van orde, zodat anderen schoonheid kunnen creëren. Je kunt niet van iemand verwachten dat hij zijn eigen regels gaat overtreden. En dus, na een lange stilte, terwijl ze allebei naar de regen staan te luisteren, kraakt zijn stem als hij zegt: 'We kunnen ons maar beter gaan omkleden. Ik moet op zoek naar droge kleren.' Vluchtige woorden, die tegelijk weinig en veel betekenen.

Het regende de hele middag en de hele nacht. De volgende morgen, toen de lucht begon op te klaren, keerde dokter Anthony Carroll terug naar Mae Lwin, nadat hij de hele nacht door de regen had gereden, zich haastend door de hevige bui samen met de afgezant van de Shan-vorst van Mongnai.

17

Edgar zat op het balkon en keek naar het schuimende water van de Salween-pas, toen hij hoefslagen hoorde. De ruiters kwamen het kamp in gestoven: dokter Carroll, gevolgd door Nok Lek en een derde man, die hij niet herkende.

Een groep jongens rende naar buiten om de mannen te helpen met afstijgen. Zelfs vanaf een afstand kon Edgar zien dat ze doorweekt waren. De dokter nam zijn tropenhelm af en stak die onder zijn arm. Hij keek op en zag de pianostemmer voor zijn kamer staan. 'Goedemorgen, meneer Drake,' riep hij. 'Komt u alstublieft naar beneden. Ik wil u aan iemand voorstellen.'

Edgar duwde zich uit zijn stoel en liep omlaag naar de open plek. Toen hij bij het groepje aankwam, hadden de jongens de pony's al weggevoerd, en Carroll veegde zijn handschoenen af. Hij droeg een rij-jasje en puttees die waren bespat met modder. Een vochtige cheroot hing smeulend tussen zijn lippen. Zijn gezicht was rood en vermoeid. 'Ik zie dat u mijn afwezigheid hebt overleefd.'

'Ja, dokter, dank u. De regen is gekomen. Ik heb nog wat gewerkt aan de piano. Ik denk dat hij nu goed gestemd is.'

'Uitstekend, uitstekend, meneer Drake. Dat is precies wat ik wilde horen, en ik zal zo uitleggen waarom. Maar laat me u eerst voorstellen aan Yawng Shwe.' Hij wendde zich tot zijn metgezel, die licht boog voordat hij zijn hand uitstak. Edgar schudde die.

'U ziet dat hij bekend is met onze gewoontes,' zei Carroll over de bezoeker.

'Aangenaam kennis met u te maken,' zei Edgar.

'Hij spreekt geen Engels. Hij kent alleen onze gewoonte van het handen schudden,' zei Carroll droog. 'Yawng Shwe is hier als afgezant van de sawbwa van Mongnai. U zult wel van die staat gehoord hebben. Hij ligt in het noorden. De Shan-vorst – de sawbwa – van de staat Mongnai is traditioneel een van de machtigste in de staten aan deze kant van de Salween. We hebben snel gereden om hier te zijn, omdat de sawbwa morgen een bezoek zal brengen aan Mae Lwin, en ik heb hem uitgenodigd om hier in het kamp te komen logeren. Het is zijn eerste bezoek hier.' De dokter zweeg even. 'Kom,' zei hij, terwijl hij zijn natte haar uit zijn gezicht veegde. 'Laten we iets gaan drinken voordat we verder praten. We zijn volkomen uitgedroogd door een nacht rijden. Ondanks al die regen.'

De vier mannen gingen de helling op en liepen in de richting van het hoofdkwartier. Aan Edgars zijde nam Carroll opnieuw het woord. 'Ik ben heel blij dat de piano klaar is. Het ziet ernaar uit dat we die eerder nodig hebben dan we dachten.'

'Sorry?'

'Ik zou graag willen dat u voor de sawbwa gaat spelen, meneer Drake.' Hij zag dat Edgar iets wilde zeggen, maar was hem voor. 'Ik zal het later allemaal uitleggen. De sawbwa is een begaafd musicus, en ik heb hem veel over de piano verteld.'

Edgar bleef stilstaan. 'Dokter,' protesteerde hij, 'ik ben geen pianist. Ik heb u dat al vele malen verteld.'

'Onzin, meneer Drake. Ik heb u horen spelen terwijl u stemde. Misschien bent u niet klaar voor een Londense concertzaal, maar u bent meer dan geschikt om te spelen in de jungle van Birma. En bovendien hebben we geen andere keus. Ik heb hem verteld dat u speciaal voor hem bent gekomen, en ik moet bij de sawbwa zitten om de muziek toe te lichten.' Hij legde zijn hand op de schouder van de stemmer en richtte zijn blik strak op hem. 'Er staat veel op het spel, meneer Drake.'

Edgar schudde opnieuw zijn hoofd, maar de dokter gaf hem geen kans meer om iets te zeggen. 'Ik ga er nu voor zorgen dat onze gast zich hier op zijn gemak zal voelen. Ik zie u straks in uw kamer.' Hij riep iets in het Shan tegen een jongen die bij de deur stond van het hoofdkwartier. De afgezant van de sawbwa lachte en de beide mannen verdwenen naar binnen.

Edgar ging naar zijn kamer om daar op de dokter te wachten. Hij liep nerveus heen en weer. Dit is belachelijk. Ik hoef geen deel uit te maken van zijn spelletjes. Hiervoor ben ik niet gekomen. Ik heb hem vele malen verteld dat ik niet speel. Hij is al net als Katherine, ze begrijpen dit niet.

Hij wachtte. Een uur verstreek, en toen misschien twee, hoewel hij dat niet zeker wist, en hij kon zelfs niet toegeven aan zijn gewoonte om op het kapotte horloge te kijken, omdat hij dat onlangs had afgedaan en in zijn tas had gestopt.

Nog een uur. Langzaam begon zijn angst te verdwijnen. Misschien was de dokter van gedachten veranderd, concludeerde hij. Hij heeft er nog eens over nagedacht en weet nu dat het een onzalig idee is, dat ik niet klaar ben voor een dergelijk optreden. Hij wachtte, er steeds meer van overtuigd dat dit zo was. Hij liep naar het balkon, maar kon alleen de vrouwen bij de rivier zien.

Eindelijk hoorde hij voetstappen op de trap, maar het was een van de bedienden. 'Dokter Carroll geeft u dit,' zei de jongen, en hij overhandigde hem een briefje terwijl hij boog.

Edgar opende de brief. Die was geschreven op Shan-papier, net als alle andere die hij had gezien, maar het handschrift was slordig, gehaast.

Meneer Drake,

Mijn excuses dat ik niet zoals beloofd naar u toe ben gekomen. De gezant van de sawbwa vergt meer aandacht dan ik had verwacht en helaas zal ik niet in de gelegenheid zijn om met u te praten over uw optreden. Mijn enige verzoek is dit: zoals u weet is de sawbwa van Mongnai een van de leiders van de Limbin Confederatie, waarmee de Britse strijdkrachten onder bevel van kolonel Stedman de afgelopen twee maanden in oorlog zijn. Ik hoop een voorlopig verdrag met de sawbwa te kunnen sluiten als hij in Mae Lwin is en, wat belangrijker is, ik wil hem verzoeken om een vergadering te beleggen met de Confederatie. Ik wil u alleen vragen om een stuk uit te kiezen en te spelen dat bij de vorst gevoelens van vriendschap zal losmaken en hem zal overtuigen van de goede bedoelingen van onze voorstellen. Ik heb *het allergrootste vertrouwen* in uw vermogen om een stuk te kiezen en uit te voeren dat geschikt is voor deze gelegenheid.

A. C.

Edgar keek op om tegen iemand te protesteren, maar de jongen was verdwenen. Toen hij uitkeek over het kamp, was dat leeg. Hij vloekte.

Hij bracht de nacht door in de pianokamer, op het bankje, waar hij nadacht, begon met stukken en er weer mee ophield. Nee, dit is niet goed, ik kan dit niet spelen, waarna hij weer ging nadenken en opnieuw begon. Gedachten over wat hij zou moeten spelen, afgewisseld met vragen over wat de bedoeling van het bezoek was, wie de sawbwa was, en wat de dokter beoogde met de muziek, met de bijeenkomst. Hij stopte ergens in de vroege uurtjes van de morgen, toen hij zijn armen op het klavier legde en met zijn hoofd op zijn armen in slaap viel.

Het was middag toen hij wakker werd met de indruk dat hij in slaap was gevallen in zijn atelier in Engeland. Terwijl hij terugliep naar zijn eigen kamer, was hij er verbaasd over dat het kamp in één nacht tijd een metamorfose had ondergaan. Het pad was schoongeveegd van de rommel die was blijven liggen na de regen, en was nu bedekt met verse houtspaanders. Er hingen vaandels aan de huizen die wapperden in het licht van de dageraad. Het enige teken van de Britse aanwezigheid was de vlag buiten het hoofdkwartier, dat nu was omgetoverd tot een eetzaal. Die vlag leek er absoluut niet op zijn plaats, dacht hij. Hij had hem nooit eerder in het kamp gezien, wat nu vreemd leek – tenslotte was het een Brits fort.

Hij keerde terug naar zijn kamer en wachtte tot de vroege avond, toen een jongen op zijn deur klopte. Hij waste zich en kleedde zich aan, en de jongen leidde hem de trappen op naar het hoofdkwartier, waar een wacht hem vertelde dat hij zijn schoenen moest uittrekken voordat hij naar binnen ging. Daar waren de tafels en stoelen vervangen door kussens die waren neergelegd op de grond voor lage rieten tafels. Het was rustig in de zaal; de sawbwa en zijn gevolg waren nog niet gearriveerd. Hij werd door de ruimte geleid naar de plaats waar dokter Carroll en Khin Myo zaten. De dokter droeg Shan-kleding: een elegant wit katoenen jasje boven een paso van iriserend purper. Hij zag er vorstelijk uit, en Edgar moest terugdenken aan de dag waarop hij was aangekomen, hoe Carroll bij de rivier had gestaan, net zo gekleed als zijn mannen. Sindsdien had Edgar hem alleen nog in Europese kleding gezien, of in legerkaki.

Er was een onbezet kussen tussen hen tweeën. De dokter was diep in gesprek met een oudere Shan-man die een paar plaatsen verderop zat, en hij gebaarde naar Edgar om te gaan zitten. Khin Myo sprak tegen een jongen die gehurkt aan haar zijde zat, en Edgar sloeg haar gade terwijl ze sprak. Haar blouse was van zijde, en haar haar leek donkerder, alsof ze net in bad was geweest.

In haar haar droeg ze dezelfde teakhouten speld die ze ook tijdens de wandeling had gedragen. Toen de jongen uiteindelijk was weggegaan, boog ze zich naar Edgar en fluisterde: 'Hebt u voorbereid wat u wilt gaan spelen?'

Edgar glimlachte zwakjes. 'We zien wel.' Hij keek om zich heen in de zaal. Die was bijna niet te herkennen als de kleurloze kliniek of het kantoor waaraan hij gewend was. In iedere hoek brandden toortsen, die de ruimte vervulden met licht en de geur van wierook. De muren waren bedekt met kleden en huiden. Verspreid over de ruimte stonden bedienden, van wie Edgar er velen herkende, maar sommigen niet. Ze waren allemaal gekleed in mooie wijde broeken en blauwe hemden, hun tulbanden schoon en onberispelijk samengebonden.

Er klonk een geluid bij de deur, en er viel een stilte over de zaal. Een grote man in een glinsterend gewaad kwam binnen. 'Is dat hem?' vroeg Edgar.

'Nee, wacht. Hij is kleiner.' En terwijl ze dat zei, kwam een korte, plompe man in een extravagant met lovertjes versierd gewaad de ruimte binnen. De Shan-bedienden bij de deur lieten zich op de grond vallen en bogen voor hem. Zelfs Carroll boog, en Khin Myo, en vluchtig opzij kijkend om te zien hoe de dokter het deed boog ook Edgar. De sawbwa en zijn hofstoet liepen door de zaal totdat hij bij het onbezette kussen naast Carroll was gekomen. Ze gingen zitten. Ze waren allemaal gekleed in dezelfde uniformen, geplooide hemden met sjerpen, hun hoofden bedekt met helderwitte tulbanden. Allemaal, op één man na, een monnik, die een eind bij de tafel vandaan ging zitten. Edgar begreep dat dit gebaar een weigering van voedsel betekende, aangezien monniken na het middaguur niet meer mochten eten. Er was iets aparts aan de manier waarop de man keek, en terwijl Edgar bleef staren, realiseerde hij zich dat wat hij eerst had aangezien voor een ongewoon donkere huid een blauwe tatoeage was, die zijn hele gezicht en handen bedekte. Toen een bediende een heldere toorts in het midden van de kamer kwam aansteken, viel de blauwe huid van de monnik pas goed op tegen zijn oranjegele gewaad.

Carroll sprak tegen de sawbwa in het Shan, en hoewel Edgar hun woorden niet begreep, merkte hij dat er goedkeurend gemompel door de ruimte ging. De hiërarchie van de zitplaatsen verbaasde hem: dat hij zo dicht bij de sawbwa mocht zitten, dichter dan de vertegenwoordigers van het dorp, en dichter bij Carroll dan Khin Myo. Bedienden brachten rijstwijn in bewerkte metalen kommetjes, en toen ze allemaal bediend waren, hief dokter Carroll zijn kommetje en sprak opnieuw in het Shan. De kamer juichte, en vooral de sawbwa leek verheugd. 'Op uw gezondheid,' fluisterde Carroll.

'Wie is de monnik?'

'De Shan noemen hem de Blauwe Monnik, ik denk dat u wel kunt zien waarom. Hij is de persoonlijk adviseur van de sawbwa. Hij gaat nergens heen zonder de monnik. Als u vanavond speelt, probeer dan ook het hart van de monnik te winnen.'

De maaltijd werd geserveerd, een feestmaal dat totaal anders was dan wat Edgar had meegemaakt sinds hij in de Shan-staten was aangekomen; de ene schotel na de andere met sauzen, curry's, kommen noedels geserveerd met dikke soep, waterslakken gekookt met jonge bamboescheuten, pompoen gebakken met uien en chilipepers, gedroogd varkensvlees en mango, in reepjes gesneden waterbuffel gemengd met zoete groene aubergines, salade van gekruide kip en munt. Ze aten veel en spraken weinig. Af en toe wendde de dokter zich naar de sawbwa om iets te zeggen, maar het grootste deel van de tijd zwegen ze, en de vorst gaf brommend zijn goedkeuring over het eten te kennen. Uiteindelijk, na ontelbare gerechten, die stuk voor stuk het hoogtepunt van de maaltijd hadden kunnen zijn, werd er een schaal met betelnoten voor hen neergezet, en de Shan begonnen energiek te kauwen, waarna ze spuwden in de kwispedoren die ze zelf hadden meegebracht. Uiteindelijk leunde de sawbwa achterover en met één hand gevouwen over zijn buik sprak hij tegen de dokter. Carroll wendde zich tot de pianostemmer. 'Onze vorst is klaar voor de muziek. U kunt naar de kamer gaan voordat wij komen, om u voor te bereiden. Buigt u alstublieft voor hem als u gaat staan en houd uw hoofd gebogen als u de kamer uit gaat.'

Buiten was de lucht opgeklaard en het pad werd verlicht door de maan en rijen brandende toortsen. Edgar beklom het pad, zijn borst gespannen van bange voorgevoelens. Er stond een wacht voor de pianokamer, een Shan-jongen die hij herkende van de ochtenden bij de Salween. Edgar knikte naar hem, en de jongen boog diep, een onnodig gebaar, aangezien de stemmer alleen was gekomen.

In het toortslicht zag de kamer er veel groter uit dan tevoren. De piano stond aan de ene kant, en iemand had een aantal kussens op de grond gelegd. Het lijkt wel een echte salon, dacht hij. Aan de andere kant van de kamer waren de ramen die uitkeken op de rivier, opengezet, waardoor de kamer werd gedomineerd door de kronkelige loop van de Salween. Edgar liep naar de piano. De deken was al verwijderd van de kast, en hij ging zitten op het pianobankje. Hij wist dat hij de toetsen niet aan moest raken – hij wilde de melodie nog niet onthullen, en evenmin de anderen laten denken dat hij al zonder hen was begonnen. Dus zat hij op het bankje, zijn ogen gesloten, en dacht eraan hoe zijn vingers zich zouden bewegen en hoe de muziek zou klinken.

Al snel hoorde hij stemmen op het pad onder hem. Carroll, de vorst en de Blauwe Monnik kwamen binnen, gevolgd door Khin Myo en daarna door anderen. Edgar stond op en boog diep, als de Birmezen, als een concertpianist, want in dit opzicht had een pianist meer gemeen met de cultuur van het Oosten dan die van het Westen, dacht hij, waar men elkaar begroette door de hand van een bezoeker vast te pakken. Hij bleef staan totdat ze op de kussens hadden plaatsgenomen en ging toen zelf op het pianobankje zitten. Hij zou beginnen zonder inleiding, zonder woorden. De naam van de componist zou de vorst van Mongnai niets zeggen. En natuurlijk kende Carroll het stuk; hij kon uitleggen wat het betekende, of wat hij wilde dat het zou betekenen.

Hij begon met Bachs prelude en fuga in cis, nummer vier van het eerste deel van Bachs *Das Wohltemperierte Klavier*. Het was een stuk voor een pianostemmer, een verkenning van de mogelijkheden van klank, die Edgar kende van het stemmen van professionele piano's. Hij had het altijd een testament van de stemkunst genoemd. Vóór de ontwikkeling van de gelijkzwevende temperatuur, de gelijke verdeling van noten, was het onmogelijk geweest om alle toonsoorten op hetzelfde instrument te spelen. Maar met gelijk verdeelde noten leken de mogelijkheden plotseling eindeloos.

Hij speelde de prelude, waarbij de klank steeg en daalde, en hij voelde hoe hij wiegde op de maat van de muziek terwijl hij speelde. Er is veel wat ik de dokter zou kunnen vertellen, dacht hij, over de reden dat ik dit stuk heb gekozen. Dit is een stuk dat is gebonden door de strikte regels van het contrapunt, zoals bij alle fuga's, de muziek is niet meer dan een uitwerking van één simpele melodie, waarbij de rest van het stuk is bestemd om de regels te volgen die in het begin zijn neergelegd. Voor mij betekent dit schoonheid die wordt gevonden in orde, in regels – hij mag ervan maken wat hij wil in lessen over wetten en het ondertekenen van een verdrag. Ik zou hem kunnen vertellen dat het een stuk is zonder dwingende melodie, dat in Engeland veel mensen het verwerpen als te mathematisch, doordat een melodie die kan worden vastgehouden of geneuried ontbreekt. Misschien weet hij dat al. Maar als een Shan niet dezelfde muziek kent, dan zou de vorst in verwarring kunnen raken door onze melodieën, net zoals ik in verwarring raak door hun melodieën. Daarom heb ik iets mathematisch gekozen, want dat is universeel, iedereen kan complexiteit waarderen, waarbij de geestvervoering ontstaat door patronen van klank.

Er waren nog meer dingen die hij had kunnen zeggen, over waarom hij met de vierde prelude begon en niet met de eerste, want de vierde is een stuk van ambiguïteit, terwijl het eerste een melodie van voltooiing is, en het is het best om hofmakerij te beginnen met bescheidenheid. Of dat hij het stuk had gekozen simpelweg omdat het hem vaak ontroerde als hij het hoorde. Er is absoluut emotie in de noten, al is het misschien minder toegankelijk dan de andere stukken, en wellicht is dat ook de reden waarom het zo veel krachtiger is.

Het stuk begon laag, bij de bassnaren, en terwijl het toenam in complexiteit, kwamen er sopranen bij, en Edgar voelde hoe zijn hele lichaam naar rechts bewoog en daar bleef, een reis langs het klavier. Ik lijk op de marionetten die zich over het toneel in Mandalay bewegen. Hij kreeg nu meer zelfvertrouwen en speelde, en de melodie werd langzamer, en toen hij eindelijk uitgespeeld was, was hij bijna vergeten dat anderen naar hem keken. Hij hief zijn hoofd en keek door de kamer naar de sawbwa, die iets zei tegen de Blauwe Monnik en toen naar Edgar gebaarde dat hij door moest gaan. Naast hem dacht hij dat hij de dokter kon zien glimlachen. En dus begon hij opnieuw, nu in D grote terts, daarna in D kleine terts, en verder via iedere toonladder, omhoogbewegend, iedere melodie een variatie op zijn begin, structuur die leidde tot nieuwe mogelijkheden. Hij speelde in de verder verwijderde toonladders, zoals zijn oude leermeester die noemde, en Edgar bedacht hoe toepasselijk deze naam was voor een stuk dat tot diep in de nacht in de jungle werd gespeeld. Ik zal nooit meer kunnen geloven dat Bach nooit buiten Duitsland is geweest.

Hij speelde bijna twee uur, tot aan een punt waar, ergens halverwege het stuk, een pauze is, als een rustplaats op een eenzame weg, die zich bevindt aan het einde van de prelude en fuga in B kleine terts. Bij de laatste noot stopten zijn vingers en bleven rusten op het klavier, en hij draaide zijn hoofd om en liet zijn blik door de kamer gaan.

18

Lieve Katherine,

Het is nu maart, hoewel ik niet zeker ben van de datum. Ik schrijf je vanuit het fort en het dorp Mae Lwin, aan de oever van de Salween, in de zuidelijke Shan-staten, in Birma. Ik ben daar lang geleden aangekomen, en toch is dit pas mijn eerste brief naar huis vanuit hier, en het spijt me dat ik je niet eerder heb geschreven. Ik ben zelfs bang dat een dergelijke stilte jou erg ongerust moet hebben gemaakt, aangezien ik je zo vaak schreef voordat ik naar de Shan-heuvels vertrok, en je dus ook daarna mijn brieven zult hebben verwacht. Helaas denk ik niet dat je deze brief snel zult lezen, omdat er geen manier is om post in Mandalay te krijgen. Misschien is het wel om deze reden dat ik aarzelde om te schrijven, maar ik denk dat er ook nog andere zijn, waarvan ik sommige begrijp en andere niet. Toen ik je eerder schreef, ging dat altijd over een bepaald idee of een gebeurtenis, of een gedachte, zodat ik me nu afvraag waarom ik niet meer heb geschreven sinds mijn aankomst hier, want er is wel degelijk veel gebeurd. Weken geleden schreef ik je dat wat mij het meest bedroefd maakte was dat ik incompleet zou terugkeren. Vreemd genoeg heb ik, sinds ik Mandalay heb verlaten, meer gezien dan ik me kon voorstellen, en ik ben meer gaan begrijpen van wat ik heb gezien, maar tegelijkertijd wordt deze incompleetheid steeds nijpender. Iedere dag dat ik hier ben, verwacht ik een antwoord, als een zalf, of als water dat dorst lest. Ik denk dat dat de reden is waarom ik het ben blijven uitstellen om je te schrijven, maar ik heb nog maar weinig antwoorden gevonden. Dus nu schrijf ik omdat het te lang geleden is dat ik je voor het laatst heb geschreven. Ik weet dat als ik je terug zal zien, de gebeurtenissen die ik beschrijf in deze brief oude voorvallen zullen zijn, waarvan de indrukken allang tot het verleden behoren. Dus misschien schrijf ik ook simpelweg omdat ik een diepe behoefte voel om woorden op papier te zetten, ook al zal ikzelf de enige zijn die ze leest.

Ik zit hier onder een wilg, op de zanderige oever van de Salween. Dat is een van mijn favoriete plekjes. Het is er stil en verborgen, en toch kan ik de rivier nog zien en luisteren naar de geluiden van de mensen om me heen. Het is het begin van de avond. De zon is al aan het ondergaan, en de hemel is purper doordat de wolken zich verzamelen. Misschien krijgen we nog meer regen. Vier dagen zijn verstreken sinds de eerste regen is gevallen. Ik zal me deze dag beter herinneren dan de dag waarop ik Mandalay verliet, omdat die zo'n grote verandering betekende op het plateau. Ik heb nog nooit zoiets meegemaakt als de regen hier. Het gemiezer dat wij regen noemen in Engeland, is niets vergeleken bij het dreunende geweld van een moesson. De lucht opent zich ineens en maakt alles drijfnat, iedereen rent weg om een goed heenkomen te zoeken, de voetpaden veranderen in modder, in riviertjes, de bomen trillen en het water gutst van bladeren alsof het uit een beker stroomt, niets blijft droog. O, Katherine, het is zo vreemd: ik zou pagina's vol kunnen schrijven over de regen, over de manier waarop die valt, de verschillende groottes van de druppels en hoe ze aanvoelen op je gezicht, hoe ze proeven en ruiken, het geluid ervan. Ik zou inderdaad bladzijdenlang kunnen schrijven over het geluid ervan, op stro, op bladeren, op metaal, op een wilg.

Lief, het is zo mooi hier. De regen is vroeg gekomen dit jaar, en het bos heeft een ongelooflijke verandering ondergaan. In niet meer dan een paar dagen hebben de droge struiken zich getransformeerd tot explosies van kleuren. Toen ik de stoomboot van Rangoon naar Mandalay nam, ontmoette ik jonge soldaten die me verhalen over Mae Lwin vertelden, en toen kon ik niet geloven dat wat ze zeiden ook echt zo was, maar nu weet ik dat het waar is. De zon is helder en krachtig. Koele briesjes waaien omhoog vanaf de rivier. De lucht is vervuld van de geur van nectar, van specerijen die worden gebakken, en de takken hangen zo laag dat ik weinig van de rivier kan zien. Maar ik kan gelach horen. O, kon ik het gelach van kinderen maar vangen in de trillingen van snaren, of het op papier zetten. Maar woorden schieten hier tekort. Ik denk aan de taal die we gebruiken om muziek te beschrijven, en dat we niet zijn uitgerust voor de oneindigheid van tonen. En toch hebben we manieren om ze vast te leggen; in de muziek zijn onze tekortkomingen slechts beperkt tot woorden, want we kunnen altijd onze toevlucht nemen tot voortekening en toonladders. En toch hebben we nog steeds geen woorden gevonden voor al die andere klanken, terwijl we ze ook niet kunnen vastleggen in voortekening en geschreven tekst. Hoe kan ik beschrijven wat ik bedoel? Links van mij zijn drie jongens in de ondiepte aan het spelen met een bal, en die drijft telkens af naar dieper water, en een jonge Shan-vrouw is kleren aan het wassen – misschien is zij hun moeder, of misschien hun zuster – en gaat tegen hen tekeer als ze wegzwemmen om de bal terug te halen. En toch raken ze de bal telkens weer kwijt en blijven ze erachteraan zwemmen, en tussen het kwijtraken en het zwemmen is er een bepaald gelach dat ik nooit eerder heb gehoord. Er zijn klanken die verboden zijn voor een piano, voor maten en notatie.

Katherine, ik zou willen dat jij het ook kon horen, ik zou willen dat ik het mee naar huis kon nemen, het me allemaal zou blijven herinneren. Terwijl ik aan het schrijven ben, voel ik zowel een enorme droefheid als vreugde, een verlangen, een opwellen vanuit mijn binnenste, iets extatisch. Ik kies mijn woorden zorgvuldig; dit is echt wat ik voel, want het komt omhoog in mijn borst als water uit een bron, en ik slik en mijn ogen vullen zich met tranen alsof ik zal overstromen. Ik weet niet wat dit is of waar het vandaan is gekomen, of wanneer het is begonnen. Ik had nooit gedacht dat ik zoveel zou kunnen ontdekken in het vallen van water of in de geluiden van spelende kinderen.

Ik realiseer me wat een vreemde brief dit voor jou moet lijken, want ik heb zoveel geschreven en toch zo weinig beschreven van wat ik heb gedaan of gezien. In plaats daarvan babbel ik als een kind op het papier. Er is zeker iets veranderd – je moet dit al weten door de manier waarop ik schrijf. Gisteravond speelde ik piano voor een publiek, en nog een illuster gezelschap ook, en een deel van mij wil dit benoemen als het moment van verandering, hoewel ik weet dat dit niet zo is – de verandering is langzamer gekomen, misschien is die zelfs al thuis begonnen. Wat deze verandering inhoudt weet ik niet, net zomin als ik weet of ik nu gelukkiger of droeviger ben dan ik ooit ben geweest. Af en toe vraag ik me af of de reden waardoor ik het besef van de tijd ben verloren, is dat ik weet dat ik niet op een bepaalde datum zal terugkeren, maar pas wanneer er een leegte is gevuld. Ik zal naar huis komen, natuurlijk, want jij blijft mijn grote liefde. Maar pas nu realiseer ik me de reden waarom jíj wilde dat ik zou gaan, wat jíj me vertelde voordat ik vertrok. Dit alles heeft een hoger doel – je had gelijk, hoewel ik nog niet weet wat het is, laat staan dat ik het heb bereikt. Maar ik moet nu wachten, moet nu blijven. Natuurlijk zal ik terugkeren, spoedig, misschien morgen al. Nu schrijf ik omdat ik vind dat je moet weten waarom ik nog hier ben. Je zult het begrijpen, schat, hoop ik.

Katherine, het begint donker te worden, en zelfs koud, want het is winter hier, hoe vreemd dat ook mag klinken. Ik vraag me af wat anderen zouden denken als ze deze brief zouden lezen. Want oppervlakkig gezien zie ik er nog hetzelfde uit, ik weet niet of iemand anders een verandering in mij heeft opgemerkt. Misschien is dat de reden waarom ik je zo mis: je zei altijd dat je me hoorde, zelfs als ik zweeg.

Ik zal meer schrijven, want er zijn nog andere dingen die ongezegd zijn gebleven, al was het maar door de beperkingen van ruimte en inkt en zonlicht.
Je liefhebbende man,
Edgar

Het is nog licht. Er zijn andere dingen die ongezegd zijn gebleven – hij weet het, maar zijn pen trilt als hij die te dicht bij het papier brengt.

Khin Myo stond naast de wilg, haar gezicht betrokken. 'Meneer Drake,' zei ze. Hij keek op. 'Dokter Carroll heeft me gestuurd om u te zoeken. Komt u alstublieft. En haast u. Hij zegt dat het belangrijk is.'

19

Edgar vouwde de brief op en volgde Khin Myo omhoog vanaf de rivier. Ze zei niets, maar liet hem bij de deur van het hoofdkwartier achter en ging snel terug over het pad.

Binnen trof hij de dokter aan bij het raam, waar hij uitstaarde over het kamp. 'Meneer Drake, gaat u alstublieft zitten.' Hij gebaarde naar een stoel, en ging aan de andere kant van het brede bureau zitten dat hij had gebruikt voor de amputatie. 'Het spijt me dat ik u moet storen, u zat zo vredig bij de rivier. U verdient meer dan wie ook een moment van rust. U heeft prachtig gespeeld.'

'Het was een technisch stuk.'

'Het was veel meer dan een technisch stuk.'

'En de sawbwa?' vroeg Edgar. 'We kunnen alleen maar hopen dat hij hetzelfde vond.' De vorst was die morgen vertrokken, koninklijk op een troon boven op de rug van een olifant, en de schittering van zijn lovertjes was langzaam verdwenen in het groen van de jungle. Hij werd aan weerskanten geflankeerd door ruiters, de staarten van hun pony's rood geverfd.

'Verrukt. Hij wil u nog eens horen spelen. Maar ik heb benadrukt dat daarvoor betere momenten zouden komen.'

'Heeft u het verdrag gesloten waar u om vroeg?'

'Dat weet ik niet. Ik heb er nog niet om gevraagd. Directheid werkt zelden bij de vorsten. Ik heb hem alleen verteld over onze positie en heb verder niets gevraagd; we hebben een maaltijd gedeeld, en u heeft gespeeld. De, laten we zeggen, "bekroning" van onze hofmakerij zal moeten wachten op de goedkeuring van andere vorsten. Maar met de steun van de sawbwa zijn onze kansen op een verdrag groter.' Hij leunde naar voren. 'Ik heb u naar mijn kantoor laten komen om u te vragen om nog meer hulp.'

'Dokter, ik kan niet nog eens spelen.'

'Nee, meneer Drake, deze keer heeft het niets te maken met piano's, maar alles met oorlog, ongeacht mijn poëtische benadering van het samengaan van die twee. Morgenavond zal er een bijeenkomst van Shan-vorsten zijn in Mongpu, in het noorden. Ik wil graag dat u me daarheen vergezelt.'

'U vergezellen? In welke hoedanigheid?'

'Gezelschap, meer niet. Het is een halve dag rijden, en de bijeenkomst zal niet langer dan een dag of een nacht duren, afhankelijk van wanneer ze beginnen. We gaan te paard. U zou ons in ieder geval kunnen vergezellen voor de tocht – het is een van de mooiste gebieden in de Shan-staten.'

Edgar wilde iets zeggen, maar de dokter gaf hem geen tijd om te weigeren. 'We vertrekken morgen.' Pas toen hij weer buiten stond realiseerde hij zich dat Carroll hem niet meer had uitgenodigd voor een tocht buiten het kamp sinds hun rit naar het zingende ravijn.

Hij bracht de rest van de avond door bij de rivier, waar hij nadacht, piekerend over de onverwachte reis, over de spanning die hij had opgemerkt in de stem van de dokter. Hij dacht aan Khin Myo en aan hun wandeling in de regen. Misschien wil hij niet dat wij samen zijn. Maar hij verwierp die gedachte. Er is iets anders, ik heb niets verkeerds gedaan, niets onfatsoenlijks.

Er verschenen wolken. In de Salween sloegen vrouwen kleren tegen de rotsen.

Ze vertrokken de volgende middag. Voor het eerst sinds Edgar was aangekomen droeg de dokter zijn officiersuniform: een scharlakenrood jasje met zwarte tressen en zijn gouden insigne. Het gaf hem een koninklijk en indrukwekkend voorkomen; zijn haar was gekamd, donker en geolied. Khin Myo kwam naar buiten om afscheid te nemen, en Edgar bekeek haar aandachtig terwijl ze met de dokter stond te praten in een mengeling van Birmees en Engels. Carroll luisterde, nam het sardineblikje uit zijn borstzak en koos er een cheroot uit. Toen Khin Myo zich uiteindelijk tot Edgar wendde, glimlachte ze niet, maar staarde alleen naar hem alsof ze hem niet zag. De pony's waren gewassen en geroskamd, maar de bloemen waren uit hun manen verwijderd.

Ze reden het kamp uit, vergezeld door Nok Lek en vier andere Shan-mannen op pony's, allemaal met een geweer. Ze volgden het hoofdpad de bergkam op en draaiden in noordelijke richting. Het was een mooie dag, koel met echo's van de regen. De dokter had zijn helm aan het zadel vastgemaakt en zat diep in gedachten te roken terwijl hij reed.

Edgar zei niets, maar dacht aan de brief die hij aan Katherine had geschreven, opgevouwen in de kleine ruimte van zijn tas.

'U bent ongewoon stil vandaag, meneer Drake,' zei de dokter.

'Ik zit wat te dagdromen. Ik heb mijn vrouw voor het eerst sinds mijn aankomst in Mae Lwin geschreven. Over de uitvoering, over de piano…'

Ze reden verder. 'Het is vreemd,' zei de dokter uiteindelijk.

'Wat is vreemd?'

'Uw liefde voor de Erard. U bent de eerste Engelsman die me niet heeft gevraagd waarom ik een piano in Mae Lwin wil.'

Edgar draaide zich om. 'Waarom? O, dat is nooit een mysterie voor mij geweest. Ik heb nog nooit een plaats gezien die méér een Erard waard is.' Hij verviel weer in zwijgen. 'Nee,' zei hij. 'Ik vraag me eerder af waarom ík hier ben.'

De dokter keek hem vragend aan. 'En ik dacht dat u en die

piano onafscheidelijk waren.' Hij lachte.

Edgar lachte met hem mee. 'Nee, nee... Zo moet het af en toe wel lijken. Maar ik ben serieus nu. Het is inmiddels, denk ik, al weken geleden dat ik mijn opdracht heb voltooid. Had ik niet al lang geleden moeten vertrekken?'

'Ik denk dat dat een vraag is die u zelf moet beantwoorden.' De dokter tikte donkere as van het uiteinde van de cheroot. 'Ik heb u hier niet vastgehouden.'

'Nee,' hield Edgar vol. 'Maar u hebt me evenmin aangemoedigd om te vertrekken. Ik had verwacht dat ik wel verzocht zou worden om te gaan zodra de piano was gestemd. Weet u nog, ik ben "een tamelijk groot risico" – dat waren uw eigen woorden, geloof ik.'

'Ik geniet van uw gezelschap, van onze gesprekken. Dat is het risico ruimschoots waard.'

'Om te praten over muziek? O ja? Ik voel me gevleid, maar echt, er moet meer zijn dan dat. Bovendien zijn er mensen die veel meer weten van muziek dan ik, mannen in India, in Calcutta, in Birma zelfs. Of als het u alleen om de gesprekken gaat: naturalisten, antropologen. Waarom zou u er zo veel moeite voor doen om mij te laten blijven? Er zouden gemakkelijk anderen kunnen zijn.'

'Er zíjn ook anderen geweest.'

Edgar wendde zich naar de dokter om hem aan te kijken. 'Bezoekers, bedoelt u?'

'Ik ben hier nu twaalf jaar. Er zijn hier andere mensen geweest, naturalisten, antropologen, zoals u zegt. Ze kwamen en bleven; nooit lang, alleen lang genoeg om monsters te verzamelen, of schetsen te maken, of om tegenwerpingen te maken over een bepaalde theorie met betrekking tot de biologie, de cultuur of de geschiedenis van de Shan-staten en hoe die naar hun mening in elkaar zit. Daarna keerden ze weer terug naar huis.'

'Dat vind ik moeilijk te geloven. Het is zo betoverend hier...'

'Ik denk dat u uw eigen vraag aan het beantwoorden bent, meneer Drake.'

Ze stopten boven op een heuvel om te kijken naar een zwerm vogels die opvloog.

'Er is een pianostemmer in Rangoon,' zei Carroll toen ze weer in beweging kwamen. 'Ik wist dat, lang voordat ik u liet komen. Hij is missionaris, het leger weet niet dat hij ook piano's stemt, maar ik heb hem lang geleden ooit eens ontmoet. Hij zou gekomen zijn als ik dat had gevraagd.'

'Ik denk dat u daarmee veel mensen heel wat moeite zou hebben bespaard.'

'Zeker. En hij zou zeker zijn gekomen en kort zijn gebleven. En weer zijn vertrokken. Ik wilde iemand voor wie dit allemaal nieuw zou zijn. Ik wilde u natuurlijk niet misleiden; daarom heb ik u niet laten komen.' Hij zwaaide met zijn sigaar. 'Nee, ik wilde dat mijn piano gestemd zou worden door de beste stemmer van Erard-piano's in Londen, en ik wist dat dit verzoek het leger zou dwingen om te erkennen hoezeer ze afhankelijk zijn van mij, dat ze weten dat mijn methodes werken, dat muziek, net als geweld, vrede kan brengen. Maar ik wist ook dat als iemand die hele reis zou maken om aan mijn verzoek te voldoen, dit tevens iemand zou zijn die net als ik in muziek zou geloven.'

'En als ik niet was gekomen?' vroeg Edgar. 'U kende mij niet, u kon daar niet zeker van zijn.'

'Iemand anders, andere bezoekers, misschien die missionaris uit Rangoon, die zouden allemaal na een paar dagen weer terug zijn gegaan.'

Edgar zag dat de dokter in de verte staarde. 'Heeft u er ooit aan gedacht om terug te gaan naar huis?' vroeg hij.

'Natuurlijk. Ik denk met liefde aan Engeland.'

'Echt waar?'

'Het is mijn thuis.'

'En toch blijft u hier – waarom dan?'

'Ik heb te veel hier – projecten, experimenten, te veel plannen. Ik was niet van plan om te blijven. Ik kwam hier in eerste instantie om te werken. Er was maar een vaag idee dat het voor iets anders zou kunnen zijn. Of misschien is het simpeler dan dat, misschien wilde ik niet weg omdat ik bang ben het bevel aan iemand anders te moeten overdragen. Ze zouden dit niet... vreedzaam doen.' Hij pauzeerde en nam de sigaar uit zijn mond. Hij staarde naar de rook die aan het uiteinde wegkringelde. 'Er zijn momenten dat ik mijn twijfels heb.'

'Over de oorlog?'

'Nee, misschien druk ik me niet goed uit. Ik trek niet in twijfel wat ik hier heb gedaan. Ik trek alleen in twijfel wat ik daarbij heb gemist.' Hij rolde de cheroot heen en weer tussen zijn vingers. 'Ik luister naar u, en hoe u praat over uw vrouw – ik heb ooit een vrouw gehad. En een dochter – een baby'tje dat maar één dag van mij was. Er is een Shan-gezegde dat stelt dat als mensen sterven, dat is omdat ze hebben gedaan wat ze moesten doen, omdat ze te goed zijn voor deze wereld. Ik denk aan haar als ik ze dat hoor zeggen.'

'Het spijt me,' zei Edgar. 'De kolonel heeft het me verteld. Maar ik vond niet dat ik u daarnaar kon vragen.'

'U bent te voorkomend... Ik zou me moeten verontschuldigen, meneer Drake; dit zijn droevige, verre gedachten.' Hij rechtte zijn rug in het zadel. 'Maar u vroeg me waarom ik blijf. Dat is een vraag die al moeilijk genoeg is. Misschien is alles wat ik u heb vertelde over waarom ik het kamp niet wil opgeven niet juist. Misschien blijf ik gewoon omdat ik niet weg kan gaan.'

Hij stak zijn sigaar weer in zijn mond. 'Ooit heb ik het geprobeerd. Niet lang nadat ik in het ziekenhuis in Rangoon was gaan werken, arriveerde een andere chirurg met zijn bataljon. Hij zou een jaar in Rangoon blijven, voordat hij naar het noorden van het land zou vertrekken. Het was jaren geleden sinds ik in Engeland was geweest, en er werd me de mogelijkheid geboden om voor een paar maanden terug te gaan. Ik boekte een hut op een stoomschip en vertrok vanuit Rangoon, waar ik toen verbleef, naar Calcutta, en stapte daar op de trein naar Bombay.'

'Dat is dezelfde route die ik heb gevolgd.'

'Dan weet u hoe prachtig die is. Nou, de reis was zelfs nog mooier. We waren nog geen vijftig kilometer vanaf Delhi toen de trein stopte bij een klein voorraaddepot en ik een stofwolk zag opstijgen boven de woestijn. Het was een groep ruiters, en toen ze dichterbij kwamen, herkende ik ze als Rajasthani-herders. De vrouwen droegen schitterend gekleurde sluiers, die een dieprode glanzende kleur te zien gaven, ondanks het stof dat eroverheen lag. Ik denk dat ze de trein al vanaf een afstand hadden gezien en uit nieuwsgierigheid dichterbij waren gekomen om ernaar te kijken. Ze liepen langs ons heen en weer, wezen op de wielen, de locomotief, de passagiers, al die tijd pratend in een taal die ik niet kon verstaan. Ik keek naar hen, naar de bewegende kleuren, en bleef eraan denken tot ik aan boord stapte van het stoomschip naar Engeland. Maar toen de boot in Aden was aangekomen, ging ik van boord en nam het volgende stoomschip terug naar Bombay, de volgende trein terug naar Calcutta. Een week later was ik alweer op mijn post in Pegu. Ik weet nog steeds niet precies waarom de aanblik van de herders ervoor zorgde dat ik terugging. Maar de gedachte om terug te keren naar de donkere straten van Londen terwijl die beelden in mijn hoofd bleven dansen leek onmogelijk. Het laatste wat ik wilde was een van die trieste veteranen worden die elk luisterend oor vervelen met verwarde verhalen over plaatsen die ze niet kennen.' Hij inhaleerde de rook van de cheroot diep. 'Weet u nog dat ik u heb verteld dat ik de *Odyssee* aan het vertalen ben? Ik lees het altijd als een tragisch verhaal over de strijd van Odysseus om zijn weg terug naar huis te vinden. Nu begrijp ik steeds meer wat Dante en Tennyson erover schreven: dat Odysseus niet de weg kwijt was, maar na de wonderen die hij had gezien misschien gewoon niet terug wilde naar huis.'

Er viel een stilte.

'Dat doet me denken aan een verhaal dat ik ooit heb gehoord,' zei Edgar.

'Ja?'

'Dat was niet zo lang geleden – drie maanden misschien – , toen ik Engeland pas had verlaten. Ik ontmoette een man op het schip in de Rode Zee. Een oude Arabier.'

'De man met één verhaal?'

'Kent u hem?'

'Natuurlijk. Ik heb hem lang geleden ontmoet, toen ik in Aden was. Ik heb veel mensen horen praten over zijn verhaal. Een oorlogsverhaal vindt altijd gehoor bij een militair.'

'Een oorlogsverhaal?'

'Ik heb hetzelfde verhaal jarenlang van militairen gehoord. Ik kan het nu nog bijna letterlijk navertellen; de beelden van Griekenland zijn zo levendig. Het verhaal blijkt echt te zijn gebeurd; zowel hij als zijn broer was nog maar een kind toen hun familie werd gedood door de Ottomanen, en zij als spionnen gingen werken tijdens de onafhankelijkheidsoorlog. Ik heb ooit eens een oude veteraan ontmoet uit die oorlog die zei dat hij over de broers had gehoord, over hun heldenmoed. Iedereen wil het verhaal horen. Ze denken dat het een gunstig teken is, dat diegenen die het horen moedig zullen zijn in de strijd.'

Edgar staarde de dokter aan. 'Griekenland..?'

'Ja?' vroeg de dokter.

'U weet zeker dat het over de Griekse onafhankelijkheidsoorlog ging?'

'Dat verhaal? Natuurlijk. Waarom? Verbaast het u dat ik het me na zo veel jaar nog steeds herinner?'

'Nee... ik ben helemaal niet verbaasd. Ik herinner het me ook alsof ik het gisteren heb gehoord. Ook ik kan het nog bijna letterlijk navertellen.'

'Klopt er dan iets niet?'

'Nee, het klopt wel, veronderstel ik,' zei Edgar langzaam. 'Ik denk alleen nog na over het verhaal.' Denken. Was het dan alleen voor mij anders? Ik kan het me toch niet allemaal hebben verbeeld, dit alles?

Ze reden verder en kwamen langs een groepje bomen met lange kronkelige peulen die ratelende geluiden maakten als ze bewogen. De dokter zei: 'U wilde net iets zeggen. Dat de man met één verhaal u herinnerde aan iets wat ik had gezegd.'

'O...' Edgar strekte zich uit en plukte een van de peulen. Hij brak die open en de droge zaden vielen over zijn handen. 'Het doet er niet toe. Het is maar een verhaal, denk ik.'

'Ja, meneer Drake.' Carroll keek de pianostemmer plagerig aan. 'Het zijn allemaal maar verhalen.'

De zon stond laag aan de hemel toen ze over een kleine heuvel reden, en neerkeken op een verzameling hutten in de verte. 'Mongpu,' zei de dokter. Ze stopten bij een stoffig altaartje. Edgar keek hoe Carroll afsteeg en een munt aan de voet van een huisje legde waarin zich een icoon van een geest bevond.

Ze begonnen aan de afdaling, waarbij de hoeven van de pony's rondspatten in de modder van het pad. Het werd donkerder. De muggen kwamen te voorschijn, grote wolken, die uiteengingen en weer samensmolten als dansende schaduwen.

'Gemene krengen,' zei de dokter, terwijl hij een mug doodsloeg. Zijn cheroot was opgebrand tot een kort stompje, en hij haalde het sardineblikje weer uit zijn zak. 'Ik raad u aan om ook te roken, meneer Drake. Dat houdt de insecten op een afstand.'

Edgar herinnerde zich de malaria-aanval en liet zich overhalen. De dokter stak een sigaar op en overhandigde die aan hem. De smaak ervan was vloeibaar, bedwelmend.

'Misschien moet ik wat over de bijeenkomst uitleggen,' zei de dokter toen ze weer verder reden. 'Zoals u heeft gelezen, is er sinds de annexatie van Mandalay actief verzet van een bondgenootschap van strijdkrachten die zich de Limbin Confederatie noemen.'

'We spraken daar al over toen de sawbwa van Mongnai kwam.'

'Inderdaad,' zei de dokter. 'Maar er is nog iets, wat ik u niet heb verteld. De afgelopen twee jaar heb ik intensief onderhandeld met de sawbwa's van de Limbin Confederatie.'

Edgar nam de sigaar onhandig uit zijn mond. 'U schreef dat niemand ooit mensen van de Confederatie had ontmoet...'

'Ik weet dat ik dat schreef en ik weet wat ik u heb verteld. Maar daar had ik mijn redenen voor. Zoals u waarschijnlijk weet, werd in de tijd dat uw boot ergens op de Indische Oceaan voer, een militaire legermacht onder bevel van kolonel Stedman naar Hlaingdet gebracht: compagnies van het Hampshire Regiment, een Gurkha-compagnie, soldaten van de genie uit Bombay. George Scott werd benoemd tot regeringsadviseur, wat mij de hoop gaf dat het geen echte oorlog zou worden; hij is een goede vriend, en ik ken niemand die zo voorzichtig is met lokale aangelegenheden als hij. Maar sinds januari zijn onze strijdkrachten verwikkeld in een actieve strijd in de buurt van Yawnghwe. Nu meent de commissaris dat de Shan-staten alleen met geweld onder controle te krijgen zijn. Maar door de toenadering van de sawbwa van Mongnai denk ik dat we kunnen onderhandelen over vrede.'

'Weet het leger van deze bijeenkomst?'

'Nee, meneer Drake, en daarom wil ik dat u dit goed begrijpt. Ze zouden ertegen zijn. Ze vertrouwen de vorsten niet. Ik zal er geen doekjes om winden: ik en nu ook u – handel in strijd met militaire orders.' Hij liet de woorden bezinken. 'Voordat u iets zegt, wil ik u nog iets anders vertellen. We hebben ook kort gesproken over een Shan-vorst die Twet Nga Lu heet, bekend als de Bandietenleider, die zich ooit meester maakte van de staat Mongnai, maar zich later heeft teruggetrokken en nu de dorpen terroriseert die onder het gezag van de echte sawbwa van Mongnai vallen. Ze zeggen dat weinig mensen hem ooit hebben gezien. Wat ze u niet verteld hebben is wat ze niet weten. Ik heb de Bandietenleider vele malen ontmoet.'

Hij zwaaide een zwerm muggen weg. 'Een paar jaar geleden, vóór de rebellie, werd Twet Nga Lu gebeten door een slang, in de buurt van de Salween. Een van zijn broers, die soms in Mae Lwin handel drijft, wist dat we maar een paar uur stroomafwaarts zaten. Hij bracht de zieke man naar mij toe, en ik gaf hem een kompres van plaatselijke geneeskrachtige kruiden, waarover ik had geleerd van een medicijnman uit Mae Lwin. Hij was bijna bewusteloos toen hij aankwam en toen hij ontwaakte, zag hij mijn gezicht en dacht toen dat hij gevangen was genomen. Hij werd zo kwaad dat zijn broer hem moest vasthouden en uitleggen dat ik zijn leven had gered. Uiteindelijk kalmeerde hij. Zijn ogen richtten zich op de microscoop, en hij vroeg wat dat was. Hij geloofde me niet toen ik het probeerde uit te leggen, dus nam ik een watermonster uit een meertje dat ik net had onderzocht, deed dat op een glaasje en vroeg hem te kijken. Eerst had hij moeite met de microscoop – hij opende het verkeerde oog enzovoort – en leek op het punt te staan het instrument tegen de grond te gooien, toen het licht, gereflecteerd door de zon via de schuine spiegel, in zijn oog viel, waardoor hij de kleine beestjes zag die iedere Engelse schooljongen vertrouwd zijn. Het effect had niet groter kunnen zijn. Hij wankelde terug naar zijn bed, mompelend dat ik inderdaad magische krachten had als ik dergelijke monsters kon oproepen uit water. Wat zou er gebeuren, riep hij uit, als ik zou besluiten om ze los te laten uit dat apparaat! Hij schijnt nu te geloven dat ik een soort magische krachten heb die volgens de Shan alleen kunnen worden aangetroffen in amuletten. Natuurlijk zal ik niet protesteren, en sindsdien is hij diverse keren bij mij terug geweest om te vragen of hij de microscoop nog eens mocht zien. Hij is heel slim en leert snel Engels, alsof hij weet wie zijn nieuwe vijand is. Hoewel ik hem nog steeds niet kan vertrouwen, lijkt hij te hebben aanvaard dat ik persoonlijk geen plannen heb tegen Kengtawng. In augustus vorig jaar leek hij steeds meer in de war, en hij vroeg me of ik iets kon doen om de ondertekening van een verdrag met de Limbin Confederatie te voorkomen. Toen verdween hij drie maanden. De volgende keer dat ik zijn naam hoorde was tijdens een vergadering van de inlichtingendienst in Mandalay over een aanval op een fort bij het Inle-meer.'

'En toen viel hij Mae Lwin aan,' zei Edgar. 'Dat hebben ze me verteld in Mandalay.'

Er viel een lange stilte. 'Nee, hij viel Mae Lwin niet aan,' zei Carroll langzaam. 'Ik was bij Twet Nga Lu op de dag dat Mae Lwin werd aangevallen. Mandalay weet dat niet. De dorpelingen zeggen dat de aanval van de Karenni kwam, een andere stam. Ik heb dit niet gerapporteerd, omdat het leger dan zeker troepen zal sturen, het laatste wat we hier kunnen gebruiken. Maar het was Twet Nga Lu niet.' Carroll sprak nu sneller. 'Ik heb u dit in vertrouwen verteld, en nu moet ik uw hulp vragen. We zullen zo in Mongpu zijn. Dit is de eerste keer in lange tijd dat Twet Nga Lu de sawbwa van Mongnai heeft ontmoet. Als ze hun geschillen niet kunnen bijleggen, dan zullen ze blijven vechten tot een van hen dood is, en dan zullen wij gedwongen worden tot militaire interventie. Natuurlijk zijn er velen bij het ministerie van Oorlog, verveeld door de vrede sinds de annexatie, die graag oorlog willen. Als er een kans bestaat op vrede, dan zullen ze die vernietigen. Totdat het verdrag is getekend, mag niemand weten dat ik hier ben.'

'Ik heb u nooit eerder zo openlijk horen praten over de oorlog.'

'Dat weet ik. Maar daar zijn redenen voor. De Limbin Confederatie denkt dat ik orders heb van superieuren binnen de Britse legerleiding. Als ze weten dat ik alleen ben, zullen ze geen ontzag voor me hebben. Dus mocht iemand dat vandaag vragen, dan bent u luitenant-kolonel Daly, burgerlijk officier van de Noordelijke Shan Colonne, gestationeerd in Maymyo, vertegenwoordiger van de heer Hildebrand, de resident van de Shan-staten.'

'Maar de sawbwa van Mongnai heeft me zien spelen.'

'Hij is al op de hoogte en hij heeft erin toegestemd om dit geheim te houden. Het zijn de anderen die ik moet zien te overtuigen.'

'U heeft me dit niet verteld toen we vertrokken,' zei Edgar. Hij voelde zijn boosheid groeien.

'Dan zou u niet zijn meegegaan.'

'Het spijt me, dokter. Dit kan ik niet doen.'

'Meneer Drake.'

'Dokter, ik kan dit niet doen. Meneer Hildebrand is...'

'Meneer Hildebrand zal hier nooit van weten. U hoeft niets te doen, niets te zeggen.'

'Maar ik kan dit niet doen. Het is gezagsondermijnend. Het is...'

'Meneer Drake, ik had gehoopt dat u dit, na bijna drie maanden in Mae Lwin, zou begrijpen, dat u me zou kunnen helpen. Dat u niet als de anderen zou zijn.'

'Dokter, er is een verschil in geloven dat een piano kan helpen om vrede te brengen en het ondertekenen van een verdrag zonder orders, je uitgeven voor iemand anders, je vaderland trotseren. Er zijn regels en wetten...'

'Meneer Drake, uw trotsering begon al toen u tegen de orders in naar Mae Lwin bent gegaan. U staat nu opgegeven als vermist, misschien bent u zelfs al verdacht.'

'Verdacht! Waarvan...'

'Wat denkt u, nu u al zo lang bent verdwenen?'

'Ik hoef niet mee te doen aan een schertsvertoning. Ik kan ieder moment terugkeren naar Mandalay.' Hij greep de teugels strak vast.

'Vanaf hier, meneer Drake? U kunt nu niet terugkeren. En ik

weet net zo goed als u dat u niet wílt terugkeren naar Mandalay.'

Edgar schudde boos zijn hoofd. 'Is dat de reden waarom u me naar Mae Lwin heeft laten komen?' Het was donker, en hij staarde de dokter in zijn gezicht, verlicht door de matte gloed van de sigaar.

Het uiteinde van de cheroot flikkerde licht. 'Nee, meneer Drake, ik heb u hierheen laten komen om een piano te stemmen. Maar situaties veranderen. We zijn nu immers in oorlog.'

'En ik ga ongewapend de strijd binnen.'

'Ongewapend? Nauwelijks, meneer Drake. U bent bij mij. Onderschat niet hoe belangrijk ik ben.'

Edgars pony draaide met haar oren naar de muggen die rond haar hoofd gonsden, het enige geluid. Haar manen trilden.

Er klonk een schreeuw vanaf de weg voor hen. Een man te paard kwam aanrijden.

'Bo Naw, mijn goede vriend!' riep Carroll uit.

De man boog licht vanaf zijn rijdier. 'Dokter Carroll, de vorsten zijn er al, met hun legers. We wachten alleen nog op u.'

Carroll keek naar de pianostemmer, die zijn blik beantwoordde. Een zwakke glimlach speelde om de lippen van de dokter. Edgar wikkelde de teugels opnieuw om zijn vingers. Zijn gezicht was bewegingloos.

Carroll pakte zijn helm en zette die op zijn hoofd, waarbij hij het riempje als een militair over zijn kin vastmaakte. Hij nam zijn sigaar uit zijn mond en tikte die weg in de lucht, wat zorgde voor een gouden baan. Hij siste.

Even wachtte Edgar alleen. Toen, zwaar zuchtend, haalde ook hij de cheroot uit zijn mond en wierp die op de grond.

Het was donker toen ze over een pad galoppeerden dat langs stenen dagzomende aardlagen liep. In de verte kon Edgar de gloed van toortsen zien. Ze reden door een ruwe barricade, langs vage silhouetten van wachten. Al snel steeg het pad, en ze naderden een fort, verborgen in een donker klein bos.

Het fort was lang en laag, en aan alle kanten omringd door een palissade van puntige bamboestokken. Een groep olifanten was vastgemaakt aan de wand. Gewapende wachten begroetten de ruiters. Ze stopten bij de ingang van de palissade, waar een schildwacht opdook in het toortslicht. Hij bekeek de mannen achterdochtig. Edgar staarde het fort in. Langs het pad dat naar het gebouw leidde, stond een rij mannen, en in het flikkerende licht van toortsen kon hij de glinstering van speren, kapmessen en geweren zien. 'Wie zijn dat?' fluisterde hij.

'Legers. Iedere sawbwa heeft zijn eigen troepen meegebracht.'

Naast hen sprak Bo Naw in het Shan. De wacht liep naar voren en nam de teugels van hun pony's over. De Britten stegen af en gingen de palissade binnen.

Toen ze binnen de wallen waren gekomen, voelde Edgar een beweging van lichamen, en even dacht hij dat het een val was. Maar de mannen bleven waar ze waren. Ze bogen zich zo diep voor de dokter dat hun hoofden de grond raakten, als een golf, waarbij hun ruggen glinsterden van het zweet en hun wapens kletterden.

De dokter liep snel, en Edgar haalde hem in bij de deur, nog steeds perplex. Toen ze de trappen van het fort op liepen, keek hij achterom, naar het beeld van de ruggen van de krijgers, de agressieve palissade en het bos erachter. Krekels tjirpten, en in zijn geest echode nu één enkel woord. De man bij de ingang had Carroll niet 'dokter' genoemd, of 'majoor' maar 'Bo', het Shan-woord waarvan Edgar wist dat dit voorbehouden was aan militaire leiders. Carroll deed zijn helm af en nam die onder zijn arm. Ze stapten naar binnen.

Een paar lange ademhalingen stonden ze te staren in een diepe duisternis, totdat gestaltes langzaam uit het halfduister opdoemden. Er waren diverse vorsten, gezeten in een halve kring, allemaal gekleed in de mooiste kleren die Edgar ooit in Birma had gezien, kostuums met edelstenen bezet, als die van de marionetten die hadden gedanst bij de yokthe pwe; jasjes met lovertjes en schouderstukken van brokaat, kronen in de vorm van pagodes. De mannen hadden zitten praten toen ze binnenkwamen, maar nu werd het stil in de ruimte. Carroll leidde Edgar om de kring heen naar twee vrije kussens. Achter iedere vorst stonden andere mannen in het donker, nauwelijks beschenen door de dansende vlammen van kleine vuren.

Ze zaten daar, nog steeds zwijgend. Toen begon een van de vorsten, een oudere man met een fraai gekamde snor, langdurig te spreken. Toen hij klaar was, antwoordde Carroll. Op een gegeven moment wees hij naar de pianostemmer, die hoorde: 'Daly, luitenant-kolonel, Hildebrand', maar verder verstond hij niets.

Toen Carroll zijn introductie had gedaan, begon een andere vorst te spreken. De dokter wendde zich tot Edgar. 'Alles is in orde, luitenant-kolonel. U bent welkom hier.'

De vergadering begon, en de nacht verstreek in een waas van met edelstenen bezette gewaden en kaarslicht, een canto van vreemde klanken. Al snel merkte Edgar dat hij wegdoezelde, zodat het allemaal de sfeer van een droom kreeg. Een droom binnen een droom, zei hij tegen zichzelf, terwijl zijn oogleden langzaam dichtvielen. Want misschien droom ik al sinds Aden. Om hem heen leken de vorsten te zweven; de omhooggerichte kandelaars hielden de grond verborgen voor de vlammen. Alleen af en toe bij een onderbreking tijdens de vergadering sprak Carroll met hem: 'De man die nu spreekt is Chao Weng, sawbwa van Lawksawk; naast hem zit Chao Khun Kyi, de sawbwa van Mongnai – die u wel zult herkennen. Die man daar is Chao Kawn Tai van Kengtung, die een lange reis heeft gemaakt om hier te komen. Aan zijn zijde zit Chao Khun Ti van Mongpawn. Naast hem zit Twet Nga Lu.'

Waarop Edgar herhaalde: 'Twet Nga Lu?' Maar Carroll keerde terug naar het gesprek en liet Edgar staren naar de man over wie hij al had horen praten sinds de bootreis, van wie sommigen zeiden dat hij niet bestond, de man die was ontsnapt aan honderden Britse militaire aanvallen, die misschien een van de laatste personen was die tussen Engeland en de consolidatie van het Britse wereldrijk in stonden. Edgar staarde naar de Shan-bandietenleider. Er was iets bekends aan hem wat hij niet kon plaatsen. Hij was een kleine man met een gezicht dat zacht was, zelfs in de hoekige schaduwen van het kaarslicht. Edgar kon geen van zijn tatoeages of talismannen zien, maar hij merkte dat hij sprak met een griezelige zelfverzekerdheid, een halve grijns die rondflitste in de met rook gevulde lucht als een dreiging. Hij zei zelden iets, maar als hij dat deed, werd het stil in de ruimte. Edgar realiseerde zich ineens waarom hij de man herkende, of liever gezegd: niet de man zelf, maar zijn zelfvertrouwen, zijn ongrijpbaarheid. Hij had hetzelfde bij Anthony Carroll gezien.

Dus in deze droom van de Shan-vorsten voegde zich een nieuwe persoon, een man van wie Edgar had gedacht dat hij hem kende, maar die nu net zo ondoorgrondelijk leek als de sawbwa's die voor hem zaten, die een vreemde taal spraken, voor wie vreemde stammen respect en ontzag hadden. Edgar keerde zich om en keek naar de dokter, keek naar de man die piano speelde, die bloemen verzamelde en Homerus las, maar hij hoorde alleen een taal vol vreemde klanken, die zelfs een man die de complexiteit van klanken beheerste niet kon begrijpen. En een kort, angstaanjagend moment, terwijl de gloed van kaarsen omhoogflikkerde over zijn gezicht, dacht Edgar dat hij de hoge jukbeenderen, het lange voorhoofd en de intensiteit van kijken en spreken herkende waarvan de andere stammen zeiden dat dit de kenmerken van een Shan waren.

Maar dit duurde maar kort, en net zo snel als het was gekomen, verliet dit spookbeeld hem weer. Anthony Carroll was nog steeds Anthony Carroll, en hij draaide zich om en zijn ogen flitsten. 'Houdt u het een beetje vol? Is er iets?' Het was laat, en het zou vele uren duren voordat de vergadering zou zijn afgelopen.

'Ja, ik houd het wel vol,' antwoordde Edgar. 'Nee... er is niets aan de hand.'

De bijeenkomst duurde tot het aanbreken van de dag, toen het zonlicht eindelijk door de dakspanten begon te sijpelen. Edgar wist niet of hij had zitten slapen toen hij ineens geschuifel om zich heen hoorde en een van de Shan-vorsten, en daarna nog een, opstond en wegliep, buigend naar de Engelsen toen ze vertrokken. Toen ook de anderen opstonden, waren er meer vormelijkheden, en Edgar merkte op hoe opzichtig en karikaturaal de kostuums leken in het daglicht, extravagantie die verderging dan het prachtvertoon en de houding van de dragers ervan. Al snel stonden ook zij op, om de vorsten te volgen. Bij de deur hoorde Edgar een stem vlak achter hem; hij draaide zich om en kwam oog in oog te staan met Twet Nga Lu.

'Ik weet wie u bent, meneer Drake,' zei de Bandietenleider in bedachtzaam Engels, waarbij een glimlach om zijn lippen speelde. Hij zei iets in het Shan en hief zijn handen voor zijn lichaam. Edgar deed een stap naar achteren, plotseling bang, en Twet Nga Lu, ineens lachend, draaide zijn handpalmen omlaag en begon zijn vingers te bewegen in een komische imitatie van een pianist.

Edgar keek om te zien of Carroll dit had gezien, maar de dokter werd in beslag genomen door een gesprek met een andere vorst. Terwijl Twet Nga Lu passeerde, zag Edgar dat Carroll zich omdraaide, en de twee mannen keken elkaar aan. Het was een korte blik, en vervolgens liep Twet Nga Lu de ruimte uit, waar een groep Shan-krijgers hem in formatie volgde.

Op de weg terug naar Mae Lwin spraken ze weinig. De dokter staarde voor zich uit in de mist die het pad bedekte. Edgars gedachten waren zwaar van vermoeidheid en verwarring. Hij wilde vragen stellen over de vergadering, maar de dokter leek in gepeins verzonken. Op een bepaald punt stopte de dokter om te wijzen op een groep rode bloemen aan de kant van de weg, maar de rest van de tocht zweeg hij. De hemel was bewolkt en de wind stak op, waaiend langs eenzame steile rotsmassa's en de open weg. Pas toen ze de heuvel boven Mae Lwin beklommen, wendde Carroll zich tot de pianostemmer.

'U heeft me niet gevraagd wat het resultaat is van de vergadering.'

'Het spijt me,' zei Edgar behoedzaam. 'Ik ben een beetje moe, dat is alles.'

Anthony Carroll wendde zijn blik naar het pad. 'Gisteravond kreeg ik een voorwaardelijke toezegging zowel van de Limbin Confederatie als van Twet Nga Lu, om hun verzet tegen de Britse regering binnen een maand te beëindigen in ruil voor beperkte autonomie die wordt gegarandeerd door Hare Majesteit. Er is een einde gekomen aan de opstand.'

20

Kort na de middag kwamen ze terug in het kamp. Op de open plek kwam een groep jongens te voorschijn om de pony's van de mannen over te nemen. Het kamp leek vreemd stil. Edgar verwachtte een aankondiging, actie, iets om het succes te verwelkomen. Hij had het vreemde gevoel dat hij zojuist getuige was geweest van een stukje geschiedenis. Maar er gebeurde niets bijzonders, alleen de gebruikelijke begroetingen. De dokter verdween, en Edgar keerde terug naar zijn kamer. Hij viel in slaap, terwijl hij zijn rijkleding nog aanhad.

Hij werd midden in de nacht wakker, zwetend, gedesoriënteerd. Hij had gedroomd dat hij nog steeds op de rug van zijn paard zat, op de lange rit vanuit Mongpu. Pas toen hij het interieur van zijn kamer herkende, het muskietennet, zijn tas, de stapel papieren en zijn stemgereedschap, ging zijn hart rustiger slaan.

Hij probeerde opnieuw om in slaap te komen, maar dat lukte niet. Misschien kwam het door zijn gedachten aan de dokter, of door zijn droom van een reis zonder eind, of misschien kwam het alleen doordat hij sinds het begin van de middag had geslapen. Hij had het warm en voelde zich vies en plakkerig, en hij merkte dat hij zwaar ademde. Misschien ben ik wel weer ziek. Hij schoof het muskietennet weg en liep haastig naar de deur. Buiten was de lucht fris en koel, en hij haalde diep adem en probeerde zichzelf te kalmeren.

Het was een rustige nacht, en een schijfje maan kwam tussen besluiteloze regenwolken door. Onder zijn kamer was de Salween donker. Hij glipte de trap af en stak de open plek over. Het was stil in het kamp. Zelfs de wacht bij zijn post sliep, zittend voor het huisje, zijn hoofd achterover en rustend tegen de wand.

Terwijl Edgar liep, krulde de grond op tegen zijn tenen. Hij liep door het struikgewas vol bloemen naar de zandoever. Hij liep nu sneller, rukte zijn hemd uit en gooide dat in het zand. Hij stapte uit zijn rijbroek. Zijn tenen raakten het water en hij dook.

De rivier was koel en de bodem was glad van het slib. Hij kwam naar boven en rustte uit terwijl hij zich liet drijven. Stroomopwaarts staken de rotsen in de rivier, waardoor er in de stroom draaikolken ontstonden die langs de oever krulden. Hij zwom langzaam tegen de stroom in.

Ten slotte klom hij vanuit het water op de oever. Hij trok zijn kleren weer aan over zijn natte lijf, liep blootsvoets naar de rand van het strandje en zocht voorzichtig een pad over de rotsen, totdat hij de grote zwerfkei had bereikt waar de vissers altijd gingen staan om hun netten uit te werpen. Daar ging hij op zijn rug liggen. De steen was nog warm van de zon van de afgelopen dag.

Hij moest in slaap zijn gevallen, want hij hoorde niet dat er iemand naar het strandje liep, alleen het geluid van gespat. Hij opende langzaam zijn ogen en vroeg zich verbaasd af wie er nog meer een nachtelijke tocht naar de rivier had gemaakt. Misschien was het jonge paartje teruggekeerd. Langzaam, voorzichtig, om zijn aanwezigheid niet kenbaar te maken, draaide hij zich op zijn zij en keek omlaag naar het strandje.

Het was een vrouw, en ze knielde, van hem weggebogen, haar lange haar boven haar hoofd vastgebonden. Ze waste haar armen, schepte water in tot een kom gevormde handen en liet dat over haar huid glijden. Ze droeg haar hta main; zelfs in eenzaamheid baadde ze zich zedig, alsof ze zich goed bewust was van de wellustige ogen van uilen. De hta main zoog het water van de rivier op en plakte tegen haar bovenlijf en de ronding van haar heupen.

Misschien wist hij al wie ze was nog voordat ze zich in zijn richting draaide en hem zag, en allebei bevroren ze, zich bewust van de wederzijdse inbreuk, de gedeelde sensualiteit van de rivier, van het schijfje maan. Toen bewoog ze zich haastig, raapte haar andere kleren en haar zeep op. Zonder om te kijken rende ze over het pad omhoog.

De wolken bewogen zich. De maan keerde terug. Hij liep naar het strand. Op het zand lag een kam, van ivoor, lichtgevend.

De dokter vertrok opnieuw voor een volgende 'diplomatieke missie' en Edgar ging weer aan de piano werken. Met de komst van de regens was de zangbodem gezwollen, een bijna onmerkbare verandering, misschien alleen zichtbaar voor diegenen die graag willen stemmen.

Twee dagen bewaarde hij de kam.

Op momenten dat hij alleen was, haalde hij de kam te voorschijn en keek ernaar, waarbij hij met zijn vingers over de achtergebleven zwarte haren streek die zich door de ivoren tanden hadden geweven. Hij wist dat hij de kam aan haar terug zou geven, maar hij wachtte, uit besluiteloosheid of verwachting, vanuit een gevoel van intimiteit dat groeide, samen met het wachten en de stilte. Dat gevoel werd heviger na ieder gesprekje dat ze hadden op de onvermijdelijke momenten dat ze elkaar tegenkwamen op de paden en waarbij ze zich geen van beiden op hun gemak voelden.

En dus hield hij de kam. Hij overtuigde zichzelf ervan dat hij moest werken, zodat hij het overdag uitstelde om hem terug te geven, terwijl hij zichzelf 's avonds wijsmaakte dat hij moest wachten tot de morgen; ik kan toch niet naar haar toe gaan als het donker is? De eerste avond bleef hij tot laat aan de piano werken, stemmend en opnieuw stemmend. Op de tweede avond, terwijl hij alleen speelde, hoorde hij een klop op de deur.

Hij wist wie het was nog voordat de deur voorzichtig openging en ze aarzelend naar binnen stapte. Misschien kwam het door het zachte, geduldige geluid van het kloppen, heel anders dan het resolute gebonk van de dokter of het behoedzame getik van bedienden. Misschien was de wind uit een andere richting gaan waaien, waardoor de geur van natte aarde langs de berg omlaagkwam, en op zijn weg de geur van haar parfum had meegenomen. Of misschien herkende hij de richting, dat ze in eeuwenoude patronen bewogen, in voorbeschikte herhalingen.

Vanuit de deuropening klonk de stem, het accent vloeibaar. 'Hallo.'

'Ma Khin Myo,' zei hij.

'Mag ik binnenkomen?'

'Na... tuurlijk.'

Ze sloot zacht de deur. 'Stoor ik u?'

'Nee, helemaal niet... Waarom denk je dat?'

Ze hield haar hoofd een beetje schuin. 'U lijkt zo in beslag genomen. Is er iets?'

'Nee, nee.' Zijn stem trilde, en hij dwong zichzelf tot een glimlach. 'Ik hou mezelf gewoon wat bezig.'

Ze bleef bij de deur staan en hield haar handen samengevouwen. Ze droeg dezelfde lichte blouse die ze had gedragen op de dag dat ze hem had ontmoet bij de rivier. Hij kon zien dat ze haar gezicht net had beschilderd, en dacht aan de ongerijmdheid ervan. Er is nu geen zon, geen reden om thanaka te dragen, maar het staat wel mooi.

'Weet u,' zei ze, 'in al die tijd dat ik Engelse vrienden heb gehad, heb ik vaak piano horen spelen. Ik houd van het geluid ervan. Ik... Ik dacht dat u me misschien zou kunnen laten zien hoe u werkt.'

'Natuurlijk. Maar is het niet te laat? Moet je niet bij...' Hij aarzelde.

'Bij dokter Carroll zijn? Die is niet in Mae Lwin.' Ze stond nog steeds. Achter haar rustte haar schaduw tegen de wand, rondingen tegen de rechte lijnen van bamboe.

'Natuurlijk, natuurlijk. Dat wist ik eigenlijk ook wel.' Hij nam zijn bril af en poetste die op aan zijn overhemd. Hij haalde diep adem. 'Ik zit hier al de hele dag. Zoveel uur bij de piano kunnen je een beetje... gek maken. Het spijt me. Ik had jouw gezelschap moeten zoeken.'

'U heeft me nog steeds geen plaats om te zitten aangeboden.'

Edgar schrok op door haar directheid. Hij schoof op om haar een plekje op het pianobankje aan te bieden. 'Ga zitten.'

Ze bewoog zich langzaam door de kamer, in de richting van de piano, waarbij haar schaduw op de muur groter werd. Ze pakte haar hta main bij elkaar en ging naast hem zitten. Even keek hij alleen naar haar terwijl zij neerkeek op de toetsen. De bloem die ze droeg was geurig, pas geplukt; hij zag dat kleine korreltjes stuifmeel haar haar hadden bestoven. Ze wendde zich tot hem.

'Het spijt me als ik wat verstrooid lijk,' zei hij. 'Ik kom altijd een beetje traag uit de trance waarin ik verkeer als ik stem. Het is een andere wereld. Ik schrik er altijd een beetje van als ik word onderbroken door... bezoekers... Het is moeilijk uit te leggen.'

'Misschien zoals wanneer je wordt wakker gemaakt uit een droom.'

'Misschien. Misschien... Maar ik ben wel wakker in een wereld van klanken. Het is alsof ik opnieuw ben gaan dromen...' Toen ze niets zei, voegde hij eraan toe: 'Dat moet vreemd klinken.'

'Nee.' Ze schudde haar hoofd. 'Af en toe verwarren we de werkelijkheid met wat we dromen.'

Er viel een stilte. Khin Myo bracht haar handen omhoog en legde ze op het klavier.

'Heb je ooit piano gespeeld?' vroeg hij.

'Nee, maar ik heb het wel altijd graag gewild, als klein meisje al.'

'Je mag nu spelen als je wilt, dat is veel interessanter dan kijken hoe ik stem.'

'O, dat moet ik niet doen, echt niet. Ik zou niet weten hoe.'

'Dat geeft niet. Probeer het gewoon. Druk op de toetsen.'

'Het doet er niet toe welke toets?'

'Begin gewoon waar je vinger nu is. Dat is de eerste noot van de prelude in F kleine terts. Die maakt deel uit van *Das Wohltemperierte Klavier*, dat ik voor de sawbwa heb gespeeld.'

Ze drukte op de toets. De noot klonk op in de kamer en echode naar hen terug.

'Kijk,' zei Edgar. 'Nu heb je Bach gespeeld.'

Khin Myo draaide zich niet weg van de piano. Hij zag rimpeltjes verschijnen bij haar ooghoeken, de aanduiding van een lach. 'Het klinkt zo anders als je hier zit.'

'Dat is ook zo. Niets is daarmee te vergelijken. Misschien kan ik je wat meer van het stuk leren.'

'O, ik wil u niet tot last zijn. Eigenlijk heeft u gelijk: misschien is het al te laat. Ik wilde uw werk niet onderbreken.'

'Onzin. Je bent hier nu toch.'

'Maar ik kan niet spelen.'

'Ik sta erop. Het is een kort motief, maar een van grote betekenis. Alsjeblieft, nu we begonnen zijn, kan ik je niet meer laten gaan. De volgende noot is die daar, sla die aan met je wijsvinger.'

Ze wendde zich tot hem.

'Ga door, speel,' zei hij, en hij wees op de toets. Ze drukte erop. Diep in de piano sprong de hamer naar zijn snaar.

'Nu, volgende toets naar links, nu de toets daarboven. Nu terug naar de eerste. Ja, die daar, de eerste toets die je hebt gespeeld. Nu de tweede opnieuw, die daar. En daarboven. Juist, dat is het. Speel het nog eens, maar dan sneller.' Khin Myo worstelde zich erdoorheen.

'Het klinkt niet echt goed,' zei ze.

'Het klinkt prima. Probeer het opnieuw.'

'Ik weet het niet... Misschien zou u het moeten doen.'
'Nee, je speelt prachtig. Het zou veel gemakkelijker zijn als je je linkerhand gebruikt voor de lagere tonen.'
'Ik geloof niet dat ik dat kan. Kunt u me laten zien hoe dat moet?' Ze wendde zich naar hem, haar gezicht dicht bij het zijne.

Edgars hart ging plotseling tekeer, en heel even was hij bang dat ze het zou horen. Maar het geluid van de muziek moedigde hem aan. Hij ging achter haar staan en liet zijn armen over de hare zakken. 'Leg je handen op die van mij,' zei hij.

Langzaam tilde ze haar handen op. Even wachtten ze, zwevend, en toen liet ze ze zacht gaan. Geen van beiden bewogen ze zich, allebei voelden ze alleen de handen van de ander, waarbij de rest van hun lichamen uit niet meer dan vage contouren bestond. Hij kon hun weerspiegeling zien in het gelakte mahonie van de lessenaar. Haar vingers kwamen niet verder dan de helft van de zijne.

Het stuk begon langzaam, nadenkend. De fuga in fis uit het tweede boek van *Das Wohltemperierte Klavier* deed hem altijd denken aan het opengaan van bloemen, een ontmoeting van geliefden, een lied over een begin. Hij had het niet gespeeld op de avond van het bezoek van de sawbwa; dat is nummer 14 van het tweede boek, en hij was gestopt bij nummer 24 van het eerste boek. Dus in het begin bewogen zijn handen langzaam, onzeker, maar met het zachte gewicht van haar vingers bewoog hij zich rustig door iedere maat, en binnen in de piano kwam het mechaniek in werking door de aanraking van de toetsen, het opspringen en terugvallen van de opstoters, waardoor snaren trilden, rijen en rijen kleine complexe stukjes metaal en hout en klank. Op de kast trilden de kaarsen.

Terwijl ze speelden schoot er een lok van haar haar los van de plaats waar ze het onder de bloem had gestopt. Het kriebelde op zijn lip. Hij trok zich niet terug, maar sloot zijn ogen en bewoog zijn gezicht er dichter naartoe zodat de lok de lijn van zijn wang volgde terwijl hij speelde, over zijn lippen, daarna over zijn wimpers.

De muziek ging sneller omhoog, daalde toen zacht, stierf weg, en eindigde.

Hun handen rustten samen op de piano. Ze draaide haar hoofd even, haar ogen gesloten. Ze zei zijn naam, haar stem alleen bestaand uit adem.

Hij vroeg: 'Ben je hier vanavond voor gekomen?'

Er volgde een stilte en toen antwoordde ze: 'Nee, meneer Drake.' Ze fluisterde het nu. 'Ik ben hier altijd al geweest.'

En Edgar liet zijn lippen dalen op haar huid, koel en vochtig door transpiratie. Hij liet zich gaan in de inademing van de geur van haar haar, proefde het heerlijke zout van haar hals. Langzaam bewoog ze haar handen, en haar vingers vlochten zich door de zijne.

En op dat moment stond alles even stil. De warmte van haar vingers, de gladheid van haar huid op zijn eeltplekken. Het licht van de kaars dat danste over het zachte oppervlak van haar wang, en alleen de schaduwen van de bloem ving.

Zij was het die hun zachte omhelzing verbrak, door zacht haar handen los te maken uit de zijne, die nog steeds op het klavier rustten. Ze liet haar vingers langs zijn arm gaan. Ik moet gaan. En hij sloot opnieuw zijn ogen, haalde nog een laatste keer diep adem en liet haar gaan.

21

Edgar bleef die nacht bij de piano, waar hij af en toe in slaap viel. Het was nog donker toen hij wakker werd door het geluid van de deur die krakend openging, voetstappen. Hij opende zijn ogen, en verwachtte de kinderen te zien, maar merkte dat hij in de ogen van een oude vrouw staarde. 'Dokter heeft u nodig. Snel,' zei ze, haar adem ruikend naar de lucht van gefermenteerde vis.

'Sorry?' Hij ging rechtop zitten, nog gevangen in zijn slaap.

'Dokter Carroll u nodig. Snel.'

Hij stond op en streek zijn overhemd glad. Pas toen verbond hij de oproep van de dokter met gisteravond, met Khin Myo.

De oude vrouw leidde hem de kamer uit. Het was nog heel vroeg in de morgen en koud, de zon was nog lang niet zover dat hij over de berg kon verschijnen. Bij de deur naar het hoofdkwartier grijnsde ze een mond vol door betel gevlekte tanden bloot en hobbelde weg van het pad. Edgar trof de dokter binnen aan, waar hij gebogen stond over kaarten op zijn bureau. 'U heeft me laten komen,' zei hij.

De dokter bleef nog even naar de kaarten kijken voordat hij opkeek. 'Ja, hallo, meneer Drake, gaat u zitten alstublieft.' Hij gebaarde naar een stoel.

Edgar ging zitten en keek hoe de dokter ernstig door de kaarten bladerde, met één hand lijnen op het papier volgend, terwijl hij met de andere zijn nek masseerde. Plotseling keek hij op en nam het lorgnet van zijn neus. 'Meneer Drake, mijn verontschuldigingen dat ik u zo vroeg heb gewekt.'

'Het is goed, ik...'

'Dit is tamelijk urgent,' onderbrak de dokter hem. 'Een paar uur geleden ben ik teruggekeerd uit Mongpan. We hebben snel gereden om hier te komen.' Zijn stem leek anders, verstrooid, formeel, het timbre van zelfvertrouwen verdwenen. Pas toen merkte Edgar op dat hij nog in rijkleding was, bespat met modder. Hij droeg een pistool aan zijn riem. Edgar kreeg een plotseling gevoel van schuld. Dit gaat niet over Khin Myo.

'Meneer Drake, het is het best dat ik dit maar ronduit zeg.'

'Natuurlijk, maar...'

'Mae Lwin zal aangevallen worden.'

Edgar boog zich naar voren, alsof hij hem dan beter kon horen. 'Het spijt me, ik begrijp het niet. Aangevallen?'

'Misschien vanavond al.'

Er viel een stilte. Even dacht Edgar dat het een grap was, een van Carrolls plannen, dat er meer zou volgen, iets wat de dokter nu zou gaan uitleggen. Hij keek opnieuw naar het pistool, het modderige overhemd, Carroll met wallen onder zijn ogen en vermoeid. 'U meent het echt,' zei hij, alsof hij tegen zichzelf sprak. 'Maar ik dacht dat we een verdrag hadden ondertekend. U vertelde mij...'

'Dat verdrag is nog steeds van kracht. Het is niet de Limbin Confederatie.'

'Wie dan wel?'

'Anderen. Ik heb vijanden. Misschien bondgenoten die naar de andere kant zijn overgelopen, mannen van wie ik ooit dacht dat het vrienden waren, maar aan wier loyaliteit ik nu twijfel.' Hij staarde weer naar de kaart. 'Ik zou willen dat ik u meer kon vertellen, maar we moeten ons voorbereiden...' Hij zweeg even voordat hij weer opkeek. 'Ik kan u alleen dit vertellen. Een maand voordat u arriveerde, werden we aangevallen – dat weet u, u werd toen opgehouden in Mandalay. Diverse aanvallers werden later gevangengenomen, maar ze weigerden te onthullen wie hen in dienst had genomen, zelfs toen ze gemarteld werden. Sommigen zeggen dat het kleine dieven waren, maar ik heb nog nooit kruimeldieven gezien die zo goed bewapend waren. Bovendien waren sommige wapens die ze bij zich hadden van Britse makelij, wat betekende dat ze waren gestolen. Of de mannen waren voormalige bondgenoten die verraders zijn geworden.'

'En nu?'

'Twee dagen geleden reisde ik naar Mongpan, om te praten over de aanleg van een weg naar Mae Lwin. Nog maar een paar uur nadat ik was aangekomen rende een Shan-jongen het hoofdkwartier van de vorst binnen. Hij had gevist in een van de kleine zijrivieren van de Salween, waar hij een groep mannen had gezien die in het bos hun kamp hadden opgeslagen. Hij was naar hen toe geslopen en had hun gesprekken afgeluisterd. Hij kon niet alles begrijpen, maar hoorde de mannen praten over een plan om Mongpan aan te vallen en vervolgens Mae Lwin. Ook deze mannen droegen Britse geweren, en deze keer was de groep veel groter. Als de jongen het bij het rechte eind heeft, dan vraag ik me af waarom dacoits zich zo ver op het plateau zouden wagen om ons aan te vallen. Er zijn veel mogelijkheden, maar ik heb geen tijd om die nu met u te bespreken. Als ze al in Mongpan zijn, dan kunnen ze vanavond al hier zijn.'

Edgar wachtte totdat de dokter meer zou zeggen, maar hij zweeg. 'En wat wilt u nu gaan doen?' waagde hij.

'Aan de hand van wat mij werd verteld, is de groep te groot voor ons om het kamp te kunnen verdedigen. Ik heb gevraagd om versterkingen. Ik heb er ruiters op uitgestuurd. Stammen die trouw aan mij zijn, zullen mannen sturen, als die hier snel genoeg kunnen zijn. Vanuit Mongpan, vanuit Monghang, vanuit...' Hij wendde zich weer tot de kaart, noemde dorpen op, maar Edgar luisterde niet. Hij dacht alleen aan het beeld van ruiters die afdaalden naar Mae Lwin vanuit de heuvels. Hij zag de mannen snel rijden door de karstgebieden, over het plateau, de banieren wapperend, de staarten van de pony's rood geverfd. Hij zag de legers die zich verzamelden in het kamp, de vrouwen die een toevlucht zochten, Khin Myo. Hij dacht aan de vergadering van de confederatie van vorsten. Ook nu droeg de dokter zijn uniform en had dezelfde verre blik. 'En ik...'

'Ik heb uw hulp nodig, meneer Drake.'

'Hoe? Ik zal alles voor u doen. Ik ben niet goed met een geweer, maar...'

'Nee, iets belangrijkers. Zelfs met versterkingen zal Mae Lwin vallen, en zelfs als we in staat zouden zijn om een aanval af te slaan, zullen we nog veel schade lijden. Het is maar een klein dorp.'

'Maar met meer mannen...'

'Misschien, of misschien zullen ze het kamp platbranden. Daar moet ik rekening mee houden. Ik kan niet alles riskeren waarvoor ik twaalf jaar heb gewerkt. Het leger zal Mae Lwin herbouwen, maar meer kan ik niet verwachten. Ik heb al maatregelen getroffen voor mijn medische uitrusting, mijn microscopen, mijn plantenverzameling, dat die ergens anders naartoe worden gebracht en verborgen. Maar dan...'

'De Erard.'

'Ik kan er niet op vertrouwen dat mijn mannen hem alleen kunnen vervoeren. Ze begrijpen niet hoe kwetsbaar die is.'

'Maar waar moet die heen?'

'Stroomafwaarts. U zult er vanmorgen mee wegvaren. Het is maar een paar dagen naar Britse forten in het Karen-gebied. Daar zult u worden opgevangen door troepen die u terug naar Rangoon zullen escorteren.'

'Rangoon?'

'Totdat we weten wat er gaat gebeuren. Mae Lwin is niet langer veilig voor een burger. De tijd daarvoor is voorbij.'

Edgar schudde zijn hoofd. 'Dit gaat allemaal te snel voor mij, dokter. Misschien kan ik blijven... of kan ik de piano mee de bergen in nemen. Ik kan dit niet verdragen...' Zijn stem stierf weg. 'En hoe moet het met Khin Myo?' vroeg hij plotseling. Ik kan dit nu vragen, zij maakt hier deel van uit, onlosmakelijk. Ze is niet langer alleen in mijn gedachten.

De dokter keek op en zijn stem werd plotseling streng. 'Zij blijft bij mij.'

'Ik vroeg het alleen omdat...'

'Ze is hier veiliger, meneer Drake.'

'Maar dokter...'

'Het spijt me, meneer Drake, ik kan niet langer praten. We moeten voorbereidingen treffen om te vertrekken.'

'Er moet toch een manier zijn waarop ik kan blijven.' Edgar probeerde de paniek in zijn stem te onderdrukken.

'Meneer Drake,' zei de dokter langzaam, 'ik heb hier geen tijd voor. Ik geef u geen keus.'

Edgar staarde hem aan. 'En ik ben niet een van uw soldaten.'

Er viel een lange stilte. De dokter masseerde opnieuw zijn nek en staarde naar de kaarten. Toen hij weer opkeek stond zijn gezicht zachter. 'Meneer Drake,' zei hij, 'het spijt me dat dit moet gebeuren. Ik weet wat dit voor u betekent, ik weet meer dan u denkt. Maar ik heb nu geen keuze. Ik denk dat u dat op een dag zult begrijpen.'

Edgar struikelde naar buiten, de zon in.

Hij stond stil en probeerde zichzelf te kalmeren. Om hem heen gonsde het kamp van duizelingwekkende activiteit. Mannen legden zandzakken neer of liepen haastig naar de rivier met geweren en munitie. Anderen sneden bamboe af en bonden dat samen tot scherpe palissades. Een rij vrouwen en kinderen werkte als een brandbrigade en vulde emmers, stenen vaten en kookpotten met water.

'Meneer Drake.' Die woorden klonken achter hem. Een kleine jongen hield zijn tas omhoog. 'Ik breng dit naar de rivier, meneer.' De pianostemmer knikte alleen maar.

Zijn ogen volgden een lijn van activiteit de heuvel op, waar de voorwand van de pianokamer helemaal was weggehaald. Hij kon zien hoe mannen daar binnen aan het werk waren, ontblote bovenlijven die zwoegden aan een katrol van bamboe met touw. Een menigte had zich beneden verzameld om te kijken, emmers water en geweren nog in hun handen. Boven hem hoorde hij geschreeuw. Verder op het pad trok een groep mannen aan een touw. Hij zag hoe de piano naar buiten kwam, eerst uit balans, maar in de kamer brachten de mannen hem in evenwicht en duwden hem op een glijbaan die was gemaakt van lange stukken samengebonden bamboe. De mannen aan het touw kreunden, de piano zwaaide naar buiten aan de katrol, zweefde nu langzaam omlaag, en Edgar hoorde een gerinkel toen ze hem lieten zakken, het touw brandend in hun handen. Een hele tijd bleef de piano nog hangen, en zakte toen centimeter voor centimeter omlaag tot op het bamboe, totdat hij eindelijk de grond raakte, en een volgende groep mannen zich haastte om hem te pakken, en Edgar haalde voor het eerst weer adem sinds hij omhoog had staan te kijken.

De piano stond op een droog stuk grond. Hij leek erg klein in het licht, tegen de achtergrond van het kamp.

Nog meer geschreeuw en geren, lichamen die zich om hem heen bewogen in een waas. Hij herinnerde zich de middag dat hij Londen had verlaten op de stoomboot, hoe de mist ronddwarrelde, hoe alles stil werd, en hij alleen was. Hij voelde een aanwezigheid naast zich.

'U gaat vertrekken,' zei ze.

'Ja.' Hij keek naar haar. 'Je hebt het al gehoord?'

'Hij heeft het me verteld.'

'Ik wil blijven, maar...'

'U moet gaan. Het is niet veilig.' Ze keek naar de grond. Ze stond zo dicht bij hem dat hij de bovenkant van haar hoofd kon zien, de steel van een enkele paarse bloem die zich had vastgewerkt in de donkerheid van haar haar.

'Ga met me mee,' zei hij plotseling.

'U weet dat ik dat niet kan doen.'

'Vanavond zal ik kilometers verderop stroomafwaarts zijn, morgen kunnen jij en dokter Carroll wel dood zijn, en ik zal het nooit weten...'

'Zeg dat soort dingen niet.'

'Ik... Dit was niet mijn bedoeling. Er is nog zoveel wat ik... Ik zie je misschien nooit meer, ik wil dit niet zeggen maar...'

'Meneer Drake...' begon ze, maar ze ging niet verder. Haar ogen waren vochtig. 'Het spijt me.'

'Ga alsjeblieft met me mee.'

'Ik moet bij Anthony blijven,' zei ze.

Anthony, dacht hij, ik heb zijn naam nooit horen noemen. 'Ik ben hier gekomen voor jou,' zei hij, maar nu al klonken zijn woorden leeg.

'U kwam hier voor iets anders,' zei ze, en vanaf de rivier klonk een roep.

22

Ze droegen de piano door de bloeiende struiken aan de rand van het kamp, en verder naar de rivier. Daar lag een vlot te wachten, een ruw bouwwerk van boomstammen dat drie keer zo lang was als de piano. De mannen plonsden in het ondiepe gedeelte en plaatsten de piano op het vlot. Ze bonden de poten vast via openingen tussen de boomstammen in. Ze werkten snel, alsof ze dit al vaker hadden gedaan. Toen de piano stevig was vastgemaakt, werd er een kist op de andere kant van het vlot geplaatst, en op dezelfde manier vastgebonden. 'Uw bezittingen zitten daarin,' zei Carroll.

Het was nog steeds onduidelijk wie van de vele mannen die door het water waadden, touw samendraaiden, vastmaakten en aantrokken hem zouden vergezellen, totdat de piano eindelijk goed stond en het vlot in balans was. Toen liepen er twee jongens naar de oever, pakten ieder twee geweren en kwamen weer terug naar het vlot.

'Dit zijn Seing To en Tint Naing,' zei de dokter. 'Het zijn broers. Ze kunnen uitstekend varen en ze spreken Birmees. Ze zullen u de rivier af vergezellen. Nok Lek zal ook meegaan, maar in een kano, om de stroomversnellingen die vóór jullie liggen te verkennen. Jullie zullen naar het gebied van de Karen worden gevoerd, of misschien zelfs tot aan Moulmein, wat vijf of zes dagen zal duren. Dan zijn jullie diep in Brits gebied en dus veilig.'

'En wat moet ik dan doen? Wanneer moet ik terugkeren?'

'Terugkeren? Ik weet het niet, meneer Drake...' De dokter zweeg, en stak toen een klein stuk papier naar voren, opgevouwen en verzegeld met was. 'Dit is voor u.'

'Wat is dit?' vroeg Edgar verrast.

De dokter dacht even na. 'Dat mag u zelf beslissen. U moet alleen wachten met het te lezen.' Achter hem zei een van de jongens: 'We zijn klaar, meneer Drake, we moeten gaan.'

Edgar stak zijn hand uit en nam het papier aan. Hij vouwde het nog een keer op en stak het in zijn borstzakje. 'Dank u,' zei hij rustig, en hij stapte op het vlot. Ze duwden zich af van de kant. Pas toen hij omkeek naar de oever zag hij haar staan tussen de bloemen, haar lichaam half verborgen tussen de struiken. Achter haar verhief Mae Lwin zich tot aan de berg, rijen bamboehuizen, één zonder een wand, open en naakt naar de rivier toe.

Het vlot werd gegrepen door de stroom en schoot stroomafwaarts.

De regen had de rivier aanzienlijk doen zwellen sinds Edgar er maanden geleden op gevaren had. Hij dacht aan de nacht dat ze waren aangekomen, zachtjes afdalend door de duisternis. Wat een andere wereld had het toen geleken dan die waardoor hij nu reisde, de beboste oevers zonovergoten, de scherpe glinstering van de bladeren. Toen ze hun nadering opmerkten, vlogen een paar vogels op van de oever, fladderend onder het gewicht van het licht, totdat ze in een luchtstroom terechtkwamen en stroomafwaarts weer op de oever neerdaalden. De hop, *Upupa epops*. Misschien zijn het wel dezelfde als die ik heb gezien op de dag dat ik aankwam, dacht hij, verbaasd dat hij hun naam nog wist. De boot volgde de vogels, en het zonlicht weerkaatste tegen de kast van de piano.

Niemand zei iets. Nok Lek peddelde voor hen uit en zong zacht een lied. Een van de broers zat op de kist aan de achterkant van het vlot, een peddel in zijn hand, zijn soepele spieren gespannen tegen de stroom. De andere stond aan de boeg en keek naar de stroomafwaartse beweging. Vanaf het midden van het vlot keek Edgar naar de oever die langsgleed. Het was een onwerelds gevoel, de rustige afdaling langs heuvels en stromen die omlaagtuimelden om zich te voegen bij de Salween. Het vlot lag laag in het water, en af en toe spoelde er wat water over het hout en raakte dan zijn voeten aan. Als dat gebeurde, schitterde het zonlicht op de golven en werd het vlot verborgen onder een dun laagje, een flikkering van licht. Hij had het gevoel alsof hij, de piano en de jongens op de rivier stonden.

Terwijl ze dreven, keek hij naar de vogels die doken en opstegen op de luchtstromingen, in hun vlucht de rivier volgend. Hij wenste dat hij bij de dokter was, om hem te vertellen dat hij ze had gezien, zodat de dokter ze kon toevoegen aan zijn verzameling waargenomen vogels. Hij vroeg zich af wat de dokter nu aan het doen was, hoe ze zich aan het voorbereiden waren, of ook hij wapens zou dragen bij de aanval. Hij stelde zich voor hoe de dokter terug was gelopen en Khin Myo tussen de bloemen had zien staan. Hij vroeg zich af hoeveel hij wist en hoeveel ze hem zou vertellen. Niet meer dan twaalf uur waren verstreken sinds hij met zijn lippen de warmte van haar hals had aangeraakt.

En van Khin Myo gingen zijn gedachten naar een herinnering aan de oude stemmer van wie hij ooit leerling was geweest, en die vaak een fles wijn te voorschijn haalde uit een houten kabinet wanneer ze 's middags klaar waren met hun werk. Wat een verre herinnering, dacht hij, en hij vroeg zich af waar die vandaan kwam, en wat het betekende dat hij zich dit nu ineens herinnerde. Hij dacht aan de kamer waar hij had leren stemmen, en aan de koude middagen waarop de oude man lyrisch kon worden over de rol van de stemmer, waar Edgar dan geamuseerd naar luisterde. Hem als jonge leerling hadden de woorden van zijn meester eerst overdreven sentimenteel geleken. Waarom wil jij eigenlijk piano's stemmen? vroeg de oude man. Omdat ik er goede handen voor heb en omdat ik van muziek houd, had de jongen geantwoord, en zijn meester had daarop lachend gezegd: is dat alles? Wat zou er dan nog meer moeten zijn? reageerde de jongen. Wat nog meer? En de man had zijn glas geheven en geglimlacht. Weet je niet, had hij geantwoord, dat er in iedere piano een lied verborgen zit? De jongen schudde zijn hoofd. Alleen het gemompel van een oude man misschien. Maar weet je, de beweging van de vingers van een pianist zijn zuiver mechanisch, een doodnormale verzameling spieren en pezen die alleen een paar simpele regels kennen over tempo en ritme. Wij moeten piano's stemmen, zei hij, zodat iets wat zo gewoon is als spieren en pezen, toetsen en snaren en hout, een lied kan worden. En wat is de naam van het lied dat verborgen zit in deze oude piano? had de jongen gevraagd, wijzend naar een stoffige gewone piano. Lied, zei de man, het heeft geen naam, alleen Lied. En de jongen had gelachen omdat hij nog nooit had gehoord van een lied zonder naam, en de oude man had gelachen omdat hij dronken en gelukkig was.

De toetsen en hamers trilden door de golfbeweging van de stroom, en in het zwakke geklingel dat opsteeg hoorde Edgar een lied zonder naam, een lied gemaakt van alleen klanken maar zonder melodie, een lied dat zichzelf herhaalde, iedere echo een rimpeling van de eerste, een lied dat uit de piano zelf kwam, want er was geen andere musicus dan de rivier. Hij dacht terug aan de nacht in Mae Lwin, aan *Das Wohltemperierte Klavier*. Het is een stuk dat is gebonden door de strikte regels van het contrapunt, zoals bij alle fuga's, de muziek is niet meer dan een uitwerking van één simpele melodie, wij zijn voorbestemd om de regels te volgen die in het begin zijn neergelegd.

Het maakt dat je je gaat afvragen, had de oude man gezegd terwijl hij zijn wijnglas hief, waarom een man die zulke melodieen van verheerlijking, van geloof componeerde, zijn grootste fuga noemde naar de handeling van het stemmen van een piano.

Ze dreven stroomafwaarts. In de middag werd hun voortgang vertraagd door een steile afdaling met stroomversnellingen, waar ze gedwongen werden om een jaagpad te volgen.

De rivier werd breder. Nok Lek bond zijn kano aan het vlot.

In de vroege avond stopten ze bij een klein verlaten dorp aan de oever van de rivier. Nok Lek peddelde de kano naar de kant en de twee andere jongens sprongen in het ondiepe deel van de rivier, rondspetterend terwijl ze het vlot trokken. Eerst verzette het zich, als een recalcitrant dier, maar langzaam trokken ze het uit de stroming naar een rustig stuk. Ze maakten het vlot vast aan een boomstronk die op de zandoever lag. Edgar hielp hen de piano los te maken en op de oever te tillen, waar ze hem op het zand zetten. De hemel was bewolkt en ter bescherming van de piano legden ze er gevlochten matten op.

Aan de buitenkant van de huizen vonden de jongens een afgedankte chinlon-bal en begonnen die rond te schoppen in het ondiepe water. Hun vrolijkheid leek Edgar, bij wie allerlei gedachten door het hoofd schoten, misplaatst. Waar zouden de dokter en Khin Myo nu zijn? Is het gevecht al begonnen? Misschien is de strijd al voorbij. Nog maar een paar uur geleden was hij daar nog, maar nu kon hij geen rook zien, geweervuur of geschreeuw horen. De rivier was kalm, en er was alleen wat opkomende mist aan de hemel.

Hij verliet de jongens en liep de oever op. Het was licht gaan miezeren, en zijn voeten maakten droge voetstappen in het vochtige zand. Nieuwsgierig om erachter te komen waarom het dorp was verlaten, volgde hij een pad dat omhoogliep vanaf de oever in de richting van het dorp. Het was een korte klim, net als bij Mae Lwin, het dorp was dicht bij de rivier gebouwd. Boven aan het pad stopte hij.

Het was ooit een typisch Shan-dorp geweest, een verzameling hutten die zonder plan bij elkaar stonden, als een vlucht vogels neergestreken op de oever. De jungle erachter had zich al tussen de hutten gestort in een wirwar van wingerd en klimplanten. Edgar merkte de verbranding nog voordat hij die zag, een neveligheid naast de regen, een stank van roet die opsteeg uit de verkoolde bamboe en modder. Hij vroeg zich onmiddellijk af hoe lang geleden het dorp was verlaten, en of de stank van de verbranding vers was of een reïncarnatie in de regen. Vocht vernietigt klank, dacht hij, maar versterkt geur.

Hij liep langzaam. In de roetvlekken en as ging hij meer onderscheiden.

De meeste hutten waren zwaar verbrand, waardoor veel bouwwerken daar nu kaal en dakloos stonden. Bij andere waren de wanden ingestort, en daken van in elkaar verstrengelde bladeren golfden er half hangend boven. Verbrande stukken bamboe lagen verspreid over de grond. Aan de voet van de laatste huizen rende een rat door het puin, waarbij het getik van zijn pootjes de stilte verstoorde. Er waren geen andere tekenen van leven. Net als Mae Lwin, dacht hij opnieuw, maar zonder de kippen die pikten naar gevallen graankorrels op het pad. En zonder de kinderen.

Hij liep langzaam door het dorp, kwam langs verbrande en verlaten kamers, geplunderd, leeg. Aan het einde van de jungle kwamen kruipplanten al door de open plekken in de wanden en door de kieren in de vloerplanken naar binnen. Misschien was het dorpje al lang geleden verlaten, dacht hij, maar planten groeien hier snel, net als verval.

Het was bijna donker, en mist vanaf de rivier kroop door de verbrande constructies. Plotseling werd Edgar bang. Het was er te stil. Hij was niet zo ver afgedwaald, maar wist niet meer de richting terug naar de rivier. Hij liep snel tussen de groepen huisjes door, die hem dreigend leken aan te staren, deuren als verbrande monden, skeletachtig, loerend, mist die zich verzamelde op de daken en zich samenvoegde tot druppels, stroompjes, omlaaglopend nu. De huizen huilen, dacht Edgar, en door de latten van een hut zag hij de vlammen van een vuur, de mist verlichtend, en duistere schaduwen die zwollen tegen de heuvelflank en dansten.

De jongens zaten rond het vuur toen hij aan kwam lopen.

'Meneer Drake,' zei Nok Lek, 'we dachten dat u verdwaald was.'

'Ja, dat was ik in zekere zin ook zo,' zei Edgar, terwijl hij zijn haar uit zijn ogen veegde. 'Dit dorp, hoe lang geleden is het verlaten?'

'Dit dorp?' vroeg Nok Lek, en hij wendde zich tot de andere jongens, die gehurkt bij de geopende manden zaten en kleine stukjes voedsel tussen hun vingers lieten rollen. Hij sprak tegen hen en ze antwoordden beurtelings.

'Ik weet het niet. Zij weten het ook niet. Maanden geleden misschien. Kijk hoe de jungle is teruggekomen.'

'Weet je wie hier gewoond hebben?'

'Het zijn Shan-huizen.'

'Weet je waarom ze zijn weggegaan?'

Nok Lek schudde zijn hoofd en wendde zich weer tot de broers om het te vragen. Ze schudden na elkaar hun hoofd, en een van hen gaf een wat langer antwoord.

'We weten het niet,' zei Nok Lek.

'En wat zei hij ervan?' vroeg Edgar, terwijl hij gebaarde naar de jongen die had gesproken.

'Hij vroeg waarom u dat over het dorp wilt weten,' zei Nok Lek.

Edgar ging in het zand naast de jongens zitten. 'Zomaar. Alleen uit nieuwsgierigheid. Het is er erg leeg.'

'Er zijn veel verlaten dorpen zoals dat. Misschien hebben de dacoits het gedaan, misschien Britse soldaten. Het doet er niet toe, de mensen trekken ergens anders heen en bouwen opnieuw.

Zo gaat het al heel lang.' Hij gaf Edgar een mandje met rijst en gekruide vis. 'Ik hoop dat u met uw vingers kunt eten.'

Ze zaten zwijgend te eten. Een van de broers begon weer te praten. Nok Lek wendde zich tot Edgar. 'Seing To vroeg me om u te vragen waar u heen gaat als u op Brits gebied bent aangekomen.'

'Waarheen?' zei Edgar, verrast door de vraag. 'Nou, dat weet ik eigenlijk nog niet.'

Nok Lek antwoordde de jongen, die begon te lachen. 'Hij zegt dat dat heel vreemd is. Hij zegt dat u natuurlijk naar huis gaat, dat zou u moeten antwoorden, behalve als u de weg bent vergeten. Hij vindt dit heel grappig.' De twee jongens giechelden om beurten, waarbij ze hun mond bedekten. Een van hen boog zich opzij, raakte de arm van de ander aan en fluisterde iets. De tweede knikte en stopte een volgend rijstballetje in zijn mond.

'Misschien ben ik inderdaad de weg wel vergeten,' zei Edgar, nu zelf ook lachend. 'En meneer Seing To, waar gaat die heen?'

'Terug naar Mae Lwin natuurlijk. We gaan allemaal terug naar Mae Lwin.'

'En ik durf te wedden dat jullie niet zullen verdwalen.'

'Verdwalen, natuurlijk niet.' Nok Lek zei iets in het Shan, en de drie jongens begonnen weer te giechelen. 'Seing To zegt dat hij thuis zal komen door de geur van het haar van zijn meisje. Hij zegt dat hij die zelfs nu kan ruiken. Hij vroeg of u een meisje heeft. En Tint Naing zegt dat dat zo is, het is Khin Myo, dus daarom zult u ook terugkomen naar Mae Lwin.'

Edgar protesteerde en dacht: er zit vaak een vreselijke waarheid in de spot van kinderen. 'Nee, nee... Ik bedoel, ja ik heb een meisje, ik heb een vrouw, ze woont in Londen, in Engeland. Khin Myo is niet mijn geliefde, je moet Tint Naing vertellen dat hij die dwaze gedachte meteen uit zijn hoofd moet zetten.'

De broers giechelden. De een legde zijn arm om die van de ander en fluisterde iets tegen hem. 'Hou daarmee op,' zei Edgar zwakjes, en hij merkte dat hij zelf ook moest lachen.

'Seing To zegt dat hij ook een Engelse vrouw wil. Als hij met u naar Engeland gaat, kunt u dan een vrouw voor hem zoeken?'

'Ik weet zeker dat er veel leuke meisjes zijn die hem aardig zouden vinden,' zei Edgar, die nu mee ging doen met het spel.

'Hij vroeg of je een pianoman moet zijn om een mooie vrouw te kunnen krijgen in Engeland.'

'Vroeg hij dat? Of je een pianoman moet zijn?'

Nok Lek knikte. 'U hoeft zijn vragen niet te beantwoorden, hoor. Hij is jong, ziet u.'

'Nee, het is goed. Ik vind die vraag wel leuk. Nok Lek, je mag hem vertellen dat je geen piano's hoeft te repareren om een mooie vrouw te hebben. Hoewel het geen kwaad kan, denk ik.' Hij glimlachte geamuseerd. 'Andere mannen, zelfs soldaten, vinden ook mooie vrouwen.'

Nok Lek vertaalde. 'Hij zegt dat het jammer is dat hij terug moet naar zijn meisje in Mae Lwin.'

'Dat is inderdaad jammer. Mijn vrouw heeft veel vriendinnen.'

'Hij zegt dat hij, aangezien hij haar niet kan ontmoeten, graag wil dat u haar beschrijft. Hij wil weten of ze geel haar heeft, en of haar vriendinnen geel haar hebben.'

Dit begint écht een beetje dwaas te worden, dacht Edgar, maar terwijl zijn gedachten naar haar terugkeerden, merkte hij dat hij oprecht sprak. 'Ja, ze... Katherine – zo heet ze – heeft inderdaad geel haar, er zitten nu bruine strepen in, maar het is nog steeds heel mooi. Ze heeft blauwe ogen en ze draagt geen bril, zoals ik, dus je begrijpt wel hoe mooi haar ogen zijn. Ze speelt ook piano, veel beter dan ik, je zou het heel leuk vinden om te horen hoe ze speelt, denk ik. Geen van haar vriendinnen is zo mooi als zij, maar toch zou je heel blij met een van hen zijn.'

Nok Lek vertaalde het voor de andere twee jongens, die ophielden met lachen en staarden, geboeid door de beschrijving. Seing To knikte wijs en zei weer iets, maar deze keer op een rustige toon.

'Wat zei hij?' vroeg Edgar. 'Nog meer vragen over mijn vrouw, neem ik aan?'

'Nee. Hij vroeg of u een verhaal wilt horen, maar ik hebhem gezegd dat hij u niet lastig moet vallen.'

Edgar was verrast. 'Nee, dat lijkt me heel interessant. Wat voor verhaal is het?'

'Niks bijzonders, ik weet niet eens waarom hij het u zo graag wil vertellen.'

'Laat het hem maar vertellen. Ik word nu tamelijk nieuwsgierig.'

'Misschien hebt u het al eerder gehoord. Het is beroemd. Het gaat over de *leip-bya* – een Birmees woord. Het is een Birmees verhaal, dus ik ken het niet zo goed als Seing To. Zijn moeder is Birmese. De leip-bya is een soort geest, met vleugels als een vlinder, maar hij vliegt 's nachts.'

'Een mot misschien.' Er was iets aan die woorden wat hem dwarszat, alsof hij het al eerder had gehoord. 'Ik ken dit verhaal niet,' zei hij.

'Misschien is het eigenlijk niet eens een verhaal. Misschien alleen een geloof. Sommige Birmezen zeggen dat het leven van een man in handen is van een geest die is als een... mot. De geest blijft in zijn lichaam, een man kan niet zonder hem leven. De Birmezen zeggen ook dat de leip-bya de reden van dromen is. Als een man slaapt, vliegt de leip-bya uit zijn mond en gaat hier en daar heen, en ziet dingen op zijn reis, en dat zijn dromen. De leip-bya moet 's morgens altijd terugkeren naar een man. Dat is de reden waarom de Birmezen geen slapende mensen wakker willen maken. Misschien is de leip-bya heel ver weg en kan hij dan niet snel genoeg terugkeren naar huis.'

'En dan?'

'Als de leip-bya verdwaald is, of als hij tijdens zijn tocht wordt gevangen en opgegeten door een *bilu* – hoe zeg je dat – een boze geest –, dan is dat de laatste slaap van die man.'

De jongen boog zich naar voren en porde in het vuur, waardoor er vonken opsprongen.

'En dat is het verhaal?'

'Ik zei het u al: alleen een geloof, maar hij wilde dat ik het u zou vertellen. Ik weet niet waarom. Hij is soms wat vreemd.'

Het was warm bij het vuur, maar Edgar voelde een kilte. Vanuit zijn herinnering, beelden van India, van een treinreis, een jongen die viel, een wapenstok die flitste in de nacht.

'Een dichter-wallah,' zei de pianostemmer zacht.

'Sorry, meneer Drake?'

'O... niets, niets. Vertel hem dat het me veel stof tot nadenken geeft. Misschien moet hij op een dag verhalenverteller worden.'

Terwijl Nok Lek sprak, staarde Edgar over het vuur naar de kleine jongen, die in de omarming van zijn broer zat. Hij glimlachte alleen, zijn lichaam onzichtbaar in de rook van het vuur.

De vlammen werden laag en Nok Lek verdween in de duisternis en keerde terug met meer hout. Aan de andere kant van het vuur waren de broers in elkaars armen in slaap gevallen. Het begon weer te miezeren, en Nok Lek en Edgar stonden op en doofden het vuur. Ze wekten de jongens, die iets mompelden en hen volgden naar het afdak. Het regende een paar keer tijdens de nacht, en Edgar hoorde het tikken van de regendruppels op de matten die de pianokast bedekten.

In de morgen vertrokken ze onder een bewolkte hemel. Terwijl ze verder dreven over het water, lieten ze de gevlochten matten op de piano liggen. De regenwolken verdwenen in de late morgen, de lucht klaarde op. De rivier, gezwollen door zijriviertjes, stroomde nu sneller. Aan het begin van de middag vertelde Nok Lek Edgar dat ze in een gebied waren dat werd gecontroleerd door het vorstendom Mawkwai, en dat ze binnen twee dagen het gebied van de Karen zouden binnenvaren. Daar hadden de Britten grensposten bij de rivier tegenover het noorden van Siam, waar ze konden stoppen, ze hoefden niet helemaal door naar Moulmein.

Het zal allemaal snel voorbij zijn, dacht Edgar, het zal allemaal niet meer dan een herinnering worden. En zonder dat hem dat gevraagd werd door de jongens, verwijderde hij de gevlochten mat van de piano en ging er opnieuw voor staan, terwijl hij bedacht wat hij wilde spelen. Een finale, want als we morgen de rivier verlaten, dan eindigt morgen de droom, en zal de pianist weer gewoon stemmer zijn. Het vlot dreef licht met de stroom mee, en de snaren trilden op de golf van de hamers. Aan de voorkant van het vlot draaide een van de broers zich om om te kijken.

Hij wist niet wat hij zou gaan spelen, alleen dat hij moest beginnen en dat de melodie dan vanzelf zou volgen. Hij dacht dat hij misschien weer Bach zou moeten spelen, en probeerde aan een stuk te denken, maar dat leek nu niet passend. Dus sloot hij zijn ogen en luisterde naar iets. En in de vibratie van snaren hoorde hij een lied dat weken geleden naar de hemel was opgestegen, op een nacht op de Irrawaddy, en daarna op die maanverlichte avond in Mandalay, toen hij was gestopt om naar de yokthe pwe te kijken. Het lied van verlies, de ngo-gyin. En hij dacht: misschien is dit nu wel passend. Hij legde zijn vingers op het klavier, en terwijl hij begon te spelen, daalde het lied af naar waar het ooit was opgestegen, klanken die geen stemmer ooit had kunnen creëren, geluiden die vreemd zijn, nieuw, niet vlak of scherp, want Erards zijn niet gebouwd om te worden bespeeld op een rivier, noch om de ngo-gyin te spelen.

Edgar speelde, en er klonk een knal van geweervuur en een plons, en nog een en nog een. En pas toen opende hij zijn ogen, en zag dat twee van zijn metgezellen in het water dreven, en de derde, met zijn gezicht naar boven, stil op het vlot lag.

Hij stond bij de piano, terwijl het vlot traag ronddraaide door de kracht van de gevallen lichamen. De rivier was stil; hij wist niet vanwaar de schoten waren afgevuurd. Bomen op de oever ritselden licht in de wind. Regenwolken dreven langzaam door de lucht. Een papegaai schreeuwde en vloog weg van de tegenoverliggende oever. Edgars vingers bleven bewegingloos hangen boven de toetsen.

En toen, vanaf de rechteroever, een geruis en een paar kano's die van de oever werden afgeduwd en rustig stroomafwaarts naar het vlot kwamen. De pianostemmer, die niet wist hoe hij het vlot onder controle moest houden, kon niets anders doen dan wachten, perplex, alsof ook hij was neergeschoten.

De stroom was langzaam, en de kano's haalden hem in. In iedere kano zaten twee mannen. Toen ze ongeveer op honderd meter waren, zag Edgar dat het Birmanen waren, en dat ze uniformen droegen van het Indiase leger.

De mannen zeiden niets terwijl hun kano's langszij kwamen. Eén man van iedere kano klom op de boomstammen. De aanhouding gebeurde snel, Edgar protesteerde niet, maar liet alleen de klep over het klavier zakken. Het vlot werd met een touw aan de kano's vastgemaakt, en zo peddelden ze naar de oever.

Daar werden ze opgewacht door een Birmaan en twee Indiërs, die Edgar over een lang pad escorteerden naar een kleine open plek met wachthuizen, waarboven een Britse vlag wapperde. Ze liepen naar een kleine bamboehut en openden de deur. Er stond een stoel in het midden van de ruimte. 'Zit,' zei een van de Indiërs. De mannen vertrokken en sloten de deur. Licht scheen door de openingen in het bamboe. Buiten stonden twee mannen op wacht. Er klonken voetstappen, de deur ging open en een Britse luitenant kwam binnen.

Edgar ging staan. 'Luitenant, wat gebeurt hier allemaal?'
'Ga zitten, meneer Drake.' De stem van de man klonk streng.

Hij droeg een pasgeperst uniform, de plooien scherp en gesteven.

'Luitenant, die jongens werden neergeschoten. Wat...'

'Ik zei: ga zítten, meneer Drake.'

'U begrijpt het niet – er is een vreselijke vergissing gemaakt.'

'Dit is de laatste keer dat ik het u vraag.'

'Ik...'

'Meneer Drake!' De luitenant deed een stap naar voren.

Edgar keek in zijn ogen. 'Ik eis een verklaring van wat hier allemaal gaande is.' Hij voelde dat er woede in hem opkwam, wat de schok even verdreef.

'Ik vraag u om te gaan zítten.'

'En dat doe ik niet. Totdat u me vertelt waarom ik hier ben. U heeft niet het recht om mij te bevelen.'

'Menéér Drake!'

De klap kwam snel, en Edgar kon de hand van de man voelen terwijl die over zijn gezicht kletste. Hij viel terug in zijn stoel. Zijn handen gingen naar zijn kloppende slaap, kleverig van bloed.

De luitenant zei niets, maar keek alleen op zijn hoede naar Edgar. De stemmer hield zijn hand tegen zijn wang en keek terug. De luitenant trok een stoel uit de schaduwen. Hij ging tegenover Edgar zitten en wachtte.

Uiteindelijk sprak hij. 'Edgar Drake, u staat onder militair arrest op bevel van het legerhoofdkwartier in Mandalay. In deze papieren staat de aard van uw misdaden vermeld.' Hij tilde een stapel papieren van zijn schoot. 'U zult hier worden vastgehouden totdat een escorte uit Yawnghwe hier is. Vandaar zult u naar Mandalay worden gebracht, en dan naar Rangoon voor verder verhoor.'

Edgar schudde zijn hoofd. 'Dit moet een vergissing zijn.'

'Meneer Drake, ik heb u geen toestemming gegeven om te spreken.'

'Ik heb geen toestemming nodig.' Hij stond opnieuw op van

zijn stoel, en ook de luitenant stond op. Ze stonden tegenover elkaar.

'Ik...' Edgar werd onderbroken door een volgende klap. Zijn bril viel. Hij struikelde naar achteren, waarbij hij bijna de stoel omvergooide. Hij greep die vast als steun.

'Meneer Drake, dit zal veel gemakkelijker gaan als u meewerkt.'

Trillend bukte Edgar zich, raapte zijn bril op en zette die weer op. Hij staarde er ongelovig doorheen. 'U hebt zojuist mijn vrienden vermoord. U slaat me, en u eist medewerking? Ik sta in dienst van Hare Majesteit.'

'Niet meer, meneer Drake. Verraders hebben geen recht op dergelijk respect.'

'Verrader?' Hij voelde dat zijn hoofd tolde. Nu ging hij zitten, perplex. 'Dit is waanzin.'

'Alstublieft, meneer Drake, deze schertsvertoning zal u niet helpen.'

'Ik weet niet waar u het over heeft. Verrader? Waar word ik van beschuldigd?'

'De beschuldigingen? Het verlenen van steun aan majoor-arts Anthony Carroll, een spion en zelf ook een verrader van de Kroon.'

'Anthony Carroll?'

De luitenant reageerde niet.

Edgar dacht dat hij een flauwe spottende grijns zag op het gezicht van de man. 'Dokter Anthony Carroll? Anthony Carroll is de beste soldaat van Engeland in Birma. Ik heb geen idee waar u het over heeft.'

Ze staarden elkaar aan.

Er klonk een klop op de deur. 'Kom binnen,' zei de luitenant.

De deur ging open en kapitein Nash-Burnham kwam naar binnen. Eerst herkende Edgar hem nauwelijks als de stevige, joviale man met wie hij een avond had doorgebracht bij de pwe in

Mandalay. Zijn uniform was smerig en gekreukeld. Zijn wangen waren ongeschoren. Onder zijn ogen had hij grote wallen.

'Kapitein!' zei Edgar, terwijl hij opnieuw opstond. 'Wat is er aan de hand?'

De kapitein keek naar Edgar en toen weer naar de luitenant. 'Luitenant, heeft u meneer Drake op de hoogte gesteld van de beschuldigingen?'

'In het kort, kapitein.'

'Kapitein, vertelt u me nu wat er gaande is?'

Nash-Burnham wendde zich tot Edgar. 'Ga zitten, meneer Drake.'

'Kapitein, ik eis te weten wat er gaande is!'

'Verdomme, meneer Drake! Ga zitten!'

De harde woorden van de kapitein deden nog meer pijn dan de hand van de luitenant. Edgar liet zich op zijn stoel zakken.

De luitenant stond op en gaf Nash-Burnham zijn stoel. Hij ging achter hem staan.

De kapitein sprak langzaam. 'Meneer Drake, er zijn zeer ernstige beschuldigingen ingediend tegen u en majoor-arts Carroll. Ik moet u adviseren dat het in uw eigen belang is om mee te werken. Dit is net zo moeilijk voor mij als voor u.'

De pianostemmer zei niets.

'Luitenant.' De kapitein wendde zich tot de man achter hem, die begon te praten.

'We zullen dit kort houden, meneer Drake. Drie maanden geleden, tijdens een routineonderzoek van dossiers op het ministerie van Binnenlandse Zaken in Londen, werd er een kort briefje geschreven in het Russisch achter in een geheim document aangetroffen. Het document was afkomstig van kolonel Fitzgerald, de officier in Engeland die belast is met Carrolls correspondentie en dezelfde man die in eerste instantie contact met u heeft opgenomen. Zijn bureau werd doorzocht en er werd ook andere correspondentie aangetroffen. Hij werd gearresteerd als spion.'

'Russisch? Ik begrijp niet wat dit te maken heeft met...'
'Alstublieft, meneer Drake. U weet ongetwijfeld dat we al tientallen jaren verwikkeld zijn in een hevig gevecht met Rusland over bezittingen in Centraal-Azië. Het heeft altijd onwaarschijnlijk geleken dat Rusland geïnteresseerd zou zijn in een gebied dat zo ver van zijn grenzen ligt als Birma. Toch was er in 1878 in Parijs een ontmoeting tussen de honorair consul van Birma en een zo op het oog onwaarschijnlijke diplomaat, de grote Russische scheikundige Dmitri Mendeleev. De gebeurtenis werd opgemerkt door de Britse geheime dienst in Parijs, maar de implicaties ervan werden onvoldoende begrepen. Het voorval werd al snel vergeten, een van de vele diplomatieke flirts die op niets zijn uitgelopen.'

'Ik zie niet in hoe dit iets te maken kan hebben met dokter Carroll, of met mij, of met...'

'Meneer Drake,' bromde de luitenant.

'Dit is onzin. U heeft zojuist mijn vrienden...'

'Meneer Drake,' zei Nash-Burnham. 'We hoeven u hier helemaal niets over te vertellen. Als u niet wenst mee te werken, dan kunnen we u meteen naar Rangoon sturen.'

Edgar sloot zijn ogen en klemde zijn kaken op elkaar. Hij leunde achterover, zijn hoofd bonzend.

De luitenant vervolgde. 'De arrestatie van de kolonel leidde ertoe dat ook anderen die onder zijn bevel stonden aan een onderzoek werden onderworpen. Dit leverde weinig op, behalve een brief uit 1879 van majoor-arts Carroll aan Dmitri Mendeleev, getiteld: "Over de adstringerende eigenschappen van het extract van *Dendrobium* uit Opper-Birma." Hoewel er niets specifieks in de brief stond wat duidde op spionage, waren er verdenkingen gewekt, en de aanwezigheid van vele chemische formules in de brief wees op codes, evenals natuurlijk de stapels bladmuziek die vanuit ons ministerie naar majoor-arts Carroll in Mae Lwin werden gestuurd. Precies zulke bladmuziek als die u heeft meegenomen, meneer Drake. Toen we de bladmuziek die van Carroll zelf afkomstig was opnieuw onderzochten ontdekten we dat het merendeel van de noten onbegrijpelijk was, wat erop wees dat ze geen muziek maar het een of andere geheime bericht bevatten.'

'Dat is belachelijk,' protesteerde Edgar. 'Ik heb die muziek horen spelen. Het is Shan-muziek; de toonladder is totaal verschillend. Natuurlijk klinkt dat anders op Europese instrumenten, maar het is niet een of andere code...'

'Vanzelfsprekend waren we ongenegen om beschuldigingen te uiten tegen een van onze meest succesvolle bevelhebbers in Birma. We hadden meer bewijzen nodig. Maar enkele dagen geleden ontvingen we geheime rapporten dat Carroll en u een ontmoeting hadden in Mongpu met zowel de vertegenwoordigers van de Limbin Confederatie als met de Bandietenprins Twet Nga Lu.'

'Dat deel klopt. Ik was daar. Maar...'

'En daar, meneer Drake, heeft Carroll een bondgenootschap gesloten met de Limbin Confederatie om de Britse strijdkrachten uit Yawnghwe te verdrijven en de Shan-autonomie te herstellen.'

'Onzin!' Edgar ging naar voren zitten in zijn stoel. 'Ik was erbij. Carroll trad op zonder bevelen, maar hij moest wel. Hij overtuigde de Confederatie ervan om een vredesverdrag te ondertekenen.'

'Heeft hij u dat verteld?' Nash-Burnham keek op naar de luitenant.

'Ja, maar ik was erbij. Ik heb het zelf gezien.'

'Vertelt u me eens: hoeveel Shan spreekt u, meneer Drake?'

Even zweeg Edgar. Toen schudde hij zijn hoofd. 'Dit is bespottelijk. Ik ben bijna drie maanden in Mae Lwin geweest, en niet één keer heeft de dokter blijk gegeven van insubordinatie. Hij is een echte geleerde, een principieel mens, een liefhebber van kunst en cultuur...'

'Ja, laten we het eens hebben over kunst en cultuur,' sneerde de luitenant.

'Wat bedoelt u?'

'Waarom bent u naar Mae Lwin gegaan, meneer Drake?'

'U weet heel goed waarom ik naar Mae Lwin ben gegaan. Ik had opdracht van het leger om een Erard-vleugel te stemmen.'

'De piano die nu aan de oever van ons kamp drijft?'

'Inderdaad.'

'En hoe bent u in Mae Lwin gekomen, meneer Drake? Werd u daarheen geëscorteerd, zoals omschreven in uw opdracht?'

Edgar zei niets.

'Meneer Drake, ik vraag het u opnieuw: hoe bent u in Mae Lwin gekomen?'

'Dokter Carroll liet me halen.'

'Dus u bent tegen orders ingegaan?'

'Ik was naar Birma gekomen om een piano te stemmen. Dat waren mijn orders. Ik kon niet terugkeren naar Rangoon. Toen ik Carrolls brief ontving, ben ik gegaan. Ik ben een burger. Het was geen insubordinatie.'

'Dus u ging naar Mae Lwin.'

'Ja.'

'Wat voor piano ging u daar stemmen, meneer Drake?'

'Een Erard-vleugel. Dat weet u. Ik weet niet wat dat met deze aangelegenheid te maken heeft.'

'Erard... Dat is een ongewone naam. Wat voor soort piano is dat?'

'Het is een Franse piano. Sébastien Erard was eigenlijk Duits, maar hij verhuisde naar Frankrijk. Ik...'

'Frans? U bedoelt net zo Frans als de Fransen die nu forten bouwen in Indo-China?'

'Dit is belachelijk... U wilt toch niet suggereren dat...?'

'Gewoon toeval, of misschien een kwestie van smaak? Er zijn veel uitstekende Britse piano's.'

Edgar keek naar Nash-Burnham. 'Kapitein, ik kan mijn oren niet geloven. Piano's sluiten geen bondgenootschappen...'

'Beantwoord de vragen,' zei Nash-Burnham vlak.

'Hoelang duurt het om een piano te stemmen, meneer Drake?' vroeg de luitenant.

'Dat hangt ervan af.'

'Goed dan, geeft u me een schatting. Wat was in Engeland de langste tijd die u ooit heeft besteed aan het stemmen van een piano?'

'Alleen stemmen?'

'Alleen stemmen.'

'Twee dagen, maar...'

'Twee dagen, echt waar? En toch zei u net zelf dat u bijna drie maanden in Mae Lwin bent geweest. Als een piano in twee dagen gestemd kan worden, waarom bent u dan niet teruggegaan naar huis?'

Edgar zweeg. Hij voelde een tollen, een uiteenvallen.

Er verstreken minuten en nog steeds zei hij niets.

Uiteindelijk schraapte kapitein Nash-Burnham zijn keel. 'Bent u in staat om te reageren op de beschuldigingen en te getuigen tegen majoor-arts Carroll?'

De pianostemmer antwoordde langzaam: 'Kapitein, wat u zegt kan niet waar zijn. Ik was in Mongpu, ik heb gezien hoe ze elkaar ontmoetten. Ik heb gesproken met Twet Nga Lu. Dokter Carroll onderhandelde over vrede. U zult het zien. Ik geloof hem. Hij is excentriek, maar hij is een genie, een man die harten kan winnen met muziek en wetenschap. Wacht maar af, als de Limbin Confederatie zijn voorstel doet aan de Kroon, dan zult u me geloven.'

'Meneer Drake,' zei de luitenant, 'twee dagen na de bijeenkomst in Mongpu hebben de strijdkrachten van Limbin, geleid door de sawbwa van Lawksawk, met steun van troepen die volgens ons door Carroll werden gestuurd, onze stellingen aangevallen in een van de krachtigste offensieven van hun campagne totnogtoe. Alleen bij de gratie Gods waren we in staat om hen terug te drijven naar Lawksawk, waarna we de stad hebben platgebrand.'

Edgar was perplex. 'U heeft Lawksawk verwoest?'

'Meneer Drake, we hebben Mae Lwin verwoest.'

23

Het was donker. Sinds de woorden van de kapitein had Edgar niets meer gezegd. Hij zat op de stoel in het midden van de kamer, en de luitenant en kapitein Nash-Burnham waren vertrokken en hadden de deur achter hen dichtgegooid. Hij hoorde het holle weergalmen van een ketting die over het deurkozijn van bamboe werd geschoven en het knarsen van een sleutel. Hij hoorde de mannen weglopen, zonder dat ze iets zeiden, hij keek hoe het zonlicht zwak werd en hij luisterde naar de geluiden van het kamp, die vaag werden toen er steeds meer insecten begonnen te zingen. Hij raakte zijn handpalmen aan en liet zijn vingers over de eeltplekken gaan. Die zijn van de stemhamer zelf, Katherine. Dat gebeurt er als er we iets te stevig vasthouden.

Het was donker en de stemmen van de insecten werden luider, en door de kieren in de wand kwam een zware geur naar binnen, beladen met mist en geruis van regen. Zijn geest dwaalde af. Hij dacht aan de beweging van de rivier, aan de beschaduwde oevers, en hij volgde ze terug, tegen de stroom in. Gedachten gehoorzamen niet aan de wetten van vallend water. Hij stond op de oevers van Mae Lwin voor de bamboehuizen en die brandden, vlammen dansten eroverheen, verteerden alles, sprongen over naar bomen, takken die dropen van vuur. Hij hoorde geschreeuw en keek op terwijl hij dacht: het is alleen het geluid van de jungle, het schreeuwen van kevers. Hij hoorde de ketting over het bamboe gaan.

De deur ging open en een gestalte kwam binnen, zwevend, een schaduw zo donker als de lichtloze nacht – Edgar, hallo.

De pianostemmer zei niets. Mag ik binnenkomen, vroeg de schaduw. De deur zwaaide zacht open. Ik word niet geacht hier te zijn, zei hij, en de stemmer antwoordde: ik ook niet, kapitein.

Een lang moment was er stilte, voordat de stem opnieuw kwam aanzweven vanuit het donker. Ik moet met u praten.

Ik denk dat we wel genoeg hebben gepraat.

Alstublieft, ik sta zelf ook onder verdenking. Als ze weten dat ik hier ben, zullen ze mij ook arresteren, ik ben al ondervraagd. Moet dat mij soms troosten? Dit is niet gemakkelijk, Edgar. Niets van dit alles is dat. Ik wil alleen met je praten. Praat dan. Edgar, ik wil praten zoals we eerder met elkaar hebben gesproken. Zoals we spraken voordat u die jongens heeft gedood. Edgar, ik heb niemand doodgeschoten. O ja, drie van mijn vrienden zijn wél dood. Ik heb niemand doodgeschoten, ik vroeg hun om niemand te doden, maar ik ben geschorst. Nok Lek was vijftien, zei Edgar. De andere twee waren nog maar jongens.

Ze zwegen, en de insecten kwamen opnieuw in koor binnen, en Edgar luisterde naar het getril; het geluid was zo krachtig en toch kwam het alleen door het langs elkaar strijken van vleugeltjes.

Edgar, ik riskeer alles om hier met je te komen praten.

Hij hoorde een dieper stijgen en dalen van de roep van de insecten. Dat zijn zwevingen, geluid opgebouwd door de interactie van ongelijke tonen. Geluid dat ontstaat door disharmonie. Ik ben verbaasd dat ik dit niet eerder heb gehoord.

Je moet met me praten. Denk aan je vrouw.

Onwelluidende klanken, dacht hij, en hij antwoordde: u heeft me nog geen vraag gesteld.

Je moet ons helpen hem te vinden, zei de schaduw.

Het geluid van de insecten leek op te houden, de pianostemmer hief zijn hoofd op. Ik dacht dat u zei dat jullie Mae Lwin in

handen hadden. Dat hebben we ook, maar niet Anthony Carroll. En Khin Myo? Allebei ontsnapt, maar we weten niet waarheen.
Stilte.
Edgar, we willen alleen de waarheid weten.
Die lijkt een schaars goed.
Dan kun je misschien met mij praten en kan dit eindigen zonder nog meer bloedvergieten, en kun jij naar huis gaan. Ik heb je verteld wat ik weet. Dokter Carroll was een groot man.
Dat zijn loze woorden op momenten zoals dit. Voor u misschien, kapitein, misschien is dat het verschil. Ik wil alleen de feiten weten. Daarna kunnen we besluiten wat hij was. U bedoelt dat ú kunt besluiten, het zou toch duidelijk moeten zijn dat ik al heb besloten. Ik denk niet dat dat waar is, er zijn veel redenen om te verdwijnen in de bergen, om piano's naar de jungle te brengen, om te onderhandelen over verdragen, er zijn vele mogelijkheden.
Hij hield van muziek.
Dat is één mogelijkheid. Er zijn nog andere. Is het te veel gevraagd om dat toe te geven? Toegeven misschien, maar niet twijfelen. Ik twijfel niet aan hem. Dat is niet waar, we hebben je brieven. Je moet niet liegen. Daar help je niemand mee.
Mijn brieven?
Alles wat je hebt geschreven sinds je Mandalay hebt verlaten.
Die waren bestemd voor mijn vrouw, dat waren mijn gedachten, ik dacht niet dat...
Je dacht dat wij ons zouden bezighouden met een man die is verdwenen?
Ze heeft ze nooit gelezen.
Vertel me over Carroll, Edgar.
Stilte.
Edgar.
Kapitein, ik heb alleen vragen gesteld bij *bedoelingen*, ik heb nooit getwijfeld aan zijn loyaliteit. Dat zult u moeten toegeven.

Ja, dat doe ik ook, maar bedoelingen en loyaliteit zijn niet hetzelfde. Er is niets verkeerds aan vragen. We moeten niet alles vernietigen wat we niet begrijpen. Stel me dan die vragen. Mijn vragen. Jouw vragen, Edgar.

Misschien vraag ik me af waarom hij om een piano vroeg.

U vraagt zich dat af. Natuurlijk, ik heb me dat iedere dag afgevraagd sinds ik Engeland heb verlaten. En heb je daar al antwoord op gekregen? Nee, moet dat dan? Wat doet het ertoe waarom hij erom vroeg, waarom hij om mij vroeg. Misschien stond het centraal in zijn strategie. Misschien miste hij alleen muziek en voelde hij zich eenzaam.

En wat van dit alles geloof je?

Ik denk niet dat dat ertoe doet, ik heb mijn eigen gedachten.

Net als ik.

Vertel me uw gedachten, kapitein.

De schaduw verschoof. Anthony Carroll is een agent die werkt voor Rusland. Hij is een Shan-nationalist. Hij is een Franse spion. Anthony Carroll wil zijn eigen koninkrijk bouwen in de jungle van Birma. Mogelijkheden, Edgar, geef maar toe dat het mogelijkheden zijn.

We tekenden een verdrag.

Je spreekt geen Shan.

Ik heb het gezien, ik heb tientallen, nee honderden Shan-krijgers gezien die voor hem bogen. En je was niet verbaasd? Nee. Ik geloof je niet.

Ik was misschien wat verbaasd.

En nu?

Hij gaf me zijn woord.

En toen viel de Limbin Confederatie onze troepen aan.

Misschien hebben zij hem wel verraden.

De twee mannen zwegen, en in het vacuüm van hun woorden klonken opnieuw de geluiden van het woud.

Ik geloofde ooit ook in hem, Edgar, misschien nog wel meer

dan jij. In deze vervloekte oorlog van duistere bedoelingen dacht ik dat hij voor het beste van Engeland stond. Hij was de reden waarom ik hier bleef.

Ik weet niet of ik u nu kan geloven.

Dat vraag ik je ook niet, ik vraag je alleen om wat hij was los te zien van wat wij wilden dat hij zou zijn, van wat zíj was dat jij wilde dat zij zou zijn.

U kent haar niet.

Jij ook niet, Edgar. Was die glimlach alleen de gastvrijheid tegenover een gast?

Dat geloof ik niet.

Geloof je dan dat haar genegenheid op zijn verzoek was, een verleiding om ervoor te zorgen dat je zou blijven? Denk je dat hij het niet wist?

Er viel niets te weten, er was geen overschrijding van grenzen.

Of hij had vertrouwen in haar. Vertrouwen in wat? Mogelijkheden slechts. Denk na, Edgar, buiten wat jij vluchtig hebt gezien, wist je niet eens wat zij voor hem was.

U weet daar niets van.

Ik heb je ooit gewaarschuwd: word niet verliefd.

Dat ben ik ook niet geworden.

Nee, misschien niet, toch blijft ze verwikkeld in alles.

Ik begrijp u niet.

Wij komen en gaan, legers en piano's en Grootse Bedoelingen, en zij blijft, en jij denkt dat, als jij haar kunt begrijpen, de rest vanzelf zal komen. Denk na. Was zij ook jouw creatie? Is de reden waarom je haar niet kon begrijpen soms dat je je eigen fantasieën niet kon begrijpen, wat je wilde zijn? Het is toch niet te veel gevraagd om te veronderstellen dat zelfs onze eigen dromen ons ontgaan?

Opnieuw stilte.

Je weet niet eens wat dit voor háár betekent, hoe het is om de creatie van iemand anders te zijn. Waarom vertelt u me dat? Omdat je anders bent dan toen ik je voor het laatst heb ontmoet. Wat doet dat ertoe, dit gaat niet over mij, kapitein. Toen ik je de laatste keer ontmoette, zei je dat je geen piano kon spelen. Dat kan ik nog steeds niet. Toch speelde je voor de Shan-sawbwa.

Dat weet u niet.

Je speelde voor de Shan-sawbwa van Mongnai, en je speelde *Das Wohltemperierte Klavier*, maar niet verder dan de vierentwintigste fuga van het eerste boek.

Ik zeg u: u kunt dat niet weten, ik heb u dat niet verteld.

Je begon bij de prelude en fuga nummer 4, die is droevig, nummer 2 is mooi, je dacht dat jouw muziek vrede zou brengen, je kunt gewoon niet toegeven dat Anthony Carroll een verrader is, omdat dat een ontkenning is van alles wat je hier hebt gedaan.

U kunt het niet weten van de muziek.

Ik weet heel wat meer dan je denkt.

U bent niet hier.

Edgar, vernietig niet wat je niet kunt begrijpen. Dat zijn je eigen woorden.

U bent hier niet, ik hoor niets, u bent alleen het getjirp van krekels, u bent mijn verbeelding.

Misschien, of misschien alleen een droom. Misschien ben ik alleen de nacht die je een streek levert. Misschien heb je zelf het slot van de deur gehaald. Mogelijkheden, nietwaar? Misschien werden er wel vier schoten afgevuurd vanaf de oever in plaats van drie. Misschien kwam ik hier alleen maar vragen stellen voor mezelf.

En nu.

De deur is open. Ga, ik zal je niet tegenhouden. Je ontsnapt alleen.

Is dat de reden waarom u bent gekomen?

Dat weet ik nu pas.

Ik zou u willen omhelzen, maar dat zal een vraag beantwoorden die ik nog niet wil beantwoorden.

Je wilt vragen of ik wel echt ben, of maar een geest.
En u wilt antwoorden.
We zijn geesten geweest sinds dit allemaal is begonnen, zei de schaduw.
Tot ziens, zei Edgar Drake, en hij liep door de open deur de nacht in.

Het kamp was leeg, de bewakers waren allemaal in slaap. Hij bewoog zich stil, en liet de deur achter hem open. Hij begon in noordelijke richting te lopen, en dacht er alleen aan om afstand te scheppen tussen hemzelf en het kamp. Zware regenwolken bedekten de maan en de hemel was zwart. Hij liep.
Hij rende.

24

Nog maar een paar minuten op weg, en het begon te regenen. Hij rende, al buiten adem, toen de eerste druppels hem troffen, één twee drie punten vocht op warme huid. En toen, zonder aarzeling, opende de hemel zich. Als een dam die doorbreekt, wolken die openbarstten alsof ze gespleten worden. Waterdruppels die omlaagvallen als klosjes afwindend garen.

Terwijl hij rende, probeerde Edgar zich een kaart van de rivier voor de geest te halen, maar zijn geheugen was verward. Hoewel ze bijna twee dagen gevaren hadden, waren ze vertraagd door de piano, en ze hadden niet meer dan dertig kilometer kunnen reizen. En de brede bochten in de rivier betekenden dat Mae Lwin misschien zelfs dichterbij was over land. Misschien. Hij probeerde zich het gebied te herinneren, maar afstand leek plotseling minder belangrijk dan richting. Hij rende sneller door het vallende water, waarbij zijn voeten zachte modder omhoogschopten.

En toen stopte hij plotseling.

De piano. Hij stond op een open plek. De regen beukte op zijn lichaam, krachtiger nu, stroomde over zijn haar, liep in stroompjes over zijn wangen. Hij sloot zijn ogen. Hij kon de Erard voor zich zien, drijvend aan de oever zoals de soldaten hem hadden achtergelaten, trillend in de stroom. Hij kon zien hoe ze naar beneden zouden komen om hem te halen, hem op de oever zouden trekken, zouden vastgrijpen, ernaar klauwend met handen smerig van geweervet. Hij zag hem al staan in een deftige salon, opnieuw gelakt, opnieuw gestemd, en diep binnenin was een stukje bamboe verwijderd en vervangen door sparrenhout. Hij stond stil. Iedere ademhaling bracht warme regendruppels. Hij opende zijn ogen en draaide zich om. Terug naar de rivier.

De oever was dichtbebost, waardoor lopen bijna onmogelijk was. Bij de rivier gleed hij in het water, waarvan het oppervlak trilde door het roffelen van de regen. Hij liet zich door de stroom meevoeren. Het was niet ver, en hij trok zich op de kant aan de wilgentakken. Water omgaf zijn gezicht. Hij worstelde zich op de oever.

Om hem heen viel de regen door de bomen in zware gordijnen, meegevoerd op windvlagen die door de wilgen schoten. Het vlot lag vastgebonden aan een boom op de oever en trok aan het touw. De rivier schuimde over de rand en dreigde het stroomafwaarts mee te nemen. De piano stond nog steeds vastgebonden op het vlot. Ze waren vergeten hem af te dekken, en de regen geselde het mahoniehout.

Even bleef Edgar daar zo staan en voelde de stroom tegen zijn benen sterker worden, het prikken van water door zijn overhemd. Hij keek naar de piano. Er was geen maan, en in de verschuivende regengordijnen kwam de Erard trillend af en toe in beeld, zijn vorm afgetekend door de druppels die tegen het donkere hout sloegen, zijn poten spannend terwijl hij zwaaide op de schommelingen van het vlot.

Ze zouden zijn afwezigheid snel opmerken, dacht hij met stijgende paniek, misschien hadden ze dat al gedaan, en het enige wat hen ervan weerhield om hem te vinden was de regen. Hij waadde door het water naar de plek waar het vlot was vastgebonden aan de boom, en viel op zijn knieën. Het touw begon al de bast van de boomstam te trekken, en de rauwe pulp kwam naar buiten op de plek waar de touwvezels die hadden losgetrokken. Hij rommelde met zijn handen aan de knoop, maar het vlot had die strak getrokken en zijn verdoofde vingers konden hem niet loskrijgen.

Het vlot trok aan zijn touwen, water kwam gorgelend omhoog over de boomstammen, het kon ieder moment kapseizen. Het geweeklaag van de Erard leek dit te zeggen, want door het wankelen van het vlot werden de hamers tegen de snaren geslagen, waardoor de klanken aanzwollen met het gebulder van de rivier. Hij herinnerde zich ineens de gereedschapstas die hij had ingepakt. Hij liet zich langs het touw op het vlot zakken en vond de grote kist. Hij opende die met moeite en stak zijn arm erin. Zijn vingers raakten het droge leer aan en hij trok de tas eruit.

Morrelend aan de touwen opende hij de tas en doorzocht gejaagd de inhoud totdat hij het zakmes vond. Het lied van de piano werd luider, alle snaren tegelijk. Hij gooide de tas in het water, waar die kort bleef drijven in de werveling gevormd door de stroming tegen het vlot, en draaide zich weer om naar de oever. De rivier haalde hem uit zijn evenwicht en hij viel op zijn knieën, waarbij hij zich vastgreep aan het touw. Zijn bril werd van zijn hoofd geslagen en hij greep hem uit het water en schoof hem terug op zijn neus. Hij greep naar het touw, opende het zakmes en begon te zagen, waarbij de kronkeling van het touw verdween toen de spanning wegviel bij het doorsnijden van iedere streng. Toen hij bij de laatste vezels was gekomen, brak het touw uit zichzelf. Het vlot schudde en de piano zong terwijl de hamers met het vrijkomen van de energie omhoog werden geschoven. Het vlot bleef nog even stilliggen in de stroming, draaide, raakte vast in wilgentakken, waarvan de bladeren over het oppervlak van de piano streelden. En toen, in een gordijn van regen, was de piano verdwenen.

Met moeite trok hij zich op de oever. Hij stopte het zakmes in zijn zak en begon weer te rennen. Door het kreupelhout, waar hij takken voor zijn gezicht wegsloeg, over open plekken denderend, doornat door muren van regen. Voor zijn geestesoog zag hij de piano drijven, golven regen die de kast geselden, de wind die het deksel openrukte, samen speelden een duet op de toetsen. Hij zag hoe schuim en stroming de piano stroomafwaarts duwden, langs andere dorpen. Hij zag kinderen wijzen, vissers die erheen peddelden met hun netten.

Toen er weer bliksemflitsen door de lucht schoten, viel het licht op een bebrilde man, kleren gescheurd, haar tegen zijn voorhoofd geplakt, die noordwaarts rende door het woud, terwijl een zwarte mahoniehouten vleugel zuidwaarts dobberde in de stroom van de rivier, ingelegd met paarlemoer, dat het licht ving. Ze schoten weg alsof ze waren vrijgelaten vanuit een bepaalde plek, waar een speurhond aan zijn riem trok, en een verkenningsteam soldaten paniekerig hun lantaarns verzamelde.

Zijn voeten stampten op het pad, modder opspattend tegen zijn lichaam. Het pad sneed door een dicht dennenbos, en hij volgde het, het donker in, tegen takken aanknallend. Hij struikelde, viel tuimelend in de modder. Hij krabbelde overeind, werkte zich door het bos. Hijgend.

Na een uur ging hij weer in de richting van de rivier. Hij wilde wachten met oversteken totdat hij dichter bij Mae Lwin was, maar hij was bang dat de honden zijn geur zouden opvangen.

De rivier bewoog zich snel, gezwollen van de regen. Door de duisternis en de neerstromende regen kon hij de overkant niet zien. Hij aarzelde aan de kant van het water, terwijl hij probeerde de andere oever te onderscheiden. Zijn bril besloeg door de regen, waardoor zijn zicht nog vager werd. Hij zette hem af en stopte hem in zijn zak. Even stond hij aan de rand van de stromende rivier en zag niets dan duisternis, terwijl hij luisterde naar de stroom. En toen, ver weg, hoorde hij het geblaf van een hond. Hij sloot zijn ogen en dook.

Het was kalm en rustig onder het oppervlak van de rivier, en hij zwom door de duisternis, de stroom snel maar glad. Een paar korte seconden voelde hij zich veilig, terwijl het koude water over zijn lichaam stroomde en zijn kleren bij iedere beweging uitwaaierden. En toen begonnen zijn longen te branden. Hij duwde zich naar voren, vocht tegen de behoefte om naar boven te gaan, zwom totdat hij het branden niet langer kon verdragen en schoot naar het oppervlak, exploderend in de regen en wind. Even rustte hij, terwijl hij weer op adem kwam en voelde hoe de rivier hem meenam, en even bedacht hij hoe vredig het zou zijn om het gewoon op te geven en zich mee te laten voeren door de stroom. Maar toen flitste de bliksem weer, en de hele rivier leek te branden, en opnieuw zwom hij snel met wilde slagen. Net op het moment dat hij het gevoel had dat hij zijn arm niet meer kon optillen, streek zijn knie tegen rotsen. Hij opende zijn ogen en zag een zandoever. Hij trok zich op de kant en zakte in elkaar op het zand.

De regen sloeg neer op zijn lichaam. Hij haalde diep en snel adem, hoeste en spuwde rivierwater uit. Opnieuw bliksemde het. Hij wist dat hij gezien kon worden. Hij krabbelde overeind en begon weer te rennen.

Door het bos, struikelend over gevallen boomstammen, waarbij hij eerst zijn armen uitstak. Blindelings werkte hij zich door de lianen naar voren, met groeiende paniek, want hij had gedacht dat hij op een pad zou komen dat de linkeroever ten zuiden van Mae Lwin zou volgen, een route die hij nooit had genomen maar waarover hij had gehoord van de dokter. Maar niets, alleen woud. Hij rende een helling af, waarbij hij bomen ontweek, naar een kleine rivier, een zijtak van de Salween. Hij struikelde en gleed door de modder, vallend in plaats van rennend, totdat de helling vlak werd en hij weer op zijn benen stond. Hij rende het riviertje over via een omgevallen boomstronk en trok zich op aan vallende brokken grond. Boven aan de helling struikelde hij; vallend, weer overeind, rennend, en dan ineens zijn voeten gevangen in doornstruiken, en opnieuw viel hij en sloeg in de struiken. De regen bleef neerstromen. Toen hij overeind probeerde te komen, hoorde hij gegrom.

Hij draaide zich langzaam om en verwachtte de puttees van Britse soldaten te zien. Maar in plaats daarvan, vlak bij zijn gezicht, stond een hond in zijn eentje, een schurftig beest, doorweekt, zijn bek vol gebroken tanden. Edgar probeerde achteruit te gaan, maar zijn been zat vast in de struiken. Het dier gromde opnieuw en schoot naar voren, zijn tanden klappend, maar toen schoot een hand uit de duisternis te voorschijn, greep het dier bij zijn nekvel en trok het achteruit, waarop het kwaad blafte. Edgar keek op.

Er stond een man, en hij was naakt op een Shan-broek na, die was opgerold zodat pezige, gespierde benen werden onthuld, stromend van water. Hij zei niets en langzaam boog Edgar zich omlaag, bevrijdde zijn voet uit de struik en kwam overeind. Even bleven de twee mannen starend tegenover elkaar staan. We zijn geestverschijningen voor elkaar, dacht Edgar, en opnieuw flitste het onweer, en de man kwam te voorschijn uit de duisternis, zijn lichaam glinsterend, tatoeages die over zijn torso kronkelden, grillige vormen van jungledieren, levend, bewegend, zich verplaatsend door de regen. En toen was het weer donker, en Edgar rende weer door de struiken, het woud steeds dichter, totdat hij ineens in het open veld was, bij een weg. Hij veegde de modder uit zijn ogen en begon naar het noorden te rennen, ging langzamer, vermoeid, rende opnieuw. De regen kwam in gordijnen omlaag en spoelde hem schoon.

In het oosten begon het lichter te worden. De dag brak aan. De regen werd minder en stopte al snel. Uitgeput ging Edgar langzamer lopen, wandelen. De weg was een oud karrenspoor, overgroeid met onkruid. Twee smalle sporen liepen in ongelijke parallellen, met daarin schuine lijnen uitgestoken door de versleten randen van karrenwielen. Hij keek of hij mensen zag, maar het land was stil. Verderop verdwenen de bomen aan de kant van de weg en maakten plaats voor struikgewas, met hier en daar wat wuivend gras. Het begon warm te worden.

Terwijl hij liep dacht hij weinig, maar keek alleen naar aanwijzingen die hem naar Mae Lwin konden leiden. Het werd heet, en hij voelde hoe zweetdruppels zich mengden met de regendruppels in zijn haar. Hij begon zich duizelig te voelen. Hij rolde zijn mouwen op en deed zijn overhemd open ,en terwijl hij dat deed voelde hij iets in zijn borstzak. Het was een opgevouwen stuk papier, en even probeerde hij zich te herinneren wat het kon zijn, totdat hij zich zijn laatste momenten op de oever met de dokter herinnerde, en de brief die hij hem toen had gegeven. Hij vouwde hem open terwijl hij liep, en trok het natte vel voorzichtig los. Hij hield het voor zich uit en bleef staan.

Het was een bladzijde gescheurd uit Anthony Carrolls exemplaar van de *Odyssee*, een gedrukte tekst versierd met krullend Shan-schrift in Oost-Indische inkt, en onderstreepte regels:

Snel nu gingen mijn mannen op pad en vonden de Lotuseters. Deze Lotuseters dachten er niet aan mijn vrienden kwaad te doen, maar lieten hen wel van de lotusvrucht eten. Maar wie van de honingzoete vruchten van de lotus at, wilde geen boodschap meer mee terugnemen, of teruggaan, maar wilde bij het lotusetende volk blijven, om lotus te eten, en de hele terugkeer naar huis vergeten.

Door de doorschijnendheid van het natte papier zag Edgar nog meer geschreven tekst en hij draaide het papier om. In donkere halen had de dokter gekrabbeld: 'Voor Edgar Drake, die heeft geproefd.' Edgar las de woorden opnieuw en liet langzaam zijn hand zakken, zodat het vel aan zijn zijde wapperde in de bries. En opnieuw begon hij te lopen, nu met minder drang, langzaam, maar misschien kwam dat alleen omdat hij moe was. In de verte verhief het land zich om de lucht te worden, samenvloeiend in aquarelachtige streken van een verre stortbui. Hij keek op en zag de wolken, en het leek alsof ze in brand stonden, de kussen van katoen die as werden. Hij voelde het water uit zijn kleren verdampen, stomen, hem verlatend zoals een geest het lichaam verlaat.

Hij ging een heuvel over, in de verwachting de rivier te zien, of misschien Mae Lwin, maar er was alleen een lange weg die zich voor hem uitstrekte naar de horizon. In de verte zag hij een enkele vlek op het open stuk land, en toen hij naderde zag hij dat het een altaartje was. Hij stopte ervoor. Dit is een vreemde plek om offergaven achter te laten, dacht hij. Er zijn hier geen bergen of huizen. Er is hier niemand, en hij stopte en keek naar de kommetjes rijst, en de verwelkte bloemen, wierookstokjes en inmiddels rottend fruit. Er stond een beeld in het huis van de geest, een flets geworden houten geest met een droevige glimlach en een gebroken hand. Edgar stopte op de weg, nam het papier uit zijn zak en las het opnieuw. Toen vouwde hij het op en stopte het naast het kleine beeld. Ik laat een verhaal bij u achter, zei hij.

Hij liep en de hemel was licht, maar hij zag geen zon.

In de middag zag hij in de verte een vrouw. Ze droeg een parasol.

Ze bewoog zich langzaam over de weg, en hij kon niet zien of ze hem naderde of juist bij hem vandaan liep. Alles was heel stil, en vanuit een verre herinnering kwamen ineens de echo's van een bepaalde zomerdag in Engeland, toen hij voor het eerst Katherines hand in de zijne had genomen en ze door Regent's Park waren gelopen. Ze hadden weinig gezegd, maar hadden gekeken naar de mensen en koetsen, en andere jonge paartjes. Ze was weggegaan met niet meer dan een fluistering. Mijn ouders wachten op mij, ik zal je spoedig weer zien, en verdween toen over het gras onder een witte parasol, die het zonlicht ving en lichtjes danste in de bries.

Hij dacht aan dit moment, en het geluid van haar stem werd helderder, en hij merkte dat hij snel ging lopen, nu half hollend, totdat hij achter zich hoefslagen meende te horen, en daarna een

stem, een roep om te stoppen, maar hij draaide zich niet om.
 Opnieuw de schreeuw: stop!, en hij hoorde mechanische geluiden, geklik van metaal, maar dat was ver weg. Vervolgens een nieuwe schreeuw en een schot, en toen viel Edgar Drake.

Hij lag op de grond, waar een warmte zich onder hem verspreidde. Hij draaide zich om en keek naar de zon, die weer scheen, want in 1887 heerste er een vreselijke droogte op het Shan-plateau, zoals de geschiedenis vermeldt. En als die niets zegt over de regen, of over Mae Lwin, of over een pianostemmer, dan is dat om een en dezelfde reden, want die kwamen en verdwenen, waarop de aarde opnieuw droog werd.
 De vrouw loopt een luchtspiegeling in, de geest van licht en water die de Birmezen than hlat noemen. Om haar heen trilt de lucht en splijt haar lichaam, laat het uiteenvallen, ronddraaien. En dan verdwijnt ook zij. Nu zijn er alleen nog de zon en de parasol.

Nawoord van de auteur

Een oude Shan-monnik was in een diepgaande discussie verwikkeld met een hindoe-asceet.

De monnik legde uit dat elke Shan gelooft dat als een man sterft, zijn ziel naar de Rivier van de Dood gaat, waar een boot wacht om hem mee te nemen, en daarom stoppen de vrienden van een overleden Shan een munt in zijn mond, om de veerman te betalen die hem naar de andere kant moet brengen.

Er is een andere rivier, zei de hindoe, die moet worden overgestoken voordat de hoogste hemel kan worden bereikt. Iedereen bereikt vroeg of laat zijn oever, en moet zijn eigen weg eroverheen zien te vinden. Voor sommigen is het een gemakkelijke en snelle oversteek, voor anderen is het een langzame en pijnlijke worsteling om de overkant te bereiken, maar iedereen komt uiteindelijk thuis.

Overgenomen uit *Shans at Home* (1910) van Leslie Milne

Edgar Drake, Anthony Carroll en Khin Myo, het dorp Mae Lwin en het overgeven van een Erard-vleugel aan de Salween zijn allemaal fictie.

Niettemin heb ik geprobeerd om mijn verhaal te plaatsen in een waarheidsgetrouwe historische context, een taak die vergemakkelijkt werd door het feit dat de geschiedenis en de personen uit de Shan-revolutie kleurrijker zijn dan de fantasie kan oproepen. Alle historische delen in het verhaal, van de Birmese geschiedenis tot aan de Erard-piano, bevatten waar gebeurde elementen. De pacificatie van de Shan-staten vertegenwoordigde een kritieke periode in de expansie van het Britse imperium. De Limbin Confederatie heeft echt bestaan, en hun verzet was vastberaden. Mijn verhaal eindigt rond april 1887, toen het vorstendom Lawksawk werd bezet door Britse troepen. Na deze militaire overwinning ging de Britse overheersing van de zuidelijke Shan-staten snel. De Limbin-vorst gaf zich over op 13 mei, en op 22 juni meldde A. H. Hildebrand, de resident van de Shan-staten, dat 'de zuidelijke Shan-staten zich nu allemaal hebben overgegeven'.

Tot de personen in deze roman die werkelijk geleefd hebben, behoren de regeringsadviseur van de Shan-staten, sir James George Scott, die de voetbalsport introduceerde in Birma toen hij directeur was van de St. John's School in Rangoon, en mij liet kennismaken met Birma door zijn wetenschappelijke werk, *The Burman*, het eerste boek dat ik las over het land en dat de inspiratiebron werd voor veel van de culturele achtergrond van mijn verhaal. Zijn boeken, van nauwgezette beschrijvingen van de yokthe pwe in *The Burman* tot aan het encyclopedische compendium van plaatselijke historische verhalen in *The Gazetteer of Upper Burma and the Shan States*, evenals zijn verzameling brieven, *Scott of the Shan States*, vormden een onschatbare bron van informatie, en een eindeloos plezier om te lezen.

Dmitri Mendeleev, de vader van het periodiek systeem der elementen, had inderdaad een ontmoeting met de Birmese consul in Parijs. Wat ze bespraken is onbekend gebleven.

Maung Tha Zan was een ster in het Birmese pwe. Maar hij was niet zo goed als Maungh Tha Byaw.

Belaidour, dat door de Berbers adil-ououchchn wordt genoemd, staat bekend in de westerse wetenschap als *Atropa belladonna* en wordt voornamelijk gebruikt voor een hart dat te langzaam slaat. Het verdiende zijn soortnaam doordat zijn bessen eveneens de ogen van vrouwen wijd en donker maken.

Anthony Carrolls vermoedens over de verspreiding van malaria waren juist. Dat de malariamug de ziekte overbrengt zou tien jaar later worden bewezen, door een andere Engelsman, dokter Ronald Ross, ook in de Indian Medical Service, maar in een ander ziekenhuis, in de stad Secunderabad. Zijn gebruik van 'een plant die uit China kwam' getuigde eveneens van een vooruitziende blik. Qinghaosu wordt nu gebruikt om er artemisinine van te maken, een effectief antimalariamiddel waarvan de werkzaamheid in 1971 werd herontdekt.

Alle sawbwa's hebben echt geleefd en zijn nog steeds plaatselijke helden in de Shan-staten. De ontmoeting in Mongpu is verzonnen.

Twet Nga Lu, de Bandietenprins, werd uiteindelijk gevangengenomen door de Britse strijdkrachten, en zijn dood, zoals beschreven door sir Charles Crosthwaite in *The Pacification of Birma*, is de moeite waard om hier te citeren:

> De heer Hildebrand kreeg daarom opdracht om Twet Nga Lu terug te sturen naar Mongnai om te worden berecht door de sawbwa. Op weg erheen probeerde hij te ontsnappen, maar hij werd daarbij doodgeschoten door de Beluchi-bewaker die hem escorteerde. De mannen keerden terug naar Fort Stedman en rapporteerden wat er was gebeurd, en zeiden dat ze hem ter plekke hadden begraven...
>
> Alle twijfel hierover werd later weggenomen. De plek waar de bandiet werd doodgeschoten bevond zich in de beboste heuvels die grenzen aan Mongpawn. De dag nadat hij was neergeschoten groeven een paar Shan-mannen uit Mongpawn zijn lijk op, of liever gezegd: ze tilden het eruit, want het was een heel ondiep graf, en ze schudden de losse aarde van hem af. Het hoofd werd afgehakt, geschoren en naar Mongnai gestuurd, en daar aan de noordelijke, zuidelijke, oostelijke en westelijke poorten van de stad getoond tijdens de afwezigheid van de assistent-resident in Fort Stedman.

De diverse talismannen werden verwijderd van zijn torso en ledematen. Dergelijke amuletten zijn meestal kleine munten of stukjes metaal, die onderhuids worden aangebracht. Die zouden dubbel veel waard zijn omdat ze in het vlees van zo'n roemruchte leider hadden gezeten, en ze werden ongetwijfeld gretig gekocht. Het lichaam werd toen ingekookt, waaruit een brouwsel werd verkregen dat bij de Shan bekendstaat als *mahi si*, dat een onfeilbaar tovermiddel is tegen alle soorten wonden. Een dergelijk waardevol 'medicijn' bleef niet lang in handen van de armen en vond al snel zijn weg naar een vorstelijke medicijnkast... Dat was het einde van Twet Nga Lu. Dat was zeker, wat het lichaam betreft, uiterst volledig.'

Of zoals lady Scott, die *Scott of the Shan Hills* bewerkte, schreef over de Bandietenprins: 'Dit was een groothandelseinde voor een opmerkelijk man.'

Bijzonderheden over de Shan-mythes en -cultuur, de plaatselijke medicijnen en de natuurlijke historie heb ik verzameld in Birma en Thailand, evenals literatuur over deze periode. Hoewel ik geloof dat de meeste literatuur die ik ben tegengekomen goed bedoeld en goed onderzocht is, ben ik toch bang dat veel bronnen vooroordelen of simpele misvattingen bevatten die gebruikelijk waren in het Victoriaanse Engeland. Voor deze roman is het voor mij echter belangrijker wat de Victorianen aan het einde van de negentiende eeuw dachten wat juist was dan wat er nu bekend is. Daarom verontschuldig ik me voor eventuele feitelijke inconsistenties die zijn voortgevloeid uit deze beslissing. Een voorbeeld hiervan is het verband tussen de *mahaw tsi* van de Kachin dat gebruikt werd door dokter Carroll – volgens de grote plantenjager Frank Kingdon-Ward vervaardigd van een soort van de *Euonymus* – en Crosthwaites etymologisch gelijke *mahe si*. Dit is nog steeds een mysterie voor mij, maar wel zeer intrigerend.

Ik ben dank verschuldigd aan talloze bronnen. Tot de boeken

die ik onmisbaar vond, naast die van Scott, Kingdon-Ward en Crosthwaite, behoren: *Burma's Struggle Against British Imperialism, 1885 - 1895* van Ni Ni Myint, vanwege de bespreking van de Shan-revolutie vanuit Birmees perspectief; *Shans at Home* van Leslie Milne, een prachtige etnografie over de Shan gepubliceerd in 1910, en *The Illusion of Life: Burmese Marionettes* van Ma Thanegi, vanwege de bijzonderheden over de yokthe pwe. *The Making of Modern Burma* door Thant Myint-U is de moeite waard om te vermelden vanwege de bespreking van de Anglo-Birmese oorlogen, een verfrissende nieuwe analyse van de vele meningen waaraan lang werden vastgehouden door historici, evenals door personages in mijn boek. Tot slot ben ik dank verschuldigd aan William Braid Whites *Piano Tuning and Allied Arts* voor het vervolmaken van Edgar Drakes technische vaardigheden.

Als slotakkoord: lang nadat ik met dit verhaal was begonnen reisde ik naar een gebied ten noorden van de streek waar ik ooit onderzoek naar malaria had gedaan. Ik ging naar Mae Sam Laep, een stadje aan de Salween, ver stroomafwaarts van de denkbeeldige plaats Mae Lwin. Daar voer ik op een lange parlevinker langs de beboste, stille oevers, waar we stopten bij Karen-dorpen verborgen in het woud. Het was heet die middag, en de lucht was bewegingloos en stil, maar bij een modderige handelspost op de oevers van een kleine rivier steeg een vreemd geluid op uit het dikke struikgewas. Het was een melodie, en voordat de motor weer ging lopen en we wegvoeren van de oever, herkende ik het als het geluid van een piano.

Misschien was het maar een plaatopname, die uit een van de stoffige oude grammofoons klonk die nog steeds worden aangetroffen op sommige van de verafgelegen markten. Misschien. Het klonk in ieder geval vreselijk vals.

Dankbetuiging

Het onderzoek voor dit boek zou onmogelijk zijn geweest zonder de hulp van de staf van de volgende organisaties: in Thailand de faculteit Tropische Geneeskunst van de Universiteit van Mahidol en het Ranong Provinciaal Ziekenhuis; in Engeland de British Library, de Guildhall Library, de National Gallery en het Museum of London; in de Verenigde Staten de Henry Luce Foundation, de Strybing Arboretum & Botanical Gardens in San Francisco en de bibliotheken van de Stanford Universiteit, de Universiteit van Californië in Berkeley, en de Universiteit van Californië in San Francisco. De vele locaties in Myanmar (Birma) die een inspiratiebron vormden voor dit verhaal, zijn te talrijk om op te noemen, maar zonder de hartelijkheid die ik kreeg van mensen in het hele land zou dit boek nooit zijn geschreven.

Ik wil graag apart bedanken voor de steun van: Aet Nwe, Guha Bala, Nicholas Blake, Liza Bolitzer, Mary Lee Bossert, William Bossert, Riley Bove, Charles Burnham, Michael Carlisle, Liz Cowen, Lauren Doctoroff, Ellen Feldman, Jeremy Fields, Tinker Green, David Grewal, Fumihiko Kawamoto, Elizabeth Kellogg, Khin Toe, Peter Kunstadter, Whitney Lee, Josh Lehrer-Graiwer, Emma Grunebaum, Jafi Lipson, Helen Loeser, Sornchai Looareesuwan, Mimi Margaretten, Feyza Marouf, Gene McAfee, Jill McCorkle, Kevin McGrath, Ellis McKenzie, Maureen Mitchell, Joshua Mooney, Karthik Muralidharan, Myo, Gregory Nagy, Naing, Keeratiya Nontabutra, Jintana Patarapotikul, Maninthorn Phanumaphorn, Wanpen Puangsudrug, Derk Purcell, Maxine Rodburg, Debbie Rosenberg, Nader Sanai, Sidhorn Sangdhanoo, Bonnie Schiff-Glenn, Pawan Singh, Gavin Steckler, Suvanee Supavej, Parnpen Viriyavejakul, Meredith Warren, Suthera Watcharacup, Nicholas White, Chansuda Wongsrichanalai, Annie Zatlin, en de talloze anderen in Myanmar en Thailand die me hun verhalen hebben verteld, maar van wie ik de namen nooit heb gehoord.

Voor advies over Birma ben ik vooral dank verschuldigd aan Wendy Law-Yone, Thant Myint-U en Tint Lwin. Twee pianostemmers hebben me geholpen bij de creatie van Edgar Drake: David Skolnik en Ben Treuhaft, wiens ervaring bij het stemmen van piano's in Cuba en de tijd die hij besteedde aan de reparatie van een Erard-vleugel uit 1840 en die ooit werd bespeeld door Liszt, hem tot de perfecte adviseur maakte voor een andere vleugel, in een ander tropisch gebied. Vanzelfsprekend komen alle fouten met betrekking tot Birma, het stemmen van piano's of welke andere zaken dan ook helemaal voor mijn rekening.

Tot slot wil ik diverse mensen speciaal noemen vanwege hun grote toewijding aan dit boek. Mijn diepe dankbaarheid en genegenheid gaan uit naar: Christy Fletcher en Don Lamm voor hun advies en begeleiding bij alle dingen, en naar Maria Rejt bij Picador voor haar hulp om van Edgar Drake een echte Londenaar te maken. Robin Desser bij Knopf is een geweldige redacteur geweest; haar inzichtelijke en scherpzinnige commentaar, steun en gevoel voor humor maken het me, na al die dagen van discussiëren over niets anders dan woorden, onmogelijk de juiste woorden te vinden om mijn grote waardering voor haar uit te drukken.

Vanaf de dag dat ik hun voor het eerst vertelde over een piano bij de rivier, hebben mijn ouders Robert en Naomi, en mijn zuster Ariana, Edgar Drake in de familie verwelkomd en mijn verbeeldingskracht aangemoedigd om het huis uit te gaan. Mijn diepe liefde en dankbaarheid gaan naar hen uit.